Francesco Guccini
Loriano Macchiavelli

Tod im Apennin

Roman

Aus dem Italienischen
von Bruno Genzler

GOLDMANN

Titel der Originalausgabe: Un Disco dei Platters
Originalverlag: Arnoldo Mondadori Editore, Milano

Umwelthinweis:
Alle bedruckten Materialien dieses Taschenbuches
sind chlorfrei und umweltschonend.

Der Goldmann Verlag
ist ein Unternehmen der Verlagsgruppe Bertelsmann

Deutsche Erstveröffentlichung 4/2000

Umschlagentwurf: Design Team München
Satz: deutsch-türkischer fotosatz, Berlin
Druck: Elsnerdruck, Berlin
Verlagsnummer: 44588
Redaktion: Susanne Korell
CV · Herstellung: Katharina Storz/HN
Made in Germany
ISBN 3-442-24790-X

1 3 5 7 9 10 8 6 4 2

Vorgeschichte

Drei rätselhafte Begebenheiten, begraben unter Schnee und Zeit

Erstes Rätsel

In der von Steilhängen umschlossenen Schlucht bricht der Abend jetzt im Winter urplötzlich herein, und der deutsche Unteroffizier am Steuer eines Schwimmwagens flucht leise vor sich hin.

»Was grummelst du denn da die ganze Zeit?« fragt ihn der junge Brigadiere der faschistischen Guardia Nazionale Repubblicana GNR auf dem Beifahrersitz.

»Ach, gleich sehe ich gar nichts mehr. Und die Scheinwerfer darf ich nicht einschalten. Der Hauptmann hätte uns ruhig losschicken können, als es noch hell war.«

Schon als er nach Italien gekommen war, sprach der Deutsche ein wenig Italienisch. Er hatte es zu Hause auf der Universität gelernt und in den langen Monaten hier in den Bergen durch das Zusammenleben mit den italienischen Soldaten, die nach dem 8. September '43 zu seiner Kompanie gestoßen waren, soweit verbessert, daß der Hauptmann immer auf ihn zurückgriff, wenn er einen Dolmetscher brauchte.

»Der Hauptmann wird schon seine Gründe haben, daß er uns so spät losgeschickt hat.«

»Sicher, sicher hat er seine Gründe. Er meint, wenn ich die Scheinwerfer nicht einschalte, wären wir sicher vor feindlichen

Flugzeugen. Und außerdem würden uns in der Dunkelheit die Partisanen nicht bemerken. Die schliefen nämlich jetzt schon.« Er beugt sich vor, um die Straße besser erkennen zu können, und eine Weile schweigen beide.

Es ist kalt, und die Männer haben sich gut in ihre Uniformen gehüllt. Unter dem Helm des Italieners schaut ein hellblauer Wollschal hervor, der seine Ohren bedeckt, mehrere Male um den Hals geschlungen und auf der Brust verknotet ist, was ihm etwas von dem stolzen Aussehen nimmt, das die »tapferen Löwen Mussolinis« eigentlich zur Schau tragen sollten.

Der Deutsche hat ihn darauf angesprochen, bevor sie zu ihrer Mission aufgebrochen sind, hat gelacht und gesagt: »Du siehst aus wie ein alter Mann, dem kalt ist, aber nicht wie ein Soldat, der Krieg führt.« Doch der Brigadiere hatte nicht darauf reagiert.

Es ist tatsächlich kalt, und nun fallen auch noch die ersten Schneeflocken. Der Deutsche beginnt wieder zu fluchen.

»Verdammt noch mal, jetzt schneit es auch noch! Wie weit ist es denn noch bis zur Ortskommandantur?«

Der junge Brigadiere blickt nach allen Seiten, um sich zu orientieren, doch im Schneetreiben, das jetzt immer dichter wird, verschwimmen die Konturen der Landschaft. Er zuckt mit den Achseln und antwortet nicht. Die MP liegt schwer auf seinen Knien.

»Das wird ja immer besser! Du bist doch aus der Gegend, du mußt doch wissen, wo wir sind. Ich war jedenfalls noch nie in dieser Ortskommandantur. Woher soll ich wissen, wo die liegt? Ich bin schließlich kein Fremdenführer.«

»Jetzt reg dich ab, wir sind ja gleich da.«

»Ich bin ruhig, ich bin vollkommen ruhig, aber die Scheinwerfer schalte ich trotzdem jetzt ein.« Und er macht sich am Armaturenbrett zu schaffen.

Der Lichtstrahl, der durch die Schlitze in den Stoffhauben über den Scheinwerfern fällt, kann wenig ausrichten; er erhellt den Schnee gerade mal einen Meter vor der Schnauze des Schwimmwagens. Die Schneeflocken stauen sich an der Windschutzscheibe, wirbeln durcheinander und dringen an den offenen Seiten in den Wagen ein.

»Herrgott noch mal, warum hast du eigentlich nicht die Seitenverkleidung montiert, bevor wir losgefahren sind?« Und der junge Brigadiere mummelt sich noch besser in seinen Wintermantel ein und zieht den blauen Wollschal über den Ohren und am Hals zurecht.

»Du bist hier zu Hause und frierst mehr als ein armer deutscher Soldat. Du müßtest doch an das Klima gewöhnt sein.«

»Damit du es genau weißt, ich bin unten aus der Maremma, und bei uns habe ich solch eine Schweinekälte noch nie erlebt! Ich möchte nur mal wissen, warum du die Seitenverkleidung nicht angeschraubt hast.«

»Das ist mir zu umständlich, sie erst anzuschrauben und dann wieder abzunehmen. Deshalb habe ich es bleibenlassen und warte auf den Frühling.«

Der Brigadiere beugt sich hinter der Windschutzscheibe vor, um im dichten Schneetreiben etwas zu erkennen. Doch sofort zieht er den Kopf wieder zurück, flucht, wischt sich den Schnee aus dem Gesicht und grummelt zu sich selbst: »Im Frühjahr bin ich hoffentlich wieder zu Hause.« Er lehnt sich wieder vor. »Warte mal, ich glaube, wir sind schon da! Paß auf, links müßtest du jetzt das Tor erkennen. Es steht immer offen. Und von dort führt ein Weg gerade durch zur Ortskommandantur. Was ist? Siehst du das Tor?«

»Du bist gut. Wie soll ich denn bei diesem Schneetreiben was sehen?«

»Doch, hier ist es! Links, fahr links rein!«

Der deutsche Unteroffizier hat das Tor nicht gesehen. Er vertraut aber seinem Kameraden und schlägt scharf nach links ein. Der Schnee ist schon liegengeblieben und hat auf dem Weg eine glatte Eisschicht gebildet, aber der Wagen kommt nicht ins Schlingern und rollt, stabil auf den beiden Antriebsachsen ruhend, haargenau zwischen den beiden nicht ganz geöffneten Torflügeln hindurch.

Am Ende des Weges durchbricht ein heller Lichtschein die weiße Schneewand: In der Villa sind alle Lampen eingeschaltet. Der deutsche Unteroffizier hält am Fuß der Freitreppe, die zum Portikus hinaufführt, und brummt:

»Hier machen sie Festbeleuchtung, und ich soll mit ausgeschalteten Scheinwerfern fahren!«

Die kreuz und quer unter dem Laubengang abgestellten Sachen – Aktenkisten, antike Möbel, verpackte Gemälde und vieles mehr – lassen auf eine unmittelbar bevorstehende Räumung der Ortskommandantur schließen.

Im Frühjahr zuvor erst hatte die deutsche Heeresleitung in jener prunkvollen Villa eine ideale Unterkunft gefunden, und es war geplant, dort zumindest bis zu der großen Offensive zu bleiben, die man zweifellos bald beginnen würde, um die Alliierten, die sich auf den umliegenden Anhöhen festgesetzt hatten, nach Süden zurückzujagen. Doch im Krieg kann sich die Lage rasch ändern, und häufig bleibt es bei den guten Vorsätzen. Mit dem Resultat, daß die Villa jetzt eilig geräumt wird. Die Dokumente wird man an einen Ort bringen, wo sie besser geschützt sind vor den Bomben der Alliierten, und die kostbaren Möbel und Gemälde, die seit Jahrhunderten zum Inventar der Villa gehörten, werden den Weg nach Berlin antreten oder ins Heim irgendeines Parteibonzen. Unterdessen sind die höheren Befehlshaber schon abgezogen, und in der Ortskommandantur halten sich nur noch der Hauptmann und einige Soldaten auf, die drinnen und draußen vor der Villa hin und her wuseln, um den Umzug so rasch wie möglich über die Bühne zu bringen.

»Ich soll ohne Scheinwerfer fahren, und die lassen alle Lampen an«, kann sich der Unteroffizier immer noch nicht beruhigen.

Ein Hauptmann der FLAK kommt die Treppe hinuntergelaufen und brüllt etwas auf deutsch.

»Was schreit der denn so?« fragt der junge Brigadiere seinen deutschen Kameraden leise.

»Er ist sauer, daß er auf uns warten mußte. Wir sollen uns beeilen.«

Der deutsche Unteroffizier steigt aus dem Schwimmwagen, und der Hauptmann zeigt ihm die Kassetten, die noch aufzuladen sind, dreht sich dann zu dem noch im Wagen sitzenden Italiener um und ruft ihm etwas zu. Der Brigadiere versteht kein Wort, kann sich aber denken, was man von ihm will, und springt aus dem Wagen, um seinem Kameraden zur Hand zu gehen.

Sie verstauen die Kassetten auf der hinteren Ladefläche, verabschieden sich mit militärischem Gruß von dem Hauptmann, der sie nicht aus den Augen gelassen und das Einladen aufmerksam beobachtet hat, klopfen sich den Schnee von Kleidung und Schuhen und steigen in den Schwimmwagen. Der Hauptmann gibt dem Deutschen weitere Befehle, hebt den Arm zu einem wenig zackigen »Heil Hitler« und verschwindet wieder in der Villa, wobei er sich noch nicht einmal den Schnee von den Stiefeln klopft – schließlich gehören die wertvollen Teppiche ja auch nicht ihm.

»Was hat er noch zu dir gesagt?«

»Wir sollen gut aufpassen, in den Kassetten seien wichtige Dokumente für ... Wie sagt man noch auf italienisch?«

»Woher soll ich das wissen? Ich weiß doch nicht, was du meinst.«

»Zukunft, ja, Zukunft könnte man sagen. Es handele sich um wichtige Dokumente für die Zukunft des Deutschen Reiches. Wir sollen uns beeilen. Die warten schon auf uns.«

Der Italiener lächelt und schüttelt den Kopf. »Wenn das so wichtige Dokumente sind, warum vertraut er sie dann nicht einer gut bewaffneten Eskorte an?«

»Der Hauptmann meint, daß ein Wagen mit zwei Soldaten weniger auffällt und sicherer vor den Partisanen ist. Glaubst du das auch?«

»Ich glaube nur, daß die Kassetten dort ankommen werden, wo sie hingehören.« Und da sie sich mittlerweile außer Hörweite des Hauptmanns befinden, läßt er seinen Worten lautes Gelächter folgen.

Die beiden Soldaten hüllen sich wieder so gut es geht in ihre Wintermäntel ein, dann läßt der Deutsche den Motor an, schaltet die Scheinwerfer wieder ein – auch wenn sie nicht viel bringen werden –, und der Schwimmwagen zieht mühelos und ohne zu rutschen auf der rasch höher werdenden Schneedecke an. Die beiden Antriebsachsen machen das Auto zu dem idealen Fahrzeug fürs Gebirge, für die schlammigen und steinigen Wege und Saumpfade jener Gegend.

»Der Hauptmann sagt, wir sollen die Waffen schußbereit halten«, und der deutsche Unteroffizier blickt sich um zu der Schmeisser-Maschinenpistole, die hinten auf den Kassetten liegt.

Auch der junge Brigadiere inspiziert noch mal die italienische MAB auf seinen Knien sowie das schußbereite MG 34 auf der Lafette vor der Windschutzscheibe.

Der deutsche Ingenieur Ferdinand Porsche hat gute Arbeit geleistet, als er seinen Schwimmwagen entwarf. So hat er zum Beispiel die Windschutzscheibe auf der Beifahrerseite etwas niedriger gehalten, so daß das MG genau darüber paßt und der Beifahrer im Sitzen feuern kann. Durch einen Aufsatz auf der Lafette kann das MG außerdem so ausgerichtet werden, das es zur Fliegerabwehr genutzt werden kann.

Mittlerweile haben sie die Staatsstraße erreicht: Auf dem Wagendach aus Zeltstoff schmilzt der Schnee, doch an der Windschutzscheibe staut er sich, so daß die Scheibenwischer hängenbleiben und die Wischerblätter steinhart werden, wie Eis.

Die beiden Soldaten sind verstummt und fahren schweigend das Tal hinauf.

Von dem Schwimmwagen, den beiden Insassen – einem deutschen Unteroffizier und einem Brigadiere der Guardia Nazionale Italiana von Mussolinis Repubblica di Salò – sowie den vier Kassetten mit Dokumenten von elementarer Bedeutung für den Ausgang des Krieges und die Zukunft des Deutschen Reiches hat man nie wieder etwas gehört.

Am Tag darauf berichten die wenigen im Ort verbliebenen Bewohner – Frauen, Kinder und alte Männer – dem deutschen Hauptmann von Maschinengewehrgarben, von Schüssen aus Maschinenpistolen und den Explosionen zweier Handgranaten, die sie kurz vor vier Uhr morgens aus dem Schlaf gerissen haben; vertraute Geräusche für ein abwechselnd von zu vielen kriegführenden Armeen besetztes Dorf. Niemandem war danach, sein Haus zu verlassen.

Am Schauplatz des Geschehens findet der Hauptmann unter dem Neuschnee die Patronenhülsen, die nach dem Feuergefecht liegengeblieben sind. Patronenhülsen einer deutschen Schmeisser und einer MAB, wie sie die jungen Soldaten der faschistischen GNR benutzen. Hinter der Decke entdecken seine Männer auch die Explosionsspuren zweier Handgranaten.

»Ein Auto kann sich nicht in Luft auflösen! Klappert jedes Haus ab.« Und er feuert in die Luft mit seiner P 38, die er den Dorfbewohnern während des Verhörs unter die Nase gehalten hatte.

Alle Häuser werden auf den Kopf gestellt, Ställe durchsucht, Heuschober in Brand gesetzt … Ohne Erfolg. Die vier verschwundenen Kassetten sind ein herber Verlust für die Armee des Führers.

Nuccia ist die erste, die dieses Gebrüll wie von einem verwundeten Tier hört: Seit Monaten macht sie nachts schon kein Auge mehr zu und verbringt ihre Zeit damit, den Geräuschen des Krieges zu lauschen und, wenn der Krieg es zuläßt, den Geräuschen der verstreichenden Zeit und der Natur, die trotz allem weiter existiert. Nuccias Mann wurde von der Todt zur Zwangsarbeit eingezogen, wobei »eingezogen« eine nette Umschreibung ist: Die Deutschen sind mit gezogenen Waffen in ihr Haus eingedrungen und haben ihn einfach mitgenommen.

»Das könnt ihr doch nicht machen. Mein Mann ist alt und krank, er braucht Pflege«, hat Nuccia sie aufzuhalten versucht.

»Seine Pflege wird er bei uns schon bekommen!« ist ihr der deutsche Unteroffizier über den Mund gefahren. »Wer in der Organisation Todt arbeitet, arbeitet für das Großdeutsche Reich.«

Das war vor sechs Monaten, und seitdem hat Nuccia ihren Mann nicht mehr gesehen.

Ihr Mann ist von der Todt zwangsverpflichtet worden wie die wenigen anderen Männer, die noch im Dorf verblieben waren. Nuccia lebt jetzt mit dem Alptraum der Granaten, die im Moment noch nur zischend über das Dorf hinwegfliegen und am Berghang jenseits des Flusses explodieren. Sie hört, wie die Granaten abgefeuert werden, das je nach Geschütz unterschiedlich lang anhaltende Zischen und schließlich die Explosion. Isoliertes Artilleriefeuer größtenteils, um die Besatzer jenseits des Ufers wissen zu lassen, daß sie, die Befreier, noch da sind und jederzeit zuschlagen können. Hin und wieder antworten die Deutschen mit ein paar Granaten, und dann bricht auf der anderen Seite ein Donner los, der über den Ort hinwegzieht.

Wie soll man dabei ein Auge zumachen?

So hört also Nuccia als erste den Laut und spitzt die Ohren: das ist kein Tier. Ein Tier brüllt anders.

Dann hören es auch die anderen, die in der Nähe wohnen; den verzweifelten Schrei eines Menschen. Vielleicht ein Hilferuf, doch wer soll in diesen Zeiten schon jemandem helfen können?

Das Geschützfeuer hält fast die ganze Nacht an, erlischt und flammt wieder auf, hallt von den Felswänden wider, dringt in die Schluchten und verliert sich in den Wäldern, bis es irgendwann gar nicht mehr zu hören ist. Und da ist es schon kurz vor Morgengrauen.

Niemand hat sein Haus verlassen.

Am Morgen machen sich der Pfarrer und drei Frauen im immer noch dichten Schneetreiben auf die Suche. Die ersten Fußspuren finden sie unter einer überhängenden Felswand, dem »Eulenfels«, wo der Schnee nicht direkt einfällt, sondern von Windböen hingetragen wird. Es sind Spuren von großen Nagelschuhen, vielleicht auch Militärstiefeln, aber was läßt sich daraus schon schließen? Schuhe wechseln in diesen Zeiten rasch ihre Besitzer. Wer eine Leiche findet, zieht ihr als erstes die Schuhe aus und zieht sie selbst an.

»Hier muß er sich eine Zeitlang aufgehalten haben«, sagt der Pfarrer. »Wäre er hiergeblieben, hätten wir ihn finden und ihm helfen können.«

Die Spuren verlaufen in Richtung des Pfades, der zu einem Haus namens Ca' Bruciata führt.

Keuchend und schwitzend bleibt der Pfarrer stehen und bedeutet den anderen, still zu sein und zu lauschen, doch es ist nichts zu hören als die winterliche Stille, und niemand wird je erfahren, wer in jener Nacht geschrien hat. Wer da Hilfe brauchte und was aus ihm geworden ist.

Drittes Rätsel

Als Caio noch da war, füllte sich schon lange vor Wintereinbruch der Wellblechschuppen hinter dem Haus mit trockenem Holz, passend gesägt und gespalten für den Küchenherd. Darum kümmerte er sich, Caio. Dann brach der Krieg aus, die Deutschen kamen, und Caio wurde eingezogen.

Sie, Caios Maria …

Es gibt zu viele Marias im Dorf, und so fügen die Leute, um sie zu unterscheiden, den Namen des Ehemannes oder des Mannes, mit dem sie leben, hinzu, wie eben auch im Falle von Caios Maria.

Sie, Caios Maria, hatte also den ganzen Sommer über damit zu tun, trockene Baumstämme nach Hause zu schaffen, die der Fluß mitgeführt und am Ufer abgelegt hatte, Reisig zu sammeln, um den Ofen anzuzünden oder den Backofen zum Brotbacken zu feuern – wenn es mal Mehl gab –, oder hier und dort in den Wäldern Äste zu stehlen, die der Wind abgebrochen hatte und die nun am Boden vermoderten, weil keine Männer mehr da waren, die die Wälder säuberten. Sie hatte getan, was sie konnte, und im Oktober sah es so aus, als ob in den Schuppen unmöglich noch mehr Brennholz hineinpassen würde. Doch Ende Januar war er schon leer und der Winter noch lang.

»Kein Wunder«, hatte Nuccia zu ihr gesagt. »Du hast ja nur Pappel-, Weiden- und Akazienholz. Das verbrennt im Nu und hinterläßt nichts als Asche. Was du brauchst, ist Eiche. Eichenholz verbrennt langsam und bringt Glut und Wärme.«

Da hat sie recht, aber wo soll Caios Maria jetzt noch trockenes Eichenholz herbekommen?

So bleibt ihr also nicht anderes übrig, als jeden Morgen früh das Haus zu verlassen und ihre Runde zu drehen, um ein paar Äste zusammenzuklauben, mit denen der Küchenherd zu feuern ist, wobei sie keinen Wert darauf legen kann, ob es auch tatsächlich Eichenholz ist. Schließlich muß sie sich nicht nur aufwärmen, sondern auch das Wasser für ein paar Kartoffeln zum Kochen bringen.

Dort, wo die geschlossene Schneedecke kleine Erhebungen bildet, beginnt sie, mit Händen und Schaufel zu graben, und findet so mal einen verdorrten Strauch, mal den abgesplitterten Teil eines Baumstammes. Nicht immer jedoch, manchmal handelt es sich auch nur um eine Unebenheit des Erdbodens, und dann hat sich Caios Maria für nichts und wieder nichts eiskalte Hände geholt. Unter den Achselhöhlen versucht sie, sie zu wärmen, oder sie legt sie zusammen und bläst hinein, bevor sie sich wieder daranmacht, den Schnee zu durchwühlen.

»Irgendwann geht er zu Ende, irgendwann geht auch dieser verfluchte Krieg zu Ende, und dann wird Caio ...« Doch Caio kommt und kommt nicht zurück, auch als der Krieg endlich aus ist.

An dem Pfad, der zur Guelfa hinunterführt, einem Bach, der auch im August noch Wasser führt, hat sie schon einen hübschen Haufen Brennholz aufgestapelt, feucht, doch zum Verbrennen im Küchenherd wird es gehen. Caios Maria wirft einen Blick darauf:

»Das wird für eine Woche reichen.« Und bevor sie sich auf den Heimweg macht, schaut sie sich noch einmal um und erblickt direkt am Ufer des Baches, bei einer Stelle, die die Leute Bordaschlund nennen, eine weiße Erhebung, als liege dort unter der Schneedecke ein prächtiger Baumstamm.

»Ich werde ihn hier an Ort und Stelle zersägen«, murmelt sie. »In einem Stück kann ich ihn bestimmt nicht nach Hause schleppen.« Doch zuvor muß er noch freigeschaufelt werden und ein paar Stunden in der Sonne liegen. Danach wird sie mit einer Säge zurückkehren, ihn in zwei, drei Teile zerlegen ...

An der vom Wasser entfernt liegenden Seite beginnt sie, ihn freizulegen: Das andere Ende scheint noch im Bach zu liegen. Die Arbeit ist anstrengend, und als plötzlich zwei nackte Füße zum Vorschein kommen, hat sie nicht einmal mehr die Kraft zu schreien. Zwei nackte Füße, weiß wie der Schnee, der sie bedeckte. Die Zehen stecken im gefrorenen Boden, wie verwurzelt, so als hätte die Erde sie hervorgebracht.

Caios Maria ist zu erschöpft und entsetzt, um zu schreien. Sie läßt die Schaufel fallen, nimmt die Hände vor den Mund und starrt mit weit aufgerissenen Augen auf diese Füße. Dann blickt sie zum Wasser hin, und jene dunkle Stelle im Bachbett ist nicht, wie sie gehofft hatte, das andere Ende eines Baumstammes. Es ist der Hinterkopf eines Menschen, dessen Haare sich in der Strömung bewegen!

Frabbone ist es schließlich, der die ganze Leiche freilegt. Nicht weit entfernt steht der Pfarrer mit dem aufgeschlagenen Gebetbuch in Händen und murmelt die Totenlitanei, während einige Frauen hinter ihm mit »Amen« antworten.

Frabbone muß den Schaufelstiel wie einen Hebel unter Brust und Bauch des Toten ansetzen, um ihn von dem gefrorenen Erdboden loszureißen. »Wie lange mag der arme Kerl hier schon liegen?« murmelt er.

Und als es ihm endlich gelungen ist, den Körper umzudrehen, schließt er unwillkürlich die Augen und öffnet sie erst wieder, nachdem er den Kopf weggedreht hat: Das Gesicht, oder besser das, was davon noch übrig ist, gehörte einem jungen Mann. Doch die Augen sind fort und Lippen und Nase weggefressen, so daß die blanken Knochen hervorschauen.

Frabbone reißt sich zusammen, nimmt seinen Schal ab und legt ihn über das zerschundene Gesicht.

»Der arme Junge! Der ist noch nicht mal zwanzig geworden«, sagt Nuccia, während die Leiche über den Pfad zum Dorf getragen wird. »Der arme Junge!«

Bevor man ihn auf dem Dorffriedhof bestattet, natürlich nach einer Totenmesse, wie sie jedem Christen zusteht, sucht der Pfarrer die Taschen der Zivilkleider ab, die der Unglückliche am Leibe trägt: einen Pullover aus grober Wolle, eine lange Winterjacke, eine an den Knien durchgescheuerte Barchenthose über einer langen Wollunterhose. Er findet nichts. Keine Papiere, keinen Hinweis, um wenigstens einen Namen auf das Eisenkreuz schreiben zu können, das Nuccia ein paar Tage später auf das Grab steckt. Frabbone hat es angefertigt und auf dem in der Mitte aufgeschweißten Blechschild den Schriftzug eingraviert: »Unbekannter junger Mann, ungefähr zwanzig Jahre alt, gefunden im Bordaschlund, Tag des Herrn, 3. Februar.« Die Jahreszahl hat er vergessen, aber die hat auch keine Bedeutung.

Während sie vom Friedhof ins Dorf zurückkehren, fängt Cesira im Kreis der Frauen, die der Beerdigung beigewohnt haben, mit der Geschichte von der Borda an:

»Habt ihr gesehen, wie zerfressen sein Gesicht war? Augen, Lippen und Nase, alles fort. Das war die Borda.«

»Aber die Borda lebt doch im Wasser?«

»Ja und? Lag das Gesicht des Toten vielleicht nicht im Wasser? Nein, nein, ihr könnt mir glauben. Meine Eltern haben mich als kleines Mädchen schon immer gewarnt. ›Bleib weg vom Wasser, sonst packt dich die Borda, zieht dich hinein und frißt dich.‹«

»Das habe ich auch schon oft gehört. Die Borda zieht ihre Opfer ins Wasser und frißt zuerst die Augen, dann die Nase und die Lippen. Aber bis jetzt wollte ich es nicht glauben.«

»Dabei ist es wahr. Alle paar Jahre sucht sich die Borda ein Opfer. Jetzt wird sie erst mal Ruhe geben. Nur wie lange, kann niemand sagen! Schon meine Großmutter hat die Kleinsten immer gewarnt: ›Bleibt von der Guelfa weg, bleibt bloß von diesem Bach weg. Da wartet die Borda und frißt euch.‹«

»Und warum ausgerechnet in der Guelfa?«

»Weil die das ganze Jahr Wasser führt, auch im Sommer, und da gibt es viele tiefe Stellen, wo sich die Borda verstecken kann. Und dann, wenn sich jemand übers Wasser beugt, springt sie heraus und schnappt zu.«

Cesira wußte mehr über die Borda als die anderen Frauen. Vielleicht, weil ihr Haus direkt am Bachufer stand. Oder vielleicht auch, weil sie die älteste der Frauen war, die an der Beerdigung des von der Borda verstümmelten jungen Mannes teilgenommen hatten.

»Was sind das nur für dumme Weibergeschichten«, schaltet sich nun auch der Pfarrer in das Gespräch ein. »Wenn ich das schon höre – die Borda. Wir leben doch nicht mehr im Mittelalter. Der arme Kerl ist gestorben, mehr nicht.«

»So? Und wer hat seine Augen gefressen, Don Merigo?«

»Ein Fuchs oder ein anderes Tier. Von der Borda will ich nichts mehr hören.«

Cesira schüttelt den Kopf und raunt ihrer Nachbarin zu: »So, so, ein Fuchs. Dabei lag sein Gesicht unter Wasser.«

Sie hat leise gesprochen, doch Don Merigo hat gute Ohren: »Und du glaubst also, daß die Borda auch die Schuhe von dem jungen Mann gebraucht hat? Sie hat sie ihm ausgezogen und trägt sie jetzt.«

Cesira sucht angestrengt nach einer Erklärung. Sie findet keine, bleibt aber bei ihrer Meinung, felsenfest überzeugt von der Existenz jenes Ungeheuers. Und so antwortet sie schließlich: »Dann sagt Ihr mir doch, wie er gestorben ist, Don Merigo. Einstiche oder Schußwunden waren jedenfalls nicht zu sehen.«

Auch Don Merigo sucht nach einer Erklärung und findet keine:

»Der arme Junge ist gestorben. Er ist tot, und mehr wissen wir nicht. Vielleicht erfahren wir nie, wie er zu Tode gekommen ist, aber in Gottes Namen, er verdient ein wenig Respekt! Eines Tages wird jemand kommen und sich nach ihm erkundigen. Was sollen wir ihm sagen? Daß ihn die Borda gefressen hat?«

Doch Don Merigo hat sich geirrt. Es ist niemand gekommen, niemand hat sich nach ihm erkundigt, und niemand hat je den

Namen des jungen Mannes in Zivilkleidung und ohne Schuhe erfahren, der mit dem Gesicht im Wasser der Guelfa lag. Niemand weiß, wie er tatsächlich ums Leben gekommen ist, und das Kreuz steht immer noch dort, auf dem Grab eines Unbekannten auf dem kleinen Dorffriedhof, verrostet und mit einem fast unleserlichen Schriftzug.

1

Der Schatz der Königin Selvaggia und andere Kleinodien

Er kam aus dem Wald gelaufen und erreichte die Lichtung. Vor ihm lag die Ruine, die ihm mittlerweile wohlvertraut war. Keuchend blieb er stehen und lauschte. Das Rascheln zurückgebogener Zweige und das Knacken zertretener Äste auf dem Waldboden verrieten ihm, daß sie noch hinter ihm her waren. Mit dem linken Arm wischte er sich den Schweiß von der Stirn, während seine rechte Hand die Waffe fest umklammerte.

Er warf einen kurzen Blick auf das alte Gemäuer, das noch von der kleinen Abtei und dem Wachtturm daneben übriggeblieben war: ein idealer Zufluchtsort. Dort würde er sich verschanzen können. Unten im Dorf hatte der Kampf begonnen und sich dann weiter in Richtung Wald verlagert. Von seinen Kameraden wußte er nichts. Aber da man nur noch ihn allein verfolgte, waren sie wohl alle getötet worden. Seine Gegner waren zu viert, er hatte sie gezählt, und er besaß, das war ihm schmerzhaft klar, nur noch fünf Schuß Munition.

Er schaute sich um. Die halb verfallene Abtei war vielleicht verschlossen, aber ihm blieb ja noch der Turm! Der Eingang an der Seite des auf einem fünfeckigen Grundriß errichteten Gebäudes lag etwas erhöht und war teilweise von Schutt und Gestrüpp versperrt. Von dort würde er das umliegende ebene Gelände kontrollieren und seine Gegner in Schach halten können. Er würde es auch jetzt wieder schaffen, zumal er die Sonne im Rücken hatte.

Welch ein Triumph, wenn es ihm gelänge, alle zu töten!

Er hängte sich die Waffe um und lief zum Fuß des Fünfecks aus mächtigen, unterschiedlich großen Steinblöcken. Hinaufzuklettern war kein Problem. Das tat er schließlich nicht zum ersten Mal.

Er betrat einen Raum, der früher vielleicht einmal die Wachstube gewesen war, aber das wußte er nicht genau, und es interessierte ihn auch nicht. Er blickte auch nicht hoch, wo er nur den blauen Himmel und ein paar Sommerwölkchen über sich hatte. Gut verdeckt von Zwergholunderzweigen, Ginster und Brombeergestrüpp, kauerte er sich hinter einen Steinhaufen. Die Waffe legte er vor sich auf den Boden und überprüfte die Munition: zwei Schüsse im Lauf und weitere drei in Reichweite auf dem Boden.

Er mußte nicht lange warten, bis sie einer nach dem anderen anrückten, außer Atem vom Laufen und ohne sich vorzusehen. Die zahlenmäßige Überlegenheit, oder auch die Tatsache, daß sie außer Schußweite waren, machte sie sicher. Und so kauerten sie sich auch nicht nieder, als sie vor dem Gemäuer angekommen waren. Der größte von ihnen hob einen Arm, und alle blieben stehen und schauten sich suchend um.

»Wo mag der sich verkrochen haben?« fragte ein Blonder mit verschwitztem, dreckigem Gesicht nervös seinen Anführer.

»Na wo schon?! Entweder in der Abtei oder im Turm. Jedenfalls sitzt er in der Falle.«

»Und wie gehen wir vor?«

Der Anführer bedeutete ihm zu schweigen, legte die Stirn in Falten und dachte angestrengt, dabei gegen Grasbüschel tretend, nach: »Wenn er schlau ist und sich gut versteckt hat«, sagte er schließlich mißmutig, »kann er uns hier so lange beschäftigen, wie er Lust hat.« Er ließ den Blick über seine Gefolgschaft schweifen. »Paßt auf, wir machen Folgendes: Mit Abstand voneinander rücken wir langsam vor. Dann muß er irgendwie reagieren und seine Deckung verlassen. Und auch wenn er einen von uns abknallt, sind wir immer noch zu dritt und machen ihn kalt. Alles klar?«

Das waren keine verlockenden Aussichten, doch die drei nickten ergeben, umfaßten ihre Waffen und rückten, sich voneinander lösend, auf die Ruine vor.

Ihr Gegner hatte von seinem Versteck aus alles mitangehört. »Diese Idioten haben vergessen, daß meine Waffe einen Doppellauf hat«, dachte er. »Wenn ich es geschickt anstelle, kann ich mit einem Schlag zwei von ihnen fertigmachen. Danach sehen wir weiter. Also los.«

Er beobachtete, wie sie anrückten. Zwei relativ nahe beieinander an der Spitze, der Anführer bildete den Schluß des Quartetts.

»Die ersten beiden muß ich erwischen!« Er ging in die Hocke, federnd in den Beinen, um für den Sprung bereit zu sein, und wartete, bis sie auf die richtige Entfernung herangekommen waren. »Jetzt!« machte er sich Mut, holte tief Luft, sprang vor und schoß, zweimal, rasch hintereinander und sehr genau.

»Getroffen«, schrie er. »Ich hab' euch getroffen.« Doch die anderen beiden reagierten augenblicklich und schossen zurück.

»Erwischt!« rief der Anführer. »Tot, tot, du bist tot, ich hab' dich erwischt!«

»Nein, das ist nicht wahr, du hast mich nicht erwischt!« Der Junge richtete sich hinter seiner Deckung auf. Das Blasrohr baumelte in seiner Hand. »Nein, du hast mich nicht getroffen. Der Pfeil ist so weit an mir vorbeigeflogen«, und er streckte eine Hand aus, um die Entfernung anzudeuten.

»Natürlich hab' ich dich erwischt. Hättest du einen Pullover an, wäre er hängengeblieben. So ist er abgeprallt, aber ich hab' dich erwischt, ich hab's ganz genau gesehen.«

Der Junge kam vom Turm runter und trat dem Anführer

entgegen: »Nein, du hast mich nicht erwischt. Das sagst du nur, weil du nicht verlieren kannst.«

Und die beiden Jungen starrten sich finster an.

»Wir haben's auch gesehen. Er hat dich genau getroffen. Du bist raus. Wir haben gewonnen!«

Weitere Jungen tauchten auf der Lichtung auf: »Wir haben das aber anders gesehen. Er hat Marcello und Joe getötet, aber ihr habt ihn nicht erwischt«, schrie einer. »Wir haben's genau gesehen: In seiner Deckung hättet ihr ihn auch gar nicht erwischen können!«

Die beiden Gruppen standen sich jetzt aufgebracht gegenüber und begannen, sich schreiend gegenseitig zu stoßen und zu knuffen. Die Blasrohre waren im Gras gelandet. So war das eben: Alle Kämpfe endeten auf diese Weise, ohne einsichtige Verlierer und anerkannte Sieger.

»He, was soll denn der Radau?« rief eine Stimme, die aus den Kellergewölben der Abtei zu kommen schien.

Die Jungen fuhren herum. Eine ramponierte Tür des alten Gemäuers ging auf, und ein Mann undefinierbaren Alters trat auf sie zu, Haare und Bart zerzaust und mit weißen Strähnen durchzogen. Er trug Jacke und Hose aus breitrippigem Cord, die an mehreren Stellen notdürftig geflickt waren, einen dicken Pullover aus Schafwolle in einer schwer zu beschreibenden Farbe und an den Füßen Militärstiefel.

»He, was soll dieser Radau?« wiederholte er noch einmal mit lauter, tönender Stimme.

»Wer ist das denn?« wandte sich der Blonde mit dem verdreckten Gesicht schüchtern an den Anführer.

Nicht alle Jungen kamen aus dem Dorf, einige waren auch nur zu Ferien mit ihren Familien in den Bergen und kannten die Gegend und die Leute noch nicht richtig, auch wenn sie sich sofort mit den einheimischen Kindern zu Abenteuerspielen zusammengetan hatten.

»Ach der! Das ist Romitto der Einsiedler, ein seltsamer Vogel, aber harmlos. Er hält sich für den Wächter der alten Abtei und erzählt allen von irgendwelchen Erscheinungen, was weiß ich. Jedenfalls haust er da unten drin, ganz allein. Deshalb heißt er überall eben auch nur Romitto der Einsiedler. Sein richtiger Name ist Vivarelli. Oder Vivarini? Ich weiß nicht mehr genau. Er hat ein wenig studiert, und die Leute erzählen, er sei weit in der Welt herumgekommen. Aber die Leute erzählen ja viel ...«

Der Anführer hatte geflüstert, um den Alten nicht zu verärgern, der jetzt auf die Gruppe zugetreten war. Er hob einen Arm und streckte in gebieterischer Haltung den Zeigefinger aus.

»Wie könnt ihr es wagen, diesen heiligen Ort zu entweihen? Wißt ihr nicht, daß vor vielen hundert Jahren Mönche diese Abtei hier errichteten, weil genau an dieser Stelle unsere liebe Madonna zwei Hirten erschienen ist? Ja, ihr habt richtig gehört, die Muttergottes persönlich. Dort bei dem Kastanienbaum ist sie ihnen erschienen.« Und mit einer herrischen Geste des immer noch ausgestreckten Zeigefingers deutete er auf den Kastanienbaum neben der Abtei. Auf halber Höhe des Stammes sah man ein Heiligenbild mit verwelkten Blumen davor. Dann beschrieb der Zeigefinger einen weiten Bogen und richtete sich auf den Turm. »Und wißt ihr nicht, daß sich um dieses alte Gemäuer herum einst eine mächtige Burg erhob und daß in dieser Burg eine Königin lebte? Ja, eine richtige Königin!«

»Ja, Romitto, laß gut sein«, sagte der Anführer unbeeindruckt. »Die Geschichten haben wir alle doch schon hundertmal gehört.«

Der blonde Junge mit dem verdreckten Gesicht zog den Anführer am Ärmel: »Eine Königin? Hat der gesagt, eine Königin?« Er kam aus der Stadt, und solche geheimnisvollen Geschichten mit Königen und Königinnen hatten es ihm angetan. Offensichtlich war die Lektüre der Abenteuerromane Salgaris nicht spurlos an ihm vorübergegangen. Mit lauter Stimme fragte er, an Romitto gewandt: »Was denn für eine Königin?«

Der Alte lächelte, zufrieden, weil es ihm gelungen war, zumindest die Phantasie eines der Jungen anzuregen. Er trat auf ihn zu: »Eine ganz bedeutende Königin. Selvaggia wurde sie genannt. Und sie führte ständig Krieg gegen eine andere Königin, die in einem Schloß jenseits jenes Berges dort wohnte. Sehr blutige Kriege waren das. Und wie zu jenen Zeiten üblich, wurden sie mit Lanzen und Schwertern, Pfeil und Bogen ausgetragen. Die Königin Selvaggia hatte unterirdische Gänge graben lassen, die vom Turm bis zum Dorf führten, und andere, die bis zum Fluß reichten. Ja, bis in den Fluß hinein.«

»Gibt es die heute immer noch?« fragte der blonde Junge mit dem schmutzigen Gesicht.

»Ob es die immer noch gibt? Ja, natürlich, was glaubst du denn? Doch seit damals sind auch viele Teile eingestürzt, und man müßte graben, graben ...«, und mit den Händen deutete er die Tätigkeit an.

»Und dann? Wie ist der Krieg der Königinnen ausgegangen?«

Romitto beugte sich zu dem blonden Jungen vor, der neugieriger als die anderen war. »Wer kann das schon wissen? Viele Jahrhunderte sind seither vergangen. Jedenfalls ist die Königin Selvaggia dann gestorben.«

»Im Krieg?«

»Nein, an einer Krankheit, an einer der verheerenden Seuchen, die die Menschen damals heimsuchten. Doch vor ihrem Tod hat sie noch bestimmt, daß man sie neben der Kirche begraben sollte, unter einem Birnbaum, mit ihrem gesamten Schatz!«

Romittos letzte Worte erreichten nun alle Jungen, die, bis auf den Anführer, im Chor riefen: »Ein Schatz?«

»Ja, ein Schatz. Und würdet ihr den Birnbaum finden und dort graben, könntet ihr den Schatz der Königin finden: eine goldene Glucke mit zwölf Küken, alle aus Gold.«

Er richtete sich auf, und seine Gestalt zeichnete sich groß und breit gegen den Himmel ab. »In Vollmondnächten hört man sie heute noch gackern! Eine goldene Glucke mit ihren zwölf goldenen Küken!«

Ein langes Schweigen folgte seinen Worten, bis der Junge mit dem verdreckten Gesicht begeistert ausrief: »Wahnsinn, ein Schatz! Mensch, warum habt ihr denn nie nach diesem Birnbaum gesucht?«

»Ja, ja, such du nur nach dem Birnbaum mit dem Schatz«, antwortete ihm der Anführer, ein Junge aus dem Dorf, der abgeklärter als die anderen war. »Glaub' du nur dem alten Romitto. Ach, das sind doch alles Ammenmärchen, erfundene Geschichten.«

Romitto beugte sich erneut zu dem Blonden vor. »Geschichten sind es, da hat er recht, aber sie sind wahr. Und die Königin Selvaggia hat in ihrem Testament außerdem festgelegt, daß immer ein Wächter ihren Schatz hüten soll. Und dieser Wächter bin jetzt ich.«

»Kommt, wir gehen«, rief der Anführer nun laut, der genug hatte von den Geschichten des alten Mannes. »Oder wollt ihr vielleicht die ganze Nacht hierbleiben und euch den Schwachsinn von dem Alten anhören?« Und er stapfte los.

Die anderen folgten ihm schweren Herzens. Als letzter setzte sich der blonde Junge mit dem verdreckten Gesicht in Bewegung. Am Rande der Lichtung angekommen, rief der Alte ihnen nach:

»He, Jungs, besucht mich mal wieder. Ich kann euch noch viele andere Geschichten von verschwundenen Schätzen erzählen. Manche Schätze habe ich sogar selbst gefunden, und die hüte ich jetzt gut versteckt in den unterirdischen Gewölben der Abtei!«

Der blonde Junge drehte sich um und sah so als einziger, wie der Alte im Dunkel jenseits des Abteiportals verschwand. Dann schloß er rasch zum Anführer auf:

»Hast du gehört? Der alte Mann hat schon selbst Schätze gefunden!«

»Ich kann dir sagen, was das für Schätze sind, die Romitto gefunden hat. Die Schätze hat der hier«, und er tippte sich gegen die Stirn. »Die Schätze hat der hier bei den anderen Spinnereien, die ihm den ganzen Tag im Kopf herumschwirren.«

Die alte Mühle war seit dem Krieg, also seit über fünfzehn Jahren schon, verlassen. Es war eine kleine Mühle mit nur wenigen Mühlsteinen zum Mahlen von Kastanien gewesen, doch mittlerweile las kein Mensch mehr Kastanien auf. Der Besitzer der Mühle war nach Frankreich gezogen und arbeitete dort in einer Fabrik – eine feste, sichere Anstellung mit freiem Sonntag. Das war doch etwas anderes als Kastanienmahlen!

Im Laufe der Jahre war das Dach undicht geworden, am Wasserrad hatten sich die Schaufeln von der Drehachse gelöst, und Vandalen oder Vagabunden hatten die Türe aufgebrochen, die jetzt nur noch krumm und schief an einer verrosteten Angel vor einem leeren Räumchen hing. Durch die zerbrochenen Scheiben eines vergitterten Fensterchens konnte man im Nebenraum noch das erkennen, was von den beiden Mahlmaschinen und den Mühlsteinen übrig war.

Draußen vor der Mühle war eine große Lichtung, auf der Pappeln und Erlen wuchsen, und ein wenig darunter der Fluß, ruhig plätschernd, zumindest jetzt in den Sommermonaten. Für eine Clique von Heranwachsenden war es der ideale Ort, um abends zusammenzukommen, Gitarre zu spielen, Wein zu trinken, zu essen, soviel Lärm zu machen, wie sie nur wollten, ohne daß jemand etwas dagegen einwenden konnte, oder sich womöglich auch von den anderen abzusondern und sich pärchenweise hinter irgendeine Hecke zurückzuziehen, um eine jener Sommerlieben zu krönen, die zwei Wochen halten oder auch ein ganzes Leben.

Es war so gegen acht, als sie über den Pfad kommend auf der

Lichtung eintrafen, vorneweg ein Junge mit einer Gitarre über der Schulter, der er hin und wieder ein paar Akkorde entlockte, und die anderen im Gänsemarsch hintendrein.

»Kinder, wer hat den Wein?« fragte der mit der Gitarre, indem er sich zu den anderen umdrehte.

Ein kleingewachsenes rundliches Mädchen trat mit zwei Flaschen Wein in der Hand auf ihn zu. »Hier hast du deinen Wein! Ich frage mich nur, warum du nie selbst den Wein trägst. Dabei ist er dir am wichtigsten. Immer ich, immer muß ich den Wein tragen, owohl ich die Kleinste bin.« Lachend legte sie die Weinflaschen an der Außenmauer der Mühle ab. »Und das, obwohl ich noch nicht mal Wein trinke.«

Ein großgewachsener, magerer Junge umfaßte ihre Schultern: »So, du trinkst nichts? Dabei warst du doch das letzte Mal furchtbar besoffen.«

»Hör doch auf, Gigi, ich habe wirklich nur einen Schluck getrunken. Mehr vertrage ich doch nicht, mir steigt das Zeug sofort zu Kopf. Meine Eltern hätten mich zur Schnecke gemacht, wenn sie mich so gesehen hätten. Aber ich habe kaum geatmet, als ich zur Tür rein bin, und die haben zum Glück überhaupt nichts gemerkt. He, wo sind eigentlich die Würstchen?«

»Die hat Carletto gekauft, und das Brot auch. Wir müssen nachher noch abrechnen. Den Wein habe nämlich ich bezahlt.« Und Gigi ließ sich ins Gras fallen.

»Ach, du machst es dir schon gemütlich? Und wer sucht Brennholz und macht Feuer? Komm, auf, beweg dich!« Und Pietro untermalte seine Worte mit einem Akkord.

»Und du? Du machst wieder mal gar nichts.«

»Doch, ich spiele Gitarre. Und Musiker brauchen nicht zu arbeiten. Los, auf, Franca, und du auch, Lino, und du, Silvia, glaubt nicht, daß ihr euch so einfach drücken könnt. Und wo sind eigentlich Clara und Vincenzo? Wohl schon in den Büschen verschwunden.«

»Quatsch, wir sind hier. Aber du, mach mal halblang. Du redest nur, und wir sollen arbeiten. Warum spielst du uns nicht wenigstens mal was vor? Dieses Lied von Modugno, wie heißt es noch? *Vecchio frac.* Los, mach schon.«

»Ja, wegen mir, ich kenne das Lied«, murmelte Pietro, »aber Modugno spielt es in einem Rhythmus, der mir nicht so liegt. Nun gut, wenn ihr keine zu hohen Ansprüche stellt ...« Er schlug die Beine übereinander und begann zu singen:

> È giunta mezzanotte,
> si spengono i rumori,
> si spegne anche l'insegna
> die quell'ultimo caffè ...

Die anderen schwärmten bis zum Fluß hinaus und sammelten Holz, das vom Wasser angespült und von der Sonne auf dem Kiesbett getrocknet worden war. Nach und nach luden sie es neben der Feuerstelle ab, die aus von früheren Feuern eingeschwärzten Steinen bestand. Die dünneren Zweige wurden zerkleinert, und Vincenzo riß zwei Seiten aus einer mitgebrachten Zeitung heraus und legte sie zerknüllt auf den Boden der Feuerstelle. Dann schichtete er sorgfältig das Reisig darauf und darüber noch ein paar dickere Äste.

»Überlaßt die Sache am besten dem Feuermeister. Um ein richtiges Feuer zu machen, braucht man eben einen hervorragenden Spezialisten«, sagte er, indem er die rechte Hand hob und drei Finger zum Pfadfinderzeichen spreizte. »Hugh, ich habe gesprochen. Macht doch schon mal die Spieße fertig.«

Pietro lehnte die Gitarre gegen die Mühlenmauer: »Es ist doch immer dasselbe. Ich singe mir hier die Seele aus dem Leib, und die anderen denken nur an ihr Vergnügen, schlagen sich den Bauch voll, saufen oder verschwinden in den Büschen. Wartet doch wenigstens, bis ich die Würstchen abgeschnitten habe. Dann kann ich euch schon mal sagen, ob sie was taugen. Aber vorher noch ...« Er griff zur Weinflasche, nahm einen großen Schluck und wischte sich dann mit dem Handrücken über den Mund. »Nicht schlecht, genau das Richtige jetzt. Also her mit der Wurst!«

Er nahm ein Messerchen aus der Tasche und machte sich daran, den langen rosafarbenen Darm an den umwickelten Stellen zu zerschneiden und die einzelnen Würstchen auf eine gelbe Papiertüte im Gras neben sich anzuordnen.

Silvia, ein Mädchen mit glattem, blondem Haar, legte weiteres Brennholz neben das Feuer: »So, das müßte reichen«, meinte sie an Vincenzo gewandt.

»Ach, noch lange nicht. Du hast Vorstellungen. Mit dem bißchen hier ist es noch lange nicht getan.«

Silvia sah sich um, um nach mehr Brennholz zu schauen, und murmelte plötzlich: »Das darf doch nicht wahr sein! Da ist mein kleiner Bruder.« Sie winkte ihm zu und rief: »Claudio, Claudio, wo willst du denn hin? Weißt du nicht, wie spät es ist? Weiß die Mama überhaupt, daß du noch unterwegs bist?«

Der Junge mit den blonden Haaren und dem verschmutzten Gesicht war gerade vom Pfad auf die Lichtung eingebogen, gab seiner Schwester jetzt ein unbestimmtes Zeichen mit den Armen und ging weiter.

»Dieser Idiot! Ausgerechnet ich muß mit solch einem blöden Bruder geschlagen sein«, murmelte Silvia, lief ihrem kleinen Bruder nach und hielt ihn an der Schulter fest. »He, bist du schwerhörig? Wo willst du so spät noch hin?«

»Habe ich dich schon mal gefragt, wo du hinwillst?«

»Nein, du Dummkopf. Aber du bist auch erst acht und ich fast sechzehn.«

»Aber du bist nur eine Frau, und ich bin ein Mann.«

So ging das immer zwischen den beiden.

Pietro trat auf sie zu. In der Hand hatte er ein Stöckchen, auf dem ein halb gegrilltes Würstchen steckte: »Was ist denn, Silvia? Wenn du dich nicht beeilst, essen dir die anderen alles weg.«

»Ja, ich komme schon. Dieser kleine Dummkopf hier bringt

mich immer zur Weißglut«, und damit wandte sie sich wieder dem Brüderchen zu und fragte noch einmal: »Weiß die Mama, wo du bist?«

»Bis zehn darf ich draußen bleiben.«

»Ja, aber im Dorf, nicht hier im Wald. Also, weiß die Mama, wo du dich rumtreibst?«

Claudio zuckte die Achseln: »Um zehn bin ich zu Hause.«

»Dann sag mir doch wenigstens, wo du hinwillst.«

Bevor er antwortete, warf Claudio einen mißtrauischen Blick auf Pietro und entschloß sich dann: »Dann sag aber dem da, daß er nicht lachen soll.«

»Keine Angst, ich lache schon nicht. Jetzt antworte deiner Schwester endlich, und dann können wir wieder zu den anderen gehen, bevor die alles aufgegessen haben.«

»Ich suche den Birnbaum.«

»Den Birnbaum?« wiederholte Silvia und schlug sich verzweifelt mit der flachen Hand gegen die Stirn.

»Ja, den Birnbaum, unter dem der Schatz versteckt ist!«

Silvia wandte sich an Pietro: »Ich hab's dir ja gesagt. Mein kleiner Bruder ist blöd. Komm, wir gehen.« Doch bevor sie sich wieder zu den anderen gesellten, sagte sie zu ihrem Bruder: »Du kannst doch noch nicht mal einen Baum von einem Stein unterscheiden. Wie willst du da einen Birnbaum finden?«

»Der Anführer kommt mit mir, und der Anführer weiß, was ein Birnbaum ist und was ein Apfelbaum.«

Silvia und Pietro entfernten sich: »Aber um zehn bist du zu Hause!« rief das Mädchen, sich noch einmal umblickend.

Claudio nickte und rannte wieder los auf den Wald zu, doch Silvia hatte keine Ruhe. Es paßte nicht zu ihrem Bruder, sich noch so spät im Wald herumzutreiben. Schon in der Stadt mit ihren schützenden Lichtern und Bogengängen war es für ihn das Höchste an Wagemut, mit den anderen Jungen im Hof bis zehn Uhr abends Räuber und Gendarm zu spielen. Und wenn er dann heim mußte, stieg er nur dann die Treppen im Treppenhaus hoch, wenn sie ihm oben im zweiten Stock schon die Wohnungstür geöffnet hatten, für den Fall, daß das Licht ausging, bevor er den Treppenabsatz erreicht hatte.

Doch im Gebirge war der Junge jedes Jahr wie verwandelt. Mit jedem Sommer, den die Familie hier verbrachte, wurde er mutiger und machte sich frei von den Zwängen der Stadt. In den Bergen konnte er sich austoben, da war er ständig unterwegs und tollte herum, meist in Begleitung dieses Jungen aus dem Dorf, den sie zu ihrem Anführer erwählt hatten.

»Ach, und für uns ist wohl nichts mehr übrig?« fragte Silvia die Freunde, die im Kreis um das Feuer herum saßen und eifrig dabei waren, die auf Stöckchen gesteckten Würstchen zu grillen.

»Nein!« antworteten alle im Chor. Dann öffnete Vincenzo die gelbe Papiertüte und reichte Silvia einen Spieß:

»Hier. Wenn ich nicht an dich gedacht hätte … Dein Pietro sorgt ja nur für sich selbst.«

Silvia hatte sich kaum zu den anderen gesetzt, da begann sie zu husten, weil sie den Rauch ins Gesicht bekam. »Na bitte, ich hab's ja gewußt. Der kommt immer zu mir.«

»Tröste dich. Der kommt immer zu den Schönsten«, lachte Vincenzo.

Hin und wieder wendeten sie die Würste, und das Fett tropfte zischend auf die Glut.

»Also ich würde sagen, die sind gleich gut. Habe ich einen Hunger!« erklärte Vincenzo. Er nahm sich eine Scheibe Brot und legte das Würstchen darauf. Gerade als er zubeißen wollte, ließ ihn Pietros Schrei innehalten. »Nein! Nicht!« Dann an die anderen gewandt, die ihn entgeistert anblickten: »Woraus habt ihr die Spieße gemacht?«

Vincenzo nahm das Brot aus dem Mund: »Sag mal, spinnst du?«

»Woraus habt ihr die Spieße gemacht?« fragte Pietro noch einmal.

»Wieso? Aus Zweigen von dem Baum da. Was hast du denn?«

»Ach nichts. Ich habe nur vor kurzem gelesen, daß auf Napoleons Feldzug in Spanien reihenweise Soldaten starben, weil sie Fleisch gegessen hatten, das an Spießen aus Oleanderholz gegart worden war. Oleander ist sehr giftig.«

Alle nahmen ihre Spieße hoch und blickten sie skeptisch an. Vincenzo war der erste, der wieder zu essen begann. »Ich kann euch beruhigen. Hier steht weit und breit kein Oleander. Guten Appetit.«

Alle begannen zu essen und ließen die Weinflaschen kreisen.

Pietro nahm einen tiefen Schluck, wischte sich über den Mund, stieß dann einen lauten Rülpser aus: »Ach, das war gut. Jetzt rauche ich noch eine Napoleon, und danach kann ich euch, wenn ihr wollt, mit ein wenig Musik erfreuen.«

»Bist du eine Sau!« Vincenzo lachte. »Und überhaupt, wie kann man nur Nazionali rauchen?«

»Eine Frage der Piepen. Wer genug davon hat, kann eben amerikanische qualmen, so wie du.«

»Was redet ihr denn für ein Italienisch?« fragte Clara. »Napoleon für Nazionali – das habe ich ja noch nie gehört.« Der Ort lag an der Grenze zwischen der Emilia-Romagna und der Toskana, und im Sommer kamen hier die Jugendlichen aus beiden Regionen mit ihren unterschiedlichen Dialekten zusammen.

»Hey, jetzt kommt auch noch der Mond raus«, rief Pietro. »Na, dann kann's ja losgehen mit dem romantischen Teil des Abends!« Er nahm die Gitarre zur Hand, hob den Kopf, um sich zu konzentrieren, spielte dann den ersten Akkord und begann:

Only you
can make this world seem right,
only you
can make the darkness bright …

Die anderen hörten zu oder summten auch mit und ließen dabei die Weinflaschen kreisen.

Plötzlich hielt Pietro inne und ließ seine Hände reglos auf den Saiten der Gitarre ruhen.

»Hast du schon keine Lust mehr?« fragte Silvia.

Mit einer Kopfbewegung deutete Pietro hinter sie. Alle drehten sich um. Auf dem Pfad war ein Mann aufgetaucht, der ein mit zahlreichen Bündeln bepacktes Fahrrad schob. Auf dem Rücken hatte er einen großen Rucksack. Er blieb stehen und rief lächelnd: »Guten Abend.«

Dann kam er heran und lehnte sein Fahrrad gegen die Mühle. Im Lichtschein des Feuers und des Mondes war er gut zu erkennen: Er war wohl um die Vierzig, hatte schütteres blondes Haar und trug Jeans und eine Windjacke.

»Ich Deutscher ... Tourist. Ich hier schlafen, mit Zelt?«

»Ach du großer Gott, ein Deutscher«, murmelte Pietro und blickte den Fremden eine Zeitlang an. »Ja klar, warum nicht?« meinte er dann.

Auch Vincenzo beobachtete den Mann: »Woher kommen Sie?« fragte er.

»Ich Deutscher ... Deutschland.«

Viel mehr war nicht hinzuzufügen, und Vincenzo machte ihm Platz beim Feuer. Der Deutsche bedankte sich mit einer Kopfbewegung und setzte sich. Pietro bot ihm die Weinflasche an:

»Wollen Sie Wein? Der ist gut.«

»Ja, ja, Wein ist gut.« Er nahm die Flasche entgegen, setzte sie an und ließ einen tiefen Schluck die Kehle hinunterrinnen. Dann: »Entschuldigung, ich müde. Ich schlafen.« Ein weiterer tiefer Schluck, bevor er die Flasche zurückgab.

»Alle Achtung, der Deutsche hat einen guten Zug am Leibe.«

Der Fremde erhob sich, vollführte eine komische, etwas steife Verbeugung und machte sich daran, sein Gepäck vom Rad zu laden.

Eine Weile sahen ihm die jungen Leute schweigend zu, dann meinte einer von ihnen leise: »Ist doch seltsam. Fährt mit dem Rad von Deutschland bis zu uns. Was will der hier in den Bergen? Rom, Venedig, Florenz ... das würde ich ja noch verstehen. Aber hier?«

»Na und? Was soll daran komisch sein?« meinte Pietro. »Habe ich euch eigentlich schon mal erzählt, wie ich letztes Jahr mit diesem Deutschen aus Berlin getrampt bin?«

»Ja, mindestens hundertmal«, sagte Silvia. »He Leute, was haltet ihr davon, wenn wir langsam mal gehen? Es ist schon ziemlich spät. Meine Eltern werden noch sauer und lassen mich abends nicht mehr vor die Tür. Und dann auch noch die Sache mit meinem blöden Brüderchen. Wer weiß, ob der überhaupt schon zu Hause ist.«

Sie standen auf. Der Deutsche war damit beschäftigt, sein Zelt, das er vom Rad genommen hatte, auf dem Boden auszubreiten und die Heringe neben den Schnüren zu verteilen.

»Ciao, wir gehen heim, gute Nacht.«

Der Deutsche lächelte und winkte ihnen zum Abschied mit der rechten Hand: »Ciao, ciao.«

Sie waren schon auf dem Pfad, als sich Pietro noch einmal umdrehte: »Wie lange wollen Sie eigentlich bleiben?«

Der Deutsche breitete die Arme aus und schüttelte lächelnd den Kopf.

2

Eine unvergeßliche Nacht

Die Sonne war kaum untergegangen, als Bleblè sich auf die Lauer legte, um endlich den Steinmarder zu erwischen. Das Tier hatte ihm schon vier Hühner gerissen, jede Nacht eins, und es sah nicht danach aus, als wolle es damit aufhören. Der Marder war so schlau, daß es nichts gebracht hatte, Fangeisen vor den Hühnerställen auszulegen, und ebenso wenig, den Zaun tiefer einzugraben. Fleißig buddelte der Marder, bis er das Ende des Zauns gefunden hatte, und drang dann in den Hühnerhof ein.

»So, wollen wir doch mal sehen, was du gegen meine Flinte ausrichten kannst«, murmelte Bleblè.

Er war wild entschlossen, falls nötig die ganze Nacht dort auf seinem Posten, einem Klotz aus Kastanienholz, zu verbringen. Er legte den Gewehrkolben auf seine Knie und den Lauf auf einen Ast, so daß die Waffe exakt in einer Linie mit dem Pfad ausgerichtet war, auf dem er den Marder erwartete.

Der hochstehende Vollmond zeichnete die Schatten der Bäume so deutlich auf dem Boden ab, als wäre es Mittag: Es mochte vielleicht halb zehn sein, zehn oder höchstens kurz nach zehn.

Die Explosion kam so unerwartet, daß er aufsprang. Das Gewehr fiel vom Ast, und die Mündung bohrte sich in die feuchte Erde. Einen kurzen Augenblick stand er wie erstarrt da, dann reagierte er, als sei es erst gestern gewesen und nicht schon fast zwanzig Jahre her, daß er solch ein Geräusch im Krieg zum letzten Mal gehört hatte. Er riß das Gewehr an sich, warf sich zu Boden hinter den Baumklotz, der ihm als Sitzgelegenheit gedient hatte, und richtete die Waffe genau in die Richtung, aus der die Explosion gekommen war. Erst jetzt wurde ihm bewußt, wie unangemessen seine Reaktion war, er schüttelte den Kopf und schnupperte in der Luft.

»Mein Gott, das war doch eine Mine! Eine deutsche Mine. Wenn die nicht wen erwischt hat.«

Dabei dachte er an ein Tier. Dennoch stand er auf und schlug den Pfad in Richtung der Ruinen ein, von wo der Knall gekommen war und von wo der scharfe Geruch des Sprengstoffs, von einer sanften Brise getragen, seine auf die Düfte des Waldes eingestellte Nase erreichte.

»Eine Mine?« murmelte er zu sich selbst. »Nicht zu fassen, seit zwanzig Jahren ist hier bei uns keine Mine mehr hochgegangen.«

Als er vom Pfad auf die unbefestigte Straße einbog, die zu den Ruinen führte, sah er in einiger Entfernung im Mondschein, der durch die Äste sickerte, ein an den Straßenrand geschleudertes Bündel.

»Um Gottes willen! Das ist doch kein Tier!« Er hängte sich das Gewehr um und begann zu laufen.

Er sah sofort, daß dem in Stücke gerissenen Explosionsopfer nicht mehr zu helfen war, und beugte sich noch nicht einmal darüber. Mehr als einen Menschen hatte er während des Krieges so zugerichtet gesehen, und für jemanden, der »in die Scheiße getreten hatte«, wie man damals sagte, um die Angst vor Minen nicht an sich heranzulassen, war nicht mehr viel zu tun gewesen. Nur noch die Einzelteile einzusammeln und sie zu bestatten.

Es war eine jener Nächte, die man lange nicht vergißt, die sich im Gedächtnis des Ortes festsetzen und über die man noch Jahre spricht.

Bleblè von Ca' Rossa lief zwei Kilometer, erreichte die ersten Häuser des Dorfes und rief schon, als die neue Carabinieri-Wache kaum in Sichtweite war:

»Gefreiter, hol den Maresciallo! Es ist etwas Entsetzliches passiert. Hol den Maresciallo!«

Maresciallo Ares Amadori, aus Ferrara gebürtig und hier auf seiner ersten Stelle, hatte die neue Kaserne eingeweiht und lebte und arbeitete dort seit drei Jahren; ungern, denn er erträumte sich etwas Besseres für seine Laufbahn, hatte jedoch gute Beziehungen und daher auch gute Aussichten, irgendwann versetzt zu werden. Alles nur eine Frage der Zeit.

»Du mußt Geduld haben, Amadori«, riet ihm immer wieder Oberstleutnant Friggerio von seiner vorgesetzten Dienststelle, dem *Comando Gruppo Carabinieri:* »Bei der ersten Stelle darfst du nicht wählerisch sein. Deine Zeit wird kommen. Schließlich gibt es genug Leute, die sich für dich stark machen.«

In der Erwartung »seiner Zeit« versuchte Amadori, seine Arbeit so korrekt wie möglich zu erledigen, auch wenn es im Ort normalerweise nicht viel zu tun gab: hin und wieder eine Schlägerei zwischen Betrunkenen, Verkehrsunfälle, die meistens ohne schlimme Folgen blieben, ein paar Einbrüche in die im Winter unbewohnten Ferienhäuser. Kurzum, normale Verwaltungsarbeit.

Die Neuigkeit, die Bleblè ihm brachte, zählte nicht zur normalen Verwaltungsarbeit und hatte sich, man weiß nicht wie, schon im Ort herumgesprochen, noch bevor der blaue Mannschaftswagen mit dem Maresciallo, dem Gefreiten sowie einem einfachen Carabiniere am Steuer die Garage verlassen hatte. Und so kam es, daß schon einige Leute zur Unglücksstelle unterwegs waren, als der Wagen auf die Straße zu den Ruinen einbog. Einige hatten Taschenlampen dabei, die sie bei dem Vollmond aber nicht brauchten. Der sternenübersäte Himmel schien so nah, als könne man ihn mit Händen greifen.

»Hast du eigentlich die Explosion gehört?«

»Ja, schon, mir war so. Obwohl man ja viele seltsame Geräusche hört, seitdem diese ganzen Knattermaschinen durchs Dorf rasen. Wer kümmert sich noch darum?«

»Ich habe alles genau mitbekommen. Es war wohl so halb zehn, höchstens zehn, und ich habe sofort zu Frabbone gesagt – wir haben zusammen Karten gespielt –, also ich habe zu Frabbone gesagt: ›Hast du gehört? Das war doch eine Mine.‹ Und er hat nur geantwortet: ›Du bist gut. Eine Mine in der heutigen Zeit!‹«

Claudios Mutter erreichte die Nachricht durch das Gerede der Leute in Andeutungen, also auf die brutalste Art und Weise, mit einem entsetzlichen Schicksalsschlag konfrontiert zu werden.

»Aber wer ist es? Weiß man schon, wer das tote Kind ist?« Und ihre Stimme bebte, denn es war schon elf und ihr kleiner Sohn trotz der Dunkelheit noch nicht zu Hause, wie man es ihm eingeschärft hatte, wie man ihm jeden Abend erneut einschärfte.

»Man weiß es nicht genau. Aber anscheinend ist er nicht von hier. Er soll das Kind von Urlaubern sein.«

»Mein Gott, nein!« schrie die Frau und machte sich auf die Suche durchs Dorf und rief nach ihrem Claudio.

Claudio antwortete nicht und würde nie wieder antworten. Wer antwortete, war seine Schwester Silvia, die ihre Freunde vor der Bar stehenließ und, so schnell sie konnte, dorthin lief, von wo sie die Rufe ihrer Mutter hörte. Und so waren die beiden Frauen zusammen, als ein Carabiniere zu ihnen trat und sie bat, auf die Wache mitzukommen. Da war es schon weit nach Mitternacht, die Untersuchung am Unfallort abgeschlossen, alle Spuren gesichert, das Explosionsopfer angehoben und abtransportiert in die Leichenhalle des Krankenhauses unten im Ort, am Eingang zum Tal. Was blieb, war, die Angehörigen zu benachrichtigen. Eine furchtbar schwere Aufgabe.

Claudios Vater war nicht da. Er arbeitete in Bologna und hatte in diesem Sommer keinen Urlaub bekommen, so daß er nur am Wochenende mit dem Zug und dann dem Bus hochkam und am Montag morgen früh wieder in die Stadt zurückfuhr.

Maresciallo Amadori wollte es den beiden Frauen nicht gestatten, den armen Claudio noch einmal zu sehen. Nicht in diesem Zustand, nicht bevor der Amtsarzt da war und ihn ein wenig hergerichtet hatte, so daß man den Jungen wenigstens wiedererkennen konnte.

Mutter und Schwester weinten hemmungslos. Vor allem Silvia, die immer wieder verzweifelt hervorstieß: »Hätte ich ihn doch nur nicht alleine gehen lassen … Hätte ich ihn doch nur nicht alleine gehen lassen …«

Doch die Nacht war noch nicht zu Ende: Auch Rinos Eltern, die auf dem Gehöft San Prospero wohnten, erschienen auf der Carabinieri-Wache: »Die Sonne geht gleich auf, und Rino ist immer noch nicht zu Hause, Maresciallo«, erklärte die Mutter fast schreiend.

»Ist es schon häufiger vorgekommen, daß er nachts nicht heimgekehrt ist?«

»Nein, gegen elf, spätestens halb zwölf war er immer da, wie abgesprochen. Im Sommer lassen wir ihn abends mit den anderen Jungen spielen, doch um elf muß er zu Hause sein.«

Und erneut rückten die Carabinieri mit dem Mannschaftswagen aus, die anderen Helfer zu Fuß, über die Bergstraßen, die Pfade, nach Rino suchend und rufend: »Rino! Rino!« Und schließlich, als die Sonne schon hoch stand, blies der Maresciallo die Suche ab und sagte zu den Angehörigen:

»Ich kenne doch Rino, der Junge ist nicht auf den Kopf gefallen, der weiß, was er tut. Und wenn er sich verlaufen hat, findet er auch wieder den Weg zurück nach Hause. Behaltet die Nerven, es wird schon nichts passiert sein. Schließlich hat Bleblè nur eine einzelne Explosion gehört. Ihr werdet sehen, wir finden ihn schon, er kommt zu euch zurück, ihr werdet sehen, alles kommt in Ordnung.« Aber er war selbst der letzte, der daran glaubte.

Zwei Tage später fanden sie ihn: Aufgedunsen und mit dem Gesicht nach unten trieb er genau in der Mitte des Bordaschlunds, dort, wo das Wasser der Guelfa am tiefsten war, eine Stelle, die auch im Sommer nicht austrocknete und schon immer als gefährlich galt. Denn in früheren Jahren waren dort immer mal wieder Menschen ertrunken. Zuletzt ein junger Mann im letzten Kriegswinter, von dem nie jemand erfahren hat, wer er war. Er hatte keine Augen mehr gehabt und ein Teil der Nase und der Lippen fehlte, genau wie jetzt bei dem armen Rino Battaglia von San Prospero: Augen, Nase und Lippen waren weggefressen.

Und nun diese beiden Unglücke kurz hintereinander, zusammengefügt von einer Unbarmherzigkeit, wie sie nur das Schicksal ersinnen kann.

»An Unfälle kann ich nicht so recht glauben«, sagte Bleblè. »Erstens ist der Weg zu den Ruinen seit dem Krieg von vielen benutzt worden. Und wenn dort eine Mine gelegen hätte, hätte sie schon tausende Male vorher hochgehen müssen. Tiere sind über den Weg gelaufen, Hasen und Füchse, ich selbst bin darüber gegangen mit meinem Hund, der überall herumschnüffelt. Diese deutsche Mine hätte er mit Sicherheit aufgespürt.«

»Was willst du damit sagen?« fragte ihn Maresciallo Amadori.

Bleblè zuckte die Achseln, zog seinen Hut in die Stirn und wandte sich ab, um die Wache zu verlassen. Die Sache ging ihn jetzt nichts mehr an. Seit drei Tagen war er fast ununterbrochen auf den Beinen, um bei der Suche nach Rino mitzuhelfen, und da sie ihn nun gefunden hatten …

Und da sie ihn nun gefunden hatten, sehnte er sich nur noch danach, die schweren Schuhe auszuziehen, ein Glas Roten zu trinken, schön kühl aus dem Keller, sich auf seinem Bett auszustrecken und erst einmal drei weitere Tage über die Sache zu schlafen. In der Hoffnung, daß ihn die Erinnerung an jene blutbesudelten Ärmchen und Beinchen nicht allzusehr quälen würde, die er auf dem Weg zu den Ruinen gefunden hatte, und an das Gesicht von Rino, das kein Gesicht mehr war.

»Und zweitens?« rief ihm Maresciallo Amadori nach.

»Zweitens habe ich Rino gekannt. Der konnte zu gut schwimmen, um dort im Bach zu ertrinken.«

»Eine plötzliche Übelkeit, eine plötzliche Übelkeit kann jedem passieren, oder?«

»Sicher, sicher, das kann jedem passieren«, murmelte Bleblè, doch seiner Stimme war anzuhören, daß ihn diese Erklärung nicht recht überzeugte.

Der Maresciallo blickte ihn scharf an: »Du siehst Gespenster, Bleblè. Du kannst gehen, aber halte dich zu unserer Verfügung!« Doch noch bevor Bleblè die Tür hinter sich schließen konnte, rief er ihn noch einmal zurück: »He, warte noch mal. Du hast von einer deutschen Mine gesprochen. Wie kommst du darauf, daß es eine deutsche Mine war?«

Blebè von Ca' Rossa blieb stehen und murmelte, ohne sich auch nur zu dem Maresciallo umzudrehen: »Wieso sollten die Alliierten hier Minen gelegt haben? Alle Sprengkörper, die wir hier nach Kriegsende eingesammelt haben, waren diese verfluchten deutschen Tellerminen.« Und damit ging er.

Er schlug den Weg zur Ca' Rossa ein. Er war müde und fühlte sich zu alt für die Strapazen, die er sich wieder zugemutet hatte. Aber wenn jemand gebraucht wurde, der sich in den Wäldern auskannte, kamen sie unweigerlich auf ihn zurück. Die Wälder kannte er nun mal besser als jeder andere. Sein ganzes Leben hatte er sie in alle Richtungen durchstreift, kannte jeden Stein und jeden Baum.

»Die Borda, das war die Borda«, murmelte Cesira unablässig während der Messe und auf dem Weg zum Friedhof. Und auch noch danach, als sie den armen Rino bestattet hatten und in einer langen Schlange von Trauergästen ins Dorf zurückkehrten: »Genau wie bei dem unbekannten jungen Mann im letzten Krieg. Ja, meine Eltern haben schon immer gesagt, nimm dich in acht vor der Borda. Doch die Jugend von heute will ja nicht hören. Die schwimmen im Bach, und dann packt sie die Borda und zieht sie auf den Grund.«

»Das kann doch nicht sein«, heulte Rinos Mutter verzweifelt, die an der Spitze des langen, weit auseinandergezogenen Trauerzuges zurück vom Friedhof ging. »Mein Junge konnte schwimmen wie ein Fisch! Fragt doch seine Spielkameraden: Er schwamm wie ein Fisch und hatte vor nichts Angst!«

Maresciallo Ares Amadori befragte Rinos Spielkameraden.

»Ja, Rino schwamm wie ein Fisch und hatte keine Angst vor

dem Wasser, egal wie tief es war. Genau dort, am Bordaschlund, ging er oft schwimmen, er sprang von den Felsen hinein.«

Ares Amadori befragte sie auch zu dem kleinen Claudio, den eine Mine zerfetzt hatte, die ein deutscher Soldat irgendwann in den schon lange zurückliegenden Jahren des Krieges an der Straße zu den Ruinen deponiert hatte, und die seltsamerweise niemals aufgestöbert wurde, so daß sie dort viele Jahre ruhte und wartete. Auf Claudio, den blonden Jungen mit dem verdreckten Gesicht, der Angst vor der Dunkelheit hatte.

»Ja, sicher hatte er Angst vor der Dunkelheit. Ja, sicher wäre er niemals allein durch die Wälder gestreift, und das auch noch nachts ...«

3

Ein Deutscher und weitere Indizien

Zwei Unfälle. Tragisch, zweifellos, und durch eine unglückliche Kombination der Ereignisse auch gleichzeitig, doch es handelte sich um Unfälle. Ares Amadori fand keine Indizien, die andere Schlüsse zuließen, und fertigte einen entsprechenden Bericht an. Sollte Bleblè von Ca' Rossa seine Vermutungen zu der deutschen Mine doch für sich behalten und Cesira ihre Ammenmärchen von der Borda, die Rino Battaglia zu sich hinabgezogen und sein Gesicht zerfressen habe, auch. Bleblè war ein alter Mann mit nervösen Störungen, die von einem verpfuschten Leben herrührten, und Cesira eine alte Frau, die nach und nach all ihre Angehörigen verloren hatte, die allein lebte mit den Träumen und Märchen, die man ihr als Kind schon, kaum daß sie auf der Welt war, erzählt hatte. So wurden in diesem Gebirgsnest die Kinder großgezogen.

Er händigte seinem Vorgesetzten Oberstleutnant Friggerio

den Bericht aus, verabschiedete sich, indem er zackig die Hacken zusammenschlug, und verließ die Dienststelle.

»Wer hat mir den nur geschickt?« murmelte Oberstleutnant Friggerio kopfschüttelnd. »Das soll ein Maresciallo der Carabinieri sein?«

Marasciallo Amadori bestieg den roten Fiat Abarth, den er sich von seinem Vater anläßlich seiner Ernennung zum Kommandanten der Carabinieri-Wache hatte schenken lassen, und fuhr mit einem Formel-1-reifen Start mit quietschenden Reifen los.

»Und das soll der passende Wagen für einen Maresciallo der Carabinieri sein?« murmelte Oberstleutnant Friggerio wieder, der ihn vom Fenster aus beobachtet hatte.

Friggerio unterstanden zwölf in den Bergen verstreute und recht dürftig ausgestattete Carabinieri-Wachen, und Maresciallo Ares Amadori war der einzige Kommandant, der ihm Sorgen machte. Ein Mann, den er im Auge behalten mußte. Zu jung und zu wenig Carabiniere.

Der Oberstleutnant nahm sich sogleich den Bericht vor. Der Fall der zwei toten Kinder hatte viel Staub aufgewirbelt, und die Zeitungen schrieben bereits, daß man in den Bergen, in seinem Amtsbereich, nicht mehr in Ruhe und Frieden leben könne und dort nicht genügend geschützt sei.

Eine weitere Schicht Reifengummi radierte Ares beim Bremsen auf den Asphalt der Piazza, wo er sich in der Bar jedesmal ein halbes Stündchen Pause gönnte, wenn er zu seiner vorgesetzten Dienststelle hinunterfuhr. Dann saß er draußen an einem Tischchen und beobachtete die Mädchen, schlürfte seinen Martini und fütterte die Jukebox. Oben in seinem Dorf hatte er keine Lust, sich unter die Jugendlichen zu mischen, die sich mit Coca-Cola vollaufen ließen.

Er hatte den Martini noch nicht ausgetrunken, als ein Gefreiter zu ihm trat: »Der Oberstleutnant wünscht Sie noch einmal zu sehen.«

»Sie schreiben hier, daß die Schwester von ... wie heißt er noch gleich?«, und er sah im Bericht nach, »die Schwester von Claudio von einem Anführer gesprochen hat, mit dem ihr kleiner Bruder im Wald unterwegs gewesen sei. Um wen handelt es sich da?«

Ares Amadori hatte nicht mit der Frage gerechnet und druckste herum: »Nun, also ..., das habe ich nicht gefragt ... Ich hatte den Eindruck, es handele sich da um die typischen Spiele von Kindern.«

»Weiterhin erwähnt die Schwester einen Birnbaum, den Claudio zusammen mit diesem mysteriösen Anführer gesucht habe.«

»Auch in diesem Punkt hielt ich es für angebracht, von einem Kinderspiel auszugehen, und daraus folgend für angebracht, dem keine Bedeutung beizumessen.«

»Und Sie hielten es auch für angebracht, den Aussagen jener Zeugen keine Bedeutung beizumessen, die berichten, daß der andere Junge ...«, und erneut suchte er den Namen, »Rino Battaglia, wie ein Fisch schwamm, und es daher rätselhaft ist, wie er ertrinken konnte?«

»Nein, Signor Tenete Colonello ... ich meine, ja ..., die Leute reden viel ...«

Oberstleutnant Friggerio unterbrach sein Gestammel, indem er die Akte auf seinen Schreibtisch warf: »Ein oberflächlicher Bericht und oberflächliche Ermittlungen, Maresciallo!«

Und Ares Amadori war gezwungen, die Ermittlungen noch einmal aufzunehmen.

Silvia antwortete ihm unter Tränen: »Wie oft soll ich es Ihnen denn noch sagen? Ich weiß einfach nicht, wo er hingelaufen ist. Er hat nur gesagt, daß er einen Birnbaum sucht.«

»Einen Birnbaum?«

»Ja, einen Birnbaum! Fragen Sie doch Pietro, wenn Sie mir nicht glauben. Der war auch dabei und hat alles gehört. Nein, ich weiß nicht, was er damit gemeint hat. Mehr hat er nicht gesagt und ist dann gleich weggerannt.«

Pietro, der Gitarrenspieler, bestätigte die Aussage: »Ja, Silvias Brüderchen hat gesagt, daß er einen Birnbaum mit einem Schatz darunter sucht. Ich dachte, das sei nur ein Spiel.«

»Das dachte ich auch«, murmelte Ares Amadori, nachdem er die beiden entlassen hatte.

Es war der Pfarrer, Don Vincenzo Cioni, der ihm von der Königin Selvaggia erzählte und ihrem unter einem Birnbaum verborgenen Schatz: »Aber wissen Sie, Maresciallo, das sind solche typischen Geschichten aus dem Volk, die seit Jahrhunderten von Generation zu Generation weitergegeben werden.«

»Und wo soll dieser Birnbaum stehen?«

Don Vincenzo lächelte sein typisches Pfarrerlächeln: »Tja, wenn ich das wüßte ...« Wieder ernst werdend, fügte er hinzu: »Wenn Sie jemanden suchen, der sich mit solchen Geschichten auskennt, wenden Sie sich am besten an Cesira.«

»Cesira? Die Alte, die ständig von der Borda erzählt?« Don Vincenzo nickte.

»Ich verstehe.«

So bestellte er auch Cesira auf die Wache.

»Natürlich weiß ich von dem Schatz. Früher wußten hier alle davon. Nur die jungen Leute von heute erinnern sich nicht mehr an solche Dinge, aber ich ...« Und sie machte eine Geste, die ihm zu verstehen gab, daß sie alles darüber wisse.

»Ja, genau wie mit der Borda, stimmt's, Cesira?«

»Sie können ruhig darüber lachen, aber ich selbst habe zwei Menschen gesehen, denen die Borda das Gesicht zerfressen hat.«

»Zwei?«

»Eine alte Geschichte aus dem letzten Krieg. Ein junger Mann ...«

»Deine Kriegsgeschichten interessieren mich nicht. Erzähl mir lieber, wo dieser Birnbaum steht. Ich will ihn mir ansehen.«

Cesira breitete die Arme aus. »Das kann Ihnen Romitto eher sagen. Ich verwette meinen Kopf darauf, daß er weiß, wo dieser Birnbaum mit dem Schatz steht. Er erzählt nämlich allen, er habe den Schatz gefunden und sei dazu ausersehen, ihn zu bewachen.«

Und so tauchte in dem rätselhaften Fall der beiden toten Jungen zum ersten Mal der Name Romitto auf. Zum zweiten Mal dann während der Vernehmung von Marcello und Joe, zwei kleinen Jungen, die die Blasrohr-Schlacht mitgemacht hatten.

»... dann ist plötzlich der alte Mann gekommen und hat uns ausgeschimpft. Ich weiß nicht, wie er richtig heißt, aber der Anführer hat ihn Romitto genannt und gesagt, daß der nicht ganz richtig im Kopf ist«, erklärte Marcello.

Und Joe: »Dann wurde er aber freundlicher und hat uns von dem Schatz unter einem Birnbaum erzählt. Und er hat gesagt, daß er auch schon andere Schätze gefunden hat und sie im Auftrag der Königin Selvaggia hütet. Ich? Nein, ich habe ihm nicht geglaubt, doch Claudio schon, und wie, und er hat gesagt, daß er zurückkommen will, um den Birnbaum zu suchen. Dann hat der Anführer angefangen zu lachen und ...«

»Sagt mal, wer ist eigentlich dieser Anführer?«

Joe blickte ihn fassungslos an: Wie konnte man im Dorf leben und nicht wissen, wer der Anführer war? »Na, Rino! Rino war unser Anführer.«

»Rino? Rino Battaglia, der auf San Prospero wohnt ... wohnte?«

»Ja, der Rino!« riefen Joe und Marcello gleichzeitig aus.

»Auch das noch«, murmelte Ares Amadori: Dann waren sie also abends im Wald zusammen gewesen, Claudio, der aus ungeklärten Gründen auf eine Mine getreten und zerfetzt worden war, und Rino, der im Bach ertrunkene Junge. Ertrunken? Jetzt kamen ihm selbst auch schon Zweifel. Aber wer sollte ein Interesse daran haben, zwei mit ihren Abenteuerspielen beschäftigte Kinder zu töten?

Jedenfalls war jetzt der Moment gekommen, diesen Romitto zu verhören, und Maresciallo Ares Amadori schickte zwei Männer zur Ruine der alten Abtei, den Gefreiten Nicola Chiaffalà und einen Carabiniere, die jedoch ohne Romitto zurückkehrten.

»Signor Maresciallo, wir haben überall gesucht, aber er war nicht zu finden. Zum Teufel, da wimmelt es von Kellergewölben und unterirdischen Gängen, alles einsturzgefährdet. Wer weiß, wo der sich da verkrochen hat«, erklärte Chiaffalà.

Der Gefreite Nicola Chiaffalà war aus Lukanien gebürtig, hatte aber lange in Genua gelebt und sich bemüht, seine süditalienischen Wurzeln zu vergessen und die Sprache der Gegend anzunehmen. Das Resultat war ein eigenartiger Mischmasch aus lukanischem und ligurischem Dialekt.

»Gott sei Dank ist das hier ein ruhiges Dorf. Wenn es hier wie in Genua zuginge, könnten wir uns auf was gefaßt machen!« brüllte Ares Amadori.

»Ach wären wir doch in Genua, Signor Maresciallo. Genua ist meine Heimatstadt. Dort könnte ich Ihnen zeigen, wie man mit diesen Kriminellen umspringt.«

»Chiaffalà, du bist aus Lukanien! Was hast du mit Genua am Hut?«

»Im Herzen bin ich Genueser, Signor Maresciallo.« Und Chiaffalà zeigte sein linkisches Lächeln voller Anspielungen, das unweigerlich sein Gesicht überzog, sobald ihm die Argumente ausgingen.

»Aber wir sind hier nicht in Genua, Chiaffalà. Und wir haben hier auch nicht mit Streikenden ›umzuspringen‹, wie du sagst. Hier haben wir es mit einem alten Mann zu tun, der dich zum Narren gehalten hat, verstanden?«

Mit allen verfügbaren Männern machte sich Ares Amadori persönlich auf den Weg. Auf dem Revier ließ er nur, wie von seiner übergeordneten Dienststelle verlangt, einen Wachposten zurück.

Schweigend saß er neben Chiaffalà, der den Mannschaftswagen steuerte, und mußte sich, weil es auf der unbefestigten Straße mächtig rumpelte, mit beiden Händen am Armaturenbrett abstützen.

Irgendwann verengte sich die Straße zu einem Saumpfad, und man kam mit dem Wagen nicht mehr weiter.

»Wie weit ist es noch?«

»Etwas mehr als einen Kilometer, Signor Maresciallo.«

Sie stiegen aus und gingen zu Fuß weiter. »Wie heißt eigentlich der Alte, den wir aufstöbern wollen, mit richtigem Namen?«

Auf Chiaffalàs Gesicht zeigte sich das bekannte linkische Lächeln, das seine Verlegenheit überspielen sollte. »Eigentlich, Signor Maresciallo … Hier nennen ihn alle nur Romitto den Einsiedler.«

»Das wird ja immer besser. Wir wollen einen Mann festnehmen, von dem wir noch nicht mal den Namen kennen! Chiaffalà, ich denke, du bist seit mindestens zehn Jahren hier.«

»Jawohl, Signor Maresciallo.«

»Du bist seit zehn Jahren im Ort und weißt immer noch nicht, wie der Spinner heißt? Was hast du die ganze Zeit hier getan, verflucht noch mal? Kastanien gezählt?«

Es war nur etwas mehr als einen Kilometer, wie Chiaffalà richtig gesagt hatte, aber es ging steil bergauf, und die Carabinieri keuchten und schwitzten, als sie auf dem Platz vor der Abtei ankamen.

Von dem alten Gebäudekomplex standen noch viele mehr oder weniger eingefallene Gemäuer, so daß der Ort bei den Einheimischen einfach nur »die Ruinen« hieß: die verwaiste Kirche, dann ein niedriges Gebäude aus Naturstein, das sich links an die Apsis anschloß, etwas entfernt der Turm und verstreut noch verschiedene einzelne Mauerreste.

»Also los, Männer, sehen wir mal, ob wir diesen Romitto finden. Du gehst hintenherum, und du nimmst dir die linke Seite vor. Ihr beide kommt mit mir.« Und er trat auf das niedrige Gebäude zu seiner Linken zu und stieß die nur noch halb in den Angeln hängende Tür auf. Modergeruch schlug ihm entgegen, und ein düsterer Korridor öffnete sich vor ihm. »Geh die Taschenlampe holen, Chiaffalà. Im Wagen wird doch hoffentlich eine liegen.«

»Ja, hoffentlich«, murmelte der Gefreite und schickte einen Carabiniere los.

Eine Taschenlampe war da, und der Maresciallo leuchtete zunächst den Fußboden, dann die Decke des Korridors ab. »Herrgott, hier stürzt ja alles ein«, fluchte Ares Amadori. »Auf, Männer, schnappen wir uns diesen Romitto!«

Der Flur war zur Hälfte begehbar, dahinter versperrte der Schutt eingestürzter Gebäudeteile den Weg. Im vorderen Teil gingen links und rechts einige türlose Räume ab, und kurz vor dem Schuttberg führte eine ramponierte Treppe nach unten, die sich nach einer scharfen Biegung in Richtung Kirche im unterirdischen Dunkel verlor.

Der Maresciallo leuchtete in den ersten Raum. Sogleich erhob sich von der Decke her ein lautes Geflatter, und es war schwer auszumachen, wer nun lauter aufschrie, Ares Amadori oder die beiden Männer in seiner Begleitung. Die Gesichter der vor Angst erstarrten Eindringlinge streifend, flatterten Fledermäuse, von dem plötzlichen Lichtstrahl aufgeschreckt, durch die Tür auf die Kellertreppe zu und waren im Nu verschwunden. Ein Fluchtweg, der den Tieren offensichtlich vertraut war.

»Hier ist ja alles voller Fledermäuse«, schrie Ares Amadori. Und er leuchtete in die Gesichter seiner Männer, die so weiß waren wie frisch gebleichte Leintücher. »Was ist los? Habt ihr jetzt auch schon Angst vor Fledermäusen?«

Sie machten ihn nicht darauf aufmerksam, daß auch sein Gesicht weiß war. Chiaffalà beschränkte sich auf ein durch die Zähne gezischtes »Zum Teufel«.

Vorsichtshalber leuchtete Maresciallo Amadori noch einmal

die Decke ab und trat dann über die Schwelle. Die Wände waren unverputzt, und in den Ritzen zwischen den Natursteinen glänzte Schneckenschleim, der jetzt, da der Lichtstrahl ihn traf, silbern glitzerte.

»Hier ist niemand.« Sie zogen in die anderen Räume weiter und ließen sich nun nicht mehr vom Aufflattern der vom Licht aufgestörten Fledermäuse schrecken. Der letzte große Raum am Ende des Korridors war offensichtlich Romittos Unterkunft, eingerichtet mit einem schäbigen Holztisch, zwei wackligen Strohstühlen und einer alten Anrichte. An einer Wand war ein Holzrahmen befestigt, an dem einige Aluminiumtöpfe hingen. Ein paar Steine auf dem Fußboden dienten als Feuerstelle, in der Asche und unvollständig verbranntes Reisig lagen. Ares Amadori faßte in die Asche. Sie war kalt und feucht.

In einer Einbuchtung in der Wand waren alte Bretter angebracht, mit Gläsern, Tonschüsseln und Fläschchen darauf, die wohl einmal Parfüm enthalten hatten. Ares Amadori öffnete ein paar Gläser, schnüffelte daran und verzog jedesmal das Gesicht.

Durch eine Öffnung, in der die Tür fehlte, ging es in einen weiteren Raum, in dem ein metallenes Bettgestell stand, darauf ein Strohlager und einige alte Decken, und an der Wand daneben eine Truhe.

»Sehen wir mal im Keller nach.«

Vorsichtig stiegen sie hintereinander die feuchten, wackligen Stufen hinab, doch kurz vor der Stelle, wo die Stiege eine scharfe Rechtskurve machte und dann wahrscheinlich unter die Abtei weiterführte, ließ ein erneutes Geräusch sie erstarren. Diesmal waren es keine Fledermäuse, sondern Schritte, die sich laufend im Dunkel des Kellergewölbes verloren.

Ares ließ die Taschenlampe in seine Linke gleiten und griff zur Pistole. »So, den haben wir«, murmelte er, während er weiter hinabstieg.

Unten führte ein Durchgang ungefähr noch zehn Meter weiter in den Keller hinein, dahinter versperrte ein Schutthaufen, der bis zur Decke reichte, den Weg. Ares Amadori leuchtete um sich herum: Wenn die Schritte, die sie gehört hatten, von Romitto waren, mußte er in unmittelbarer Nähe sein.

Doch sie fanden ihn nicht, genausowenig wie eine Öffnung, durch die er hätte geflohen sein können.

»Vielleicht war es nur irgendein Tier«, sagte Ares Amadori.

Die beiden Carabinieri hüteten sich, ihn darauf hinzuweisen, daß kein Tier Schuhe trägt und wie ein Mensch läuft. Sie hatten es zu eilig, wieder ans Tageslicht zu kommen.

»Gehen wir lieber wieder, bevor hier alles über uns zusammenbricht.«

Endlich atmeten sie wieder saubere, trockene Luft, und der Maresciallo lehnte sich gegen einen großen behauenen Steinblock, den einzigen auf dem Platz vor der Abtei, der so wirkte, als habe ihn ein Riese als Markierungszeichen dorthin geschafft. Im Umkreis von einigen Metern um den Steinblock herum war das Gras verbrannt.

Der Maresciallo zündete sich eine seiner flachen, parfümierten Zigaretten an, nahm einige Züge, schaute sich um und meinte dann: »Chiaffalà, ich fürchte, der ist uns entwischt. Aber er wird nicht weit kommen. Irgendwann muß er sich sehen lassen, und dann …«

Schweigend rauchte er die Zigarette halb herunter, warf sie dann noch brennend auf den Boden, wo das Gras schon verbrannt war, und schlug den Pfad in Richtung des Mannschaftswagens ein. Chiaffalà folgte ihm nicht sogleich, sondern trat zunächst die Kippe seines Vorgesetzten aus, wobei er zu sich selbst murmelte:

»Zum Teufel, und dann wundern sie sich, wenn die Wälder brennen. Und hier hat es schon jemand versucht.«

Langsamer fuhren sie nun zurück über die Schotterstraße, so daß es diesmal auch weniger rumpelte. Dennoch prallte die Stoßstange des Polizeifahrzeugs in einer unübersichtlichen

Kurve plötzlich gegen das hintere Schutzblech eines Fahrrades. Der Fahrradfahrer kam ins Straucheln und stürzte zu Boden. In einer unverständlichen Sprache fluchend, rappelte er sich schnell wieder auf und besah sich den Schaden an seinem Fahrrad. Er schien erleichtert, denn er hob lächelnd den Kopf und beruhigte mit Gesten die Unfallverursacher, die immer noch im Wagen saßen. Dann sagte er:

»Nichts, nichts passiert. Alles gut. Entschuldigung.« Und er stieg wieder auf.

Zwei Pedalumdrehungen, und Ares Amadori, der aus dem Wagen gesprungen war, hatte den Fahrradsattel von hinten gepackt und hielt ihn fest, so daß der vom Pech verfolgte Radfahrer erneut ins Trudeln geriet.

»Wer bist du? Und was hast du hier zu suchen?«

Der Mann stieg vom Rad: »Ich Tourist, deutscher Tourist, auf Durchreise.«

»Und was machst du hier im Wald? Willst du mich auf den Arm nehmen? Das hier ist nicht Florenz. Wir werden der Sache nachgehen.«

Den Einsiedler Romitto brachte Ares Amadori nicht mit zurück auf die Wache, dafür aber einen Deutschen, der sich als Tourist in der Nähe eines Dorfes aufhielt, von dem er noch nicht einmal den Namen kannte und das er mit Sicherheit nicht im Prospekt irgendeines Reisebüros gefunden hatte.

4

Die Rückkehr des Maresciallo

... hatten dann, weil die Brücke gesprengt war, einen Umweg machen müssen, um ziemlich weit oben die Schlucht zu überqueren und dann in weitem Bogen durch den Wald

zu reiten. Ihre Pferde waren schweißbedeckt und ausgelaugt. Es bedurfte der Sporen, um sie in Trab zu setzen.

Leutnant Berrendo kam, den Blick auf die Hufspuren geheftet, den Hang hinaufgeritten. Tiefer Ernst lag auf seinem schmalen Gesicht. Das automatische Gewehr hatte er in der Beuge des linken Arms quer über dem Sattel liegen. Robert Jordan lag hinter dem Baum, hielt den Atem an, behutsam die Muskeln gespannt, damit seine Hände nicht zitterten. Er wartete, daß der Offizier den sonnigen Waldrand erreichte, wo der grüne Wiesenhang an die ersten Kiefern grenzte. Er fühlte das Pochen seines Herzens an dem Nadelboden des Waldes.

Bevor er das Buch zuklappte, blickte er noch eine Weile auf die letzten Zeilen. Die Geschichte hörte mitten auf der Seite auf, ohne auch nur das Wort »Ende«, wie sonst in allen Romanen, die er, wenn ihm die Arbeit einmal Zeit dazu ließ, gelesen hatte. Zwischen den Lippen hatte er eine halb heruntergerauchte Zigarre, erloschen, weil er in der Konzentration auf die Lektüre daran zu ziehen vergessen hatte.

Gleis 4 West: Erschöpft vom Warten auf der Steinbank auf dem Bahnsteig und den acht Stunden Fahrt mit Umsteigen zuvor, war er in den erstbesten Wagen gestiegen, hatte sich ein leeres Abteil gesucht, in Fahrtrichtung Platz genommen und war wieder in den Roman eingetaucht. Der neu bereitgestellte Zug war noch menschenleer. Noch nicht einmal vom Zugpersonal war etwas zu sehen. Ein noch lebloser Zug.

Er hatte seine Armbanduhr mit der Uhr unter dem Bahnsteigdach verglichen und die Lektüre wiederaufgenommen, ohne zu bemerken, wie sich weitere Reisende zu ihm gesellten: ein Junge, zwei ältere Menschen und eine junge Frau, die ihren Koffer im Gang hatte stehenlassen. Vielleicht war es ihr zu schwer, ihn auf die Ablage zu wuchten. Ohne jemanden eines Blickes zu würdigen, hatte der Junge sogleich ein Comic-Heftchen aufgeschlagen, und die beiden älteren Leute, wahrscheinlich ein Ehepaar, hatten sich einander gegenüber gesetzt, aber kein Wort miteinander gewechselt, als würden sie sich gar nicht kennen. Dann hatte sich der Zug in Bewegung gesetzt, und er war am Ende des Romans angelangt.

So schloß er nun also das Buch, wobei er den rechten Zeigefinger auf der letzten Seite ruhen ließ, schüttelte den Kopf und blickte aus dem Fenster.

»Hat es Ihnen nicht gefallen?« fragte die junge Frau, die ihm gegenübersaß, und fügte rasch erklärend hinzu: »Ich meine, weil Sie den Kopf schütteln, als wenn Sie enttäuscht wären.«

»Nein, nein, es hat mir gefallen, sehr sogar. Enttäuscht bin ich nur vom Film, obwohl er mir, bevor ich das Buch gelesen habe, noch gut gefiel.«

»Tja, Verfilmungen erreichen eben selten die Romanvorlagen. Oder was glauben Sie?«

»Das kann ich nicht beurteilen. Dazu gehe ich zu selten ins Kino. Zuviel Arbeit.« Und da ihm nichts mehr zu sagen einfiel, strich er ein Streichholz an, warf dann aber, bevor er die Zigarre noch eimal anzündete, einen Blick auf die junge Frau, blies das Streichholz wieder aus, warf den Stummel aus dem offenen Zugfenster und wandte sich der vorbeiziehenden Landschaft zu.

Viele, viele Male hatte er sie schon durchfahren, und doch erkannte er sie nicht wieder. Sicher, das war schon lange her, aber eine Landschaft verändert sich nicht so sehr, daß man sie nach fünfzehn oder zwanzig Jahren nicht wiedererkennen könnte. Hügel und Berge bewahren jahrhundertelang ihr Profil, doch die, die nun am Fenster vorbeizogen, waren nicht mehr dieselben Hügel, dieselben Berge.

Und der Fluß? Wo war der Fluß geblieben? Oder lag es an ihm, daß er sich nicht mehr genau erinnerte?

»Möglich«, murmelte er.

»Wegen mir hätten Sie die Zigarre ruhig anzünden können«, sagte die junge Frau, »Zigarrenrauch stört mich nicht.«

»Vielen Dank, aber meine Gesundheit wird es mir auch danken.« Und damit wandte er sich wieder der Landschaft zu.

»Das ist doch der Zug nach Pistoia?« fragte er plötzlich.

»Das hoffe ich«, lächelte die junge Frau. »Das hoffe ich sehr, weil ich heute abend auf Mezzacosta übernachten will, und wenn dieser Zug nicht nach Pistoia fährt ...«

»Auf Mezzacosta? Bei der Gräfin? Dann haben wir ja dasselbe Reiseziel«, und er lächelte, wie um sich zu entschuldigen, daß er ihr ins Wort gefallen war. »Verzeihung, was sagten Sie?«

»Ach, es ist nicht so wichtig.«

Die junge Frau mochte fünfundzwanzig Jahre alt sein, höchstens achtundzwanzig, und wenn sie in dem Ort geboren war, mußte er sie mit Sicherheit schon einmal gesehen haben. Als Kind natürlich, also schwer wiederzuerkennen, doch der Nachname ... Er kannte damals die Nachnamen aller Einwohner.

»Sind Sie dort geboren?« Die Frau schüttelte den Kopf. »Aber Sie wohnen dort?«

»Nein, ich wohne in Ferrara, meiner Heimatstadt. Es ist übrigens das erste Mal, daß ich in den Ort hinauffahre. Und ich freue mich schon darauf, ihn für mich zu entdecken. Ich habe ihn mir schon ausführlich beschreiben lassen, von einem Freund, der dort einige Jahre unterrichtete. Ich bin überhaupt sehr neugierig, aber das wird Ihnen vielleicht schon aufgefallen sein. Wie mit dem Buch: Als Sie es zuklappten und den Kopf schüttelten, wollte ich sofort wissen, warum. Wahrscheinlich hielten Sie mich für aufdringlich.«

»Nein, absolut nicht. Ihre Neugier war doch verständlich. Schließlich war ich so in meine Lektüre vertieft, daß ich noch nicht einmal gemerkt habe, wie Sie ins Abteil gekommen sind.«

»Ich war auch besonders leise, um Sie nicht zu stören. Mein Koffer steht jetzt noch auf dem Gang.«

»Und was führt Sie in dieses von Gott und den Menschen vergessene Nest?«

Das Mädchen lächelte amüsiert, ein warmes Lächeln, das gut

zu ihren sanften Gesichtszügen paßte: »Sie waren wohl schon lange nicht mehr dort. Habe ich recht?«

»Ja, sehr lange.«

»Dann werden Sie erstaunt sein, wie sich der Ort verändert hat. So wie alle Dörfer dort in den Bergen.«

»So? In welcher Beziehung?«

»In jeder. Die Häuser, die Menschen, die Landschaft, die Gewohnheiten … das ist jetzt ein richtiger Ferienort. Die Emilianer und Toskaner sind irgendwie dahintergekommen, daß man es im Hochsommer in den Bergen besser aushält als in der Stadt.«

»Soll das heißen, es gibt Menschen, die auch noch dafür bezahlen, den Sommer in diesem kühlen, feuchten Loch verbringen zu müssen?«

»Ach, was den Winter betrifft, mögen Sie recht haben. Aber Sie werden angenehm überrascht sein, wenn wir ankommen«, unterbrach sie ihn und deutete dann auf das Buch, das er immer noch in Händen hielt: »Kann ich mal einen Blick hineinwerfen?«

Er reichte es ihr und ließ sie in Ruhe, solange sie es durchblätterte und hier und dort ein paar Stellen las. Dann gab sie es ihm zurück, und er steckte es in die Tasche seines Jacketts, das auf dem Sitz neben ihm lag: »Ich heiße Benedetto Santovito.«

»Raffaella Anceschi. Wo werden Sie im Dorf wohnen?«

»Das weiß ich noch nicht, aber ich kenne dort eine Osteria. Hoffentlich hat Serafina noch ein Zimmer für mich frei. Früher hat sie mir immer einen Tisch freigehalten.«

»Wenn Sie in der Osteria nicht unterkommen, versuchen Sie es doch auf Mezzacosta. Das ist ein Hotel etwas oberhalb des Ortes, sehr schön gelegen.«

»Mezzacosta kenne ich. Aber das soll jetzt ein Hotel sein?«

Es waren zu viele Dinge, die er von dem Ort, in den er nun zurückkehrte, nicht wußte. Und vielleicht lohnte es sich gar nicht zurückzukehren.

»Und Sie?« fragte Raffaella. Er blickte sie verständnislos an, und Raffaella stellte ihre Frage genauer. »Sind Sie dort geboren? Und wieso kehren Sie nach langer Zeit, wie Sie sagten, jetzt wieder zurück?«

»Nein, und ich weiß es nicht.« Jetzt war sie es, die nicht verstand, und so fügte Santovito hinzu: »Ich bin nicht dort geboren und weiß nicht, warum ich zurückkehre. Ich habe einige Jahre dort in den Bergen verbracht.« Doch er erzählte ihr nicht, daß er dort oben, in jenem Ort, den er hartnäckig als von Gott und den Menschen vergessen betrachtete, Maresciallo gewesen war. Er erzählte es ihr nicht, weil er zu gut wußte, wie die Leute in der Gegend über Carabinieri dachten, und sich sicher war, daß sich auch in den vergangenen Jahren nichts daran geändert hatte. Sollte sich das Mädchen ruhig seine eigenen Gedanken machen.

Er blickte wieder durchs geöffnete Zugfenster nach draußen. Als er früher mindestens einmal im Monat dieselbe Strecke hin- und zurückfuhr, mußten die Zugfenster immer geschlossen bleiben. Der Rauch von der Lok wäre sonst ins Abteil gezogen und hätte sich auf die Gesichter der Passagiere gelegt, die Kleider, die Sitze. Heute gab es den elektrischen Antrieb – Annehmlichkeiten des Fortschritts.

Auf einer Brücke, die den Fluß überspannte, verlangsamte der Zug seine Fahrt, und endlich tauchten die Konturen einer Gebirgslandschaft auf, die ihm vertraut vorkam: ein bestellter Acker zwischen dichten Wäldern, der Fluß, der sich an dieser Stelle verbreiterte und eine Schleife machte. Gleich würden sie den Bahnhof neben der Hanffabrik erreichen, mit dem Schornstein aus roten Backsteinen, der von oben bis unten umgürtet war von fünf Eisenringen. Er hatte sie gezählt, jedesmal, wenn er dort vorbeigekommen war, wer weiß warum.

Der Junge schlug sein Comic-Heftchen zu und verließ das Abteil. Auch die beiden anderen Fahrgäste erhoben sich, immer noch schweigend, aber synchron, und gingen hinaus.

Wahrscheinlich fuhren sie schon seit Jahren diese Strecke, und das mit den immer gleichen Gesten und Bewegungen.

Der Waggon mit dem Abteil, in dem nur noch Santovito und die junge Frau saßen, kam direkt vor der Hanffabrik zum Stehen. »Das kann doch nicht wahr sein«, murmelte Benedetto.

Von der Fabrik, die früher dem ganzen Tal Arbeit gegeben hatte, war nicht viel mehr als ein Schutthaufen übrig. Heil war nur noch der Schornstein, dessen Rot sich grell gegen die grün bewaldeten Berge erhob.

Für einen kleinen Dorfbahnhof hatte die Station zu viele Gleise, doch sie waren für die Lieferung und den Abtransport von Rohmaterialien und Produkten eben jener Hanffabrik gebraucht worden, die es jetzt nicht mehr gab. Damals standen hier auch noch eine Reihe von Schuppen und Lagerhallen.

Der Junge mit dem Comic-Heft lief außen am Waggon entlang, und dann kamen auch die älteren Eheleute vorbei, die nun, da sie den Zug verlassen hatten, gleichzeitig aufeinander einredeten und dazu mit den Armen herumfuchtelten.

Der Zug fuhr wieder an. Wenige Augenblicke noch, und sie würden an der Schleuse vorüberkommen, die die Wasserzufuhr für die Fabrik reguliert hatte, zur Stromerzeugung und zur Feuchthaltung des Hanfs vor der Verarbeitung. Und dann, gleich darauf, wenn Benedetto sich richtig erinnerte, der Tunnel.

Danach noch ein paar Kilometer, ein weiterer Tunnel, die letzte Verbreiterung des Flusses, und dann die Schlucht zwischen den steilen Felsen. Er begann die Luft des Dorfes zu riechen und lächelte. Ja, es war ein guter Entschluß gewesen, wiederzukommen.

»Freuen Sie sich, wieder hier zu sein?«

»Ja, jetzt im Moment ja. Wie kommt man eigentlich heutzutage vom Bahnhof in den Ort?«

Das Mädchen blickte ihn verwundert an. Dieser Mann, den sie zufällig in einem Zugabteil getroffen hatte und der, wiederum zufällig, dasselbe Reiseziel wie sie selbst hatte, schien ihr nicht ganz auf der Höhe der Zeit zu sein. Aber er machte sie neugierig. Wie alt er wohl war? Fünfundvierzig? Fünfzig? Sie vermochte es nicht zu sagen.

»Wie alt …« Doch ihre Neugier hätte von einem Mann mißverstanden werden können, und so versuchte sie die Frage, so gut es ging, abzubiegen. »Wie lange, sagten Sie, ist es her, daß Sie zum letzten Mal hier waren?«

»Das habe ich noch gar nicht gesagt. Lange jedenfalls.« Er lächelte. »Sie müssen sich vorstellen, daß man mich früher, als ich hier noch wohnte, immer mit einer Kalesche am Bahnhof abholen kam. Erst in den letzten Jahren vor meinem Weggang war es mir gelungen, die Kalesche durch ein Auto zu ersetzen.«

»Heute gibt es einen Bus, der regelmäßig die Strecke vom Bahnhof über die Dörfer hoch bis zum Paß fährt. Zweimal am Tag hin und zweimal zurück.«

»Dafür, daß Sie noch nie hier waren, sind Sie aber recht gut informiert.«

»Ich habe Ihnen ja gesagt, daß ich neugierig bin.«

Auf dem Bahnhofsvorplatz stand ein einzelner Bus, und der Fahrer, einen Fuß auf dem Trittbrett, den anderen am Boden, war ein nicht mehr ganz junger Mann, dessen Alter schwer einzuschätzen war: breites, lächelndes Gesicht, ein dichter, schwarzer Schnurrbart bis hinunter zu den Mundwinkeln und noch ein wenig darüber hinaus, lebhafte, sich ständig bewegende Augen; eine Narbe auf der rechten Wange hatte seine Gesichtszüge verändert und machte ihn älter. Er trug eine Schirmmütze, vielleicht eine Offiziersmütze aus dem letzten Krieg, von der man die Abzeichen entfernt hatte.

Der Bus war wie sein Fahrer: unmöglich, ihn auf ein Geburtsjahr festzulegen. Doch war er mit Sicherheit schon seit den letzten Kriegsjahren in Betrieb. Den Gepäckträger auf dem Busdach erreichte man über eine an der Rückseite angebrachte schmale Leiter, die Karosserie war blitzblank und auch die Chromteile ohne einen Hauch von Schmutz oder Rost. Wie frisch aus der Fabrik.

Santovito deutete darauf: »Das ist er wohl.« Raffaella nickte und versuchte, ihren Koffer anzuheben, entschloß sich aber dann, ihn ziehend fortzubewegen. »Warten Sie, ich bringe meinen raus, dann helfe ich Ihnen.«

Der Fahrer mit dem Stalinschnurrbart entfernte sich vom Bus, um dem Mädchen entgegenzugehen, und als er an Santovito vorbeiging, streifte er ihn nur mit einem flüchtigen Blick, lächelte ihn komplizenhaft an und sagte:

»Lassen Sie nur, Maresciallo, um die Signorina kümmert sich die Firma. Alles im Fahrpreis inbegriffen.«

Santovito blickte ihn erstaunt an, doch das Gesicht sagte ihm nichts; vielleicht wegen der Narbe, die seine Züge entstellte. Er versuchte, sich den Mann zwanzig Jahre jünger vorzustellen, ohne die Narbe und schlanker, so wie die Menschen damals in der Gegend waren: hagere, knorrige Gestalten, ausgezehrt von den Entbehrungen und abgehärtet von der Arbeit in den Wäldern. Und es gelang:

»Du bist Collina«, sagte er laut, ein wenig stolz, weil er darauf gekommen war.

»Jawohl, Signor Maresciallo. Aber jetzt nennen mich alle Stalin.« Und er fuhr sich über den Schnurrbart, um deutlich zu machen, woher der Name rührte.

Er hatte Raffaellas Koffer mit der Linken angehoben und trug ihn, als wenn es nichts wäre. Mühelos kletterte er auch die Leiter hoch, warf das Gepäck aufs Dach und streckte die Hände zu Santovito aus.

»Geben Sie her, Maresciallo, dann können wir los.«

Santovito reichte ihm seinen Koffer und sagte leise: »Hör mal, Collina, ich bin hier nicht mehr der Maresciallo.«

»Erzählen Sie mir, was Sie wollen, für uns werden Sie immer der Maresciallo bleiben.« Er kletterte die Leiter hinunter, blieb vor Santovito stehen und blickte ihm ernst in die Augen: »Ich verwette meine Carolina, daß Sie wegen der beiden Jungen hier sind«, sagte er, ebenfalls leise.

»Wegen welcher Jungen?«

»Der beiden toten Jungen. Na, habe ich recht?« Er ließ ihm nicht die Zeit zu einer Antwort: »Wissen Sie, Signor Maresciallo, niemand glaubt hier an Unfälle, noch nicht mal dieser Sturkopf Ares Amadori, dieser Scheiß-Ferrareser. Und das sagt schon alles.«

Santovito wollte fragen, wer die erwähnten Personen waren, ließ es dann aber bleiben. Er war weder wegen eines Sturkopfes namens Ares Amadori hier noch wegen Carolina oder zweier toter Jungen. So wiederholte er fast feierlich:

»Collina, ich bin nicht mehr Maresciallo.«

»Und ich bin nicht mehr Collina, sondern Stalìn. Steigen Sie ein, Signor Maresciallo. Ich muß los.«

»Schon gut, wie du willst, du heißt also jetzt Stalin.«

»Stalìn, Signor Maresciallo, Stalìn. Das ist ein gewaltiger Unterschied.«

Santovito wollte gerade fragen, was das für ein Unterschied sein sollte, da fiel ihm ein:

»Du wolltest doch damals Priester werden. Und einmal habe ich dich sogar im Seminar besucht, in Bologna, in der Via dei Mille.«

»Signor Maresciallo, haben Sie noch nie gehört, daß man seine Ansichten ändert? Was wäre das auch sonst für ein langweiliges Leben!«

»Sicher, vom Seminaristen zum Kommunisten, ein hübscher Sprung, Collina, ein hübscher Sprung.«

Es gab nur zwei Fahrgäste, Santovito und Raffaella.

»Hier wirst du wohl auch nicht reich, Collina. Mit zwei Fahrkarten pro Strecke kriegst du noch nicht mal das Benzin raus, um den Motor zu starten.«

»Wir müssen die Leute erst einladen, Maresciallo. Sie werden sehen, wie voll meine Carolina wird.«

»Wo muß ich eigentlich bezahlen, Collina, bei dir?«

»Lassen Sie nur. Das geht auf die Firma, zur Feier der Rückkehr unseres Maresciallo!« rief Stalìn fröhlich.

Raffaella hatte der Szene amüsiert beigewohnt, dem Dialog zwischen einem Maresciallo, der kein Maresciallo mehr war, und Collina, der nicht mehr Collina war, aber auch kein Priester. Sie setzte sich neben Benedetto:

»Sie waren hier also mal Maresciallo. Das hätten Sie mir aber sagen müssen. Dann hätte ich besser aufgepaßt, was ich rede.«

»Ich bin hier nicht Maresciallo.«

»Und was sind Sie dann?«

»Im Moment bin ich ein gewöhnlicher Tourist, und das werde ich auch die ganze Zeit meines Aufenthalts hier bleiben.«

»Und das heißt für wie lange?«

»Ich habe vor, einige Zeit zu bleiben. Aber, wie Collina richtig sagt, ändert man im Leben schon mal seine Meinung.«

Carolina füllte sich. Viele warteten vor dem Fabriktor, Arbeiter, Männer, junge Frauen, sie warteten und stürmten dann den Bus, ohne sich um die Schilder Ein- und Ausstieg an der vorderen und hinteren Tür zu scheren. Und mit den Fahrgästen füllte sich der Bus mit Stimmen, Gelächter, derben Witzen und dem Geruch nach Schweiß und Metall, den die Arbeiter auf der Arbeitskleidung und auf der Haut trugen.

Die Straße war Jahrtausende alt. Vielleicht war sie ursprünglich nur ein Trampelpfad, der in die Toskana führte, dann ein Saumpfad, später eine Straße für Pferdewagen und schließlich, mit der Asphaltdecke, die Erdrutsche regelmäßig zum Fluß hinunterrissen, die Staatsstraße. Sie verlief parallel zum Fluß, bäumte sich immer wieder auf, um die fortwährenden Anhöhen zu überwinden, die der Fluß im Gegensatz dazu einfach umfloß, und durchzog viele Dörfer und Ortschaften, die im Laufe der Jahrhunderte an ihren Rändern entstanden waren. In den ersten Jahren der zwei Jahrzehnte währenden faschistischen Herrschaft war jede weiße Wand längs der Straße mit markigen Aussprüchen des Duce bepinselt. Einige waren kaum verblichen und immer noch zu lesen: »Bleiben die Wiegen leer, altert und verfällt die Nation«; »Höher hinaus, um über die Grenzen zu blicken«; »Der Pflug durchfurcht den Acker, doch es ist das Schwert, das ihn verteidigt«; »Geh ich voraus, so folgt mir, weiche ich zurück, so tötet mich« …

Was die letzte Parole betraf, hatte ihn dann jemand beim Wort genommen.

In der unteren Ecke das berühmte abgestufte Mussolini-M: hoch das erste Beinchen, niedrig das zweite, noch kleiner das dritte. Das kannte jedes Kind.

Ein rotes Parteiabzeichen auf weißen Wänden.

Nur wenige hatten sich die Mühe gemacht, dieses M wegzubekommen, doch wer es zu überstreichen versuchte, mußte mitansehen, wie es immer wieder hindurchkam. Fast so, als wolle die Zeit, den Menschen zum Trotz, die Erinnerung an eine Tragödie wachhalten.

Der Bus ließ die Straße hinter sich, den Ort, das breite Tal, und tauchte ruhig schnaufend in die Schlucht mit den ersten Serpentinen ein. Als es richtig steil wurde, zu einer Seite die Bergwand, zur anderen der Abgrund, stellten sich drei Mädchen und ein Junge vor der Bustür auf:

»Halt an, Stalìn, wir sind da. Heute steigen wir früher aus!«

Santovito begann, ihm vertraute Luft zu atmen. Auf der anderen Talseite sah er die hellen Felsen in den fast senkrechten Schichten, die seltsamerweise doch ihr Gleichgewicht hielten und nicht übereinanderstürzten, dünn überdeckt von einer niedrigen Vegetation. Jahrhundertealte Kastanienbäume säumten die Straße, mit von den Unbilden der Zeit ausgehöhlten Stämmen, manche schon seit Jahrhunderten abgestorben, und ohne Rinde hielten sie noch weiße, von der Sonne ausgebleichte Äste, die wie abgestorbene Arme an ausgedorrten Körpern aussahen.

Hier und dort Häuser, die sich mit den Grundmauern an den Fels klammerten. Auch Raffaella betrachtete schweigend und staunend diese Landschaft. Wie viele, die sie zum ersten Mal sahen.

Mit von jahrelanger Erfahrung herrührender Sicherheit steuerte Stalìn den Bus durch die Serpentinen über dem Abgrund.

Allmählich leerte sich Carolina wieder. Hinter der Leona-Kurve stieß Stalìn plötzlich einen Fluch aus und stieg auf die Bremse. Carolinas Hinterteil schlingerte weg, die Hinterräder kamen zwei Fingerbreit vor dem Abgrund zum Stehen und die Schnauze einen halben Meter vor Don Vincenzo, der wie versteinert mit offenem Mund dastand.

»Heilige Madonna, das habe ich ja ganz vergessen. Heute ist ja die Beerdigung des armen Rino«, murmelte Stalìn. Er lehnte sich aus dem Fenster und sagte verlegen lächelnd: »Entschuldigen Sie, Don Vincenzo, entschuldigen Sie vielmals. Ich setze sofort zurück. Dann kann der Trauerzug vorbei!«

Hundert, hundertfünfzig Meter im Rückwärtsgang, blind, und vor Carolinas Schnauze zogen Don Vincenzo vorbei, seine beiden Meßdiener, der auf Schultern getragene Sarg und das ganze Dorf, das im Chor auf die Totenlitanei antwortete.

»Wer ist da gestorben?« fragte Santovito, der nach vorn gekommen war, um zu sehen, was da los war.

»Das habe ich Ihnen doch schon gesagt, Signor Maresciallo: Zwei Jungen sind ums Leben gekommen, einer aus Bologna, Claudio hieß er, und der arme Rino aus der Familie Battaglia, die auf San Prospero wohnt. Die kennen Sie doch. Und Rino liegt jetzt in dem Sarg dort.«

Der Maresciallo erinnerte sich an die Leute von San Prospero und nickte. Rino kannte er nicht, den Jungen, der vor gerade mal zwölf Jahren geboren wurde und schon den Weg zum Friedhof eingeschlagen hatte.

»Und wie sind die beiden gestorben?«

Stalìn antwortete nicht. Er wartete, daß der letzte des Zuges, ein gebrechlicher Alter, der sich kaum auf den Beinen halten konnte, an Carolinas Schnauze vorbei war, legte den ersten Gang ein und ließ die Kupplung kommen. Als sich der Bus in Bewegung gesetzt hatte, sagte er:

»Wie sie gestorben sind? Tja, das sollten Sie uns eigentlich erklären, Signor Maresciallo. Sind Sie nicht deswegen hier?«

5

Begegnung mit der Vergangenheit

Claudios Familie begrub ihr Kind in der Stadt und kehrte nicht mehr ins Dorf zurück; auch die Leute von San Prospero ließen sich lange Zeit nicht mehr im Dorf sehen. Zu groß war der Schmerz, mit dem sie fertig werden mußten.

Cesira, die weiterhin ein wenig oberhalb des Bordaschlunds ihre Wäsche wusch – sei es, weil sie in der Nähe wohnte, sei es, weil sie im Haus kein fließendes Wasser hatte –, erzählte herum, daß sie immer wieder, wenn sie über ihr Waschbrett gebeugt am Ufer kniete, den keuchenden Atem der an die Wasseroberfläche kommenden Borda hörte. Dann ziehe sie sich schnell zurück und warte, bis das Ungeheuer wieder auf den Grund zurückkehre.

Eines Nachmittags erzählte sie, sie habe auch Rino gehört. Der Junge habe vom Grund des Bordaschlunds um Hilfe gerufen. Seine Familie erfuhr es von Varisto, dem Schuhmacher.

Varisto hatte früher, bis nach dem Krieg noch, davon gelebt, von Haus zu Haus zu ziehen und die Schuhe der Bauern zu flicken. Dafür begnügte er sich mit einem Teller Suppe und wenigen Münzen. Dann änderten sich die Zeiten, die Leute kauften sich lieber neue Schuhe, als die alten flicken zu lassen, und Varistos Kundschaft nahm immer mehr ab. Geblieben waren ihm nur noch einige Familien außerhalb des Dorfes, die ihn allerdings mehr aus Barmherzigkeit als aus wirklicher Notwendigkeit aufnahmen. Manchmal hoben sie sogar eigens alte Schuhe auf, die sie eigentlich wegwerfen wollten, und gaben sie Varisto, damit der was zum Flicken hatte. Mit der Zeit kam er auch selbst dahinter, daß man ihm immer wieder dieselben Schuhe gab, die er schon einmal repariert hatte und die noch nicht einmal getragen waren. Er merkte es, hielt den Mund und bekam weiterhin seinen Teller Suppe. Für die kurze Zeit, die ihm noch zu leben blieb ... Er war alt, so alt, daß sich niemand im Dorf an den jungen Varisto erinnern konnte. Früher oder später würde man ihn tot in irgendeinem Straßengraben auffinden.

Rinos Familie, die Leute von San Prospero, erfuhren also vom alten Flickschuster Varisto, daß ihr verstorbener Junge vom Grund des Bordaschlunds aus um Hilfe rufe, und so gingen sie frühmorgens zu der besagten Stelle am Bach und blieben den ganzen Tag dort und lauschten schweigend auf die Hilferufe ihres Kindes. Bevor sie nach San Prospero zurückkehrten, suchte Rinos Mutter noch Cesira auf und fuhr sie an:

»Ich warne dich, laß meinen Sohn in Frieden. Wenn ich dich noch einmal von ihm sprechen höre ...«

Cesira sprach nicht mehr über Rino, erzählte aber weiterhin von Seufzen und Stöhnen, das vom Grund des Wasserlochs aufsteige, abends, zwischen Sonnenunter- und Mondaufgang. Und wenn jemand sie auslachte, meinte sie nur:

»Dann sieh doch selbst nach. Warum gehst du nicht nach Sonnenuntergang zum Bordaschlund?«

Niemand ging hin. Niemand, niemand glaubte an die Borda, aber niemand ging hin, um sich zu versichern, daß es sie tatsächlich nicht gab.

Stalìn hielt vor der Kirche an, und Raffaella und Santovito stiegen aus. Die anderen fünf Fahrgäste wohnten im letzten Dorf, ganz oben, kurz vor dem Paß, von wo aus der Bus am anderen Morgen seine Route beginnen würde, um all jene wieder einzusammeln, die er am Abend hinaufgebracht hatte.

Stalìn kletterte das Leiterchen hinauf und lud die beiden Koffer ab. Dann stieg er wieder in seine Carolina, steckte den Kopf aus dem Seitenfenster und meinte lächelnd an Santovito gewandt:

»Also dann, noch mal herzlich willkommen, Signor Maresciallo, und viel Erfolg bei der Arbeit.«

Er winkte kurz Raffaella zu, und dann schnaufte Carolina wieder den Berg hinauf, der letzten Haltestelle entgegen.

»So, da wäre ich also«, sagte Santovito mit einem Seufzer und gab dem Mädchen die Hand. »Das Dorf ist ja nicht groß, wir werden uns sicher wieder über den Weg laufen.«

»Das Buch«, sagte Raffaella. »Wenn Sie es aushaben ... ich würde es gerne mal lesen.«

»Hier, und viel Spaß bei der Lektüre.«

Ein junger Bursche mit dunkelblonden Haaren und blauen Augen trat auf sie zu. Er grüßte mit einem kurzen Nicken und deutete auf ein Auto, einen weißen Fiat Millecento, der auf der gegenüberliegenden Seite des Platzes stand, direkt neben dem Mäuerchen, das den Kirchplatz begrenzte.

»Fahren Sie zur Pension Mezzacosta?« fragte Raffaella. Der Junge nickte wieder, nahm die beiden Koffer und schickte sich an, sie zum Wagen zu bringen.

»Meinen nicht«, sagte Santovito. Der Junge blieb stehen, hob die beiden Koffer an und hielt sie Santovito hin: »Das da ist meiner, der bleibt hier.«

Der Junge verstaute Raffaellas Koffer im Kofferraum, öffnete eine hintere Wagentür, ließ das Mädchen einsteigen, und der Millecento fuhr los. Santovito blieb zurück und schaute sich um.

Alles unverändert, wie vor zwanzig Jahren: die Straße, die den Ort durchzog, sich zum Kirchplatz verbreiterte, um sich gleich darauf wieder zu verengen und anzusteigen, hoch zum

Paß hinauf; die Fassade der Kirche noch immer so rissig, wie er sie in Erinnerung hatte, das Hauptportal geschlossen, das links daneben geöffnet; der Kies auf dem Vorplatz, das Gras dazwischen, und die niedrigen, einstöckigen Häuser mit den abgeblätterten verblaßten Fassaden, die sich eng aneinanderlehnten.

Es hätte ihn nicht gewundert, wenn das Hauptportal der Kirche plötzlich aufgegangen und im Gegenlicht die mächtige Gestalt Don Merigos herausgetreten wäre. Doch Don Merigo war wohl tot: Collina hatte den neuen Pfarrer mit Don Vincenzo angesprochen.

Er lenkte seine Schritte in Richtung Serafinas Osteria und fand sich plötzlich, gleich hinter der Piazza, in einem Dorf wieder, das nur noch wenig mit dem gemeinsam hatte, das er einst verlassen hatte. Damals gab es hier nur den Lebensmittelladen mit seinem kargen Angebot an Wurst, Brot und Konserven, den Tabakladen, den Friseur, Serafinas Osteria und sonst nichts.

Jetzt fand er eine Kurzwarenhandlung, deren Schaufenster trotz der hochstehenden Sonne beleuchtet war, und eine Bar mit von einer Horde Jugendlicher besetzten Tischchen, mitten darin eine Jukebox mit der Stimme Tony Dallaras, der aus vollem Hals sein »Come prima, più prima ti amero …« kreischte.

Ein Stück weiter der neue Tabakladen – nur Plastik, große Glasscheiben und eloxiertes Aluminium in Gold- und Silberfarben.

Serafinas Osteria gab es nicht mehr. Statt dessen ein Lokal mit zwei Schaufenstern, einem Neonschild mit dem Schriftzug »Ristobar«, Tischchen bis weit auf die Straße und zahlreichen Jugendlichen, die direkt auf den Tischchen oder auf den Stuhllehnen saßen, die Füße dort, wo man gewöhnlich seinen Allerwertesten plaziert, und in den Händen Fläschchen mit Coca-Cola oder Bitterorangensaft. Die Wände der Ristobar waren innen wie außen mit Reklametafeln bepflastert. Mittendrin ein

Plakat mit der Fußballmannschaft des Italienischen Meisters Juventus Turin und daneben ein verbissen kämpfender Ercole Baldini auf seinem Bianchi-Rennrad.

Auch in der Ristobar stand eine Jukebox, nur war es hier Fred Buscaglione, der eine Sie oder einen Er in voller Lautstärke dazu aufforderte, sich Mond und Meer anzuschauen. Neben der Jukebox blinkte und klingelte hektisch ein Flipper, und der Junge, der daran spielte, begleitete den Lauf der Metallkugel mit energischen Stößen aus der Hüfte, um sie so laufen zu lassen, wie er sich das vorstellte. Das gelang ihm nicht immer, und dann fluchte er und schlug seitlich gegen den Kasten, der irgendwann, der Schläge überdrüssig, den Dienst versagte.

»Zur Hölle mit dir und deinem Besitzer, Mistding!« Und ein weiterer Schlag ließ sämtliche Lichter der Anlage aufblinken und alle Klingeln, die in ihrem Innern steckten, losbimmeln.

Hinter der Theke aus Schichtpreßstoff und Aluminium und vor der Tür, die viele Jahre zuvor in den Keller hinabgeführt hatte, stand ein vielleicht vierzigjähriger Mann, kahl und wohlbeleibt, und reihte auf der Espressomaschine Täßchen zum Trocknen auf. Hinter ihm eine neonbeleuchtete Vitrine voller bunter Flaschen – Biancosarti, Johnny Walker, Sassolino, Strega und vieles mehr. Früher befanden sich dort nur zwei Regale aus Kastanienholz mit Weinflaschen, kleinen Karaffen und Gläsern.

Ein Glas Rotwein bestellen, in der Hoffnung, einen Geschmack vergangener Zeiten wiederzuentdecken? Sinnlos!

»Ist Serafina da?« fragte Santovito statt dessen, fast feierlich.

»Wer?«

»Früher war hier einmal eine Osteria, die von einer gewissen Serafina und ihrem Mann Parsuès bewirtschaftet wurde. Aber wahrscheinlich wissen Sie gar nicht, von wem ich spreche.«

»Doch, doch, jetzt weiß ich's. Serafina und Parsuès! Parsuès ist gleich nach dem Krieg gestorben, und Serafina hat vor fünf Jahren alles verkauft und ist weggezogen, nach …« Er überlegte einen Moment, aber es fiel ihm nicht ein, und so schüttelte er nur den Kopf. »Gestern habe ich's noch gewußt. Aber im Moment erinnere ich mich nicht.«

»Es ist auch nicht so wichtig. Machen Sie mir doch bitte einen Espresso. Den brauche ich jetzt.« Während er an der Bar stehend den Kaffee in kleinen Schlucken trank, fragte er: »Vermieten Sie eigentlich noch Zimmer?«

»Nein. Dort, wo früher die Gästezimmer waren, habe ich jetzt meine Wohnung. Aber oben auf Mezzacosta können Sie ein Zimmer bekommen. Wenn Sie wollen, rufe ich dort an. Die schicken Ihnen dann einen Wagen.«

»Ja, keine schlechte Idee.«

Als er den Ort verlassen hatte, wohnten auf Mezzacosta noch die Gräfin und ihr Dienstmädchen Stelia, und man erreichte das Anwesen über einen schmalen, steinigen Saumpfad, der sich im Herbst und im Frühjahr in einen Bach verwandelte. Nun war aus Mezzacosta eine Pension geworden, und die Straße hinauf war zwar immer noch so steil wie der alte Maultierpfad, aber asphaltiert, glatt und viel breiter, als er sie in Erinnerung hatte.

»Wahrscheinlich wohnt auf Mezzacosta überhaupt niemand mehr von früher.«

Am Steuer des Fiat Millecento saß wieder der dunkelblonde Junge, der kurz zuvor auch Raffaella hinaufgefahren hatte. Er blickte den Gast über den Rückspiegel an und zuckte die Achseln.

»Und was ist mit der Gräfin? Und mit Stelia? Weißt du, was aus Stelia geworden ist?«

Wie auf Kommando fuhr der Junge rechts ran, drehte sich zu seinem Fahrgast um und blickte ihn aus weit aufgerissenen, aber lächelnden Augen an. Dann schlug er sich ein paarmal mit der flachen linken Hand gegen die Brust und nickte.

»Was soll das heißen?« Der Junge nickte wieder und klopfte sich gegen die Brust. »Tut mir leid, aber ich verstehe dich nicht.«

Der Junge bedeutete ihm zu warten, nahm einen Notizblock und einen Stift vom Armaturenbrett, schrieb etwas darauf und reichte sie dann Santovito.

»Ich bin Stelias Sohn«, stand da in schöner Blockschrift. Er lächelte amüsiert über die Verblüffung seines Fahrgastes und nickte wieder.

»Stelias Sohn? Das ist ja eine schöne Überraschung. Dann lebt sie noch auf Mezzacosta?«

Der Junge wurde plötzlich ernst, schüttelte den Kopf und breitete die Arme aus, wie um zu sagen, daß Stelia fortgegangen sei – irgendwohin. Er schüttelte noch einmal den Kopf, so als wolle er einen belastenden Gedanken vertreiben, lächelte Santovito erneut an, legte die Hände ans Steuer und fuhr wieder los, hinauf zur Pension Mezzacosta.

Santovito schwieg eine Weile, rechnete währenddessen und fragte dann: »Wie alt bist du eigentlich?« Ohne sich umzudrehen, zeigte ihm Stelias Sohn dreimal alle Finger der rechten Hand und dann noch einmal nur den Daumen. »Habe ich mir doch gedacht: Du bist erst sechzehn und fährst ohne Führerschein.« Der Junge drehte sich um, zuckte lächelnd die Achseln und schlug dann mehrmals mit der Hand aufs Lenkrad. »Ja, ja, ich verstehe schon, du meinst, du kannst Auto fahren. Aber mit sechzehn kannst du keinen Führerschein haben, und …« Er brach ab, als er den leicht verwunderten, sympathischen Blick bemerkte, den Stelias Sohn ihm über den Rückspiegel zuwarf.

Das stets geöffnete Tor, die Bruchsteinmauer um den großen Garten herum, die breite Backsteinfassade … Alles wie damals, als Mezzacosta noch das einzige aus Backsteinen errichtete Haus in der Gegend war – ein Haus wohlhabender Leute. Auch die großen Fenster im Erdgeschoß und im ersten Stock, die kleinen Öffnungen unter dem Dachvorsprung, die zur Belüftung des Speichers dienten, wo auf breiten Fächern Äpfel zum Reifen ausgelegt und Tomaten bis weit in den Winter hinein gelagert wurden. Hinter der Villa stand immer noch das Haus des alten Bartolomeo. Man hatte es renoviert, frisch verputzt und mit einem neuen Anstrich versehen, in einem häßlichen blassen Rosaton, der nicht in die Tradition der Berggegend paßte.

Die Raumaufteilung der Villa war unverändert: im Erdgeschoß der lange Korridor, von dem links und rechts drei große Räume abgingen. Der Speisesaal, also der Salon mit dem riesigen offenen Kamin, in dem er mit der Gräfin ...

Aber die Einrichtung war vollkommen anders: eine Reihe von Tischen aus Aluminium und Schichtpreßstoff, an denen für jeweils vier Personen gedeckt war. Aus dem gleichen Material waren auch die Stühle, und in der Luft lag der unangenehme Geruch von Fleischbrühe mit Einlage.

Auf der linken Seite des Flures war die große Küche mit der Speisekammer. Und an der dritten Tür, hinter der zu Zeiten der Gräfin Stelias Zimmer lag, war nun ein Plastikschild mit der Aufschrift »Privato« angebracht.

Santovito hatte sich nur ein wenig umsehen müssen, um sich schmerzhaft darüber klarzuwerden, daß er in dieser Pension nicht lange bleiben würde; eine andere Lösung, irgendeine, würde sich finden lassen. Oder er würde gleich ganz wieder abreisen. Ja, da wäre das beste, gar nicht mehr ins Dorf zurückzukehren und die Dinge so zu belassen, wie sie waren, in ihrem Raum und ihrer Zeit.

»Warum um alles in der Welt bin ich bloß zurückgekommen?« murmelte er, während ein sich geziert bewegender Hausdiener, der in einem mandarinenfarbenen Jackett steckte, mit seinem Koffer in der Hand vor ihm her die Treppe hinauf zum oberen Stockwerk ging.

Oben angekommen, blieb Santovito vor der Tür stehen, hinter der das Schlafzimmer der Gräfin gelegen hatte. Das auf den

Türpfosten genagelte Plastikschild wies es nun als Zimmer Nr. 1 der Pension Mezzacosta aus.

»Das ist Ihr Zimmer.« Der mandarinenfarbene Hausdiener steckte den Schlüssel ins Schloß des Zimmers mit der Nummer 3, trat ein und öffnete das Fenster.

Santovito blieb auf der Schwelle stehen: Das Zimmer, das ihm der Mann geöffnet hatte, war eben jenes, in das ihn auch Stelia geführt hatte, damals, in einer unvergessenen Regennacht. Launen des Schicksals.

Der Hausdiener stellte den Koffer ab, drehte sich zur Tür um und sagte lächelnd: »Bitte, warum treten Sie nicht ein?« Und Santovito trat über die Schwelle.

»Hoffentlich gefällt Ihnen die Aussicht.« Die Aussicht bestand aus dem Haus des alten Bartolomeo, dahinter die Wälder, die sich die Berghänge hinaufzogen.

Bevor er ging, sagte der Hausdiener noch: »Ich heiße Lorenzo. Abendessen gibt es von sieben bis halb neun, Frühstück bis um zehn, und Mittagessen von zwölf bis halb zwei.«

»Ich werde wohl heute nicht zu Abend essen. Ich bin sehr erschöpft.« Er bedankte sich und schloß die Tür.

Er war wirklich sehr erschöpft. Zunächst die endlos lange Zugfahrt, dann die Busfahrt mit Stalìn, die Sache mit den anscheinend gewaltsam ums Leben gekommenen Kindern, der Spaziergang durch den Ort bis zu Serafinas Osteria, die keine Osteria mehr war. Von diesem Moment an hätte er schon umdenken müssen.

Es gab keine Serafina mehr und keine Osteria, keine Stelia und keine Gräfin. Ein trauriges Bild. Der einzige Lichtblick des Tages war die Begegnung mit dem jungen Mädchen, mit Raffaella.

Welches Zimmer sie wohl hatte? Er hätte den mandarinenfarbenen Hausdiener danach fragen können. Vielleicht hatte man sie in der Nummer 1 untergebracht. Das Mädchen im Zimmer der Gräfin, und er selbst in jenem, wo er auch in der so lange vergangenen Regennacht gelegen hatte. Eine einzige Nacht hatte er dort geschlafen, auf einem riesigen, hohen, weichen Bett; an der Wand über der Tür die Karbidlampe, die Stelia ein wenig heruntergedreht hatte, bevor sie ihn allein ließ und nachdem sie ihm mitgeteilt hatte, daß die Gräfin ihre Schlafzimmertür »nie abschließt«.

Und wieder lag er in diesem Zimmer. Doch das Doppelbett war jetzt niedrig und hart, der Kopfteil mit Kunstleder bezogen, Nachtschränkchen zu beiden Seiten mit Lampen mit ebenfalls kunstledernen Schirmen darauf.

Was für eine absurde Idee, hierher zurückzukehren: Mezzacosta ein Hotel für Sommerfrischler, keine Nachricht von der Gräfin, Stelia hatte einen Sohn geboren ... der ohne Führerschein fuhr!

Früh schon ging er zum Frühstück hinunter, und der Hotelier, ein großgewachsener, dicker Mann mit schütterem Haar, bediente ihn persönlich, wie jeden neuen Gast, mit Kaffee, warmer Milch, Butter, Marmelade und toskanischem Brot. Er hieß Cleto, und irgendwer hatte noch »von Mezzacosta« an seinen Namen angehängt, um ihn von einem anderen Cleto zu unterscheiden, der jenseits des Flusses wohnte.

Santovito begnügte sich mit einer Tasse Kaffee und steckte sich danach sogleich eine Zigarre zwischen die Lippen, ohne sie jedoch anzuzünden. Dazu war es noch zu früh.

»Essen Sie gar nichts? Soll ich Ihnen vielleicht etwas anderes bringen?«

»Nein, nein, mir reicht ein Kaffee, wie jeden Morgen.«

»Aber hier sind Sie doch im Urlaub, Signor ...« Er sah auf dem Führerschein nach, den er zurückgeben wollte, als er an den Tisch getreten war, »Signor Santovito. Im Urlaub kann man ruhig mal seine Gewohnheiten ändern.« Er reichte ihm das Dokument. »Wie lange gedenken Sie eigentlich zu bleiben? Ich frage nur wegen der Reservierungen. Jetzt in der Hochsaison ...«

»Das weiß ich noch nicht. Ich mache gleich einen Abstecher

ins Dorf. Danach weiß ich wahrscheinlich mehr und sage Ihnen Bescheid.«

»Zu Fuß ist das ein ordentliches Stück, bis runter ins Dorf. Über den Pfad durch die Wälder können Sie aber einen schönen Spaziergang daraus machen. Oder ich sage Stelio, daß er sie mit dem Wagen runterbringt.«

»Wer ist Stelio? Der Junge, der mich auch hinauf gefahren hat?« Und auf die Bejahung des Hoteliers: »Der junge Mann fährt ohne Führerschein.«

»Aber er fährt sehr gut, und niemand stört sich daran. Der Maresciallo weiß auch Bescheid, aber er drückt ein Auge zu. Seine Art, dem armen Jungen ein wenig zu helfen. Soll ich ihn rufen?«

»Nein, ich gehe zu Fuß. Ans Laufen bin ich gewöhnt. Ein Spaziergang am Morgen ist genau das richtige, um den Appetit anzuregen.«

»Eben. Schließlich haben Sie gestern abend auch nichts gegessen.«

»Ich war noch zu erschöpft von der Fahrt.«

»Warum gehen Sie nicht runter bis zum Stausee? Es ist sehr schön dort zum Baden und Sonnen. Da gibt es auch einen Bootsverleih und eine Bar für einen kleinen Imbiß, wenn Sie keine zu hohen Ansprüche haben.«

»Kannten Sie Stelia, die Mutter des Jungen? Was ist aus ihr geworden?«

Intermezzo

Das Wehrmachtskommando war lange Zeit in der Villa an der Staatsstraße untergebracht. Irgendwann wurde es dann von feindlichen Flugzeugen ausgemacht, und nach der ersten Bombardierung war der Oberst auf das Gut Mezzacosta umgezogen, das so versteckt am Berg lag, daß die von Osten heranziehenden Geschwader es erst ausmachten, wenn sie die Gipfel im Westen schon erreicht hatten. Darüber hinaus war Mezzacosta ein strategisch günstig gelegener Ort. Es beherrschte das darunterliegende Tal, so daß man von dort aus die Straße zum Paß unter Beschuß halten konnte.

Raum für Raum hatte der deutsche Oberst das Haus inspiziert, einschließlich Speicher und Keller, war dann in den Garten getreten, hatte sich alles genau angesehen und schließlich das ganze Gut besetzt, mitsamt dem Haus des alten Bartolomeo, der kurz zuvor gestorben war.

Stelia beließ er das Zimmer im Erdgeschoß und der Gräfin ihr Schlafzimmer im oberen Stockwerk. Seinem Hauptmann befahl er, im Garten Geschütze aufstellen zu lassen, sie in Richtung Tal auszurichten und ausreichend zu tarnen.

»Herr Oberst«, versuchte der Hauptmann einzuwenden, »ich bin von der FLAK, und meine Kanonen sind Flugabwehrgeschütze.«

»Herr Hauptmann, wenn Ihre Geschütze ein Flugzeug abschießen können, wird es ihnen doch wohl möglich sein, auch einen Panzer aufzuhalten.« Und so hatte der Hauptmann der FLAK sechs Geschütze aufgestellt, drei ins Tal gerichtet und drei in Richtung der Hügel, wo er den Feind vermutete. Doch im Grunde vertraute er wenig auf die Durchschlagskraft seiner Kanonen.

Der Garten von Mezzacosta wurde zum Parkplatz für Militärfahrzeuge, und im Haus machte niemand mehr ein Auge zu, weder am Tag noch nachts. War es nicht Geschützdonner, dann der Lärm ankommender oder abfahrender Soldaten. Es war die Hölle, vor allem für Stelia, die schwanger war und Ruhe brauchte.

»Es ist ja nicht wegen mir, Signora Contessa«, sagte sie häufig, »sondern wegen des Kindes in meinem Bauch. Es braucht Ruhe. Ich habe Angst, daß es Schaden nimmt.«

»Sei unbesorgt, Stelia, es wird gesund auf die Welt kommen.

Du wirst einen wunderschönen, gesunden Jungen zur Welt bringen.«

»Woher wollt Ihr wissen, daß es ein Junge wird?«

»Das sieht man an deinem Bauch. Ist der Bauch spitz, wird es ein Junge. Und sieh dich doch mal an: spitzer geht es nicht. Das wird ein Junge.«

Es war fünf Uhr nachmittags, als Stelia merkte, daß der Moment gekommen war. Die Schmerzen unterdrückend, schleppte sie sich die Treppe zur Gräfin hinauf und trat zum ersten Mal, seit sie in deren Diensten stand, ohne anzuklopfen bei ihr ein. Die Gräfin saß im Sessel vor dem Fenster und las.

»Signora Contessa, ich glaube, es ist soweit.«

»Komm, leg dich aufs Bett. Ich lasse sofort die Hebamme rufen.«

»Ich fürchte, sie schafft es nicht mehr rechtzeitig.«

»Leg dich nur ruhig hin. Ich kümmere mich um alles.« Die Gräfin eilte ins Erdgeschoß hinunter und betrat, ebenfalls ohne anzuklopfen, den Salon, wo der Oberst der Wehrmacht sein Büro eingerichtet hatte, und sagte in perfektem Deutsch: »Nun haben Sie Gelegenheit, unsere Gastfreundschaft, die Sie hier ungefragt in Anspruch nehmen, zu erwidern. Bei meinem Dienstmädchen haben die Wehen eingesetzt. Schicken Sie einen Wagen ins Dorf, um die Hebamme kommen zu lassen.«

Der Oberst überging den provozierenden Ton der Gräfin und antwortete mit einem Lächeln: »Ich werde mein Bestes tun. Und Sie, Frau Gräfin, werden Ihre Meinung über die deutschen Soldaten ändern müssen.« Er nahm das Feldtelefon zur Hand, sprach leise, der Gräfin den Rücken zuwendend, in den Hörer, drehte sich dann zu ihr um und sagte, indem er die rechte Hand auf die Muschel legte: »Wo kann mein Wagen die Hebamme abholen?«

»Sie wohnt bei der Kirche. Fragen Sie nach Ornella. Jeder im Dorf kennt sie.«

Ornella hatte so vielen Kindern auf die Welt geholfen, daß

sie sich unmöglich an die genaue Zahl erinnern konnte. Sie erreichte Mezzacosta im Fond eines Wagens der deutschen Wehrmacht und lief sofort ins Haus.

Die Gräfin erwartete sie im Korridor: »Oben im ersten Stock, Ornella. Sie liegt in meinem Schlafzimmer.«

»Ich gehe sofort hinauf, macht Ihr bitte Wasser heiß, Signora Contessa, und bringt es mir hoch.«

Stelias letzter Schmerzensschrei, bevor der Kleine seinen Kopf hinaus in diese Welt streckte, wurde vom ersten Geschützdonner der Alliierten übertönt. Dann brach ein solcher Höllenlärm los, daß man glauben konnte, die große Offensive, die über den Ausgang des Zweiten Weltkriegs entscheiden sollte, habe begonnen.

Der Oberst hatte keine Lust, das Feuer untätig über sich ergehen zu lassen, und ließ, einfach nur, um den Alliierten zu zeigen, daß er auch noch da war, alle Geschütze auf den Punkt ausrichten, wo, so hoffte er, die feindliche Armee stand. Und die sechs FLAK-37-Geschütze donnerten los.

Ein wütender Granathagel von der anderen Seite war die Antwort.

So ging das über eine Stunde lang, und in dieser Hölle kam der kleine Junge zur Welt, dem Gott sei Dank nicht mehr fehlte als die Stimme. Es hätte auch viel schlimmer kommen können.

Drei Tage und drei Nächte blieb die Hebamme an Stelias Bett, doch trotz all ihrer Erfahrung und Bemühungen erholte sich das Mädchen nicht mehr. Als Don Merigo auf Mezzacosta eintraf, ebenfalls in aller Eile übers Feldtelefon des deutschen Obersts herbeigerufen, hatte er eine Letzte Ölung zu spenden und ein Kind zu taufen.

»Auf welchen Namen wollen wir das Kind taufen, Signora Contessa?«

»Stelio, wir nennen ihn Stelio, nach seiner armen Mutter«, murmelte die Gräfin.

Noch nie zuvor hatte jemand sie weinen sehen. Es hieß, die Gräfin sei eine harte, gefühlskalte Frau.

6

Der Geschmack einer vergangenen Zeit

Er nahm die Zigarre aus dem Mund: »Wer ist Stelios Vater?«

Der Hotelier breitete die Arme aus: »Das hat Stelia nie verraten. Vielleicht wußte es die Gräfin, aber auch sie hat nie darüber gesprochen. Auf Mezzacosta sollen ja merkwürdige Dinge passiert sein, als die beiden Frauen hier zusammen wohnten.«

»Alles Gerede! Und was ist aus der Gräfin geworden?«

»Sie hat Stelio bei sich behalten und ihn praktisch alleine aufgezogen, und als sie dann starb ...«

»Wann ist sie denn gestorben?«

Ein Gast, der zu viele Fragen stellte, doch Cleto war bemüht, seine Gäste zufriedenzustellen. Besonders, wenn sie neu waren. Er dachte einen Moment nach: »Nun, ich habe die Hotelleitung übernommen, als Stelio gerade die Mittelschule beendet hatte. Und die Gräfin war im Jahr zuvor gestorben, das heißt also vor vier Jahren.« Er blickte den Gast genauer an: »Sie sind doch nicht von hier. Woher kannten Sie dann Stelia und die Gräfin?«

»Sie sind doch auch nicht von hier.«

»Das stimmt. Meine Eltern kannten aber die Familie der Gräfin, und als ihr Anwalt meinem Vater erzählte, daß die Gräfin vorhabe, Mezzacosta zu verkaufen – er sagte ihm, daß die Gräfin finanzielle Probleme habe. Kurz und gut, da hat mein Vater zugeschlagen und Mezzacosta gekauft. Bis auf das Bauernhaus, das nach Bartolomeos Tod wieder in den Besitz der

Gräfin gelangt war und das sie dann später Stelio vererbte. Kannten Sie Bartolomeo auch?«

Der alte Bartolomeo hatte in dem Bauernhaus gegenüber dem Hauptgebäude gewohnt und es zu einem Dreckloch verkommen lassen. Als er damals in Verdacht geriet, mehrere Morde begangen zu haben, war er untergetaucht, und Santovito und seine Männer hatten ihn aufzustöbern. Eine Woche lang durchkämmten sie Wälder und Schluchten, und nur durch einen glücklichen Zufall erwischten sie ihn. Aber dann entwickelte sich der Mordfall ganz anders, als Maresciallo Santovito vermutet hatte. Bartolomeo erwies sich als unschuldig, und man konnte ihn laufenlassen.

Jetzt nickte Santovito nur, ohne ein Wort darüber zu verlieren, wieso und woher er den alten Bartolomeo gekannt hatte.

Cleto fuhr fort: »Ich habe Stelio dann also eingestellt, und so wohnt er jetzt hinten in dem Bauernhaus. Er ist ein tüchtiger Junge und kann sich gut verständlich machen, obwohl er stumm ist.«

»Das habe ich schon gemerkt. Aber etwas anderes. Was ist das eigentlich für eine Geschichte mit den beiden toten Jungen?« Jetzt verhielt er sich doch wieder wie ein Maresciallo, der Ermittlungen zu leiten hat. Anscheinend war die Rückkehr ins Dorf nicht spurlos an ihm vorübergegangen.

»Nun, der eine war ein Junge aus der Stadt. Aber wieso wollen Sie das eigentlich wissen?«

»Ach, nur so, der Busfahrer hat davon erzählt, deshalb. Reine Neugier.«

»Stalìn sollte öfter mal den Mund halten, anstatt ständig wie ein Waschweib zu tratschen.«

Santovito nickte, drehte die Zigarre zwischen den Fingern hin und her und erhob sich vom Tisch: »Ich gehe ins Dorf runter und schaue mich ein wenig um.« Er steckte sich die Zigarre wieder zwischen die Lippen, und bevor er den Raum verließ, blieb er stehen und zündete sie an. Er nahm einen ersten tiefen Zug und stieß den Rauch dann kräftig aus. Dann wandte er sich noch einmal an den Hotelier. »Welches Zimmer hat eigentlich …«

Er brach ab und wandte sich zum Gehen. Es hätte befremdlich gewirkt, nach der Nummer des Zimmers zu fragen, in dem Raffaella Anceschi wahrscheinlich noch schlief.

Bevor er die Zigarre wieder zwischen die Lippen nahm, füllte er seine Lungen mit der frischen Morgenluft. Während er langsam ausatmete, ließ er den Blick über die von der Morgensonne beschienenen Gipfel im Westen schweifen und spürte plötzlich zum ersten Mal seit seiner Ankunft den Geschmack einer vergangenen Zeit auf der Zunge.

Er wollte sich gerade auf den Weg machen, als Stelio lächelnd auf ihn zutrat und auf den weißen Millecento deutete.

»Nein Stelio, ich gehe zu Fuß. Ich nehme den Kurzen.« Und auf die verblüffte Miene des Jungen hin, der offensichtlich von den Ortskenntnissen des Fremden überrascht war, fügte er hinzu: »So hat man hier früher zu einer Abkürzung gesagt. Über den Pfad brauche ich nur halb so lang ins Dorf hinunter.«

Mit einer Handbewegung verabschiedete er sich von dem Jungen, und vom Hoteleingang aus beobachtete Cleto, wie der neue Gast zwischen den Bäumen verschwand. Niemand hatte ihm den Weg erklärt, und doch hatte er den Pfad so selbstverständlich eingeschlagen, als wäre er hier zu Hause.

Cleto von Mezzacosta murmelte etwas vor sich hin und rief dann: »Stelio!« Der Junge kam sogleich angelaufen. »Was habt ihr geredet?« Stelio deutete auf den Millecento und zuckte mit den Achseln: »Ich verstehe. Was weißt du von ihm?« Der Junge lächelte und schlug sich mehrere Male mit der rechten Hand auf die Brust. »Ich weiß, daß er deine Mutter gekannt hat. Aber wann ist er im Dorf angekommen?« Stelio zuckte wieder die Achseln. »Dieser Mensch stellt zu viele Fragen, noch dazu zu Leuten, die tot sind. Das gefällt mir nicht. In letzter Zeit gehen hier zu viele merkwürdige Dinge vor. Das schadet dem Geschäft. Drei Familien haben ihre Buchungen schon rückgängig gemacht.«

Im Büro griff er zum Telefon: »Hier ist Cleto von Mezzacosta. Ist Maresciallo Amadori zu sprechen?«

Stelio hatte gewartet, bis sein Chef im Haus verschwunden war, und war dann zu dem Pfad gelaufen, den Santovito eingeschlagen hatte. Etwas weiter unten war dieser Pfad schon von Gestrüpp überwuchert, da ihn schon seit langem niemand mehr benutzte. Noch weiter unten verzweigte er sich, nach rechts verlief er eben, geradeaus fiel er steil ab. Stelio ging geradeaus, doch nach einigen Biegungen machte er kehrt und kletterte wieder hinauf nach Mezzacosta.

Es war still im Dorf, und nur wenige Leute waren auf der Straße. Ein paar Frauen kehrten vor ihren Häusern, und ein alter Hund mit krummen Beinen sonnte sich auf den Stufen vor dem Haus, in dem einmal Tripoli gewohnt hatte. Auch der hatte seinerzeit auf diesen Stufen morgens in der Sonne gesessen, mit einem erloschenen Zigarrenstummel zwischen den Zähnen – den rauchte er erst nach dem Essen.

Die Carabinieri-Wache, wo Santovito einen Teil seines Lebens verbracht hatte – ein hartes Leben damals, nicht nur für ihn –, war nicht wiederzuerkennen. Er hatte sie verlassen, nachdem der linke Teil des Gebäudes, in dem er sein Büro hatte, nach einem Bombentreffer eingestürzt war. Während des Krieges hatten Flugzeuge der Alliierten immer wieder versucht, die Eisenbahnbrücke zu zerstören, über die die Deutschen den Nachschub für die Front abwickelten. Sie tauchten über den Gipfeln im Osten auf und klinkten sogleich aus, noch bevor sie die Gipfel im Westen erreicht hatten. Doch fast alle Bomben schlugen schon auf der gegenüberliegenden Hangseite ein. Und so stand die Brücke zu Ende des Krieges immer noch an ihrem Platz, doch eine der Bomben, die für sie bestimmt war, hatte sich auf Santovitos Büro verirrt, und der Maresciallo kam nur deshalb mit heiler Haut davon, weil er mit dem Gefreiten Cotigno und den beiden einfachen Carabinieri, die ihm geblieben waren, zu Ermittlungen am Staudamm unterwegs war.

Der linke Teil der alten Wache war offensichtlich erst vor kurzem wiederaufgebaut worden. Auch die Umzäunung war erneuert, die Außenwände frisch verputzt und gestrichen, es gab einen neuen Eingang und ebenso neue Fenster, vor denen die Gitter verschwunden waren.

Auf einer vor dem Eingang aufgestellten Leiter stand ein Anstreicher und malte die letzten Buchstaben des Schriftzuges »Staatliche Mittelschule«.

Santovito durchquerte das Tor und trat auf den Mann zu: »Aus der Polizeiwache ist also eine Schule geworden. Keine schlechte Umwandlung. Aber wo sind die Carabinieri jetzt?«

Der Anstreicher unterbrach seine Arbeit, ließ den Pinsel in den Farbtopf gleiten, der an der letzten Sprosse hing, und kam herunter. Bevor er etwas sagte, drehte er sich eine Zigarette, zündete sie an, nahm einen Zug und erklärte dann endlich:

»Tja, die Carabinieri ... Die sind natürlich auch noch da. Es gibt eine neue Wache, am anderen Ende des Dorfes. Aber ich frage Sie: Wozu brauchen wir die? Was haben die zum Beispiel im Fall der beiden Jungen bis jetzt unternommen?«

Offensichtlich hatten die Leute hier immer noch keine bessere Meinung von den Carabinieri.

Mit einer Kopfbewegung deutete der Anstreicher in Richtung Straße und murmelte: »Wenn man vom Teufel spricht ...«

In diesem Fall war der Teufel ein junger Carabinieri-Maresciallo, der aus einem feuerroten Fiat Abarth gestiegen war, großgewachsen und durchtrainiert, ein Mann, der wahrscheinlich jede freie Minute dem Aufbau von Muskelpartien widmete. Er trug eine perfekt sitzende Uniform mit Dienstmütze, alles tadellos sauber und gebügelt wie für eine Carabinieri-Feier.

Der junge Maresciallo schlug die Fahrertür des Abarths zu, blieb vor dem Tor stehen und beobachtete die beiden Männer, die ihn ebenfalls anblickten. Dann trat er ein und begrüßte den Anstreicher mit einer Kopfbewegung. Santovito ignorierte er.

»Immer zu einem Schwätzchen aufgelegt, was, Rubens? Wenn es nach dir ginge, könnten wir die Schule vielleicht in zehn Jahren einweihen.«

»Diese Schule könnt ihr pünktlich einweihen, auf den Tag genau. Aber wenn wir schon mal dabei sind ... es gibt hier Leute, die eher ihre Zeit vertrödeln.«

»Deine spitzen Bemerkungen kannst du dir sparen, Rubens. Wir zerreißen uns alle wegen der beiden armen Jungen.«

Der Anstreicher zog ein letztes Mal an der Zigarette, die so schlecht gedreht war, daß sie sich zwischen seinen Lippen aufgelöst hatte und der ganze Tabak herausgefallen war. Den Rest warf er zu Boden, stieg wieder die Leiter hinauf und murmelte dabei:

»Ja, ihr zerreißt euch, aber die Borda ist eure einzige Verdächtige. Eine tolle Leistung, Maresciallo, wirklich eine tolle Leistung. So weit wäre ich als Maler auch noch gekommen.«

»Anstreicher, Rubens, du bist nur Anstreicher.« Und damit ließ er ihn in Ruhe. »Ein verfluchter Kommunist«, sagte er, jetzt an Santovito gewandt, »eigentlich müßte ich ihn einsperren, aber dann könnte er sich auf Staatskosten ein schönes Leben machen. Sind Sie Benedetto Santovito?« Und ohne eine Antwort abzuwarten: »Ich bin der Maresciallo ...«

»Das ist nicht zu übersehen.«

Er ließ sich von der Bemerkung nicht unterbrechen – »... und muß Ihnen einige Fragen stellen. Begleiten Sie mich zur Wache.« Ohne eine Reaktion abzuwarten, so als handele es sich um eine Selbstverständlichkeit, daß der Bürger Santovito Benedetto ihm ohne langes Theater folgen würde, ging er zu seinem roten Abarth voraus.

Tatsächlich warf der Bürger Santovito Benedetto nur den Zigarrenstummel zu Boden und folgte ihm schweigend, und schweigend setzte er sich auch auf den Beifahrersitz, so wie ihn der Maresciallo wortlos, nur durch das Öffnen der Beifahrertür von innen, aufgefordert hatte.

Bis zur Wache sprach keiner ein Wort.

Er bedeutete Santovito, Platz zu nehmen, legte seine Mütze auf den Schreibtisch, nahm aus einem silbernen Zigarettenetui eine flache Zigarette, zündete sie an und zog ein paarmal. Dann setzte er sich an die Schreibmaschine, spannte einen weißen Bogen Papier ein, schrieb einige Zeilen und hob dann den Kopf, um dem Vorgeladenen ins Gesicht zu schauen.

»Ihren Ausweis!« befahl er. Santovito reichte ihm seinen Führerschein. »Haben Sie keinen Personalausweis?«

»Den habe ich im Hotel abgegeben.«

Das stimmte zwar nicht, aber Santovito hatte keine Lust, den arroganten Maresciallo Dinge wissen zu lassen, die er nicht wissen mußte. Nicht jetzt.

Der Maresciallo gab sich mit dem Führerschein zufrieden und übertrug die Personalien. Dann: »Seit wann halten Sie sich im Ort auf?«

»Ich bin gestern abend mit dem Bus eingetroffen. Warum?«

»Und vorher?«

»Vor was?«

»Wo waren Sie, bevor Sie bei uns eingetroffen sind?«

Hätte er, Santovito, als er noch Maresciallo war, das Verhör durchzuführen gehabt, hätte er als erstes versucht, so etwas wie eine menschliche Beziehung herzustellen, indem er sein Gegenüber zum Beispiel über den Grund der Vorladung informiert hätte. Er hätte also versucht, jenes Minimum an Vertrauen zu vermitteln, das möglichst spontane und daher ehrliche Antworten hätte erwarten lassen. Er fragte:

»Was sollen diese Fragen?«

Ares Amadori antwortete nicht gleich. Er nahm einen letzten Zug und drückte die Zigarette im Aschenbecher aus, obwohl er sie gerade mal halb geraucht hatte. Dann sagte er: »Die Fragen stelle ich hier.«

»Klassisch«, murmelte Santovito.

»Und Sie antworten bitte laut und deutlich.«

»Wenn ich wüßte, warum ich hier bin, könnte ich Ihnen vielleicht helfen.«

»Sagen Sie mir lieber, woher Sie kommen.«

»Und Sie fertigen ein Protokoll an. Das heißt also, daß ich offiziell vernommen werde. Wäre es da nicht angezeigt, mich darüber zu unterrichten ...«

Wütend riß Ares Amadori das Blatt aus der Maschine, knüllte es zusammen und warf es in den Papierkorb. »Nun zufrieden? Können wir uns nun in Ruhe unterhalten?«

»Ja, ich denke schon. Was wollen Sie genau von mir wissen?«

»Das habe ich Ihnen schon gesagt: Wo Sie herkommen, was Sie hier machen und wo Sie vor vier Tagen waren.«

»Sie meinen, als die beiden Jungen ums Leben gekommen sind?«

Der Maresciallo sprang so ruckartig auf, daß sein Stuhl auf dem Boden landete. Er ließ ihn liegen und schrie los: »Wieso wissen Sie von den beiden Jungen, wenn Sie erst gestern angekommen sind?«

Es klopfte an der Tür, und sie öffnete sich, noch bevor jemand »herein« gesagt hatte. »Alles in Ordnung, Signor Maresciallo? Ich habe gehört ...«

»Ja! Wenn ich dich brauche, rufe ich dich schon!« Er wartete, bis der Gefreite die Tür hinter sich geschlossen hatte, um ihm dann nachzurufen: »Bring mir einen Kaffee!« Er blätterte in einer Akte, mehr, um etwas zu tun zu haben, und sagte dann: »Was ist jetzt? Wollen Sie meine Fragen nicht beantworten?«

»Collina hat mir von den toten Jungen erzählt.«

»Collina? Wer soll das sein?«

»Im Dorf nennt man ihn jetzt Stalìn, aber ich kannte ihn als Giacomo Collina. Er hat mir von den Jungen erzählt, die vor vier Tagen ums Leben gekommen sind. Aber ich wüßte nicht, wie ich Ihnen bei den Ermittlungen weiterhelfen könnte, angesichts der Tatsache, daß ich über achthundert Kilometer entfernt wohne und erst von dort losgefahren bin, als die Kinder schon tot waren.«

Der Gefreite betrat den Raum und stellte den Kaffee für Signor Maresciallo Ares Amadori auf den Schreibtisch.

»Chiaffalà, du hast bestimmt wieder zuviel Zucker reingetan.«

»Nein, Signor Maresciallo, nur ein halber Löffel, wie Sie es angeordnet haben.«

Santovito hätte auch einen Kaffee vertragen können. Er würde in der Bar einen trinken, sobald der Maresciallo …

»Gibt es Zeugen dafür, daß Sie erst gestern abend eingetroffen sind?«

»Den Inhaber von Mezzacosta …« Doch Maresciallo Ares Amadori unterbrach ihn:

»Cleto, er heißt Cleto, und er hat mir gegenüber schon bestätigt, daß Sie gestern abend angekommen sind. Aber was heißt das schon? Vielleicht sind Sie ja schon viel länger im Ort. Woher soll Cleto das wissen?«

»Dann fragen Sie eben Signorina Raffaella Anceschi. Wir sind von Bologna aus mit dem Zug gemeinsam bis hierher gefahren. Sie hat auch ein Zimmer auf Mezzacosta.«

Ares Amadori konnte sich nicht dazu durchringen, ihn gehen zu lassen, blätterte wieder sinnlos in der Akte vor ihm auf dem Schreibtisch und sagte nach einer Weile:

»Sie haben also achthundert Kilometer zurückgelegt, um ein Dorf zu besuchen, das auf den wenigsten Landkarten verzeichnet ist.«

»Es mag auf der Landkarte nicht zu finden sein, aber ich kannte das Dorf. Ich war vor vielen Jahren schon einmal hier.«

Eine weitere Pause, um den Vorgeladenen in Verlegenheit zu bringen: »Und was wollen Sie hier?«

»Wenn ich das weiß, lasse ich es Sie als ersten wissen, Maresciallo.«

Der Maresciallo blickte ihm in die Augen und bedeutete ihm dann mit einer Handbewegung, daß er gehen könne. Santovito erhob sich und ging zur Tür, doch bevor er das Büro verließ, fragte er noch:

»Wieso haben Sie den Verdacht, daß es sich um Mord handeln könnte?«

Ares Amadori, der Scheiß-Ferrareser, wie ihn Stalìn genannt hatte und als den ihn fortan auch Santovito zu betrachten geneigt war, würdigte ihn keiner Antwort. Statt dessen schrie er:

»Gefreiter Chiaffalà! Gefreiter, bring den Mann hinaus und dann komm in mein Büro.« Und er kippte den Kaffee, den er gar nicht probiert hatte, auf einen Zug hinunter. Die sicherste Art, nichts von dem Aroma mitzubekommen.

»Bemühen Sie sich nicht, Gefreiter Chiaffalà, ich kenne den Weg.« Santovito lächelte und zog die Tür der Wache hinter sich zu.

Auf der Straße blieb er stehen, um sich eine gute Zigarre aus der Packung zu nehmen und anzuzünden. Dann schlenderte er Richtung Piazza, wobei er sich immer mehr in seinen Erinnerungen verlor: Seine Karriere hatte gut angefangen, damals in Bologna, doch dann hatte er »Mist gebaut«, wie sein Oberst deutlich erklärt hatte, als er ihn über die Strafversetzung in Kenntnis setzte. Er hatte ihn in dieses Gebirgsnest geschickt – da war er wohl ungefähr so alt wie Ares Amadori heute –, um hier die Nachfolge von Maresciallo Bargellaux anzutreten, den man mit Schrotkugeln erschossen und in eine Dornenhecke gezerrt hatte, wo ihn schließlich Brighella, Ligeras Hund, zufällig aufspürte.

Für die Jugendlichen, die sonst die Bar bevölkerten, war es noch zu früh, und so konnte Santovito seinen Kaffee draußen an einem Tischchen sitzend in Frieden genießen.

»Haben Sie noch einen Wunsch?« fragte der kahlköpfige,

wohlbeleibte Wirt vom Eingang seiner Bar aus. »Ich muß nämlich eine Weile in den Keller hinunter.«

»Nein, danke, im Moment nicht«, antwortete Santovito rasch, überlegte er es sich dann aber anders. »Kann man bei Ihnen auch essen?«

Die Küche auf Mezzacosta schien ihm nicht sehr verlockend, zumindest den Gerüchen vom Vorabend nach zu urteilen, und wenn er jetzt zurückkehren würde, dann nur um ein paar Worte mit Raffaella zu wechseln. Falls sie überhaupt den Morgen auf Mezzacosta verbrachte. Und sich dort langweilte.

»Selbstverständlich! Meine Frau gilt sogar als eine hervorragende Köchin. Haben Sie einen speziellen Wunsch?«

»Nein, nein, ich esse das, was gekocht wird, vielen Dank.« Und da der Wirt auf seine Uhr sah, ergänzte er: »Natürlich nicht jetzt. Später, später. Ich drehe eine Runde durchs Dorf und bin, sagen wir, um halb eins wieder hier. In Ordnung?«

»Ausgezeichnet. Um die Zeit haben wir noch mehr Gäste«, und der Wirt nahm die gleiche Türe, hinter der Parsuès früher tagelang verschwunden war. »Das Geheimnis eines guten Weins ist ein guter Kellermeister« erklärte er in seinem Dialekt, der nicht jener der Gegend war, um seine langen Aufenthalte im Keller bei seinen Weinfässern zu rechtfertigen.

Und jetzt? Ein Spaziergang zum Stausee, wie ihm Cleto geraten hatte?

Er kannte den Weg dorthin, aber soweit er sich erinnerte, war das kein sehr geeigneter Ort, weder zum Sonnenbaden noch zum Entspannen. Ja sicher, eine weite Wasserfläche, die sich vor dem Damm aufstaute, aber die Ufer waren mit Brombeerhecken, Trauerweiden und Erlen zugewachsen, und nur hier und dort führten Pfade, die größtenteils durstige Tiere gespurt hatten, aus dem dichten Wald zum Wasser.

Aus dem Tal, vielleicht aus der Leona-Kurve, drang ein langes Hupen zu ihm, das dem Dorf das bevorstehende Eintreffen von Stalìns Bus ankündigte. Nur wenige Minuten, dann rollten Carolinas Räder in einer Handbreit Entfernung vor seinen Fußspitzen vorbei. Stalìn am Steuer grüßte ihn mit einer Handbewegung und lächelte ihm zu.

Als er zum Kirchplatz kam, war Stalìn noch dabei, die Koffer einer Gruppe von Feriengästen abzuladen.

»Möchte mal wissen, was die an diesem Nest hier finden«, sprach ihn Santovito an.

»Und was ist mit Ihnen, Maresciallo? Sie müssen doch auch was an unserem Dorf finden. Sonst wären Sie doch nicht zurückgekehrt.«

Santovito ging nicht darauf ein und sagte: »Ich fahre mit dir hoch zum Paß, Collina. Was kostet das?«

»Es wäre mir lieb, wenn Sie mich Stalìn nennen würden. Wie alle hier. Collina, das ist so lange her.«

»Und mir wäre es lieb, du würdest mich nicht mehr Maresciallo nennen.«

»Abgemacht. Steig ein, Benedetto, es geht los.« Es war allein seine Entscheidung gewesen, jetzt plötzlich einen Mann zu duzen, den er gerade noch respektvoll mit »Signor Maresciallo« angesprochen hatte. Er riß einen Fahrschein für den einzigen Fahrgast ab, der bis zur Endstation mitfahren würde.

»Was willst du denn da oben am Paß?« schrie er nach hinten, während sich Carolina in Bewegung setzte.

»Einen Freund besuchen.«

»Bist du sicher, daß du ihn dort noch findest?«

»Ich bin mir bei gar nichts mehr sicher, Stalìn.« Stalìn grinste vor sich hin und schüttelte den Kopf. »Was ist jetzt mit dir los? Worüber lachst du?«

»Ich muß lachen, weil du dich nicht geändert hast. Um mit mir zu sprechen, hättest du mich doch auch zu Hause besuchen und dir das Geld sparen können.« Einen Moment wandte er den Blick von der Straße ab, um Santovito anzusehen. »Und? Liege ich richtig?« Und als Santovito nickte, konzentrierte er sich sogleich wieder auf die Straße. »Dann schieß los. Was willst du wissen?«

Santovito erhob sich und kam nach vorn, wo er sich, sich an den Haltegriffen festhaltend, neben den Fahrer stellte. »Wo genau sind die beiden Jungen umgekommen?«

»Das hat er dir wohl nicht gesagt? Hab' ich mir gleich gedacht. Das ist einfach ein Scheiß-Ferrareser. Dumm auf die Welt gekommen und nichts dazugelernt.«

»Wer hat dir gesagt, daß ich mit dem Maresciallo gesprochen habe?«

»Weißt du nicht mehr, Santovito? Hier spricht sich jede Neuigkeit in Windeseile herum.« Und ohne den Blick von der Straße abzuwenden, die jetzt nur noch in Serpentinen verlief, lächelte er ihn über den Rückspiegel an. »Also der erste, Claudio, der Junge aus der Stadt, ist auf dem Saumpfad zu den Ruinen auf eine Mine getreten. Du weißt doch noch, die verfallene alte Abtei mit dem Turm?«

»Ich weiß, ich weiß! Schließlich war ich lange genug hier.«

»Du mußt nicht gleich eingeschnappt sein. Ich versuche nur genau zu sein, weil ich weiß, wie penibel ihr Carabinieri seid. Auch als mich der Ferrareser vernommen hat.«

»Der hat dich vernommen? Und wieso?«

»Das mußt du ihn schon selbst fragen. Er hat das ganze Dorf vernommen, einschließlich der Feriengäste, und absolut nichts herausbekommen«, erklärte Stalìn lachend.

»Du scheinst dich darüber zu freuen.«

»Und ob ich mich freue. Ich habe dir ja gesagt, dieser Ares ist schwer von Begriff. Und dabei hält sich dieser Idiot auch noch für unheimlich schlau.«

Zwischen einzelnen Serpentinen, dort, wo der Wald ausgedünnt worden war, um Brennholz zu gewinnen, fiel der Blick in die Schlucht hinunter. Santovito erinnerte sich, daß man von einer bestimmten Stelle der Steigung aus plötzlich die Straße unten im Tal ausmachen konnte, einen Abschnitt der Bahngleise und die ersten Häuser des Dorfes, während der Rest des Ortes noch hinter dem Bergrücken versteckt lag. Er paßte auf, bis er für einen Moment das Bild vor sich hatte, dann brachte ihn der Bus zwischen die Bäume zurück.

Die Muskeln seines linken Arms, mit dem er sich in den Kurven im Gleichgewicht hielt, begannen zu schmerzen, und er versuchte, sich bequemer hinzustellen. »Gut, das war der erste. Und der zweite?«

»Ja, der arme Rino Battaglia. Der wurde im Bordaschlund gefunden. Sein ganzes Gesicht war zerfressen. Cesira, du erinnerst dich doch an Cesira, die Alte, die direkt am Bach wohnt«, und er beobachtete über den Rückspiegel, ob Santovito zustimmend nickte. »Also Cesira behauptet steif und fest, es sei die Borda gewesen, die Borda habe den armen Rino ins Wasser gezogen.«

»Borda? Wer soll das sein?«

»Na ja, das weiß ich auch nicht so genau. Ich erinnere mich nur, daß mir auch meine Eltern als Kind einschärften, mich vom Wasser fernzuhalten, sonst würde mich die Borda hineinziehen. Ich habe nie herausfinden wollen, wer die Borda ist, und habe mich nur so weit wie möglich vom Wasser ferngehalten. Man kann ja nie wissen.« Und erneut lachte er laut auf. »Wie ich dich kenne, willst du dir die Stelle bestimmt ansehen. Weißt du noch, wo der Bordaschlund ist?«

»Nein, ich glaube, da bin ich nie gewesen. Aber ich bin ja auch nicht dienstlich hier. Ich habe dich aus Neugier gefragt, und weil mich der Maresciallo vernommen hat. Reine Neugier, sonst nichts, verstehst du?«

»Selbstverständlich«, antwortete Stalìn lächelnd, während er vor der Osteria am Paß anhielt und einige Male mit der Handbremse pumpte, bis sie sich hart und sicher anfühlte. »Carolina und ich fahren heute nachmittag um drei wieder runter. Was machst du solange?«

»Ich werde schon jemanden finden, der mich eher mit runternimmt. Mach dir um mich keine Sorgen.« Er stieg aus und schaute sich um, während Stalìn wieder mit seiner Carolina herumrangierte.

Er fand alles, wie er es zurückgelassen hatte: Die Osteria, ein großes Gebäude aus Bruchstein mit dem Stall und dem Heuschober aus grob behauenen Baumstämmen; das Schild aus Holz und verrostetem Blech; die schwere Eingangstür mit der von unzähligen Händen blank gescheuerten Klinke; der Platz aus gestampfter Erde, auf dem hier und dort ein paar Grasbüschel hindurchkamen, und in der Luft der Geruch von verbranntem Holz im Kamin, der hier schon immer den ganzen Sommer über in Betrieb war.

Auf der Wiese neben der Osteria versuchte ein noch vor einen Karren gespanntes Pferd, die wenigen Grasbüschel auszurupfen, die noch von vorherigen Aufenthalten übriggeblieben waren. Kümmerliche Reste, die aber ausreichten, um sich die Zeit zu vertreiben, solange der Fuhrmann auf sich warten ließ. Hin und wieder zerriß ein Auto oder ein Laster die Stille auf der Paßhöhe.

Santovito setzte sich auf eine Holzbank, die vielleicht seit Jahrhunderten unter dem Portikus vor der Osteria stand, und machte es sich für ein langes Warten gemütlich. Ohne Hektik, denn er hatte nichts zu tun, außer sich umzublicken und die frische Luft einzuatmen. Er schnüffelte an ein paar Zigarren, wählte eine aus, steckte sie zwischen die Lippen, zündete sie an und nahm einen Zug. Vollkommen entspannt lehnte er sich zurück und beobachtete aus halbgeschlossenen Augen die Rauchkringel, die sich langsam auflösten.

»Du wirst wohl auf mich und Carolina warten müssen, um wieder runter ins Dorf zu kommen«, sagte Stalìn, der auf dem Weg in das Gasthaus hinein an ihm vorbeikam.

Santovito zuckte mit den Schultern. »Ich bin den Pfad schon viele Male zu Fuß gegangen«, sagte er, ohne die Zigarre aus dem Mund zu nehmen.

»Der Pfad war einmal. Heute geht niemand mehr zu Fuß, und wer kein Auto hat, hat zumindest ein Moped. Kommst du mit rein, etwas trinken?«

Santovito schüttelte den Kopf und zog an der Zigarre. Er hatte nichts dagegen, zu Fuß zurückzugehen, dabei vielleicht den Pfad vergangener Zeiten wiederzuentdecken, der, wie Stalìn sagte, früher einmal da war und heute nicht mehr. Ein Grund, ihn zu suchen.

7

Was ist mit Raffaella und Stelio?

Ein großgewachsener, breit gebauter Mann mit weißem, zerzaustem Haar trat aus der Osteria am Paß, blieb einen Moment unter dem Portikus stehen und warf einen Blick auf den Fremden, der auf der Bank saß und mit halb geschlossenen Augen seine Zigarre rauchte. Dann ging er geradewegs zu dem Pferd weiter und stieg auf den leeren Karren. Ein Klaps mit den Zügeln auf den Hintern des Tieres, das, etwas widerwillig, das Gras Gras sein ließ und lostrabte.

»Frabbone! He, Frabbone!« rief ihm Santovito nach.

Der Mann auf dem Karren zog die Zügel an, ließ seinem Mund einen kehligen Laut entweichen, und das Pferd blieb stehen. Schweigend wartete er, daß der Mann, der seinen Namen gerufen hatte, zu ihm an den Karren kam, und murmelte dann:

»Also hatte ich doch recht: Sie sind's, Signor Maresciallo.«

Santovito legte dem Pferd eine Hand auf den Rücken und strich über das warme, glänzende Fell: »Ich bin nicht mehr Maresciallo«, wiederholte er zum x-ten Mal, seit er in die Gegend zurückgekehrt war.

Er würde es nicht mehr sagen. Es war sinnlos. Für alle hier

war er nun mal der Signor Maresciallo, und so konnte er es auch bleiben.

»Fährst du ins Dorf runter?« Und auf Frabbones zustimmendes Nicken hin: »Nimmst du mich mit?« Und damit stieg er auf.

Das erste Stück des Weges legten sie schweigend zurück. Frabbone war nie sehr gesprächig gewesen, und wenn er etwas zu sagen hatte, sagte er es leise. Santovito kannte ihn gut.

»Na, sieh mal an«, murmelte Frabbone irgendwann. »Na, sieh mal an. Mit Ihnen hätte ich wirklich nicht gerechnet.«

»Ich auch nicht mit dir. Wie alt bist du jetzt, Frabbone?«

»Schwer zu sagen.«

»Und was hast du mit deinem Karren hinaufgefahren?«

Frabbone zuckte mit den breiten, kaum merklich gekrümmten Schultern: »Nichts. Wer läßt heutzutage schon etwas von einem Karren transportieren. Aber unten im Dorf gibt es nicht einmal mehr eine Osteria, und wenn ich Lust auf ein Gläschen habe, komme ich hier herauf.« Er senkte die Stimme, so als spreche er zu sich selbst. »Ich habe ja alle Zeit der Welt. Was ist in meiner Werkstatt schon noch zu tun. Es sind keine Pferde mehr zu beschlagen, keine Räder zu reparieren, keine Pflüge zu schleifen, absolut nichts.«

Schweigend fuhren sie weiter, und Santovito hatte Muße, die Landschaft wiederzuentdecken.

Vor der Kirche hielt Frabbone an und ließ seinen Passagier absteigen. »Wenn Sie Lust auf ein Schwätzchen haben, so wie früher, dann kommen Sie doch in meine Werkstatt. Da treffen sich alle, die das Gedudel in der Bar nicht ertragen.« Er gab seinem Pferd einen Klaps aufs Hinterteil, und es zockelte los, genauso gelassen wie sein Herr.

Santovito blickte Frabbone nach, der auf dem Karren groß und breitbeinig und ein wenig gekrümmt saß, wie ein alter, erschöpfter Riese. Die Kirchturmuhr zeigte fünf nach halb eins, die richtige Zeit für ein gutes Mittagessen. Er lenkte seine Schritte zur Ristobar.

Die Küche in der Ristobar bot eine angenehme Überraschung: Es gab Fusili mit Fleischsoße (wobei das Fleisch nur aus einigen knusprigen Speckwürfeln bestand), und als Hauptgang drei Scheiben zartes Kalbfleisch mit Tomaten und einer Soße, die ihn an die Düfte und Aromen seines Heimatdorfes erinnerten. Besonders der Oregano. Dazu einen süffigen toskanischen Rotwein, in der Temperatur von Parsuès' Weinkeller, den es offensichtlich immer noch gab, trotz der Umbauarbeiten und des Plastiks überall, die der alten, gemütlichen Osteria den Garaus gemacht hatten. Daher war Santovito von der Küche wirklich angenehm überrascht, so daß er beim Bezahlen zum Wirt sagte:

»Kompliment, ein gutes Mittagessen.«

»Ein Verdienst meiner Gattin. Sie kommt aus Süditalien und läßt sich durch nichts dazu bringen, lokale Gerichte zu kochen.«

»Zum Glück. Ich werde bestimmt wiederkommen.«

Ein wenig erschöpft von dem reichlichen Mahl, weniger von dem Fußmarsch, der ihm gutgetan hatte, betrat er mit einer Zigarre zwischen den Lippen den Garten von Mezzacosta. Einige Gäste saßen an den Plastiktischen und unterhielten sich; Kinder liefen schreiend und wild durcheinander einem Ball nach und störten dabei die vier alten Leutchen, die Karten spielten, und die vier anderen, die mit der Zeitung auf den Knien ein Nickerchen machten.

Direkt hinter dem Tor standen zwei Fiat, ein Seicento und ein schwarzer Cinquecento. Stelios Millecento war nicht da, dafür aber ein Mannschaftswagen mit zwei Carabinieri darin. Maresciallo Ares Amadori war allein hineingegangen, lehnte an der Rezeptionstheke und sprach leise mit dem Hotelier.

»Der ist wegen mir hier«, murmelte Santovito mit der Zigarre zwischen den Zähnen, die ihm beim Spaziergang hinauf ausgegangen war.

Cleto sah ihn hereinkommen und deutete mit einer Kopfbewegung für sein Gegenüber in Richtung Eingang. Der Maresciallo drehte sich um und sagte laut:

»Aha, Sie sind also doch wiedergekommen.«

»Ja, warum nicht? Schließlich wohne ich hier.«

»Ich wollte gerade mit Cleto eine Wette abschließen, daß Sie noch nicht einmal zurückkommen, um Ihr Gepäck zu holen.«

Santovito legte die Zigarre auf den Aschenbecher auf der Theke und erwiderte lächelnd: »Die Wette hätten Sie verloren.«

Ares Amadori ging weder auf den Ton noch auf das Lächeln ein: Er nickte Cleto zu, forderte dann Santovito, ebenfalls nur mit einer Geste, auf, ihm ohne langes Theater zu folgen, und entfernte sich Richtung Flur. Vor der Tür, hinter der einmal Stelias Zimmer lag und an der nun »Privato« stand, blieb er stehen.

Santovito hatte sich nicht von der Rezeption fortgerührt.

»Was ist? Kommen Sie mit, oder muß ich meine Männer rufen?«

»Collina hat wirklich recht: Das ist ein dummer Scheiß-Ferrareser«, murmelte Santovito an den Hotelbesitzer gewandt. Bevor er sich von der Rezeptionstheke entfernte, drückte er die Zigarre im Aschenbecher aus. Das tat er immer, wenn er sich von einer Zigarre trennte, egal ob sie erloschen war oder noch brannte. Er nahm eine andere aus der Schachtel und steckte sie, ohne sie anzuzünden, zwischen die Lippen.

Als er Cletos Büro betrat, saß Maresciallo Amadori schon in dem Sessel hinter dem Schreibtisch. Santovito trat auf ihn zu und blieb vor ihm stehen. Ares Amadori hob kurz den Blick, zündete sich eine seiner flachen parfümierten Zigaretten an und nahm ein paar Züge. Auch Santovito zündete sich seine Zigarre an und wartete stehend, bis der Maresciallo soweit war. Er selbst hatte alle Zeit der Welt. Ares Amadori nicht.

»Und, was sagst du jetzt?« Der Maresciallo war zum Du übergegangen und lächelte ein unsympathisches Lächeln.

»Wozu soll ich etwas sagen? Ich rauche meine Zigarre und dann …«

Ares Amadori unterbrach ihn mit einer Handbewegung, nahm noch einen Zug, stieß den hellen Rauch aus und blickte seinem Mann dabei direkt in die Augen. »Raffaella Anceschi ist nie auf Mezzacosta angekommen!« Er schlug ein Verzeichnis auf, überflog die letzte Seite und legte den Zeigefinger an eine Stelle: »Hier ist Raffaella Anceschis Buchung für gestern. Aber sie ist hier nie gesehen worden!« Er klappte das Fremdenbuch zu und blickte Santovito wieder an. »Was ist aus ihr geworden?«

Trotz seiner Verblüffung ließ sich Santovito mit der Antwort Zeit. Er zog ein paarmal an der Zigarre und antwortete dann: »Warum fragen Sie nicht Stelio?«

»Stelio, sagen Sie?«

»Ja, Stelio hat Signorina Anceschi vor der Kirche in den Wagen geladen, und ich habe sie gemeinsam losfahren sehen. Mehr weiß ich nicht.«

Der Maresciallo rauchte schweigend und drückte dann die erst halb runtergerauchte Zigarette im Aschenbecher aus. Er stand auf, lächelte Santovito an, trat zu ihm und legte ihm eine Hand auf die Schulter. »Zu schade, daß Stelio das nicht bestätigen kann. Der ist nämlich auch verschwunden, und deshalb sehe ich mich gezwungen, dich festzunehmen, um die Sache zu klären. Und glaube nicht, daß mir das leid tut, Santovito Benedetto. Ganz im Gegenteil: Du bist mir unsympathisch. Dein überlegenes Getue geht mir auf die Nerven, und außerdem stinken deine Zigarren. Los, komm jetzt.«

Santovito war eigentlich nicht ins Dorf zurückgekehrt, um seinen Dienstausweis herzuzeigen, noch dazu einem beschränkten Ferrareser Carabinieri-Maresciallo. Doch nach Lage der Dinge blieb ihm jetzt nichts anderes übrig. Er sagte:

»Tut mir leid, daß du meine Zigarren nicht riechen kannst, aber glaub' mir, die sind besser als deine parfümierten Zigaretten.«

Maresciallo Amadori starrte ihn fassungslos an.

»Was fällt dir ein, mich einfach zu duzen? Wir beide haben noch keinen zusammen getrunken.«

»Ja, stimmt, und das werden wir wohl auch niemals tun«, murmelte Santovito, während er Anstalten machte, seine Brieftasche hervorzuholen.

»Keine Bewegung!«

Santovito lächelte wieder: »Ich bin unbewaffnet. Ich möchte dir nur gern etwas zeigen. Kann ich meine Brieftasche rausnehmen?«

»Das mache ich schon«, und damit griff Amadori in Santovitos Innentasche. Eine Zeitlang blickte er heftig schluckend mit großen Augen auf den Ausweis und las dann leise: »Santovito Benedetto, *Maresciallo Maggiore Aiutante die Battaglia*. Aber ... warum haben Sie das nicht gleich gesagt, Signor Maresciallo Maggiore ...«

»Der Maresciallo Maggiore ist unten in Süditalien geblieben. Nenn mich einfach Signor Santovito. Ich bin hier als Tourist, nicht als Carabiniere.«

Mit verdrossener Miene setzte sich Ares Amadori wieder hinter Cletos Schreibtisch. Eine Zeitlang spielte er mit dem silbernen Aschenbecher vor ihm und steckte sich dann eine Zigarette an. Er wußte nicht, wie er das Gespräch weiterführen sollte.

Santovito kam ihm zu Hilfe: »Ist das wahr, Signorina Anceschi und Stelio sind verschwunden?«

»Ja, so ist es, Signor Maresciallo ... Signor Santovito. Von der Signorina fehlt jede Spur, und Stelio ...«

»Den habe ich doch heute morgen, bevor ich ins Dorf hinunter bin, noch gesehen.«

»Ich weiß, Cleto hat auch noch mit ihm gesprochen, aber danach ist er verschwunden, mit dem Millecento. Ich weiß nicht, was ich von der Sache halten soll.«

»Und Sie haben wirklich gedacht, ich hätte etwas damit zu tun, Maresciallo?«

»Ja, ich wußte doch nicht, daß Sie ... Na ja, das lag doch nahe. Da taucht ein Fremder hier auf, der sich auf eine Dame als Zeugin beruft, die dann ... Sie verstehen schon.«

»Ja, ich verstehe«, sagte Santovito. Er verstand den Zusammenhang zwar nicht, aber dieser junge Maresciallo tat ihm ein wenig leid, ein unsicherer Mensch, der sich, um seine offensichtliche Unfähigkeit zu überspielen, an die Rolle des unbeugsamen strengen Beamten klammerte. Was er hingegen verstand, war die Tatsache, daß die Leute hier in der Gegend den Sicherheitskräften immer noch so wenig Respekt entgegenbrachten.

»Jedenfalls ist Signorina Anceschi nie auf Mezzacosta eingetroffen, und Stelio ist verschwunden. Es könnte ihnen etwas passiert sein.«

»So wie den beiden Jungen.«

Ares Amadori antwortete nicht. Erneut drückte er eine nur halb gerauchte Zigarette im Aschenbecher aus, stand auf und ging zur Tür, die er dann aufhielt, um den Maresciallo Maggiore der Carabinieri Benedetto Santovito vorbeizulassen.

»Wahrscheinlich geben Sie ein Vermögen für Zigaretten aus, Maresciallo. Machen Sie es so wie ich: Steigen Sie auf Zigarren um. Das kommt Sie billiger, und die stinken auch keineswegs so, wie Sie behaupten.«

Cleto traute seinen Augen nicht, als er sah, wie Maresciallo Ares Amadori dem Fremden, den er kurz zuvor noch einsperren wollte, sogar die Eingangstür aufhielt.

»Verstehe einer diese Carabinieri«, brummte er.

Doch die Carabinieri hatten andere Probleme, vor allem Santovito. »Hätte ich doch gestern abend nachgefragt«, murmelte er. Und er verfluchte seine Zurückhaltung, die ihn daran gehindert hatte, Lorenzo, den Hausdiener mit dem femininen Gehabe, zu fragen, in welchem Zimmer das Mädchen untergebracht war. »Hätte ich Cleto gestern abend nach Raffaella gefragt«, sagte er jetzt laut, »hätte ich nach ihr suchen können.«

Bevor Ares Amadori in den Mannschaftswagen stieg, fragte er: »Wie ist eigentlich diese Raffaella?«

»In welcher Beziehung?«

Der Maresciallo lächelte: »Ich meine nur, weil Sie sie so vertraulich Raffaella nennen. Vom Aussehen, meine ich. So lala, annehmbar, hübsch, schön ... Wie ist sie?«

»Sehen Sie lieber zu, daß Sie sie finden!«

»Ich werde mein möglichstes tun.« Ares Amadori bedeutete dem Carabiniere am Steuer, den Wagen zu starten. »Auch für Stelio werde ich mein möglichstes tun«, rief er dann noch, sich aus dem Fenster lehnend, während der Wagen sich schon entfernte.

Santovito ging ins Hotel zurück, trat an die Rezeption und fragte: »Kannten Sie sie?« Dann verbesserte er sich. »Kennen Sie sie?«

»Wen?«

»Raffaella ... Signorina Anceschi.«

»Nein, nie gesehen. Sie hat hier angerufen, um das Zimmer zu buchen, und gestern nachmittag wollte sie eintreffen. Aber ich warte immer noch auf sie.«

»Und Stelio?«

»Was wollen Sie wissen?«

»Ist es schon öfter vorgekommen, daß er verschwunden ist, ohne jemandem Bescheid zu sagen?«

»Nun ja, Stelio ...« Er brach ab, überlegte einen Moment und sagte dann: »Darf man vielleicht erfahren, warum Sie das alles wissen wollen? Noch nicht einmal der Maresciallo hat mir solche Fragen gestellt!«

Santovito lächelte mit der Zigarre zwischen den Lippen und bewegte sich in Richtung Treppe. »Ich an seiner Stelle hätte es getan.« Doch Maresciallo Ares Amadori, Befehlshaber einer Carabinieri-Wache, übte hier die Amtsgewalt aus und war nicht verpflichtet, die Befehle eines höherrangigen Offiziers außerhalb seines Zuständigkeitsbereichs zu befolgen oder dessen Ratschläge anzunehmen. Nur der Oberstleutnant des Comando Gruppo Carabinieri, dem Amadoris Wache untergeordnet war, hätte den Ferrareser dazu »anregen« können – anregen, nicht zwingen –, mit Benedetto Santovito bei den Ermittlungen zusammenzuarbeiten.

Auf dem Bett ausgestreckt, murmelte Santovito: »Ich bin weder hier, um polizeiliche Ermittlungen durchzuführen, noch um mir Probleme aufzuhalsen.«

Er hatte absolut keine Lust, sich den Urlaub vermiesen zu lassen, einen Urlaub, der, so hatte er sich das vorgestellt, eine Reise in die Vergangenheit hatte sein sollen, ihm jetzt hingegen aber nur Sorgen bereitete und ein Gefühl der Enttäuschung. Vielleicht dachte er ein wenig zuviel an dieses Mädchen mit dem süßen Lächeln. Schließlich hatte er in seiner Laufbahn als Carabiniere schon oft genug erlebt, daß Leute spurlos verschwanden und dann plötzlich wieder auftauchten.

Er stand auf, suchte nach dem Buch, das er sich im Urlaub zu lesen vorgenommen hatte, und legte sich wieder aufs Bett.

Als um das Jahr 1776 die Karmeliter-Mission von Alta California aufgebaut wurde, erhoben sich eines Nachts zwanzig gerade bekehrte Indianer gegen die Religion und waren am Morgen aus ihren Hütten verschwunden. Dieses kleine Schisma war nicht nur ein schlechtes Vorbild für die anderen Bekehrten, sondern es drohte auch die Arbeitsdisziplin in den Lehmgruben der Mission zu beeinträchtigen, wo die Adobe-Ziegel hergestellt wurden. Nach kurzer Beratung kamen die kirchlichen und militärischen Behörden überein …

Er las nur mit den Augen, nichts blieb hängen. So klappte er das Buch zu und zündete die Zigarre noch einmal an. Während er rauchend auf dem Bett lag, erforschten seine Blicke wieder jene Balken, die ihn damals im Flackern des Kaminfeuers fasziniert hatten, in jener Nacht, als der Regen aufs Dach prasselte und der Wind Türen und Fenster knarren und die Bäume klagen ließ. Zwei Wände weiter lag die Gräfin in ihrem Zimmer und las.

»Sie liest die ganze Nacht durch«, hatte Stelia ihm noch gesagt, bevor sie sein Zimmer verlassen hatte. »Ach, und sie hat noch eine weitere Angewohnheit: Sie schließt nie ihr Zimmer ab.«

Er ließ die Balken Balken und die Erinnerungen Erinnerungen sein und sah auf den billigen Einband des Buches:

»Ob Raffaella das gelesen hat?«

Es gelang ihm nicht, sich auf den Roman zu konzentrieren. Es war nicht der richtige Moment. Er stand auf und ging in den Garten hinunter, um eine Zigarre zu rauchen.

8

In Frabbones Werkstatt

Zu seiner Zeit, zu der Zeit also, als Benedetto Santovito einfacher Maresciallo im Dorf war, wurde sie nur Frabbones Werkstatt genannt. Etwas außerhalb des Ortes gelegen, erreichte man sie über die kleine Straße, die an der Kirche vorbeiführte, oder über den Saumpfad, der sich vom Fluß aus hinaufzog.

Frabbone hatte die Werkstatt von seinem Vater übernommen und der wiederum von Frabbones Großvater, und so reichte die Tradition weit zurück, durch viele Generationen hindurch. Doch nach Frabbone würde niemand das Handwerk weiterführen: Es lohnte sich nicht mehr. Und außerdem hatte Frabbone nicht geheiratet.

Die Handwerker hatten sich damals auf alle nur möglichen Arbeiten verstanden: Wagenachsen und Pflüge reparieren,

Maultiere, Ochsen und Pferde beschlagen, Kupferkessel abdichten, Eisengitter schmieden.

In den letzten Jahren seines Arbeitslebens hatte Frabbones Großvater auch damit begonnen, Fahrräder zu reparieren, eine Tätigkeit, die Sohn und Enkel, Frabbone also, übernommen hatten.

Dann waren Nutztiere, die zu beschlagen waren, immer seltener geworden, Pflüge sah man immer weniger, und Eisengitter wurden verpackt aus der Stadt geliefert. War in seiner Werkstatt ein junger Bursche mit einer Mosquito aufgetaucht, die nicht anspringen wollte, hatte Frabbone dieses verfluchte Gefährt, das weder Fahrrad noch Motorrad war, nur angesehen und resigniert den Kopf geschüttelt. Er hatte es aufgegeben, mit dem Fortschritt mithalten zu wollen, mit den verschiedensten Motorrollern, Vespas und Lambrettas und manchen 125'ern mit solch kleinen Rädern, daß man nicht verstehen konnte, wie sie über Hundert kamen.

Während des Krieges waren die Deutschen auf Frabbone und seine gut ausgestattete Werkstatt angewiesen gewesen. Auf den unwegsamen Gebirgsstraßen und -pfaden setzten sie viele Maultiere ein, die durch die Steine und Felsen, die überall hervorstanden, häufig die Hufe verloren, so daß Frabbone mehr als genug zu tun bekam. Zwei bis drei Tiere beschlug er durchschnittlich am Tag, und dieses Handwerk rettete ihm das Leben und ersparte ihm die Deportation nach Deutschland. Er hatte auch seinen persönlichen Weg gefunden, die Besatzer zu sabotieren, indem er die Hufeisen gerade so festnagelte, daß sie nicht länger als vier, höchstens fünf Tage hielten.

Eine Zeitlang ging das gut, bis ein Obergefreiter, ein stocksteifer, großgewachsener und spindeldürrer Österreicher, der auf alles ständig sauer war – sogar auf die Maultiere, die ihm sein Führer anvertraut hatte –, eines Tages mißtrauisch wurde und Frabbone die Hufeisen, die er erst wenige Tage zuvor neu befestigt hatte und die nun schon wieder losgegangen waren, auf die Werkbank knallte. Und dabei brüllte er ihn an, er solle seine Arbeit entweder ordentlich machen, oder man werde ihn nach Deutschland schaffen, um ihm dort arbeiten zu lehren. Als der Offizier gegangen war, suchte Frabbone eilig Stalìn auf, der damals noch nicht Stalìn hieß und der im Priesterseminar ein wenig Deutsch gelernt hatte. Er bat ihn, dem österreichischen Obergefreiten zu erklären, daß die Nägel, die die italienische Kriegsindustrie ihm liefere, minderwertig seien und daß sich daher auf den steinigen Pfaden die Hufe eben leicht lösen könnten.

Wieder ging es eine Zeitlang gut, bis der Obergefreite ihm einen Sack deutscher Nägel auf die Werkbank schüttete, die er vielleicht eigens aus Deutschland angefordert hatte, und ihm drohte, daß er von nun an keine Ausreden mehr akzeptiere.

Als der Krieg zu Ende und die schlimmsten Schäden beseitigt waren, blieb Frabbone nicht mehr viel zu tun, aber er ließ das Schmiedefeuer dennoch nicht erlöschen, und jeden Morgen, den der Herrgott werden ließ, warf er als erstes zwei Handvoll Kohlen auf das Feuer und drehte an der Kurbel des Blasebalgs, damit die Glut gut durchzog. Und das, obwohl er das Feuer schon seit Jahren fast nicht mehr brauchte. Alle Jubeljahre hatte er mal die Schneidkante eines Spatens neu zu schmieden oder das Auge einer Hacke zu erhitzen, die zu richten war. Für die wenigen, meist alten Leute, die nicht davon lassen wollten, einen Gemüsegarten zu bestellen. Und dafür verlangte er keine Lire, denn ihm reichten die Gespräche, die er mit seinen wenigen Kunden führte.

Das letzte Mal hatte Santovito Frabbone aufgesucht, als das Zellenschloß zu reparieren war, das ums Verrecken nicht mehr schließen wollte.

»Natürlich repariere ich Euch das Schloß, Maresciallo«, hatte Frabbone gesagt, »obwohl ich nicht weiß, für wen Ihr hier im Dorf ein Gefängnis braucht.«

Frabbone hatte recht. Während seiner ganzen Zeit als Maresciallo hatte Santovito nur zwei Personen eingesperrt: den alten Bartolomeo von Mezzacosta, in der Hoffnung daß er ein Verbrechen gestehen würde, und Bleblè von Ca' Rossa, bevor er nach Bologna verlegt wurde.

Dann war der Krieg ausgebrochen, und Zellen wurden nicht mehr gebraucht, weil das ganze Dorf ein Gefängnis geworden war.

Frabbones Hof war noch genauso, wie Santovito ihn in Erinnerung hatte: eine Handvoll Gebäude aus Bruchstein, deren Dächer mit Steinplatten gedeckt waren, die die Zeit geschwärzt und auf den dem Norden zugewandten Seiten mit Moos überzogen hatte. Auf der einen Straßenseite lagen das Wohnhaus und ein weiteres uraltes Gebäude, das als Lager diente, und auf der anderen Seite die Werkstatt mit dem angebauten Häuschen für gewisse Verrichtungen. Die Fenster und Türen aller Gebäude waren auffallend klein – auch das Fenster über der Werkbank, so daß trotz der auch nachts offenstehenden Tür kaum natürliches Licht in die Werkstatt fiel. Erhellt wurde der Raum hauptsächlich von zwei Lampen, eine, von einem Elektrokabel gehalten, in der Mitte der Decke aufgehängt, die andere an der Wand.

Im hinteren, dunkelsten Teil der Werkstatt schimmerte die Glut des Schmiedefeuers, aus dem hin und wieder mit einem Knistern ein winziges Feuerwerk aus Funken aufstieg.

Santovito trat nicht sofort ein, sondern blieb auf der Schwelle stehen, um sich verblaßte Bilder ins Gedächtnis zurückzurufen. Hier drinnen war nicht alles so, wie er es in Erinnerung hatte. So stand zum Beispiel in der Mitte der Werkstatt, die Frabbone immer freigehalten hatte, um sich bei der Arbeit ungehindert bewegen zu können, ein Tisch aus unbearbeitetem Holz mit Strohstühlen darum herum. Und an der Decke, genau über dem Tisch, hing ein jetzt laufender Ventilator, dessen Blätter aber so klein waren, daß man sich unwillkürlich fragte, wie sie überhaupt die Luft in Bewegung halten konnten. Und dennoch schien dieser seltsame Ventilator seine Pflicht zu tun, denn die vier Kartenspieler direkt darunter schienen sich wohlzufühlen, und das trotz der schwülen Hitze, die das Atmen schon draußen und erst recht hier drinnen schwer machte.

Frabbone, der am Kopfende des Tisches mit dem Blick zur Tür saß, erkannte ihn, sagte etwas zu seinen Mitspielern, stand auf und ging zum Eingang:

»Was stehen Sie da wie angewurzelt, Maresciallo? In meiner Werkstatt ist für alle Platz.«

»Ich weiß, Frabbone, ich weiß noch, daß du immer sehr gastfreundlich warst. Ich habe mich nur umgeschaut, um zu verstehen … Aber das ist gar nicht so einfach, nach den vielen Jahren.«

»Was ist da zu verstehen? Die Zeit vergeht eben«, und damit trat er zur Seite, um Santovito hereinzulassen.

Die anderen drei, die mit den Karten in der Hand am Tisch saßen, hatten sich nur zur Tür umgedreht und mit einer Kopfbewegung den Neuankömmling begrüßt.

Frabbone brachte Santovito einen Stuhl und bedeutete ihm, es sich bequem zu machen. Dann setzte er sich ebenfalls wieder, nahm sein Blatt auf, dachte eine Weile nach, spielte dann, nachdem er seinen Mitspieler angeblickt und dessen Zustimmung erhalten hatte, seine Karte aus, machte den Stich und legte die gewonnenen Karten zu den anderen zu seiner Rechten.

Die Blätter des seltsamen Ventilators brachten die Luft über dem Tisch in Bewegung, und tatsächlich fühlte man sich hier drinnen wohler als draußen, vielleicht auch, weil die Mauern so dick waren, daß die Hitze den ganzen Sommer brauchte, um sie zu durchdringen.

Schweigend beendeten die Männer ihr Spiel. Nach dem letzten Stich ging Frabbone ein Glas holen und schenkte dem Maresciallo ein. Er hob sein eigenes, und die anderen taten es ihm schweigend nach: Ligera, Catullo und Don Vincenzo.

Zu Santovitos Zeiten hatte Ligera einen engen Freund, Nasone. Man nannte sie »die Zwillinge«, denn sie waren einfach unzertrennlich, und das schon seit ihrer Kindheit. Im Abstand von nur wenigen Tagen waren sie zur Welt gekommen, und ihre Familien wohnten seit Generationen Tür an Tür. So waren die »Zwillinge« zusammen aufgewachsen und gemeinsam zur Schule gegangen – zu Fuß, vier Kilometer hin und vier Kilometer zurück, egal ob die Sonne schien, ob es stürmte oder schneite. Nach drei Jahren, da hatten sie gerade gelernt, ihre Namen zu schreiben, verließen sie die Schule, um Geld zu verdienen, irgendwo, wo man sie gerade brauchen konnte.

Gemeinsam waren sie auch zum ersten Mal ins Bordell gegangen, und bald danach auch zum Militär. Aber sonst führten sie ein Leben in der Abgeschiedenheit der Wälder, machten Holz und Holzkohle in Gesellschaft von Mardern und Uhus. Unzertrennlich.

Und jetzt saß Ligera allein am Tisch, doch Santovito verkniff sich die Frage nach Nasone.

»Das ist der Maresciallo«, begann Frabbone, nur für den Pfarrer, da die anderen ihn kannten.

Santovito unterbrach ihn. »Das war einmal, heute nicht mehr, und ich bin zurückgekommen«, und er zuckte die Achseln, weil er es nicht erklären konnte, weil er selbst nicht wußte, warum er hier war. Über den Tisch reichte er Don Vincenzo die Hand: »Mein Name ist Benedetto Santovito.« Dann: »Wie geht's, Ligera?«

»Man lebt.«

»Und dir, Catullo?«

Catullo antwortete mit einer unbestimmten Kopfbewegung. Viele Jahre waren vergangen, aber die Leute hier hatten sich nicht verändert: das gleiche Schweigen, die gleichen Mienen, die gleichen Kartenrunden, der gleiche Wein und vielleicht auch die gleichen Alltagsprobleme. Oder sogar noch mehr. Die Zeiten ändern sich, die Dörfer kleiden sich neu, die Leute haben Mühe, sich anzupassen, und bleiben die, die sie sind.

»Es ist schön, alte Bekannte wiederzutreffen. Das Dorf ist so vollkommen anders, als ich es in Erinnerung hatte.«

»Ich habe gehört, Sie sind wegen der beiden toten Jungen hier«, sagte Don Vincenzo.

»Nein, keineswegs.« Und er ließ die Schachtel mit den toskanischen Zigarren herumgehen.

Nur Frabbone suchte sich eine aus, rollte sie zwischen seinen dicken Schmiedefingern, um sie weicher zu machen, ging dann zum Feuer hinüber und angelte sich mit einer Zange ein Stück Glut, mit dem er die Zigarre ansteckte. Santovito benutzte wie üblich ein Streichholz: »Hätte ich gewußt, was mich hier erwartet, wäre ich nicht gekommen. Wer hat Ihnen diesen Unsinn erzählt, Don Vincenzo?«

Der Pfarrer machte eine unbestimmte Geste mit seiner Rechten: »Ach, im Dorf bleibt nichts lange geheim. Die Leute reden eben, und was sie nicht wissen, denken sie sich aus.«

Schweigend spielte Ligera, den Blick auf Santovito gerichtet, mit dem Blatt Karten. Auch Catullo hatte nichts zu sagen.

»Ich glaube nicht, daß Sie zufällig gerade jetzt zurückgekommen sind, Maresciallo«, meinte Frabbone irgendwann. »Sie sind hier, weil man beim Comando Gruppo Carabinieri eingesehen hat, daß Ares Amadori unfähig ist und nie herausfinden wird, warum die beiden Jungen sterben mußten und warum Romitto spurlos verschwunden ist.«

Davon hatte Santovito noch nicht gehört: »Und seit wann ist er verschwunden?«

»Nach dem Tod der Jungen ist er nirgendwo mehr gesehen worden. Der Maresciallo wollte ihn verhören und ist zu den Ruinen rausgefahren. Wissen Sie noch, wo die alte Abtei steht mit dem Turm?«

»Ich weiß noch, wo die Ruinen liegen und die alte Abtei, ich weiß es noch.«

»Nun, der Maresciallo ist also zu den Ruinen rausgefahren, um Romitto zur Wache zu bringen, von dem er glaubt, daß er etwas mit dem tragischen Tod der Kinder zu tun hat. Aber er kann ihn nicht finden. Und was macht er? Nimmt auf dem Rückweg einen harmlosen Deutschen fest, der zufällig mit dem Rad vorüberkam.«

»Was ist dieser Romitto für ein Mensch?« fragte Santovito.

Don Vincenzo Cioni stand im Begriff, ihm zu antworten, doch Frabbone kam ihm zuvor: »Und Sie wollen mir wirklich weismachen, daß Sie nicht wegen der beiden Jungen hier sind, Maresciallo? Wozu dann die ganzen Fragen?« Lächelnd schüttelte er, wenig überzeugt, den Kopf.

»Neugier, Frabbone, ganz einfach Neugier.«

Don Vincenzo ergriff wieder das Wort: »Wir wissen nicht sehr viel über Romitto. Eines schönen Tages, wenige Jahre nach Kriegsende, kam Cesira ins Dorf und erzählte den Leuten aufgebracht, sie habe den *ómmo salvadgo*, wie sie sagte, gesehen.« Er lächelte und kippte einen Schluck Wein hinunter. »Also mit anderen Worten, den ›Wilden Mann‹. Sie kam also ins Dorf und erzählte von ihrer Begegnung mit dem Wilden Mann, und in einem gewissen Sinne hatte sie ja auch recht. Woher dieser Wilde Mann kam, wer er war, das hat nie jemand erfahren. Eine Zeitlang hat Cesira ihm die Wäsche gemacht. Bis Romitto dann irgendwann meinte, auch Läuse seien Geschöpfe des Herrn, und Cesira nicht mehr um sich haben wollte.«

Don Vincenzo war mit seiner Erzählung fertig, und so fügte Frabbone noch etwas hinzu:

»Romitto ist kein Dummkopf. Er hat sogar studiert. Ich habe selbst gehört, wie er Latein gesprochen hat.«

»Was weißt du schon von Latein«, unterbrach ihn Don Vincenzo. »Du kommst ja noch nicht mal zur Messe.«

»Sie sind ungerecht, Don Vincenzo. Ostern bin ich regelmäßig da. Jedenfalls hat Romitto mit der Zeit dann damit angefangen zu erzählen, er habe den Schatz der Königin Selvaggia gefunden und sei vom Herrgott beauftragt, ihn zu hüten und zu schützen. Normalerweise kommt er ein-, zweimal im

Monat ins Dorf und kauft Salz und Öl, aber niemand weiß, woher er das Geld dazu hat. Sonst treibt er sich immer bei den Ruinen herum. Na ja, dieser Romitto ist schon ein ganz schönes Rätsel.«

»Und jetzt sind für Maresciallo Amadori sogar weitere Rätsel hinzugekommen. Stelio ist nämlich verschwunden, und ein junges Mädchen. Sie heißt Raffaella Anceschi, ist so Mitte Zwanzig und hat glattes, dunkles Haar.« Er blickt die anderen der Reihe nach an: »Habt ihr sie vielleicht gesehen?«

»Nein«, erklärte Don Vincenzo, »aber ich weiß, daß unsere neue Lehrerin Raffaella Anceschi heißt. Und Sie meinen, sie ist verschwunden?«

»Ist es schon häufiger vorgekommen, daß Stelio einfach wegfährt, ohne jemandem Bescheid zu sagen?«

»Die Sache gefällt mir nicht«, murmelte Frabbone. »Seit Jahren geschehen hier immer wieder Dinge, die nicht zu erklären sind.«

»Anscheinend hat meine Abwesenheit nicht dazu beitragen können, dem Dorf Normalität zu bringen«, meinte Santovito lächelnd. »Was ist denn sonst noch geschehen, während ich fort war?«

»Sie beziehen sich jetzt auf die beiden toten Jungen?« fragte Don Vincenzo nach.

»Das sind Dinge, die Sie nicht wissen können, Don Vincenzo«, antwortete Frabbone. »Sie waren damals noch nicht hier. Aber Don Merigo ...«

Ligera hatte bisher geschwiegen und unterbrach jetzt Frabbone ziemlich heftig: »Hör doch mit den alten Geschichten auf! Der Krieg ist lange vorbei. Kannst du die Dinge nicht endlich mal ruhen lassen?«

»Du warst ja damals nicht dabei. Du hast den armen Kerl nicht gesehen. Aber ich habe ihn aus dem Eis kratzen müssen, während mir der deutsche Hauptmann seine MP unter die Nase hielt, bereit abzudrücken, weil ich ihm nicht sagen konnte, was aus dem Militärfahrzeug und den beiden Soldaten darin geworden war. Und dann die schrecklichen Schreie … Zum Teufel noch mal, ich kriege jetzt noch eine Gänsehaut, wenn ich daran denke!«

Don Vincenzo Cioni hatte sich an die gottlosen Flüche seiner Schäfchen gewöhnt und beließ es bei einem Kopfschütteln.

Ligera warf nun die Karten auf den Tisch, die er bis dahin ordentlich geknetet hatte. »Jetzt fehlt nur noch, daß du auch noch von der Borda anfängst, wie diese verrückte Cesira. Mir reicht's!« Er erhob sich, leerte sein Glas auf einen Zug und verließ grußlos die Gesellschaft.

Durch die offene Tür blickten sie ihm nach, wie er die Straße hinaufstapfte und hinter einer Kurve verschwand.

»Was hat er denn?« fragte Santovito.

Frabbone zuckte die Achseln: »Der hat allerhand durchgemacht. Ich kann ihn verstehen.«

Und Catullo, der bisher geschwiegen hatte, meinte: »Wir sollten endlich aufhören, immer wieder diese Geschichten aus dem Krieg auszukramen. Sonst wird keiner seine schlimmen Erinnerungen los. Und Ligera hat zu viele davon.«

Frabbone schenkte allen nach, und eine Weile saßen sie schweigend da und schlürften ihren Wein. Der Rauch der zwei Zigarren hing eine Zeitlang auf Höhe der Gesichter in der Luft, stieg, vom Ventilator angezogen, hoch, franste aus und vermengte sich schließlich ganz mit der Luft in der Werkstatt.

»Ihr habt meine Frage zu Stelio gar nicht beantwortet«, sagte Santovito irgendwann. Frabbone ging den Stummel seiner Zigarre ins Schmiedefeuer werfen. »Und Sie wollen mir wirklich weismachen, Sie seien zufällig hier?«

»Denk darüber, wie du willst, Frabbone, aber ich bin hier nicht im Dienst.« Und an Don Vincenzo gewandt: »Können Sie mir mehr zu Stelio sagen?«

»Er ist ein armer Junge. Hin und wieder besucht er mich und will sich mit mir unterhalten. Aber ich verstehe ihn so schlecht.

Und wenn er dann wieder geht, ist er noch trauriger als zuvor. Er bräuchte jemanden, der sich um ihn kümmert, jemanden, der sich mit seiner Behinderung, mit der Gott ihn prüfen will, auskennt.«

Vom hinteren Teil der Werkstatt her murmelte Frabbone: »Ja, es kommt vor, daß Stelio verschwindet, ohne jemandem Bescheid zu sagen. Eigentlich kein Grund, sich Sorgen zu machen.« Und er legte eine Handvoll Kohlen aufs Feuer. »Zu viele Rätsel in diesem Dorf, zu viele Rätsel.«

Catullo stand ebenfalls auf. »Hat mich gefreut, Sie wiederzusehen, Maresciallo.«

»Mich auch, Catullo, aber nenn mich bitte nicht Maresciallo.«

Catullo nickte: »Also bis dann, wir sehen uns bestimmt noch mal.« Auf der Schwelle blieb er stehen. »Wißt ihr, was sich geändert hat? Hier kommen zu viele Fremde her, Leute, die von unserem Dorf gar nichts wissen und sich aufspielen, als hätten sie hier das Sagen.« Er ging hinaus. »Zu viele Leute, die keinen blassen Schimmer haben und das Dorf ruinieren und die Menschen, die darin wohnen.«

»Meinst du vielleicht, wir hätten hier früher besser gelebt?« rief ihm Frabbone nach. »Immerhin können wir an den Feriengästen ein bißchen was verdienen, oder?«

»Und wie viele Gäste hast du, Frabbone?« fragte Catullo zurück.

Don Vincenzo blickte hinaus. »Es wird schon Abend.« Er stand auf. »Kommen Sie mich doch mal besuchen.«

»Was ist mit Nasone?« fragte Santovito Frabbone, als der Pfarrer gegangen war.

»Ein schreckliches Ende. Und danach war Ligera nicht mehr der alte.«

»Ich habe gemerkt, daß er sich verändert hat. Er hat kein einziges Mal gelächelt, so wie früher, wenn wir zusammen in Serafinas Osteria Karten spielten. Er mit Nasone gegen Bleblè und mich. Wer verlor, mußte die Runde bezahlen. Dann bin ich fortgegangen.«

»Dann sind viele gegangen, und Nasone war einer der ersten.«

Intermezzo

Sie hatten vorher gar nicht darüber gesprochen, doch als es soweit war, daß sich die Männer, die noch nicht in die Wälder abgehauen waren, aus Überzeugung oder Zwang der Organisation Todt anschlossen oder geschnappt und nach Deutschland deportiert wurden, wußten beide sogleich, was zu tun war. Und so wechselten Ligera und Nasone eines Morgens einen vielsagenden Blick, packten ihre schäbigen Kleider zusammen, dazu einige Laibe Brot und Käse, und verließen das Dorf.

Sie zogen sich in die Wälder zurück, aber nicht, um sich den Partisanen anzuschließen, denn sie wollten nicht gebunden sein. Sie wußten, daß niemand sie in den Bergen finden würde, wo sie sich so gut auskannten wie auf den Straßen des Dorfes, denn schließlich hatten sie dort ihr ganzes Leben zugebracht. Sie kannten eine Höhle, die ihnen Schutz vor Regen bot, einen Trockenraum für Kastanien, eine Hütte aus Zweigen, wo sie nachts schlafen konnten, einen Heuschober für den Winter, eine Quelle mit gutem Wasser. Und sie wußten auch, wie sie sich ernähren konnten. Wenn man die Wälder kennt, verhungert man dort nicht.

Nasone hat Flinte und Patronentasche mitgenommen. Für alle Fälle.

So lebten sie einige Zeit und kamen ohne Scherereien durch. Es konnte vorkommen, daß eine Gruppe von Partisanen an ihnen vorbeizog oder Patrouillen von SS oder italienischen Faschisten, ohne die beiden zu bemerken, die nur wenige Schritte vom Pfad entfernt hinter irgendeiner Hecke kauerten.

Dann wurde es Herbst, und Nasone und Ligera verließen die Paßhöhen, wo im Winter kein Leben möglich ist, es sei denn das von wilden Tieren, und stiegen ab bis zu den letzten Bauernhäusern vor den unzugänglichen Steilhängen. Wenn die Bauern abends ihr Vieh zusammengetrieben und sich im Haus eingeschlossen hatten, schlüpften sie in einen Stall, legten zumindest zwei Fluchtwege fest und schliefen im warmen Heu. Jedoch nur mit einem Auge, denn sie witterten die Gefahr. An die Stille der Wälder gewöhnt, nahmen sie noch das leiseste unnatürliche Geräusch wahr.

Eines Nachts riß sie eine gewaltige Detonation aus dem Schlaf, und durch die offene Scheunenwand sahen sie den Schein des Feuers, unten, in Richtung Dorf. Dann weitere Explosionen, wie bei einem Feuerwerk, bei dem man nie weiß, wann es zu Ende sein wird, und das mit jedem Knall lauter wird, so daß man unwillkürlich auf den letzten, lautesten Knall wartet.

Erschrocken blickten sich die beiden eine Weile schweigend an. Dann murmelte Ligera: »Mein Gott, das ist unten bei uns im Dorf. Die sprengen die Häuser in die Luft.«

Die Explosionen hatten auch die Bauern im Haus geweckt. Sie versammelten sich auf der Tenne und liefen dann ein Stück runter zum Rand der Felder.

»Vom Heuschober aus sieht man besser!« rief einer. »Ich gehe wieder hoch!«

Nasone und Ligera sprangen auf den Misthaufen hinunter und verschwanden im Wald. Sie liefen und liefen, ständig begleitet von neuen Explosionen, und erst am »Paß der Toten Frau«, von dem man das ganze Dorf überblicken konnte, blieben sie stehen.

Unten im Tal sahen sie im ersten Licht des Morgens eine dunkle Rauchwolke, die ständig ihre Form veränderte, sich mit jeder Explosion vergrößerte und von der furchteinflößenden Gewalt des Dynamits getrieben zum Himmel aufstieg. Das

Dorf existierte nicht mehr, war verschlungen von dieser Wolke, die immer höher stieg und Bäche und Wälder auffraß, die Steilhänge, die Straße.

Hier und dort waren noch die höchsten Gipfel zu sehen, Inseln in einem Meer, die bald ebenfalls von den dunklen Rauchwellen überschwemmt würden.

Ligeras Stimme bebte: »Das ist ein Massaker, Nasone! Ein richtiges Massaker! Die haben alles in die Luft gejagt!«

Sie rannten ins Dorf hinunter, während die Abstände zwischen den Explosionen nun größer wurden, plötzlich ganz aufhörten und sich eine unheimliche Stille über die Berge legte, die noch nicht einmal die Tiere zu stören wagten.

So tauchten sie in die schwarze, mit jedem Schritt dichter werdende Rauchwolke ein. Nasone, der vorne lief, blieb plötzlich stehen und forderte mit ausgebreiteten Armen auch Ligera zum Anhalten auf.

»Hör mal, ich glaube, die kommen hoch«, flüsterte er.

Sie verkrochen sich hinter den Hecken am Wegesrand und beobachteten, wie die Leute aus dem Dorf, Alte und Frauen mit ihren Kindern an den Händen, an ihnen vorbeizogen. Viele hielten sich Taschentücher vor Mund und Nase, und alle husteten.

Sie ließen die Gruppe vorbei, da sie fürchteten, es könnten ihnen Soldaten folgen, und erreichten sie dann ein Stück weiter oben, wo der Rauch erträglicher war und sich einige erschöpft auf den Boden hatten fallen lassen.

»Was ist passiert, Don Merigo?«

»Der Tunnel ist explodiert. Die Deutschen hatten dort einen Munitionszug vor den alliierten Flugzeugen versteckt. Die werden sich rächen. Die werden uns dafür büßen lassen! Der Herrgott stehe uns bei!«

Nasone blickte sich um: »Wo sind unsere Familien?«

Auch Don Merigo suchte mit Blicken die Gruppe ab und fragte dann: »Habt ihr die von Rio gesehen?«

Nasone und Ligera waren in Rio geboren und aufgewachsen,

einem etwas außerhalb des Ortes gelegenen Gehöft, wo vier Familien mit ihren Alten, die auch schon dort geboren waren, und einer Heerschar von Kindern lebten.

»Hat jemand die von Rio gesehen?« Keine Antwort. Alle Vorsichtsmaßnahmen vergessend, liefen Nasone und Ligera zum Dorf hinunter.

Ligera war der stärkere der beiden – er hob einen zwei Zentner schweren Sack Weizen an und wuchtete ihn sich ohne fremde Hilfe auf die Schultern –, doch Nasone war schneller und erreichte so als erster im Laufschritt den Hof von Rio. SS und Repubblichini waren schon dort, doch er sah sie zu spät. »Hau ab, Ligera, hau ab«, konnte er gerade noch rufen, da stoppte eine MP-Garbe abrupt seinen Lauf und traf ihn genau vor der Tür des Hauses, wo er geboren war.

Ligera warf sich in einen Graben und rannte dann los, verfolgt von den Deutschen und ihren MP-Salven, die zum Glück nur Zweige und Blätter abmähten.

Ligera rannte und rannte, bis er keine Luft mehr bekam. Noch einen Schritt, und er wäre tot umgefallen. Aber die Deutschen waren fort. Entweder hatten sie ihn aus den Augen verloren oder die Verfolgung abgebrochen, um sich nicht zu weit von den anderen zu entfernen. Schließlich konnten in den Wäldern überall Partisanen versteckt sein.

Zwei Tage später, als die Säuberung beendet war, sah er Nasone wieder, genau dort, wo ihn die MP-Garbe zu Boden gerissen hatte. Er lag auf dem Rücken, die Arme ausgebreitet und die weit aufgerissenen Augen zum Himmel gerichtet. Seine Brust war zerfetzt und die Erde um ihn herum rot von seinem Blut. Auf dem Hof, wo er als Kind schon mit Ligera und den anderen gespielt hatte, wo sie gemeinsam aufgewachsen waren, war sein Leben gewaltsam beendet worden.

Ligera kniete neben ihm nieder: »O Nasone, du hast mir das Leben gerettet. Aber was soll ich jetzt noch mit diesem Leben anfangen?«

Neben ihm stand Don Merigo und murmelte eine Litanei für Nasone und die anderen Toten.

9

Wieder Selvaggias Schatz

Alles modern, Plastik und Lampen überall, und der junge Mann in Jeans und einer dunklen Lederjacke – die vielleicht auch aus Kunststoff war – hinter der Theke des Tabakladens kaute Kaugummi und bewegte Kopf und Schultern im Rhythmus eines Rock'n'Roll, der aus einem Transistorradio auf dem Regal neben den Zigarettenpäckchen ertönte.

Wo war nur der angenehme Geruch von altem Holz und von Schnittabak, der früher im Laden des alten Tarquinio lag!

Santovito verlangte eine Schachtel Toscanelli, und der junge Verkäufer legte ihm, weiter kauend und sich im Rock'n'Roll-Rhythmus wiegend, einige Schachteln zur Auswahl auf den Tisch.

»Geben Sie mir auch eine Schachtel Zündhölzer.« Und bevor er hinausging, fragte er noch: »Wo ist jetzt eigentlich der Zeitungsladen?«

»Der existiert nicht mehr. Zeitungen bekommen Sie jetzt im Schreibwarenladen.«

»Und wo finde ich den?«

»Ein Stück weiter, in der Straße vor der Kirche.«

Zu seiner Zeit führte die Straße vor der Kirche zum Waschbrunnen, einem rechtwinkligen Steinbecken, weniger als einen Meter hoch und zwei mal drei Meter breit, mit schrägen Seitenwänden. Es war durch eine dünne Zwischenwand in der Mitte unterteilt. In dem dem Tal zugewandten Becken wuschen die Frauen die weiße Wäsche in von Seife und Lauge trübem Wasser, das über eine Rinne auslief. In dem etwas höheren daneben spülten sie die Sachen in stets klarem Wasser aus, das ein Messinghahn mit einem auch im Sommer kräftigen Strahl ausspuckte.

Zu bestimmten Tageszeiten kamen an diesem Waschbrunnen, der im Dorf einfach nur Piro-Brunnen genannt wurde, zahlreiche Frauen zusammen, und dann war die Luft erfüllt vom Klatschen der Wäsche gegen glatten, vom langen Gebrauch abgeschliffenen Stein und vom Gesumm der Gespräche. Der Piro-Brunnen war gleichzeitig eine nützliche Einrichtung und ein beliebter Treffpunkt.

Zu Beginn des Jahrhunderts hatte es sich ein gewisser Piro degli Aldusi, der sich dank seiner reichen Eltern das Leben eines Müßiggängers erlauben konnte, in den Kopf gesetzt, das Wasser einer Quelle direkt ins Dorf zu leiten. Diese Quelle, jahrhundertelang der traditionelle Waschplatz der Frauen, entsprang zu Füßen eines moosübersäten Felsens und lag eine halbe Stunde Fußmarsch vom Dorf entfernt – ein mühsamer Weg mit der Wäsche, die auf dem Heimweg naß noch schwerer war.

Piro faßte also diesen segensreichen Entschluß, ließ einen Maurermeister kommen und erläuterte ihm sein Vorhaben. »Ich habe in meinem Leben wenig geleistet«, erklärte er, »und ich würde dem Dorf gerne etwas hinterlassen, aufgrund dessen sich die Leute an mich erinnern.«

»Habt Ihr den Verstand verloren, Signor Piro?« antwortete der Maurermeister, der alt genug war, um sich diesen Ton erlauben zu können. »Ist Euch denn nicht klar, daß es da viel zu wenig Neigung gibt? Ich habe noch nie gehört, daß Wasser auch bergauf fließt. Sucht Euch jemand anderen.«

»Wenn wir hier graben und hier«, erklärte Signor Piro, indem er auf einen Plan deutete, den er selbst gezeichnet hatte, »können wir das Wasser genau bis hierher leiten«, und er legte den Zeigefinger auf den Punkt, wo sein Waschbrunnen entstehen sollte.

Der Maurermeister in seiner langen Schürze blickte auf den

Plan, schüttelte den Kopf und sagte: »Na gut, mir soll's recht sein, wenn Ihr die Kosten übernehmt, Signor Piro.« Und so machte er sich mit ein paar Handlangern an die Arbeit. Er grub hier und dort und mußte schließlich zugeben, daß Piro degli Aldusis Berechnungen exakt stimmten. Und seitdem zogen also die Frauen mit ihrer Schmutzwäsche zu Piros Waschbrunnen mitten im Dorf, nur zweihundert Meter vom Kirchplatz entfernt.

Der Brunnen war immer noch dort, genauso, wie ihn Santovito in Erinnerung hatte: dasselbe Messingrohr, dieselben Becken, der gleiche klare Wasserstrahl. Doch der Schreibwarenladen in unmittelbarer Nähe war eine unerwartete Neuerung und paßte haargenau zur Ristobar.

»Die Dorfbevölkerung hat wohl Spaß am Lesen gefunden«, dachte Santovito, bevor er eintrat.

Er erinnerte sich, daß die Familien im Dorf allerhöchstens ein, zwei Bücher besessen hatten, etwa einen Ritterroman wie *Frankreichs Könige* oder ein Epos von Torquato Tasso oder Ariost. Er erinnerte sich auch, daß die Leute aus dem Dorf, wenn die wenigen Sommerurlauber abgereist waren, die von den Städtern zurückgelassenen Zeitungen genau unter die Lupe nahmen und sie später dann zum Feuermachen oder für noch profanere Zwecke verwendeten.

Als er eintrat, wurde ihm rasch klar, daß die Auswahl an Zeitungen doch nicht sehr beeindruckend war. Es gab nur einige wenige Tageszeitungen und Illustrierte, so *La Settimana Incom, Epoca, Vie Nuove, Liala, Annabella, Grazia, La Domenica del Corriere*. Dafür aber jede Menge Comic-Hefte wie *Micky Mouse, Il Vittorioso* oder *Tex Miller* und Fotoromane wie *Grand Hotel* oder *Bolero Film*. Daneben ein paar Rätselhefte und einige Taschenbücher.

Hauptsächlich wurden in dem Laden Schreib- und Toilettenartikel verkauft: Seife, Parfüm, Kämme und Bürsten, Schnick-Schnack zum Verschenken, Postkarten.

»Auch hier hat also der Fortschritt Einzug gehalten. Die Welt dreht sich, und ich Narr habe geglaubt, das Dorf unverändert wiederzufinden. Die ganze Welt hat sich verändert, warum sollte es hier anders sein?«

»Was sagten Sie?« Die beleibte Brünette riß ihn aus seinen dahingemurmelten Gedanken.

Santovito musterte sie, um zu sehen, ob sie ihn an jemanden erinnerte. »Haben Sie den *Corriere* da?«

Die Brünette reichte ihm die Zeitung. Santovito zahlte und überflog die Schlagzeile auf der ersten Seite.

»Den *Carlino* bitte.« Santovito erkannte die Stimme, die nach der Bologneser Tageszeitung verlangte, und drehte sich überrascht um: »So ein Zufall, die junge Lehrerin!« Er gab ihr die Hand. »Wie geht es Ihnen? Ist alles in Ordnung?«

Raffaella erwiderte lächelnd den Gruß. »Ja, alles bestens.«

»Das freut mich. Das freut mich wirklich. Wo haben Sie nur gesteckt? Wissen Sie eigentlich, daß der Maresciallo Sie sucht?«

»Sind Sie nicht der Maresciallo?«

»Ich habe Ihnen doch gesagt, daß ich nicht mehr Maresciallo bin, zumindest nicht hier.«

»Wieso eigentlich? Ich kenne mich mit diesen Dingen zwar nicht so aus, aber ich dachte immer, bei Ihnen sei das wie bei den Priestern. Die bleiben es ein Leben lang, auch wenn sie ihre Kutte, wie man so schön sagt, in die Brennesseln werfen.«

»So ähnlich ist es auch, aber nicht ganz. Aber meine Geschichte ist ziemlich lang und kompliziert.«

»Und warum sucht der Maresciallo nach mir? Habe ich etwas verbrochen?«

»Auch das ist eine lange Geschichte. Wenn Sie wollen, erzähle ich sie Ihnen in der Bar.«

»Ja, gern«, und Raffaellas Ton war so fröhlich wie ihr Lächeln. »Aber glauben Sie nicht, daß Sie mir Ihre eigene Geschichte vorenthalten können. Ich habe Ihnen ja gesagt, wie neugierig ich bin, und Geschichten interessieren mich immer. Schließlich habe ich Geschichte studiert.«

Während sie zur Bar hinüberschlenderten, erzählte Santovito ihr, daß Maresciallo Ares Amadori ihn in Verdacht hatte, mit ihrem und Stelios Verschwinden zu tun zu haben, und, es hätte nicht viel gefehlt, auch mit dem Tod der beiden Jungen.

»Aber wo haben Sie sich eigentlich versteckt?« fragte er, als Raffaellas Lachen verklungen war.

»Ich habe mich nicht versteckt. Auf dem Weg nach Mezzacosta habe ich Stelio gebeten, mir zu zeigen, wo mein Vorgänger gewohnt hat, denn schließlich soll ich dort auch das Schuljahr über unterkommen. Die Wohnung hat mir gefallen, und so habe ich mich entschlossen, mich jetzt schon dort einzurichten. Gerade vorhin habe ich meine Buchung im Hotel rückgängig gemacht. Der Inhaber ... Wie heißt er noch?«

»Cleto.«

»Ja, Cleto. Zunächst hat er sich geziert, doch als er merkte, daß mich seine Proteste kaltließen, hat er sich irgendwann beruhigt. Zum Schluß haben wir uns sogar angefreundet, und er hat mich gefragt, ob ich Lust hätte, heute mit ihm zu Abend zu essen.«

»Er hat Sie zum Essen eingeladen?«

Raffaella lachte schallend: »Tja, Cleto gehört eben zu der Sorte Männer, die sofort wer weiß was glauben, wenn sie eine Frau ohne Begleitung sehen.«

»Und werden Sie mit ihm essen?«

Bevor sie »Nicht heute abend und die nächsten Abende auch nicht« antwortete, schüttelte sie heftig den Kopf und ließ ein angenehmes verneinendes Schnalzen mit der Zunge erklingen.

Draußen vor der Bar beschatteten einige junge Platanen Stühle und Tischchen. Aus der unvermeidlichen Jukebox ertönten die bekannten Lieder, und die Jugendlichen saßen wie gewohnt herum, tranken ihre üblichen Getränke und ließen

Kopf und Gliedmaßen im Rhythmus der Musik auf- und abwippen.

Kaum hatte der Kellner die beiden Neuankömmlinge an dem Tisch erblickt, da eilte er schon herbei.

»Was trinken Sie?« fragte Santovito Raffaella.

»Also, ich weiß nicht, um diese Uhrzeit. Vielleicht einen Tee.« Sie blickte den Kellner an. »Einen Tee mit Zitrone.«

»Und für mich …« Es lag ihm auf der Zunge, ein Glas Wein zu bestellen, er entschied sich dann aber anders. »Einen Martini Rosso mit Eis.«

»Tut mir leid, aber Eis haben wir nicht.«

»Dann einen Sherry.«

»Einen was?«

»Na gut, bringen Sie mir ein Glas Weißwein, kühl, wenn's geht, wenn nicht, eben so, wie er ist.«

Der Kellner entfernte sich, und Santovito lachte: »Der neue Schreibwarenladen ist ja hochmodern, aber was das Trinken angeht, sind sie hier in Vorkriegszeiten stehengeblieben.«

Auch Raffaella lächelte: »Warum haben Sie nicht ein Erfrischungsgetränk bestellt? Die trinken doch alle hier«, und damit deutete sie auf die Jugendlichen, die an Fläschchen in allen möglichen Farben nuckelten.

»Ach, solche Erfrischungsgetränke sind eigentlich nicht mein Fall. Das letzte, das ich getrunken habe, war ›Sprudel mit Kugel‹. Sie werden sich sicher nicht daran erinnern. Das waren Fläschchen mit einer Kugel darin, die von der Kohlensäure hochgedrückt wurde und auf diese Weise die Flasche verschloß. Um sie zu öffnen, mußte man mit dem Finger die Kugel hineinstoßen. Heute hat man Kronkorken, und ›Sprudel mit Kugel‹ ist ausgestorben. Warum ich Ihnen das erzähle? Na ja, vielleicht damit Sie eine Vorstellung davon haben, wie lange es schon her ist, daß ich meinen letzten Sprudel getrunken habe.«

Der Kellner brachte die Getränke, und Santovito hob sein Glas:

»Auf Ihr Wohl!« Ein Schluck und dann: »Stört es Sie, wenn ich rauche?«

»Ich habe Ihnen doch schon im Zug gesagt, daß mich Zigarrenrauch nicht stört. Und hier im Freien sowieso nicht.«

Santovito suchte sich eine toskanische Zigarre aus und rollte sie vor dem Anzünden zwischen den Fingern, um sie weicher zu machen. »Und was ist mit Stelio? Der Maresciallo behauptet, er sei ebenfalls verschwunden.«

»Das wird ja immer besser«, reagierte Raffaella erneut mit einem schallenden Lachen. »Ein Rätsel nach dem anderen. Nein, Stelio hat mir die Wohnung gezeigt. Ach übrigens, wissen Sie eigentlich, wo ich wohne? Direkt hinter Mezzacosta. Da steht ein altes restauriertes Bauernhaus.«

»Das kenne ich. Da hat früher ein gewisser Bartolomeo gelebt. Aber jetzt soll doch Stelio dort wohnen?«

»Tut er auch. Aber da sind zwei Wohnungen, in einer wohnt Stelio, in der anderen ich.«

»Und wo steckt Stelio jetzt?«

Raffaella wurde ernst: »Ist das ein Verhör, Maresciallo?« Santovito lächelte und schüttelte den Kopf. »Gut, dann sollen Sie Ihre Antwort bekommen: Soviel ich weiß, ist Stelio im Moment auf Mezzacosta.«

»Und wieso hat man ihn dann gestern …«

»… nicht gefunden? Dafür gibt es eine ganz einfache Erklärung: Als ich mein Gepäck in die Wohnung räumte, merkte ich, daß ich einige wichtige Schulbücher in Ferrara vergessen hatte, und habe mich laut über meine Schusseligkeit geärgert. Was das mit Stelio zu tun hat? Nun, er hat das mitbekommen, und am nächsten Morgen klopfte er in aller Herrgottsfrühe an meine Tür und reichte mir einen Zettel. Darauf stand, daß er zufällig etwas in Ferrara zu erledigen habe, und er bot mir an, bei mir zu Hause vorbeizufahren und die Bücher zu holen. Ein Vorwand, sicher, aber er ließ keine Ruhe, bis ich ihm meine Adresse gegeben hatte. Und dann ist er sofort losgefahren, wahrscheinlich, ohne seinem Chef Bescheid zu sagen. Am späten Abend war er dann mit meinen Büchern wieder da.« Sie nahm einen Schluck Tee, fuhr sich mit der Zunge über die Lippen und fragte lächelnd: »Nun, Maresciallo, ist das Rätsel gelöst?«

»Nennen Sie mich doch bitte nicht Maresciallo.«

»Gut, wie Sie wollen.«

Aus der Jukebox drangen jetzt in voller Lautstärke die ersten Akkorde von *You are my destiny,* und dann die Stimme von Paul Anka. Eine Weile hörte Raffaella schweigend zu, bewegte nur leicht den Kopf im Rhythmus der Musik.

»Ich weiß noch nicht genau, ob mir das Lied gefällt«, sagte sie dann, indem sie auf die Jukebox deutete. »Aber das wird Sie wohl nicht interessieren.«

»Sie sagten, Sie haben Geschichte studiert. Welche Epoche?«

»Hauptsächlich frühes Mittelalter. Meine Examensarbeit habe ich über die Langobarden geschrieben. Über die Krieger mit den langen Bärten, daher kommt nämlich ihr Name.«

»Langobarden. Wenn mich meine Schulkenntnisse nicht im Stich lassen, war das ein Volk von Barbaren.«

»Barbaren!« Raffaella lächelte. »Mit den Barbaren ist das so eine Sache. Wissen Sie, was ›barbarisch‹ ursprünglich hieß? Stotternd. So nannten nämlich die Griechen und später die Römer kurzerhand alle Völker, die eine andere Sprache als sie selbst sprachen. Sicher, die sogenannten ›Barbaren‹ standen auf einer niedrigeren Zivilisationsstufe als die Römer, aber nachdem sie sich nach der Völkerwanderung hier in Italien niedergelassen hatten, haben sie die Halbinsel in gewissem Sinne auch erneuert. Übrigens auch den Süden. Ach, entschuldigen Sie, ich bin wohl wieder mal im vierten Gang losgefahren. Eine typische Berufskrankheit. Manchmal bricht eben die Lehrerin in mir durch. Ich langweile Sie sicher.«

»Ganz und gar nicht. Das ist sehr interessant.« Er nahm einen Schluck aus dem mittlerweile fast leeren Glas und zog an der Zigarre. »Erzählen Sie doch bitte weiter. Das interessiert mich tatsächlich.«

»Im Ernst? Wissen Sie, für die Tatsache, daß ich hier bin, sind auch ein wenig die Langobarden verantwortlich.«

»Wieso?«

»Weil sie hier waren, weil sie sich hier in der Gegend niedergelassen haben. Von Norden heranziehend, bekamen sie den Widerstand der Byzantiner zu spüren. Modena konnten sie noch einnehmen, doch vor Bologna kam der Angriff zum Stehen. Daher überquerten sie den Apennin in Richtung Lucca, das dann der Sitz eines neuen bedeutenden Herzogtums wurde, ein richtiger Brückenkopf jenseits des Bergkamms. Dann weiteten sie ihr Herrschaftsgebiet in Richtung Pistoia aus, von wo sie später dann wieder hoch nach Norden zogen und doch noch Bologna einnahmen. Aber bis dahin war es noch ein langer Weg. Zunächst haben sie sich hier niedergelassen, und hier lebten dann die Arimannen ...«

»Die was ...?« Santovito hatte vergessen, an seiner Zigarre zu ziehen, so eingenommen war er von Raffaellas Erzählung und dem sanften Klang ihrer Stimme.

»Die Arimannen. So hießen bei den Langobarden die freien Männer, die Krieger. Von ihrem Herrscher erhielten sie Ländereien, vor allem Wälder und Weiden für ihre Pferde, und mußten dafür Abgaben entrichten und für ihren König ins Feld ziehen. Und hier in der Gegend lebten nun zahlreiche langobardische Arimannen und bildeten eine Art Bollwerk gegen die byzantinischen Territorien im Osten«, und mit einer Hand zeigte sie in die entsprechende Himmelsrichtung. »Die Kirchen, die sie überall errichteten, waren fast immer einem ihrer beiden Schutzheiligen geweiht, also Sankt Georg oder eben dem Erzengel Michael, wie zum Beispiel auch die verfallene Abtei hier.«

Santovito lächelte, blickte auf die erloschene Zigarre und

legte sie dann in den Aschenbecher. »Und woher wissen Sie das alles?«

»Aus den Quellen. Historische Forschungen basieren immer auf Quellen. Meist sind das schriftliche Überlieferungen, aber es gibt auch zahlreiche andere Hinweise, die schwerer zu fassen, aber häufig genauso aussagekräftig sind. Das können Namen sein oder Wörter aus einem bestimmten Dialekt. Haben Sie sich eigentlich nie gefragt, warum hier in der Gegend, die Sie ja gut kennen, hin und wieder Menschen auftauchen, die auffallend groß sind, blond, mit blauen Augen?«

Santovito schüttelte zunächst den Kopf, erklärte aber dann: »Ja, das stimmt. Einer, mit dem ich zu tun hatte, hieß Ciarèin, eben wegen seiner blauen Augen und hellen Haare. Eine schlimme Geschichte.«

»Sie sind ein interessanter Mann.« Sie errötete, weil sie plötzlich fürchtete, mißverstanden zu werden. Diese verfluchte Neugier! Sie versuchte, es zu erklären. »Interessant in dem Sinne, daß Sie sicher viel zu erklären haben ... und für eine Geschichtslehrerin ...« Sie verhaspelte sich und kehrte lieber wieder zu dem unpersönlicheren Thema zurück. »Aber auch Sagen können interessante Spuren hinterlassen.«

»Sagen? Welche Sagen?«

Raffaella lehnte sich auf ihrem Stuhl zurück. »Haben Sie vielleicht schon mal vom Schatz der Königin Selvaggia gehört?«

Santovito hatte davon reden hören, vor allem jetzt, nach seiner Rückkehr ins Dorf: der Schatz der Königin Selvaggia, die Borda ... Zwei Kinder waren auf rätselhafte Weise ums Leben gekommen, und sofort hatte man wieder von diesen Dingen zu reden begonnen. Er sagte:

»Ach, ich weiß nicht. Das sind solche Geschichten aus dem Volk, Märchen.«

»Sicher, aber auch in Märchen können historische Wahrheiten stecken. Dieses Märchen, oder besser diese Sage von der

Königin Selvaggia kennt man übrigens auch in vielen Dörfern in der Gegend um Lucca, das, wie gesagt, ebenfalls langobardisch war. Die Königin soll ja demnach unter einem Birnbaum begraben worden sein, zusammen mit ihrem Schatz, einer goldenen Glucke mit ihren goldenen Küken. Und daß in solchen Sagen tatsächlich historische Wahrheiten stecken, läßt sich daran ersehen, daß es solch einen Schatz tatsächlich gibt. Er gehörte der langobardischen Königin Teodolinde. Es ist ein wunderschönes Werk – eine Glucke mit sieben goldenen Küken, die Weizenkörner aufpicken.«

»Und der soll hier vergraben sein?«

»Nein, nein!« Raffaella schüttelte heftig den Kopf. »Diesen Schatz kann man heute im Dom von Monza bewundern. Ein Meisterwerk der Goldschmiedekunst aus dem siebten Jahrhundert. Möglicherweise symbolisiert es die Macht der von ihren treuen Herzögen umgebenen Königin. Es ist eigentlich kein langobardisches Werk. Solch hervorragende Künstler hatten die Langobarden nicht. Sie beauftragten Römer oder Byzantiner.« Sie brach ab, um einen Schluck zu trinken. »Na ja, jedenfalls könnte auch in der Sage von der Königin Selvaggia eine historische Wahrheit stecken.«

Santovito blickte in sein Glas, wo der Wein einen Rückstand hinterlassen hatte. Ein furchtbar schlechter Wein, der in ihm die Sehnsucht nach Parsuès' Weinkeller geweckt hatte. Leise sagte er:

»Es soll hier in der Gegend einen Mann geben, der behauptet, den Schatz der Königin Selvaggia gefunden zu haben.«

»Ein weiteres Märchen?«

»Nein, den gibt es wirklich. Romitto der Einsiedler wird er genannt. Er haust in der alten verfallenen Abtei, und jedem, der ihm über den Weg läuft, erzählt er, er habe den Schatz gefunden und sei beauftragt, ihn zu bewachen.« Nun war es Raffaella, die gebannt zuhörte, doch leider konnte Santovito ihr nicht mehr darüber berichten.

»Warum machen wir uns nicht auf die Suche nach diesem Romitto?« Raffaellas Augen leuchteten wie bei einem Kind, dem ein altbekanntes Märchen erzählt wird, an dem es sich nicht satt hören kann. »Ja, das machen wir!« Sie wartete auf eine Antwort, die Santovito nicht gab. »Was ist jetzt, kommen Sie mit, den Einsiedler suchen?« Diesmal klang ihr Ton schon ungeduldiger.

»Es ist ein gutes Stück bis dorthin. Die Abtei liegt außerhalb des Dorfes, inmitten der Wälder.«

»Um so besser. Wälder haben doch immer etwas Magisches. Führen Sie mich nun hin?«

Verlegen nahm Santovito die erloschene Zigarre aus dem Aschenbecher, spielte eine Weile damit herum, blickte schließlich Raffaella in die Augen und sagte: »Darf ich Ihnen eine Frage stellen?«

Raffaella sah ihn erstaunt an: »Ja, sicher, warum nicht?«

»Haben Sie einen Freund?«

Die Frage traf Raffaella vollkommen unvorbereitet, und sie reagierte unwirsch: »Ich weiß wirklich nicht, was das mit dem Schatz der Königin zu tun haben soll?«

Santovito ließ die Zigarre wieder in den Aschenbecher fallen. »Halten Sie mich bitte nicht für, wie soll ich sagen, altmodisch, aber ...« Er bekam seine Verlegenheit nicht in den Griff. »Mißverstehen Sie mich bitte nicht, aber Sie und ich, allein im Wald. Nein, verstehen Sie mich nicht falsch. Ich möchte nur nicht ... Sie wissen doch, das Dorf ist klein und die Leute sind geschwätzig. Ich möchte nur niemanden eifersüchtig machen.«

Raffaellas Miene hellte sich auf, und ihr Lächeln kehrte zurück: »Ach, darum geht es Ihnen? Ich verstehe, aber Sie brauchen sich keine Sorgen zu machen. Es gab da jemanden. Jemanden, den es jetzt nicht mehr gibt.« Sie versuchte zu lachen, aber es mißriet ihr, und sie leerte ihr Glas auf einen Zug: »Das ist eine lange Geschichte, aber ich verspreche Ihnen, Sie nicht damit zu langweilen.« Sie wurde wieder so gelöst wie zuvor. »Und nun, da die Sache geklärt ist, zeigen Sie mir den Weg zur alten Abtei?«

»Es tut mir leid, daß Sie durch mich an unerfreuliche Dinge erinnert wurden. Reden wir nicht mehr darüber und machen wir uns lieber auf die Suche nach diesem Romitto. Ist es Ihnen am frühen Nachmittag recht? Sagen wir um drei?«

»Hervorragend. Das wäre doch was, wenn wir den Schatz fänden.« Sie lachte. »Ach, solche Sagen sind einfach schöne Geschichten, und dabei sollte man es vielleicht auch belassen. Und egal, was wir finden, es wird auf alle Fälle ein schöner Spaziergang.«

10

Bei der Abtei

Jetzt nach dem Mittagessen war das Dorf wie ausgestorben. Die Jukebox blieb stumm, und in der Bar waren nur der Kellner, der an der Theke lehnte, und Santovito, der mit einer brennenden Zigarre in der Hand an einem Tischchen vor einem leeren Glas saß. Raffaella war gelaufen und ein wenig außer Atem, als sie zu ihrer Verabredung erschien.

»Entschuldigen Sie, Benedetto. Ich bin etwas spät dran.« Es war das erste Mal, daß sie ihn mit dem Vornamen anredete. Sie trug eine weiße Sommerbluse, Jeans und an den Füßen blaue Superga-Leinenschuhe. Um die Taille hatte sie sich einen dünnen Baumwollpullover gebunden.

Santovito sah auf seine Armbanduhr: »Zehn Minuten, nicht der Rede wert. Können wir?« Auch er hatte sich für den Spaziergang passend angezogen, mit einem kurzärmeligen Hemd, einer dünnen Hose und Wanderschuhen. »Wir müssen hinter der Kirche vorbei und dann irgendwann auf den Saumpfad hoch zur alten Abtei abbiegen.« Er drückte seine Zigarre im Aschenbecher aus. »Möchten Sie noch etwas trinken, bevor wir losgehen?« Raffaella schüttelte den Kopf; Santovito stand auf, und sogleich bewegte sich der Kellner auf den Ausgang zu. Der Maresciallo legte einige Münzen auf den Tisch und deutete für den Kellner mit einer Kopfbewegung darauf: »In Ordnung, dann los.«

Er blickte zum Himmel. Wie so häufig im Sommer hatte sich das Wetter rasch geändert. War der Morgen noch ziemlich heiß, aber klar gewesen, so war es jetzt drückend schwül, und mächtige dunkle Wolken zogen von Westen heran und eroberten nach und nach den Horizont.

»Hoffentlich kriegen wir kein Gewitter. Dieses Dorf ist bekannt dafür, daß hier das Wetter schnell umschlägt«, erklärte Santovito, während er die Wolkenformationen musterte. »Die Einheimischen blicken immer in diese Richtung, wenn sie wissen wollen, wie das Wetter wird. Wenn die Wolken von dort kommen, bedeutet das ziemlich sicher Regen. Diese Himmelsrichtung nennen sie ›Giacoma‹, und mit ihren Prognosen liegen sie fast immer richtig. Ich erinnere mich da an einen alten Mann, Tripoli nannten sie ihn, der nicht einmal danebenlag: ›Morgen liegt er einen Schuh hoch‹, murmelte er, vor der Osteria stehend und wie ein Tier an der Luft schnüffelnd. Und in der Nacht schneite es dann. Darauf konnte man wetten.«

Sie schlugen den Saumpfad ein, der in den Wald führte, und waren bald umringt von Kastanienbäumen. Santovito deutete darauf: »Kastanien waren früher mal das Brot der Leute hier. Aber heute sammelt sie niemand mehr auf. Schade, aber das ist der Lauf der Welt. Ach, wechseln wir lieber das Thema. Ich mache mich schon lächerlich mit meinem ständigen ›Es war einmal …‹. Haben Sie keine Angst vor Gewittern?«

Raffaella zuckte die Achseln: Die schwüle Luft und der stramme Marsch hatten sie leicht außer Atem gebracht. »Ein wenig Regen wäre bei dieser Hitze vielleicht ganz angenehm. Und außerdem dauern Sommergewitter ja meist nicht lange.«

»Das stimmt schon, aber dafür sind sie um so heftiger. Ich habe mit eigenen Augen gesehen, wie Blitze solche Eichen gefällt haben«, und mit den Armen bildete er einen Kreis, um den Umfang eines Stammes anzudeuten.

»Dann dürfen wir eben nicht unter einer Eiche Schutz suchen, sondern müssen vorher die Abtei erreichen. Das schaffen wir doch, oder?«

»Ich denke schon.«

Der Saumpfad führte nun noch steiler bergan. Auch Santovito begann zu japsen, und kurz darauf blieb Raffaella stehen und lehnte sich gegen einen Kastanienbaum, um wieder zu Atem zu kommen.

»Hoffentlich verschonen die Blitze die Kastanien.«

»Da bin ich mir nicht so sicher«, sagte Santovito und nutzte die unerwartete Rast, um sich am Rand des Pfades dem Mädchen gegenüber niederzulassen und sich eine Zigarre anzuzünden. Zwei Züge, dann nahm er das Gespräch vom Abmarsch wieder auf: »Ich habe mich häufig gefragt, wer diese Giacoma wohl gewesen sein mag.«

»Wer?«

»Giacoma, nach der die Himmelsrichtung benannt ist. Ich habe mich unter den Leuten umgehört, doch niemand konnte mir eine richtige Antwort geben. ›Giacoma ist eben Giacoma‹, sagten sie, und damit war ich so schlau wie vorher. Wer mag wohl diese Frau gewesen sein, nach der man einen Teil des Horizonts benannt hat?«

Raffaella lächelte. Santovito dachte, wie schön sie war, wenn sie mit halbgeschlossenen Augen lächelte. Raffaella lächelte also und sagte: »Ich glaube nicht, daß Giacoma der Name einer Frau ist. Ich erinnere mich vage, mal etwas dazu gelesen zu haben. Das hat mit den Pilgerzügen im Mittelalter zu tun. Meine Epoche, wie Sie inzwischen wissen.« Mit einer Hand strich sie sich eine Haarsträhne zurück, während sie entspannt mit Rücken und Kopf an dem Kastanienbaum lehnte.

»Was haben die Pilgerzüge im Mittelalter damit zu tun?«

»Na ja, damals war das Reisen eben viel mühseliger und komplizierter als heute, besonders wenn es in die Ferne ging. Aber die Leute sind gereist, auch wenn man sich das heute nicht mehr vorstellen kann. Und zwar zu allen heiligen Stätten der Christenheit. Und um sich zu orientieren, beobachteten sie, besonders im Sommer, des Nachts den Himmel, die Sterne.«

»Ja, sicher, aber was hat das mit der Giacoma zu tun?«

»Nur Geduld, ich muß etwas weiter ausholen. Eines der häufigsten Reiseziele neben Rom war Santiago de Compostela in Galizien, im äußersten Westen der iberischen Halbinsel. Die Pilger beobachteten also den Sternenhimmel, wo im Sommer die Milchstraße den Weg nach Westen zeigt. Die Milchstraße – Westen, also der Weg zum Heiligtum von Sankt Jacob, oder auch die Straße zu San Giacomo, kurz ›la Giacoma‹.«

»Und was hat das nun mit dem Wetter zu tun?«

»Na, von Westen kommt doch im Sommer das berühmte Azorenhoch, das bei uns im Mittelmeerraum monatelang das Wetter bestimmt. Und so schließt sich der Kreis. Mehr oder weniger jedenfalls. Gehen wir.« Sie stieß sich vom Kastanienbaum ab und setzte sich in Bewegung.

Santovito folgte ihr: »Das ist schon eine sehr kuriose Erklärung. Aber endlich weiß ich, wer diese Giacoma ist. Sie scheinen aber auch wirklich über alles Bescheid zu wissen.«

»Ach, das ist doch nur so eine Theorie. Und es stimmt auch nicht, daß ich über alles Bescheid weiß. Wenn ich wirklich soviel wüßte, hätte ich auch vorhersehen müssen, daß man beim Wandern mächtigen Durst bekommt. Aber im Ernst, ich habe Durst, und wir haben nichts zu trinken mitgenommen.«

»Keine Sorge, wir kommen gleich zu einer Quelle mit sehr gutem Wasser.«

Die Quelle lag etwas unterhalb des Weges und entsprang einem Fels, vor dem man ein Loch ausgehoben hatte, das ein kleines Becken bildete. Über dieses Becken gebeugt stand ein Mann und war damit beschäftigt, ein Bündel Weidenruten mit Steinen zu beschweren, damit sie unter Wasser blieben. Als er die beiden kommen hörte, richtete er sich auf und drehte sich um.

Santovito sah ihn und blieb erstarrt stehen: »Mein Gott, das ist doch ...«, murmelte er.

Auch Raffaella war stehengeblieben und blickte Santovito verwundert an.

Der Mann an der Quelle war wohl schon recht alt, wirkte aber noch rüstig und war sehr einfach gekleidet, etwas unmodern, so wie man sich in der Gegend vor dem Krieg angezogen hatte. Er musterte die beiden, und sein Gesicht verzog sich zu einer halb ironischen, halb traurigen Miene. »Sieh mal an, wen haben wir denn da«, murmelte er. »Wer nicht stirbt ...«

Santovito trat auf ihn zu: »Das gibt es doch gar nicht! Du bist es wirklich, Bleblè.«

»Wer soll ich denn sonst sein, Maresciallo? Sicher bin ich's, um einige Jährchen älter. Aber du, du hast dich überhaupt nicht verändert. Ist bei euch im Süden die Zeit stehengeblieben?«

Schweigend betrachtete Santovito eine Weile den Mann, den er als letzten zu treffen erwartet hätte, denn eigentlich hätte er sich ganz woanders befinden müssen. Dann antwortete er: »Im guten oder im schlechten, die Zeit vergeht für alle, Bleblè.« Und an Raffaella gewandt, die neugierig das unvorhergesehene Wiedersehen beobachtete: »Raffaella, darf ich Ihnen vorstellen, ein alter ...« »Freund«, lag ihm auf der Zunge, doch er verkniff es sich, »... ein alter Bekannter, hier aus dem Ort. Olinto Franzoni heißt er, aber den Namen kennt er selbst wahrscheinlich schon nicht mehr. Hier nennen ihn alle nur Bleblè. Und das«, er wandte sich an Bleblè, »ist die neue Lehrerin, Raffaella Anceschi.«

Raffaella reichte Bleblè die Hand, die dieser erst ergriff, nachdem er sich die Hände an der Hose abgetrocknet hatte. »Sehr erfreut, Signorina. Ich hoffe, Sie werden sich hier bei uns in den Bergen wohl fühlen. Aber was hat Sie nur in diese Einsamkeit verschlagen?«

»Puhh, habe ich einen Durst«, sagte Raffaella nur und beugte sich über den Wasserstrahl. Sie trank in großen Schlucken, ließ sich das Gesicht naßspritzen, und als sie sich erhob, atmete sie tief ein und trocknete es mit den Händen. »Mein Gott, ist das kalt!« Erst jetzt gab sie Bleblè eine Antwort. »Mir gefällt es hier. Ich habe mich um diese Stelle bemüht.«

»Na dann …« Und sie schwiegen.

Neugierig beobachtete Raffaella die zwei Männer. Sie spürte deren Unsicherheit. Und tatsächlich lagen den beiden viele Fragen auf der Zunge, die zu stellen sie sich nicht überwinden konnten. Fragen zu ungeklärten, weit zurückliegenden Geschehnissen, von denen nur sie beide wußten, zu einer Beziehung, die jäh unterbrochen und nie wieder fortgeführt worden war.

»Raffaella interessiert sich für Geschichte«, erklärte Santovito schließlich. »Das ist eigentlich auch der Grund unserer Wanderung. Wir wollen zur alten Abtei. Weißt du, ob Romitto dort zu finden ist?«

»Ach, Romitto!« Bleblè verzog den Mund. »Wo der sich immer rumtreibt. Aber geht nur zu den Ruinen, da kann er nicht weit sein«, und schlagartig, so als sei ihm plötzlich eingefallen, daß er doch etwas sehr viel Wichtigeres zu tun hatte, als mit den beiden zu schwatzen, wandte er sich ab und machte sich wieder daran, die Weidenruten zu wässern. »Dann noch einen schönen Spaziergang«, sagte er nur, ohne noch einmal aufzublicken.

Santovito rührte sich nicht, doch Raffaella faßte ihn am Arm und zog ihn schweigend fort. Sie hätte ihn gerne etwas gefragt, hätte gerne mehr gewußt zu diesem brüsk beendeten Wiedersehen, das Santovito offensichtlich sehr verstört hatte. Doch sie wagte es nicht. Die Miene des Maresciallo wirkte düster, und es waren unverkennbar trübe Gedanken, die ihn die Zigarre vergessen ließen, die langsam zwischen seinen Lippen erlosch.

Schweigend marschierten sie, bis sich irgendwann am Ende eines schmalen Pfades der Wald zu einer Lichtung öffnete. Im Hintergrund lagen die Gemäuer der alten Abtei und des Wachturms.

Raffaella blieb stehen und blickte sich wie verzaubert um. »Hier gefällt's mir«, sagte sie. Und erst jetzt kehrte Santovitos Lächeln zurück:

»Zufrieden?«

»Ja, weil Sie sich jetzt anscheinend von dem Wiedersehen mit dem alten Mann an der Quelle erholt haben. Wie heißt er noch mal?«

»Bleblè.«

»Ja, Bleblè.« Sie deutete auf die Ruinen. »Und auch deswegen bin ich zufrieden.«

»Stammen die aus der Zeit, mit der Sie sich beschäftigen?«

»Ja, der Turm wird zwar später angefügt worden sein, vielleicht um die Jahrtausendwende, aber die Abtei, oder zumindest ein Teil, wurde mit Sicherheit zu langobardischer Zeit errichtet.«

Sie näherten sich der verfallenen Abtei, die wohl nie ein grandioses Bauwerk gewesen war, durch ihre besondere Lage aber inmitten der Wälder und von Berggipfeln umgeben sicher eine große Ausstrahlung besessen hatte. Die schlichte Fassade aus Bruchstein war an den Ecken von hellen Quadern eingefaßt. Auf dem First des Satteldachs erhob sich ein kleiner Glockengiebel mit zwei Öffnungen für nicht mehr existierende Glocken. Ein weiteres Biforium, ein wenig darunter, ließ Tageslicht für die Kirche ein. Der Torbogen über dem rechteckigen, verrammelten Eingang war aus hellen Quadern gemauert und mit eingemeißelten Schößlingen und Weintrauben verziert.

Links davon, unweit der Apsis, stand ein weiteres, halb verfallenes Gebäude, in dem wahrscheinlich einmal die Zellen der Mönche und die Räumlichkeiten für reisende Pilger untergebracht waren, mit einem schlichten Portal auf der linken und einem niedrigen Portikus auf der rechten Seite. Aus dem halb eingestürzten Dach sproß das Grün einer Robinie.

Rechts der Kirche waren weitere, fast vollkommen zerstörte Gebäude, in denen sich Brombeeren und andere Pflanzen ausgebreitet hatten. Kleine Eisengitter vor den Fensteröffnungen ließen darauf schließen, daß diese Gebäude neueren Datums waren. Mächtige geschwärzte Balken aus Kastanienholz staken im Boden zwischen den Trümmern der eingestürzten Dächer.

Weit und breit war kein Mensch zu sehen.

Fasziniert betrachtete Raffaella lange versunken diese Ruinenlandschaft. Dann riß sie sich davon los und sagte: »Ob dieser Romitto wirklich hier lebt? Es scheint jedenfalls niemand hier zu sein.«

»Ich weiß auch nicht. Im Grunde weiß ich sehr wenig über ihn. Er ist nach meiner Zeit als Maresciallo in der Gegend aufgetaucht. So wie Don Vincenzo und Frabbone ihn mir aber beschrieben haben, scheint er ein seltsamer Kauz zu sein.«

Raffaella wurde immer aufgeregter, so als sei das alles ein schönes Spiel: »Los, wir gehen ihn suchen!« Sie lachte. »Wer weiß, vielleicht finden wir ja auch den Birnbaum.« Und damit lief sie los.

Santovito rührte sich nicht von der Stelle und rief ihr nach: »He, Sie haben's aber eilig.« Raffaella blieb stehen und drehte sich zu ihm um. »Was ist? Wollen Sie nicht mitkommen?«

»Ich muß erst mal zu Atem kommen. Sie sind eben noch jung. Gehen Sie nur schon mal allein los. Ich ruhe mich ein wenig aus, rauche meine Zigarre und komme dann nach.«

»Eine Zigarre, um zu Atem zu kommen – auch keine schlechte Idee! Aber lassen Sie sich nicht unterkriegen. Sie sind gar nicht so alt, wie Sie mir gerne vormachen würden. Also, ich gehe schon mal los, bis gleich.«

Auf einem Stein sitzend, der von der Abtei auf die Lichtung gerollt war, blickte Santovito ihr nach, zündete sich dann die Zigarre an und murmelte zu sich selbst: »Sie ist ja wirklich hübsch, und auch intelligent und sympathisch. Aber?« Er nahm einige Züge. »Aber? Wenn man dir sagt, du seist nicht so alt wie du tust, heißt das, daß du nicht mehr so jung bist, wie du gerne sein würdest.«

Ein dicker Tropfen fiel auf die Hand, in der er die Zigarre hielt. Er blickte auf: Der Himmel hatte sich violett überzogen, und ein Blitz, dem augenblicklich ein mächtiger Donner folgte, zerriß ihn und tauchte alles in grelles Licht. Es begann zu regnen. Zunächst noch sachte, rhythmisch fielen die Tropfen auf die Blätter an den Bäumen, dann bald stärker werdend. Wieder ein Blitz, und sofort der Donner, laut und nah.

Santovito stand auf: »Ich hab's ja gesagt. Die Giacoma behält immer recht.« Er legte die Hände um seinen Mund und rief: »Raffaella! Raffaella! Wo stecken Sie? Kommen Sie zurück, hier können Sie sich unterstellen!« Und schon lief er zum Portikus bei der Apsis.

Als er im Trockenen stand, blickte er sich wieder suchend nach der jungen Frau um. »Wo mag sie bloß stecken?« murmelte er. Unentschlossen, ob er sie suchen solle, rief er weiter nach ihr: »Raffaella, so kommen Sie doch her, hier ist es trocken!«

»Guten Tag.« Die Stimme hinter ihm ließ ihn ruckartig herumfahren. Da stand ein vielleicht vierzigjähriger, kräftig gebauter Mann mit strohblondem lichten Haar. Er trug Jeans und eine Windjacke und lächelte Santovito freundlich an. Seinem starken Akzent nach war er kein Italiener.

»Guten Tag«, erwiderte Santovito die Begrüßung.

Der Mann trat zu ihm und zeigte auf den Himmel. »Ein Gewitter. Sehr stark. Im Sommer oft. Zuerst Sonne, dann so«, und er ließ eine Hand niedersaußen, »viel Regen.«

»Ja, das Wetter macht, was es will. Aber Sie müssen der Deutsche sein, der vor kurzem im Dorf eingetroffen ist.«

»Ja, ich Deutscher, Tourist, verstehen? Ich liebe Italien, Kunst, Landschaft ...«, und mit einer ausladenden Handbewegung deutete er auf die Abtei und die dahinter liegenden Berge.

»Woher kennen Sie denn die alte ...« Raffaellas Rufen unterbrach ihn.

»Santovito. Santovito!« Raffaella war aus dem Wald gerannt gekommen und blickte sich jetzt auf dem kleinen Platz vor der Kirche suchend um. Ihr kastanienbraunes Haar war strähnig und naß, und der Regen lief ihr übers Gesicht. »Benedetto, wo stecken Sie denn?«

Santovito beugte sich hinter einer Säule vor und winkte ihr zu: »Hier, Raffaella, hier bin ich! Kommen Sie! Hier können Sie sich unterstellen!«

Keuchend und von Kopf bis Fuß durchnäßt kam das Mädchen zu ihnen gelaufen: »Mein Gott, ist das ein Gewitter. So hat mich selten eins erwischt.« Sie schüttelte den Kopf wie ein Tier, das sein Fell ausschüttelt. »Ich bin naß bis auf die Haut. Aber es ist ein angenehmes Gefühl. Ich habe mich noch nie im Regen gewaschen.« Sie löste den Pullover, den sie um die Taille gebunden hatte, wrang ihn aus und fuhr sich damit übers Gesicht. »Ich muß heim und mich umziehen.« Sie blickte Santovito strahlend an und fuhr fort: »Aber wissen Sie was? Sie werden's nicht glauben, aber ich habe den Birnbaum gefunden. Es ist sicher nicht der aus der Sage, dazu ist er einige Jahrhunderte zu jung. Aber irgendwer scheint noch an die Geschichte mit dem Schatz zu glauben. Denn drum herum wurde erst vor kurzem gegraben. Nicht sehr tief, aber die Spuren sind eindeutig zu erkennen. Ein kleiner Spaten liegt noch da.«

»Ein Spaten?«

»Ja, so eine Art Kinderschaufel. Nein, eher eine Pfadfinderschaufel.« Erst jetzt schien sie den Deutschen zu bemerken. »Ach, wir haben Gesellschaft! Guten Tag.«

»Guten Tag, Signorina.«

»Ist das Romitto«, fragte Raffaella Santovito leise.

Santovito verneinte mit einer Kopfbewegung und zuckte die Achseln. Er blickte hinaus, wo der Regen schon schwächer wurde. Ein typisches Sommergewitter, heftig aber kurz. Er sagte:

»Ich glaube, wir gehen jetzt besser zurück. Auch wenn es noch regnet, wir sind ja ohnehin schon naß, Sie vor allem. Je eher wir uns trockene Sachen anziehen können, um so besser.« Und an den Deutschen gewandt: »Wir machen uns wieder auf den Weg. Auf Wiedersehen, und nehmen Sie sich in acht. Hier bricht alles zusammen!«

»Ja, ja. Auf Wiedersehen.«

Der Deutsche blickte den beiden nach, wie sie sich entfernten und bald hinter einer Biegung verschwanden. Eine Weile blieb er noch unter dem Portikus stehen, unentschlossen, ob er ihnen folgen oder dorthin zurückkehren sollte, von wo er so plötzlich aufgetaucht war. Dann gab er sich einen Ruck und lief in die Richtung, aus der Raffaella vorhin gekommen war.

11

Ein besonderes Abendessen

Hinter dem Gartentor von Mezzacosta, dort wo ihre Wege sich trennten, blieb Raffaella stehen, noch kurzatmig vom Anstieg und naß vom Regen, und sagte:

»Wir könnten bei mir zu Abend essen. Was halten Sie davon?«

Santovito antwortete nicht, und so fügte sie lächelnd hinzu:

»Natürlich nur, wenn Sie das mit Ihren Prinzipien vereinbaren können.«

»Gerade dachte ich an das Abendessen, das mich heute abend in der Pension erwartet. Kein sehr erfreulicher Gedanke.« Er sah auf seine Uhr. »Ist es Ihnen gegen acht recht? Schaffen Sie das?«

Raffaella beugte sich vor, um ebenfalls nach der Uhrzeit zu sehen, und so kam ihr Gesicht ganz nah an das Santovitos heran. Einen Moment lang atmete sie den Geruch einer erloschenen und vor dem Anstieg nach Mezzacosta weggeworfenen Zigarre ein. Der Mann rauchte schon viel zu lange, und der Geruch hatte sich überall eingenistet.

Dieser Moment der Nähe war so kurz, daß Santovito kaum Zeit hatte, Raffaellas Parfüm wahrzunehmen und den Duft ihrer kastanienbraunen, immer noch nassen Haare, da zog sie sich so plötzlich zurück, als fühle sie sich bei etwas Verbotenem ertappt.

»In Ordnung, um acht«, sagte sie eilig und lief zu Stelios Haus hinüber.

»Was soll ich mitbringen?« rief Santovito ihr nach.

»Gar nichts. Ich habe alles da. Aber ich bin keine große Köchin!« gab Raffaella, ohne stehenzubleiben, zurück.

»Keine Sorge, es ist bestimmt besser als die Fertigsoße, die mich da drin erwarten würde!«

Auf dem noch feuchten Gehweg um Mezzacosta herum hatten die Kinder mit Kreide eine Bahn aufgemalt und ließen nun mit einem Schnippen von Daumen- und Zeigefinger Kronkorken um die Wette laufen. Vier ältere Damen saßen am Tisch unter einer Eiche und spielten Karten, und Stelio war damit beschäftigt, die letzten Tropfen vom Dach seines Millecento zu wischen. Als er Santovitos Stimme hörte, warf er den Lappen auf die Kühlerhaube und lief ihm entgegen.

»Wie geht's, Stelio?«

Der Junge nickte. Wie immer lächelte er, und Santovito fragte sich, wieso einem sechzehnjährigen, stummen Waisenjungen nur ständig zum Lächeln zumute war. Vielleicht erriet Stelio seine Gedanken, denn er zuckte die Achseln und breitete die Arme aus, so als wolle er sagen: »Was bleibt einem anderes übrig?« Dann deutete er in die Richtung, in die Raffaella verschwunden war, und blickte wieder Santovito an.

»Wir waren bei der alten Abtei. Raffaella wollte Romitto kennenlernen. Ein schöner Spaziergang, aber wir sind auch ganz schön naß geworden.« Stelio riß die Augen auf und nickte, doch er erweckte den Eindruck, als erwarte er nähere Erklärungen. »Tut mir leid, Stelio, aber ich weiß nicht, was du willst.«

Der Junge winkte ab, nahm dann aber Schreibblöckchen und Stift aus der Tasche und schrieb: »Habt ihr ihn gefunden?«

»Romitto? Nein. Vielleicht hat er uns kommen hören und sich rechtzeitig verdrückt. Es scheint etwas gegen Fremde zu haben. Aber das paßt ja zu ihm. Er wird wohl nicht umsonst ›der Einsiedler‹ genannt. Na ja, jedenfalls haben wir ihn nicht gefunden. Dafür haben wir aber einen Deutschen getroffen ...«

Stelio unterbrach ihn mit einer Handbewegung und schrieb wieder: »Was macht ein Deutscher bei den Ruinen?«

»Hm, das habe ich ihn gar nicht gefragt.« Und Santovito wandte sich zum Gehen: »Ciao, Stelio, ich gehe mich umziehen. Wie du siehst, hab ich's nötig.« Doch nach einigen Schritten kam er noch einmal zu dem Jungen zurück: »Du hast recht: Vielleicht hätte ich mich und ihn fragen sollen, was ein Deutscher bei der Abtei zu suchen hat.« Er riß das Blatt vom Schreibblock und steckte es in die Tasche. »Damit ich beim nächsten Mal dran denke.«

Punkt acht machte er sich zur Verabredung auf. Aus Bartolomeos Haus drang Musik von einem Plattenspieler, und daneben, unerträglich laut, die unangenehme Stimme eines Mannes, der der Melodie von *Sleep Walk* zu folgen versuchte, die Santo & Johnny mit den Gitarren flochten.

Die Tür, die früher einmal zur chaotischen Küche des alten Bartolomeo geführt und nun einen neuen Anstrich bekommen hatte, war nur angelehnt, und drinnen hatte die Pein jetzt Gott sei Dank ein Ende, denn die Stimme, die eben noch gesungen hatte, rief:

»Na, was sagst du, Raffa? Was hältst du von den beiden? Die Platte ist vor kurzem erst rausgekommen. Ich habe sie extra für dich heute morgen noch in der Stadt besorgt.«

Auch Raffaella rief etwas, die Musik wurde leiser gestellt, und Santovito nutzte die Gelegenheit, um anzuklopfen und einzutreten. Er stand noch an der Tür, als Raffaella mit gerötetem Gesicht und einem Glas Weißwein in der Hand den Flur betrat. Sie trug eine Schürze und hatte das Haar zu einem Pferdeschwanz zusammengebunden:

»Ah, da bist du ja. Ich habe dich gar nicht gehört.« Dann nach einer kurzen Pause: »Entschuldigen Sie, aber ...«

»Wegen des Du? Ist schon in Ordnung. Da fühle ich mich wenigstens nicht so ...« Er wollte »alt« sagen, doch das Wort gefiel ihm nicht, und so ließ er es ganz. Statt dessen deutete er zuerst auf das Glas, dann auf das Eßzimmer, aus dem die Musik kam. »Hoffentlich störe ich nicht?«

»Nein, nein, wieso? Das hier«, sie hob das Glas, »brauche ich als Erfrischung, weil es am Herd so heiß ist. Und der da«, und damit deutete sie mit einer Kopfbewegung auf das Eßzimmer, »ist ein bißchen verrückt. Machen Sie es sich schon mal gemütlich. Ich bin noch einen Moment in der Küche beschäftigt.«

Santovito lehnte die Haustür wieder so an, wie er sie vorgefunden hatte, und sagte: »Das ›Du‹ war wohl nur ein Versehen.«

»Nicht, wenn Sie mich auch duzen.«

»Einverstanden.«

»Gut. Dann geh rein und nimm dir was zu trinken. Der Tisch ist schon gedeckt, und ich bin auch gleich da.«

Santovito fragte nicht, wer »der ein wenig Verrückte« war. Wenn man die Stimme von Ares Amadori einmal gehört hatte, vergaß man sie nicht mehr, eine hohe, arrogante Stimme mit einem Ferrareser Akzent. So wußte er also, wer ihn im Eßzimmer erwartete, und begrüßte den andern wie selbstverständlich mit einer Kopfbewegung.

Ares hingegen empfing ihn mit einem Lächeln und hob sein fast leeres Glas: »Auf Ihr Wohl, Santovito, und auf das unserer charmanten Gastgeberin.«

Schweigend goß sich Santovito zu trinken ein und hob dann sein Glas gerade so viel an, daß man die Geste mit etwas gutem Willen für ein Zuprosten halten konnte. Mittlerweile spielten Santo & Johnny die letzten Akkorde, dann das trockene Klack, als der Tonarm einrastete und der Plattenteller stehenblieb.

Ares bemerkte Santovitos Einsilbigkeit und fragte: »Ist Ihnen nicht wohl, Maggiore?«

»Ich bitte Sie, hören wir doch mit den Dienstgraden auf. Ich hatte Sie schon einmal darum gebeten, und Sie täten mir wirklich einen großen Gefallen, wenn ...«

»... wenn wir alle die Dienstgrade und das ›Sie‹ vergessen«, führte Raffaella den Satz weiter, die gerade den Raum mit einer dampfenden Schüssel in Händen betreten hatte. »Keine Dienstgrade und kein ›Sie‹ bei Tisch!«

»Eine hervorragende Idee! Ich lege eine andere Platte auf.«

»Nicht beim Essen«, bat Raffaella. »Machen wir es wie bei den alten Griechen. Das Mahl ist heilig und sollte nur von möglichst heiteren Gesprächen begleitet werden.« Und sie begann, die Teller zu füllen.

»Du hast recht«, pflichtete Santovito ihr bei, aber es hatte ihm die Stimmung verhagelt, Maresciallo Ares Amadori bei einem Abendessen anzutreffen, von dem er, wer weiß warum, angenommen hatte, er würde mit Raffaella allein sein. Es war natürlich sein Fehler, und so fragte er so fröhlich und unbefangen, wie es ihm nur möglich war: »Wo soll ich mich hinsetzen?«

Die duftenden, mit Zucchini gefüllten Tortelloni mit Butter und Parmesan sowie ein paar Gläser Rotwein versetzten ihn jedoch rasch wieder in die gute Laune, mit der er von Mezzacosta herübergekommen war.

Nach dem letzten Bissen hob er sein Glas, hielt es gegen das Licht und bewunderte die frische rubinrote Farbe: »Da reden alle vom Schatz der Königin, dabei ist der wahre Schatz dieser Wein hier. Wo hast du den nur her?«

Raffaella lächelte und hob ebenfalls ihr Glas: »Aus Stelios Keller, direkt hier drunter. Ich dürfe mich ruhig bedienen, meinte er. Ja, er hat mir sogar extra aufgeschrieben, für Signor Santovito solle ich eine gute Flasche aussuchen. Offensichtlich hast du das Herz des Jungen im Sturm erobert.«

»Und für mich?« fragte Ares.

»Dich hat er nicht erwähnt. Wahrscheinlich hast du noch nicht Benedettos ...«, das Wort »Charme« lag ihr auf der Zunge, doch im letzten Moment korrigierte sie sich, »Ausstrahlung und ...«

»Jedenfalls bin ich dem Jungen zu Dank verpflichtet«, ersparte ihr Santovito weitere Erklärungen. »Einen solch guten Wein habe ich schon Jahre nicht mehr getrunken. Wo mag er den herhaben?«

»Aus der Toskana, hat Stelio mir erzählt.«

»Und die Tortelloni, Santovito?« fragte Ares. »Was sagst du zu den Tortelloni? Ein Rezept aus Ferrara. Und perfekter als Raffaella hätte man sie nicht machen können.«

»Es ist mir zwar etwas unangenehm, aber ich muß zugeben, daß ich sie gar nicht selbst gemacht habe. Die sind nämlich von meiner Mutter. Ich selbst würde sie nicht so hinbekommen. Als Stelio meine Bücher holte, hat meine Mutter ihm die Tortelloni mitgegeben.« Sie wandte sich an Santovito: »Und als ich Cleto bat, sie in seinem Kühlschrank für mich aufzubewahren, hat er mich auch gefragt, ob ich sie nicht mit ihm zusammen essen will.«

»Hat es der alte Wüstling also auch bei dir versucht!« rief Ares. »Ich werde ihm befehlen, dich in Ruhe zu lassen.«

»Reg dich nicht auf, Ares, ich kann ihn mir schon alleine vom Leibe halten.«

»Dann also auf deine Mutter!« und Ares hob sein Glas.

Sie stießen an.

»Und jetzt gibt es noch eine kalte Platte. Das müßte genau das richtige sein, nachdem wir heute nachmittag so ins Schwitzen gekommen sind.«

»Hat die auch deine Mutter zubereitet?« fragte Ares.

Raffaella blickte ihn ein wenig gekränkt an, antwortete nicht und ging in die Küche.

»Dabei war heute eigentlich kein Tag, um ins Schwitzen zu kommen«, murmelte Ares, mehr zu sich selbst.

Und Santovito freute sich, antworten zu können: »Bei dem Fußmarsch, den Raffaella und ich zusammen unternommen haben, sind wir aber ganz schön ins Schwitzen gekommen.«

»Und wo wart ihr?«

»Bei der alten Abtei.«

»Und wieso, du und sie ..., ich meine, was habt ihr beide dort gewollt?«

»Na ja, Raffaella interessiert sich eben für Volkssagen. Die Geschichte vom Schatz der Königin Selvaggia.«

»Ach, das ist doch nur ein Aberglaube ignoranter Bauern. Diese Hinterwäldler hier arbeiten zu wenig und haben zu viel Zeit, sich solche Märchen auszudenken. Und die Leute sind dazu noch so beschränkt, daß sie zum Schluß selbst daran glauben.«

Santovito hätte ihn darauf hinweisen können, daß nicht alle Leute im Dorf Ignoranten waren und daß in jeder Sage, wie ihm Raffaella erklärt hatte, zumindest ein Körnchen Wahrheit steckte, aber er hatte keine Lust, das Gespräch mit Ares fortzusetzen. Und er war sich auch nicht sicher, ob der junge Maresciallo den Unterschied überhaupt verstanden hätte. Große

Lust hatte er hingegen, sich eine Zigarre anzustecken, doch er goß nur sich und Raffaella etwas Wein nach und trank schweigend. Ares beobachtete ihn, ebenfalls schweigend.

Ohne sich um die Gäste zu scheren, die nach dem Abendessen den Saal bevölkerten, betrat Stalìn das Hauptgebäude von Mezzacosta und begrüßte polternd den Hotelier Cleto: »Der Genosse Stalìn wünscht einen guten Abend«, und dabei schlug er mit der rechten Faust auf die Theke der Rezeption.

Cleto hob den Blick von der Zeitung, die er gerade durchblätterte. »Ja, ja, ihr Genossen. Was ist bloß in euch gefahren? Was richtet ihr da nur wieder für ein Chaos an?«

»Wir? Du meinst wohl diesen Faschisten Tambroni und seine Clique. Das muß man sich mal vorstellen. Kaum zwanzig Jahre sind vergangen, und schon haben wir wieder eine Regierung, die sich von den Faschisten unterstützen läßt. Da muß man doch ...« Cleto brachte ihn mit einer Handbewegung zum Schweigen.

»Hör auf, Stalìn, ich habe absolut keine Lust, mit dir über Politik zu reden. Also, wie geht's sonst so?«

»Wie immer. Man schlägt sich eben durch.«

»Und was willst du hier? Bist du mit deinem Bus gekommen?«

Stalìn lachte laut auf: »Was glaubst du denn, Genosse!? Ich habe doch ein Motorrad. Das zischt hier rauf, als wenn es nichts wäre.«

»Paß mal auf, Stalìn. Ein für allemal – ich bin kein Genosse und erst recht nicht der eines Mannes, der sich Stalìn nennt. Also, was willst du?«

»Ich war zufällig in der Gegend und habe mir gesagt: Schauen wir doch mal bei unserem alten Freund Cleto vorbei. Der gibt dir bestimmt einen Grappa aus.«

»Grappa gebe ich nicht aus, den verkaufe ich. Und Freund? Ich weiß nicht.«

Er legte die Zeitung zusammen, bewegte seinen langen, dicken, aber nicht schlaffen Körper zur Bar hinüber und füllte ein Glas.

»Hier, ich will mal nicht so sein. Probier den mal.«

Stalìn hielt den Grappa gegen das Licht und schnüffelte daran. »Auf dein Wohl«, sagte er und kippte ihn in einem Zug hinunter. Dann hielt er Cleto, Nachschub verlangend, sein Glas hin. Dieser blickte ihn mit resignierter Miene an, schnaubte und goß nach.

»Also wirklich, Cleto, wenn du kein Schwarzer wärest, könntest du mir direkt sympathisch sein. Manchmal.« Er warf dem Hotelier einen höhnischen Blick zu und ließ seinen mächtigen Schnurrbart auf und ab hüpfen, jene Manneszier, die ihm neben den extremen politischen Ansichten seinen Spitznamen eingetragen hatte.

»Hör endlich auf, mich einen Schwarzen zu nennen. Das bin ich nie gewesen. Als Hotelier habe ich neutral zu sein. Jetzt trink deinen Grappa, der ist nämlich ausgezeichnet. Jedenfalls viel besser als der Fusel, den du früher im Krieg gebrannt und an die Deutschen und Amerikaner verscherbelt hast. Stimmt's, Stalìn?«

Stalìn warf den Kopf zurück, kippte auch den zweiten Grappa runter und lächelte Cleto dann vielsagend an: »Du hast es selbst gesagt, es war Krieg, und man mußte sehen, wo man blieb.«

»Und das ist dir sehr gut gelungen, wie ich von meinem Vater weiß.«

»Tja, es war aber auch nicht leicht. Es fiel damals nicht viel Trester an, und man mußte mit dem vorliebnehmen, was da war. Äpfel, Birnen, Vogelbeeren, Kartoffelschalen, alles Mögliche. Aber der Schnaps war gut. Die Soldaten waren alle ganz scharf drauf!«

Cleto ließ ein Lachen aus seinem fetten Hals gluckern: »Und was war, wenn du von diesem Zeug nichts greifbar hattest?

Komm, gib's schon zu, ich weiß, daß du auch aus der Sickergrube destilliert hast! Mein Vater hat dich ganz gut gekannt.«

Stalìn wollte zunächst beleidigt den Kopf schütteln, brach aber dann in schallendes Gelächter aus. »Na und? Destilliert wird das auch Alkohol. Und wenn das Zeug gegoren ist, geht auch der Gestank weg. Nur während der Arbeit war es etwas unangenehm. Ja, da staunst du. Auf meine Art habe ich auch zum Sieg beigetragen. Durch Hebung der Moral bei den Briten und Amis. Ich habe mich eben um die Jungs fern der Heimat gekümmert. Und das war nicht ungefährlich. Jeden Tag habe ich Kopf und Kragen riskiert, auf dem Weg zur Front und wieder zurück. Und Markenschnaps konnte ich ihnen wirklich nicht auch noch bringen.«

»Ach, erzähl mir doch nichts. Wir wissen doch beide, was da los war! Und auf welche Weise du das Geld für den Bus, den du heute fährst, zur Seite legen konntest.«

»Du brauchst dich gar nicht so aufzuspielen. Schließlich hat dein Vater bei der Sache mit drin gesteckt. Und wahrscheinlich stammt ein Großteil des Geldes für den Kauf deines Hotels aus unserer und auch eurer Sickergrube. Wirklich ein feiner Herr, dein Vater. Für ein paar Lire hätte er zwar seinen eigenen Vater verkauft, aber ein feiner Herr. Und ich denke, du bist ihm nachgeschlagen«, und er lachte wieder und hielt noch einmal sein Glas hoch.

»Komm, laß meinen Vater, wo er ist!« und er deutete zum Himmel.

»Reg dich ab, es war ja nicht so gemeint. Gieß noch mal nach.«

»Ich glaube, es reicht jetzt. Aber was anderes«, und er stützte beide Ellbogen auf der Theke auf und gab vor, das leere Glas nicht zu sehen, »was weißt du über den Kerl, der vor kurzem hier …«

»Was für ein Kerl?« unterbrach ihn Stalìn, indem er ihm die Flasche aus der Hand riß und sein Glas noch einmal füllte.

»Du mußt ihn hochgefahren haben. Er heißt ... Warte, er heißt Santovito, Benedetto Santovito.« Und er nahm die Flasche an sich und verstaute sie unter der Theke, um den trinkfreudigen Stalìn zu stoppen.

»Ach, du meinst den Maresciallo!«

»Der ist Maresciallo?«

»Ja, oder zumindest war er es. Und zwar hier im Ort, während des Krieges und in den Jahren davor. Ein tüchtiger, sympathischer Mann, und nicht auf den Kopf gefallen. Einmal hat er mir bei einer gewissen Angelegenheit geholfen.« Er kippte das dritte Glas runter, stellte es leer auf die Theke und blickte Cleto fest in die Augen: »Was ist? Stört es dich, einen Carabiniere im Haus zu haben? Aber mit dem Scheiß-Ferrareser verstehst du dich doch auch. Ein Carabiniere mehr oder weniger ...«

»Aber warum ist er zurückgekommen? Was will er hier? Ist er denn noch Maresciallo?«

»Keine Ahnung, woher soll ich denn das wissen? Mir hat er gesagt, er ist nicht mehr Maresciallo und macht hier Urlaub. Was weiß ich, ob das stimmt. Aber wie gesagt, der ist in Ordnung.«

»Ach, Stalìn, bei dir weiß man nie so genau, wie du es meinst. Vielleicht ist er ja tatsächlich in Ordnung, aber ich mag keine Leute, die ein Geheimnis um ihre Person machen, die überall herumschnüffeln und zu viele Fragen stellen, zu Leuten, die tot und unter der Erde sind. Würde mich nicht wundern, wenn sie den wegen der toten Jungen hergeschickt haben. Dabei haben wir doch schon einen Maresciallo im Dorf.«

»Beruhig dich, Genosse, keine Angst, der schadet doch nicht.«

»Und wenn die Sache ...«

Das Geräusch zerbrechenden Glases unterbrach ihn. Seiner massigen Gestalt zum Trotz schoß er blitzschnell hinter der Theke hervor und lief in den kleinen Nebenraum hinüber, wo der Hausdiener Lorenzo über die Scherben eines Aschenbechers gebeugt stand. Wie üblich trug er das mandarinenfarbene Jackett, das ihm seinen Spitznamen eingetragen hatte.

»Ich wollte ihn saubermachen und dann …«, er breitete betrübt die Arme aus.

»Was wolltest du saubermachen, Mandarino, was? Und dann um die Uhrzeit?«

»Signor Cleto, ich muß doch auch meine Arbeit tun. Ich bin ganz alleine hier und muß sehen, wie ich zurechtkomme.«

»Solltest du nicht im Speisesaal sein und die Tische fürs Frühstück decken?«

»Ich, ich …«

»Ja, ich, ich! Du hast die üble Angewohnheit, andere zu belauschen. Das solltest du dir rasch wieder abgewöhnen!«

»Wenn Sie es genau wissen wollen, es interessiert mich absolut nicht, was Sie zu verbergen haben, Signor Cleto. Ach, und noch was, ich habe Ihnen doch gesagt, daß Sie mich nicht Mandarino nennen sollen. Ich heiße Lorenzo. Lorenzo, verstanden?«

»Dann wirf endlich dieses lächerliche Jackett weg. Darin siehst du einfach wie eine Mandarine aus. Und dann, du willst doch nicht behaupten, daß du nicht gern lauschst. Aber paß nur auf, so was kann gefährlich werden, ich würde mir das zu Herzen nehmen, paß nur gut auf!«

Lorenzo antwortete nicht. Mit einer wegwerfenden Geste wandte er sich ab und verschwand im Speisesaal.

»Ich ertrage diesen Kerl einfach nicht mehr. Der mit seinem weibischen Getue«, grummelte Cleto, während er zur Rezeption zurückkehrte.

»Komm ja nicht auf die Idee, ihm wegen seines kleinen Lasters zu kündigen. Sonst hetze ich dir die Gewerkschaften auf den Hals«, sagte Stalìn und ließ wieder sein unangenehm lautes Lachen erklingen. »Aber was anderes. Wieso sind eigentlich beide Marescialios heute bei deinem Gast zum Abendessen?«

»Bei welchem Gast?«

»Bei dem Mädchen, das du in Bartolomeos Haus untergebracht hast.«

»Ich habe niemanden dort untergebracht. Das war dieser Idiot von Stelio. Was habe ich nur für Angestellte! Der eine scharwenzelt hier herum, daß man nicht weiß, ob er Männchen oder Weibchen ist, und der andere schleppt mir meine Gäste fort.« Er sah, daß die Grappaflasche wieder auf der Theke stand, blickte Stalìn böse an, schenkte ihm dann aber, genau wie sich selbst, noch einen kleinen Schluck ein. »Den brauch ich jetzt, den brauch ich jetzt wirklich«, brummte er.

»Also, was haben die beiden Carabinieri bei Raffaella zu suchen?«

»Woher soll ich das wissen? Sag mir mal lieber, woher du überhaupt weißt, daß die drüben sind.«

Stalìn antwortete nicht. Er nahm Cleto die Flasche aus der Hand, goß sich ordentlich ein, kippte wieder alles auf einen Zug hinunter und hob die Hand zum Gruß. Ohne die kleinste Unsicherheit steuerte er auf die Tür zu, als habe er Wasser getrunken. Auf der Schwelle blieb er noch einmal stehen, drehte sich um und sagte, indem er mit dem rechten Zeigefinger gen Himmel deutete:

»Der Genosse wacht über uns, der Genosse Stalìn ist immer auf der Hut vor den DMR.«

»Was schwafelst du da? Das letzte Glas war wohl zuviel. Was soll denn das sein? DMR?« »Die ›Dunklen Mächte der Reaktion‹, Genosse Hotelier.« Er hob die rechte Faust und verschwand im Dunkel der Nacht.

»Paß lieber in den Kurven auf«, rief ihm Cleto nach. »Die sind gefährlicher als deine DMR.«

Und bald schon verlor sich das Dröhnen der Moto Guzzi in Richtung Dorf hinunter.

Raffaella erlöste sie aus der beklemmenden Situation. Lächelnd betrat sie den Raum mit einer ovalen Platte in Händen, die sie mit zufriedener Miene in der Mitte des Tisches plazierte. »So, das ist meine Kreation«, und sie warf Ares einen vielsagenden Blick zu. »Besser wäre noch ein Weißwein zu dem Fisch. Aber in Stelios Weinkeller war keiner zu finden. So werden wir uns eben mit dem Roten begnügen müssen.«

»Der paßt doch sehr gut«, beruhigte sie Santovito. »Wer sagt eigentlich, daß man zu Fisch unbedingt Weißen trinken muß?« Er ließ sich den Duft in die Nase steigen. »Was hast du denn Schönes gezaubert?«

»Probiert erst mal, und dann ...«

Sie tat ihren beiden Gästen großzügig auf: fein geschnittene Fischfilets mit einer hellen Tomatensoße und reichlich frischen Kräutern darüber. Sie selbst legte sich nur eine Scheibe Fisch mit ein wenig Soße auf den Teller.

Schweigend begannen sie zu essen. Nach den ersten Bissen legte Santovito die Gabel zur Seite, nahm einen Schluck Wein, blickte Raffaella an und erklärte fast feierlich: »Es schmeckt himmlisch. Dieses Aroma! Und diese feinen Zutaten, die ich noch nie zu Fisch gegessen habe!«

»Petersilie, Zwiebeln, Sellerie, Lorbeer, Tomaten, eingelegte Sardellen, ein halber Liter Wein ...«

Schweigend widmeten sie sich ganz dem köstlichen Essen, und als Ares' Teller leer war, warf er einen schmachtenden Blick auf die wenigen Fischfilets, die noch auf der Platte in der Tischmitte lagen.

»Bedien dich!« Und das ließ sich Ares nicht zweimal sagen.

Santovito deutete mit einer Geste an, daß er genug hatte.

Beim Espresso kam Ares dann noch einmal auf das Thema zurück, das ihn offensichtlich nicht losließ. »Habt ihr ihn eigentlich gefunden?«

»Wen?« fragte Raffaella.

»Romitto.«

»Nein, aber vielleicht den Birnbaum, unter dem der Schatz der Königin Selvaggia liegt.«

»Glaubst du im Ernst an solche Geschichten?«

»Natürlich glaube ich daran. Es macht mir Spaß, an Sagen zu glauben. Und du?«

»Ich glaube nur das, was ich sehe.«

Santovito bot Ares eine Zigarre an und suchte sich dann selbst eine aus. »Das ist aber eine schlechte Angewohnheit für einen Maresciallo der Carabinieri«, erklärte er dann, »es gibt doch Dinge, die man nur sieht, wenn man sie geglaubt hat.«

»Zum Beispiel?«

Santovito zündete sich die Zigarre an, nahm einen Zug und reichte Ares die Streichhölzer. »Zum Beispiel der Schatz. Nimm einmal an, derjenige, der dort unter dem Birnbaum gegraben hat, hätte den Schatz tatsächlich gefunden. Hätte er nicht daran geglaubt, hätte er noch nicht mal angefangen zu graben.«

»Wieso graben? Was soll das heißen?« Und das Streichholz brannte zwischen seinen Fingern herunter, ohne daß er dazu kam, die Zigarre anzustecken.

»Raffaella hat nicht nur den Birnbaum gefunden, sondern daneben auch einen Spaten und aufgewühlte Erde.«

Die Flamme erreichte Ares' Fingerspitzen und wurde rasch ausgeblasen. »Einen Spaten?«

»Ja, einen kleinen Spaten, nicht viel größer als eine Kinderschaufel«, erklärte Raffaella.

»Und ich habe einen deutschen Touristen getroffen«, fügte Santovito hinzu. »Ziemlich ungewöhnlich: ein deutscher Tourist bei den Ruinen.«

»Den kenne ich. Der ist mir auch schon in der Nähe der Ruinen über den Weg gelaufen. Ich frage mich nur, warum er noch mal dorthin zurückgekehrt ist.«

»Frag ihn doch.«

»Das ist nicht so einfach. Das hab ich schon mal versucht, verfluchter Mist!« Und an Raffaella gewandt, fügte er augenblicklich erklärend hinzu: »Entschuldige bitte, aber dieser Deutsche hat mich wirklich den letzten Nerv gekostet. Ich habe ihn sogar eine Nacht festgehalten, aber das einzige, was ich aus ihm herausgebracht habe, war: ›Ich Deutscher. Tourist. Verstehen?‹ Aber ich bin sicher, der verschweigt etwas. Deshalb habe ich ihm auch befohlen, das Dorf nicht zu verlassen, bis …« Er sprach nicht zu Ende.

»Bis?« fragte Raffaella nach. »Ich interessiere mich sehr für diese Geschichte.«

»Bis ich genau weiß, wie die beiden Jungen zu Tode gekommen sind.«

»Glaubst du, daß der Deutsche etwas darüber weiß?«

»Keine Ahnung. Als ich ihn fragte, was er bei der Abtei zu suchen hätte, erklärte er mir mit Händen und Füßen, er sei dem Pfad gefolgt, den Claudio genommen hatte. Claudio war der Junge, der von der Mine zerrissen wurde. Am Abend zuvor habe er den Jungen in diese Richtung laufen sehen und daraufhin am nächsten Tag denselben Pfad eingeschlagen. Und so sei er eben zur Abtei gelangt. Ich konnte ihn doch nicht festhalten, ohne irgend etwas gegen ihn in der Hand zu haben, oder?« fragte er, fast so, als wolle er sich vor einem Vorgesetzten rechtfertigen, auch wenn dieser hier keine Befugnisse hatte.

Eine Weile war keinem der drei danach, das unbeschwerte Gespräch von zuvor wieder aufzunehmen, vielleicht wegen der Erinnerung an die beiden Jungen. Ares, der die Zigarre noch nicht angezündet hatte und damit herumspielte, überlegte es sich schließlich anders, legte sie auf den Tisch neben die Streichholzschachtel und schob das Ganze Santovito hin. Dann kramte er sein Etui aus der Tasche, hielt es Raffaella hin, die mit einem Kopfschütteln ablehnte, und zündete sich eine seiner flachen Zigaretten an, deren parfümierter Rauch sich bald schon mit dem trockeneren von Santovitos Zigarre vermengte.

12

Bleblè von Ca' Rossa

Er wohnte in der Ca' Rossa, einem kleinen, am Berg über dem Dorf klebenden Gebäude. Es war einige Jahrhunderte zuvor erbaut worden, indem man ein breites Loch in die Felswand schlug und auf diese Weise eine Fläche gewann, auf der man die Fundamente errichten konnte. Daher sah es so aus, als würde das Haus aus dem Berg wachsen. Vor dem Gebäude war noch ein kleiner Platz geschaffen worden, damit man nicht sogleich den Hang hinabrollte, wenn man hinaustrat.

Es gab zwei Räume im Erdgeschoß, zwei auf dem ersten Stock und einen Speicher, wo im Winter Äpfel und Tomaten gelagert wurden. Das Satteldach war mit hellen Steinplatten gedeckt worden, die aber die Zeit eingeschwärzt hatte, und auch einen Keller hatte man mit Hammer und Meißel dem Fels abgerungen.

Ursprünglich stand in unmittelbarer Nähe des Hauses auch ein kleinerer Backofen aus Bruchstein, der aber mit steigendem Bedarf immer weiter vergrößert wurde, bis er schließlich die Ausmaße des Hauses selbst angenommen hatte und nun auch als Schuppen für die Lagerung von Brennholz und Werkzeugen diente.

Der erste Besitzer und Erbauer des Hauses hatte es rot anmalen lassen, vielleicht, damit man es vom Dorf aus sehen konnte. Von diesem ersten Anstrich, der nie erneuert worden war, war fast nichts übriggeblieben. Hier und dort, an den Regen und Sonne weniger ausgesetzten Stellen, waren noch Flecken eines solch blassen Rots zu erkennen, daß man es im Herbst mit der Farbe der Blätter verwechselte. Aber das Gebäude wurde weiterhin Ca' Rossa, Rotes Haus, genannt.

Elvira hatte das Haus gekauft, als sie aus Frankreich zurückkam, und zwar mit dem Geld, das sie dort als Entschädigung für den Tod ihres in einem Bergwerk verunglückten Mannes erhalten hatte. Aber auch vor ihrem Wegzug nach Frankreich hatte die Familie schon in dem Haus gelebt, allerdings zur Miete. Um die Familie zu versorgen, hatte Elvira einen Gemüsegarten bestellt, Hühner und Kaninchen gehalten, Ähren aufgelesen, Kastanien gesammelt und Pilze gesucht, in Wäldern, die ihnen nicht gehörten. Ihr Mann ging unterdessen *ad opera*, wie man in der Gegend sagte. Das heißt, er verdingte sich als Tagelöhner, wo und wie man ihn gerade brauchte. Aber das kam mit der Zeit immer seltener vor. Und als er sich eines Tages zur Arbeit meldete und man ihn kurzerhand auf die Straße setzte, sah er nur noch eine Möglichkeit, sich und seine Familie durchzubringen: Sie mußten auswandern, alle drei, er, seine Frau und sein kleiner Sohn.

So bemühte er sich, die notwendigen Papiere für die Auswanderung zusammenzubekommen, allerdings hinter dem Rücken seiner Frau, die ihn, da war er sich sicher, von seinen Plänen abzubringen versucht hätte. Sie wußte ja noch nicht einmal, wo das lag: Frankreich. Und außerdem hing sie auch zu sehr an der Ca' Rossa, was sich später dann bestätigte, als sie mit dem kleinen Olinto als Witwe wieder in die Heimat zurückkehrte, das Haus kaufte und es dann nicht mehr verließ. Ebenso wie Olinto, abgesehen von seiner Militärzeit in Süditalien und noch einmal einem Zeitraum von fünf Jahren, beide Male nicht aus freien Stücken, denn wäre es nach ihm gegangen, wäre er gern in der Ca' Rossa geblieben.

Seit der Rückkehr aus Frankreich hatte ihn niemand mehr im Dorf Olinto genannt; für alle war er nur noch Bleblè, denn er stotterte bei jedem Wort, das mit dem Buchstaben K anfing. Später war er dann gezwungen, fünf Jahre außerhalb des Ortes zu leben, und als er zurückkehrte, stotterte er nicht mehr, doch er blieb für alle Bleblè, Bleblè von Ca' Rossa, weil er immer dort gewohnt hatte und heute noch dort wohnte.

Ca' Rossa erreichte man über einen steilen Saumpfad, den der Regen im Herbst in einen Bach verwandelte und der im Winter zu einer Eisbahn wurde, so daß man Gefahr lief, sich den Hals zu brechen. Vom Dorf war es nur wenig mehr als einen Kilometer, doch Santovito schwitzte und schnaufte.

»Es hat sich doch nicht alles geändert. Die Ca' Rossa liegt immer noch da, wo sie immer lag, und der Weg dorthin ist immer noch genauso anstrengend wie vor zwanzig Jahren.«

Eigentlich kämpfte er sich jetzt sogar noch mühsamer als damals den steilen Pfad hinauf, doch scheute er sich zuzugeben, daß er die zwanzig Jahre mehr auf dem Buckel ordentlich spürte.

Auf halbem Weg blieb er stehen, wischte sich den Schweiß ab und verschnaufte. Es war ein schwüler Morgen, und der Regen am Vortag, der nicht ausgereicht hatte, um die von der Erde gespeicherte Hitze aufzusaugen, hatte eine Feuchtigkeit hinterlassen, die das Einatmen der warmen Luft schwer machte.

»Solch einen heißen Sommer gibt es hier nur ganz selten«, hatte Cleto im Gespräch mit Hotelgästen festgestellt, vielleicht aus Angst, Kunden zu verlieren. »Aber Sie haben ja Glück. Wenn es hier schon so heiß ist, können Sie sich ja vorstellen, wie es in der Stadt aussieht. Ich war gestern dort: Es ist unerträglich.«

Ein Gast hatte sich nicht einwickeln lassen und seine eigene hübsche Theorie zu dem schwülheißen Sommer zum besten gegeben: »Ich weiß ganz genau, woher diese Hitze kommt. Das liegt alles an der Atombombe, die de Gaulle in der Sahara angezündet hat. Und die Sahara liegt ja praktisch direkt vor unserer Haustür, so nah, daß es hier manchmal Sand regnet.«

Santovito setzte sich auf einen Felsvorsprung am Rand des Saumpfades. Das ganze Gebirge war im Grunde ein riesiger Felsblock, überzogen von einer Schicht Erde, die an vielen Stellen von den Regenfällen hinweggespült worden war, so daß der blanke Stein zum Vorschein kam. Jedesmal, wenn ein Pflug die

Erde bewegte - an den Stellen, wo dies möglich war, weil sie eine relativ geringe Neigung besaßen –, brachte er mächtige Steine an die Oberfläche, die die Zeit von dem unterirdischen Riesenfelsblock gelöst hatte. Steine, die beim Pflügen im Vorjahr verborgen geblieben waren, so als habe die Erde sie erst später, in ihrem stetigen Lebenskreislauf, preisgeben wollen.

Santovito wischte sich noch einmal den Schweiß von der Stirn, suchte sich eine Zigarre aus und zündete sie an. Er blickte zu Stelio hinüber, der mit ihm unterwegs war und frisch und kein bißchen verschwitzt aussah.

»Warum bist du eigentlich mitgekommen? Auf Mezzacosta, im Schatten eines Baumes, hättest du es angenehmer gehabt. Aber dir scheint die Schinderei ja auch noch Spaß zu machen.« Stelio neben ihm lächelte und breitete die Arme aus. »Na ja, du mußt es wissen.« Santovito zog an der Zigarre und ließ den Blick übers Tal schweifen, das unter einer Dunstglocke lag, die die Konturen der Landschaft verwischte.

Stelio berührte ihn an der Schulter, und als er sich umdrehte, deutete der Junge auf seine Zigarre.

»Du willst rauchen? In deinem Alter? Und dann auch noch eine Zigarre? Nein, nein, das kannst du vergessen. Zu diesem Laster will ich dich nicht verführen.«

Erneut breitete Stelio die Arme aus. Er schien einsichtig und schrieb jetzt etwas auf das Blöckchen, das er immer bei sich trug, und zeigte es Santovito.

»Ich soll dir von Stelia erzählen?« Der Junge nickte. »Jetzt?« Stelio nickte wieder. »Und warum ausgerechnet ich?« Der Junge schrieb: »Niemand will mir von ihr erzählen, und du hast sie doch gekannt.«

»Ja, aber nicht sehr gut.« Und leise: »Mein Gefreiter Cotigno kannte sie weit besser.« Stelio hob fragend den Kopf. »Wer das ist? Er war mit deiner Mutter verlobt.« Stelio unterbrach ihn, indem er mehrere Male mit dem Zeigefinger auf seine Brust klopfte. »Nein, nein, er ist nicht dein Vater. Drei Jahre, bevor du zur

Welt kamst, ist er von hier fortgegangen.« Santovito stand auf und trat mit der Fußspitze den Zigarrenstummel aus. »Ich werde dir alles erzählen, was ich über deine Mutter weiß. Das verspreche ich dir. Aber nicht jetzt. Sehen wir erst mal, daß wir zur Ca' Rossa hinaufkommen. Einverstanden?«

Stelio schien enttäuscht, nickte aber zustimmend.

Bleblè saß auf einem Baumstamm im Schatten vor seinem Haus, den Hut auf dem Kopf und eine Zigarette im Mundwinkel, und flocht Weidenruten um das Gerüst eines Korbes, der schon zur Hälfte zu erkennen war. Vor sich hatte er zwei gerade fertig umflochtene Stühle. Noch bevor seine Gäste hinter der Biegung aufgetaucht waren, hörte er schon ihre Schritte, hielt inne und hob den Kopf. Er blinzelte, weil ihm der Rauch der Zigarette in die Augen drang, nahm sie aber nicht aus dem Mund.

Als erster erschien ein schnaufender, verschwitzter Santovito, dahinter Stelio, und erst jetzt legte Bleblè seine Arbeit zur Seite, wischte sich die Hände an den Hosenbeinen ab und wartete, daß sie näher kamen.

Zwei Schritte vor ihm blieb Santovito stehen und reichte ihm die Hand, die Bleblè zu übersehen vorgab. Schweigend blickte er den alten Maresciallo lange an, schob seinen Hut ein wenig in die Stirn und stand dann auf. Er legte ihm die Hände auf die Schultern und umarmte ihn schließlich. Dabei flüsterte er ihm ins Ohr:

»Ich habe auf dich gewartet.«

Santovito bemerkte es nicht, doch Bleblè standen die Tränen in den Augen. Plötzlich löste er sich, drehte sich um, verschwand im Haus und kehrte mit einer Flasche und drei Gläsern zurück. Er hatte sich wieder gefangen und die Tränen abgewischt. Die Flasche stellte er auf den Baumstamm, setzte sich selbst dort nieder, bot seinen Gästen mit einer Handbewegung die Stühle an und reichte ihnen die Gläser:

»Nach dem Fußmarsch in der Hitze könnt ihr ein Glas Wein sicher vertragen. Schön kühl, direkt aus dem Keller.«

Santovito nickte. Er hatte keine große Lust zu reden.

Wie Bleblè gesagt hatte, war der Wein angenehm kühl und floß wie Wasser die Kehle hinunter. Santovito leerte zwei Gläser, bevor er fragte:

»Wie geht's dir, Bleblè?«

Bleblè zuckte die Achseln. »So wie es einem alten Mann eben geht.« Er deutete auf Stelio: »So jung wie er müßte man noch mal sein.« Und da Stelio sich noch einmal einschenkte: »Mach langsam, du bist doch wirklich noch sehr jung.« Stelio zeigte ihm die Finger beider Hände und dann noch einmal fünf und einen. »Sechzehn Jahre! Ein Kind, Stelio. Aber trink nur, trink nur in Ruhe, der schadet dir nicht.«

Alle drei tranken schweigend, genossen den kühlen Schatten und die Stille der Berge. Die beiden alten Freunde wußten nicht, wie sie einen Gesprächsfaden wiederaufnehmen sollten, der in einer schlimmen Nacht vor vielen Jahren im Büro der Carabinieri-Wache plötzlich abgerissen war.

Santovito entschloß sich schließlich, in eben jener Nacht wiederanzuknüpfen, und sagte leise: »Du kannst dir gar nicht vorstellen, wie leid mir das alles damals tat.«

»Doch, ich weiß. Ich kannte dich gut.«

»Beim Prozeß konnten sie dich damals gar nicht schnell genug verurteilen.«

»Damit waren die Faschisten eben aus dem Schneider.«

»Und sie haben dir dreißig Jahre aufgebrummt.«

»Vier habe ich abgesessen, vier Jahre so hart wie dreißig.«

»Und wie bist du rausgekommen?«

Bleblè antwortete nicht. Er lehnte sich gegen die Hauswand zurück, schlug die Augen nieder, entnahm seiner Tasche ein metallenes Tabaketui, das vom langen Gebrauch glänzte, und drehte sich eine Zigarette. Die Blättchen waren auf der Innenseite des Deckels untergebracht und wurden von einer Klammer mit einer kleinen Feder gehalten.

Santovito lächelte. Zu gut waren ihm noch diese Gesten in

Erinnerung und jener Gegenstand, den er so viele Male in Bleblès Händen gesehen hatte.

»Du drehst immer noch und hast auch noch dasselbe Etui wie damals.«

Bleblè nickte, drehte die Zigarette fertig und fuhr dann mit der Zunge über den Falz. Er deutete auf die Zigarre, die Santovito gerade aus der Schachtel genommen hatte und zwischen den Fingern weich rollte: »Aber bei dir ist auch noch alles beim alten.« Er strich ein Zündholz am Putz der Hauswand an, an einer Stelle, die der Schwefel unzähliger Streichholzköpfe verfärbt hatte. »Wie ich rausgekommen bin, willst du wissen?« Er schloß die Augen und ließ die Gedanken zurückschweifen.

Intermezzo

Der 8. August 1944 war ein unerträglich heißer Tag. Die schwüle Luft brannte in den Lungen, und in der Zelle in San Giovanni in Monte war es noch heißer als in den anderen Stadtteilen, da sich die Luft in den engen Gassen staute, die sich den Hügel hinaufzogen, auf dem das Gefängnis errichtet worden war. Durch das Fenster, das sich hoch über der Via de' Chiari öffnete und teils mit Gitterstäben, teils mit einem Metallnetz versehen war, damit man sich nicht hinauslehnen konnte, drang die Hitze, die die nur zwei Meter entfernte gegenüberliegende Hauswand abstrahlte.

Die kochenden Mauern und der weiche Asphalt verhinderten auch, daß es zumindest nachts abkühlte, und so gab es nur wenige, die schliefen.

Obwohl Bleblè schon vier Jahre saß, hatte er sich noch nicht ans Gefängnis gewöhnt und würde es wohl auch niemals tun. Sein natürlicher Lebensraum waren die Wälder und unzugänglichen Bergregionen, und dort oben schlief man auch im August unter einer Decke.

Doch die schlimmsten Momente erlebte Bleblè in seiner engen Zelle beim Bombenalarm, wenn ihm das Heulen der Sirenen und Zischen der Bomben Schauder über den Rücken jagte und sein Leben ganz von den Launen der Piloten am Himmel abhing, die die Bomben über der Stadt ausklinkten. Dann klammerte er sich mit beiden Händen an die Gitterstäbe und starrte auf die Hauswand gegenüber, in Erwartung, sie im nächsten Moment zusammenstürzen zu sehen. Manchmal, wenn die Einschläge ganz nahe waren, hoffte er, daß eine Bombe die vier engen Wände um ihn herum auseinanderreißen und ihm wenigstens für jenen kurzen Augenblick, der dem Tod vorausging, den Freiraum wiedergeben würde, den man ihm schon so lange vorenthalten hatte.

Erst gegen vier Uhr morgens zog eine leichte Brise von den Hügeln im Süden hinunter und kühlte ein wenig den Schweiß der Stadt. Sie wehte bis zum Sonnenaufgang, um sich dann, besiegt von der Wärme, wieder zu legen und der schwer auf der Stadt lastenden Hitzeglocke zu weichen.

Am Abend des 9. August kehrte bei Sonnenuntergang ein schwacher Lufthauch in die Stadt zurück, den Bleblè, das Gesicht gegen das vergitterte Fenster gedrückt, mit weit aufgerissenem Mund einatmete.

Es war kurz vor zehn, als die ersten Anzeichen ungewöhnlicher Vorgänge bis zu ihm drangen: Er hörte erregte Stimmen und Laufschritte auf dem Flur vor den Zellen. Dann einen Schuß aus einer Pistole und etwas weiter entfernt eine MP-Garbe, die ebenfalls im Gebäude abgefeuert wurde. Kurz darauf hörte er, wie Zellentüren aufgerissen wurden, Schreie von Gefangenen und hektisch gebrüllte Befehle.

Auch seine Tür ging auf, und ein Deutscher mit einer Maschinenpistole im Anschlag stürzte hinein.

»Raus mit dir, raus, wir haben keine Zeit zu verlieren! Lauf die Treppe runter und warte mit den anderen im Erdgeschoß!«

Er wunderte sich nicht über das gute Italienisch des deutschen Soldaten und wollte losrennen, doch der Mann hielt ihn plötzlich an der Zellentür zurück, indem er ihm die Waffe in die Rippen rammte. »Wie heißt du?«

»Olinto Franzoni.«

»Mach keine Dummheiten, ich behalte dich im Auge«, schrie der Deutsche wieder und drückte ihm einen Schlüsselbund in die Hand. »Schließ die anderen Zellen auf, Olindo.«

»Olinto!«

»Schließ die anderen Zellen auf und schick die Gefangenen ins Erdgeschoß runter. Ich behalte dich im Auge!« Und damit rannte er davon.

Während er die Türen öffnete, liefen vier bewaffnete Männer vorbei, zwei von den Schwarzen Brigaden und zwei in Zivil, die noch mal in jede einzelne Zelle sahen. Einer rief:

»Habt ihr unsere Leute alle zusammen? Wer fehlt noch?«

»Ich weiß es nicht. Zwei müßten noch im Stockwerk unter uns sein!«

»Beeilt euch, beeilt euch, wir können keine Ewigkeit hier drin bleiben!«

»Einer von uns fehlt noch! Sucht in den anderen Zellen!«

Im Erdgeschoß wurden die Gefangenen, die die Treppe hinuntergelaufen kamen, von drei Schwarzbrigadisten und einem Deutschen mit gezogenen Waffen empfangen und in den Innenhof vor das große Eingangstor getrieben.

»Was habt ihr mit uns vor?«

»Die erschießen uns alle!«

»Laßt uns hier raus!«

»Wenn sie uns erschießen wollten, hätten sie uns nicht aus den Zellen holen müssen!«

»Macht das Tor auf! Laßt uns raus!«

»Ruhe! Seid doch mal still! Also aufgepaßt, ich kann nicht alles zweimal sagen: Wir sind Partisanen und haben das Gefängnis gestürmt, um unsere gefangenen Genossen zu befreien. Wir lassen euch jetzt alle raus. Klettert auf die Wagen, die draußen stehen. Aber versucht nicht abzuhauen. Wir knallen jeden ab. Sobald wir weit genug weg sind, daß wir nicht mehr geschnappt werden können, falls einer von euch Alarm gibt, lassen wir euch frei. Wer will, kann sich uns anschließen und im Wagen bleiben. Habt ihr verstanden? Also gut, dann raus jetzt!«

In einem großen Raum neben dem Eingang hatten die Partisanen die Wachen eingesperrt, und davor lag die Leiche eines Deutschen, eines echten Deutschen, wie Bleblè wußte, der ihn unter den Wachen gesehen hatte. Eine Blutspur ging vom Eingangstor aus und endete in einer großen Lache unter der Leiche des Deutschen.

Ein Gefangener versuchte, die Tür zu dem Raum zu öffnen.

»He, was hast du vor? Raus hier! Raus!« schrie ihn einer in der Uniform der Schwarzen Brigaden an.

»Laß mich. Ich will diesen Schweinen ins Gesicht spucken. Du weißt nicht, was ich unter denen durchgemacht habe.«

»Raus jetzt, sonst sperre ich dich wieder ein!« Und er stieß ihm mit dem MP-Lauf in die Rippen.

»Schaffst du's, William? Schaffst du's bis zum Wagen?«

William nickte. In der Rechten hielt er eine MP und stieß die Häftlinge vor sich her aus dem Tor. Seine Hose war blutdurchtränkt. Hinter dem letzten Häftling humpelte auch er aus dem Hof. Draußen halfen sie ihm auf einen der Wagen.

Es herrschte Ausgangssperre, und die Stadt war dunkel und wie ausgestorben. Drei Partisanen bezogen hinter den Säulen des Portikus Stellung und richteten ihre Waffen auf die beiden Zugangsstraßen zum Gefängnisvorplatz, um gegebenenfalls mögliche Verstärkungen aufzuhalten. Eine Weile warteten sie und verschwanden dann im Dunkel der Stadt.

Einige Kilometer hinter der Innenstadt hielten die Fahrzeuge an: »Wie gesagt, ihr seid frei. Wer will, kann mit uns kommen. Wir leben oben in den Wäldern versteckt!«

Viele stiegen aus und gingen schweigend ihrer Wege. Bleblè

nicht: Wo hätte er auch hingehen sollen in dieser ihm unbekannten Stadt? Und außerdem hatte der Partisan in der Wehrmachtsuniform gesagt, daß man sie ins Gebirge bringen würde, und dorthin wollte er zurück, in sein natürliches Element!

»Seid ihr sicher?« Die Männer nickten, und der Wagen setzte sich wieder in Bewegung.

In einem Vorort öffnete ein Mann eine Lagerhalle, ließ die Wagen herein, und die wenigen Verbliebenen stiegen aus. »Keinen Lärm, Freunde. Sonst gehen wir alle hoch. Verhaltet euch ruhig und versucht, ein paar Stunden zu schlafen. Der Lokus ist da drüben.«

Die zweite Nacht in Folge machte Bleblè kein Auge zu.

Im Morgengrauen kehrte der Mann zurück. »Geht alle noch einmal pissen, aber leise, ihr werdet lange keine Gelegenheit mehr dazu haben. Und dann alle auf den Laster draußen. Und keinen Mucks. Ihr gehört jetzt dazu.«

Auf der Plane des Lasters standen die Zeichen der Nationalen Flugabwehr UNPA.

13

Romittos Schatz

»Ja, so war das. Vier Jahre war ich in San Giovanni in Monte und wartete auf meine Verlegung. Aber es geschah nichts. Eigentlich sollte ich meine Strafe nämlich in Porto Logone absitzen, aber die Behörden hatten anderes im Kopf, als sich um mich zu kümmern. Von anderen Häftlingen hatte ich gehört, daß Porto Logone besser sei, und von den Zellenfenstern aus könne man sogar aufs Meer sehen. In San Giovanni in Monte konnte ich nur zwei Meter weit auf die gegenüberliegende Hauswand gucken. Nicht das kleinste Fitzchen vom Himmel.«

Bleblè wurde leiser. »Aber in Porto Logone hätte ich natürlich eine Ewigkeit bleiben müssen. Was hättest du an meiner Stelle getan?«

Santovito antwortete nicht. Mit der erloschenen Zigarre im Mund blickte er mit halb geschlossenen Augen auf das Dorf unten im Tal, schon leicht verschwommen in der heraufziehenden Dämmerung.

Stelio hatte Bleblès Worte aufgesogen, Worte, die er selbst nicht aussprechen konnte, und als der alte Mann schwieg, blickte er ihn weiter gespannt an, in der Hoffnung, daß die Geschichte noch weitergehen würde.

Es war Abend, und die Flasche war geleert.

»Und was war nach dem Krieg?« fragte Santovito schließlich. »Ist da keiner auf dich aufmerksam geworden?«

»Doch, und ob. Als sich die politische Lage ein wenig beruhigt hatte, sind drei Leute zu mir gekommen und haben mir eine Medaille überreicht und eine von General Alexander unterzeichnete Urkunde auf englisch. Und sie erklärten mir, meine Schulden gegenüber der Justiz könne ich als beglichen betrachten. Ja, das waren genau ihre Worte: als beglichen betrachten. Als hätte es sich um Bankschulden gehandelt.«

Santovito stand auf, um seine Beine zu lockern, die vom langen Sitzen ganz steif geworden waren, und zündete sich noch mal die Zigarre an. »Ich glaube, es ist Zeit für uns«, sagte er, an Stelio gewandt. »Dein Chef wird sich langsam schon Sorgen machen.« Stelio schüttelte heftig den Kopf, eine Aufforderung an Santovito, wieder Platz zu nehmen. »Gut, du hast recht. Noch zehn Minuten. Schließlich habe ich Bleblè eine Ewigkeit nicht gesehen.«

»Du bist in einem schlechten Moment zurückgekommen. Wie du siehst, ändern sich die Dinge hier nie.«

»Meinst du wegen der beiden toten Jungen?«

»Ja, wegen der umgebrachten Jungen.«

»Wieso umgebracht?«

Bleblè nahm den Korb wieder zur Hand, an dem er bei ihrem Eintreffen gearbeitet hatte, und ließ die Weidenruten flink durch seine Finger laufen. Er brauchte noch nicht einmal hinzusehen, jede Bewegung war gespeichert.

»Weil ich gesehen habe, wie der arme Junge zugerichtet war. Ich habe genug von Minen zerrissene Menschen gesehen, um eine mit Druckzünder von einer mit Zugzünder unterscheiden zu können.«

»Und wo liegt der Unterschied?«

»Wenn jemand auf eine Mine tritt, werden ihm die Beine und meist auch der Unterleib weggerissen. Eine Mine mit Zugzünder hingegen trifft seitlich, zerfetzt also eine Seite des Körpers, wie bei dem armen Jungen.«

»Ja, schon, aber was folgt daraus?«

Bleblè setzte zu einer Erklärung an, und solange er redete, ruhten seine Hände und umklammerten fest die Weidenruten: »Wäre der Pfad vor langer Zeit im Krieg mit einer Zugzünder-Mine vermint worden, wäre der Sprengkörper mit Sicherheit schon vor vielen Jahren hochgegangen. Ich selbst bin den Weg oft genug gegangen. Und ebenso Jäger, Pilzsammler, Wanderer. Von Wild und anderen Tieren ganz zu schweigen. Nein, mein Lieber, nein: Ich habe das Loch gesehen, das die Explosion gerissen hat. Irgend jemand hat vor kurzem erst die Mine am Wegesrand abgelegt und dann die Schnur über den Pfad gespannt. In aller Eile, denn er hatte offensichtlich keine Zeit, die Mine zur Tarnung ein wenig einzugraben.« Er blickte Stelio an: »Aber du, erzähl nicht herum, was du hier gehört hast. Laß niemanden wissen, daß Bleblè sich so seine Gedanken macht. Schließlich haben wir einen Maresciallo, der dafür zuständig ist. Ja, wenn man es genau nimmt, sogar zwei.« Eine Weile beschäftigte er sich wieder mit seinen Weidenruten, und der Korb wuchs unter seinen Händen, nahm Runde für Runde mehr Gestalt an. »Der ist für den Jahrmarkt im September«, sagte er, indem er ihn ein wenig anhob. »Es gibt nur noch wenige, die sich auf diese Arbeit verstehen. Hier im Dorf nur Ligera und mich, und unsere Stühle und Körbe werden wir auf jedem Jahrmarkt gut los. Von irgendwas muß man ja leben.«

»Und der andere?«

Bleblè verstand sofort. »Rino Battaglia? Der hat fast jeden Morgen im Bordaschlund gebadet. Warum sollte er plötzlich ertrinken!«

Santovito schwieg eine Weile, zog an seiner Zigarre, schaute auf Bleblès flinke Hände und sagte dann: »Aber warum? Zwei Jungen, die niemandem etwas getan haben.«

»Wer weiß.«

»Heiliger Himmel, Bleblè. Das waren Kinder von zehn oder zwölf Jahren!«

»Claudio war sogar noch jünger, der war acht«, murmelte Bleblè.

»Warum sollte sie also jemand umbringen?«

Bleblè dachte nach. »Fragst du das als Maresciallo der Carabinieri, oder was?«

Santovito verlor die Geduld: »Bleblè, ich bin nicht mehr Maresciallo, ich bin Urlauber. Ich bin zurückgekehrt, um … Ach, ich weiß es selbst nicht.«

»Vielleicht wolltest du sehen, ob du hier noch offene Rechnungen hast«, murmelte Bleblè.

»Ich habe hier keine Rechnungen mehr offen, aber in einem gewissen Alter …« Er brach ab und ließ ein Thema fallen, das ohnehin zu nichts führte. »Also, jetzt sag schon, warum hätte sie jemand umbringen sollen?«

»Vielleicht war Romitto gar nicht so verrückt, wie man im Dorf glaubt. Vielleicht hat er den Schatz gefunden, den Schatz der Königin Selvaggia.«

»Hör doch auf, Bleblè. Gleich erzählst du mir noch, daß es auch die Borda wirklich gibt.« Bleblè antwortete nicht. »Komm, Stelio, es wird Zeit.« Santovito stand auf. »Hoffentlich sehen wir uns noch mal, bevor ich abreise. Gehst du gar nicht mehr ins Dorf runter?«

Bleblè zuckte die Achseln, legte seine Arbeit zur Seite und stand ebenfalls auf. »Doch, ab und zu, um die wenigen Sachen zu kaufen, die ich von dort brauche. Sonst habe ich ja alles hier. Und ein paarmal in der Woche schaue ich auch bei Frabbone vorbei, auf ein Schwätzchen und eine Partie Trentasette.«

Er begleitete die beiden noch ein Stück des Wegs und blieb plötzlich stehen: »Weißt du, an was mich die Situation erinnert? An damals, als du den alten Bartolomeo von Mezzacosta gesucht hast, um ihn unter Mordverdacht einzusperren. Er verschwand damals aus dem Dorf und wurde schließlich vom Müller Bastino gefunden, als er bei Hochwasser den Fluß zu durchqueren versuchte und fast ertrunken wäre.« Santovito blickte Bleblè fragend an. »Na ja, Romitto ist doch auch verschwunden, und der Maresciallo sucht ihn, weil er glaubt, daß er Dreck am Stecken hat.« Er reichte Santovito die Hand. »Also bis dann, für mich ist es Zeit, mein Abendessen zu machen. Ich bin sogar spät dran heute. Und du, mach's auch gut, Stelio, und halt die Ohren steif.«

Es war ein schöner, nicht zu heißer Tag, und Raffaella kam auf dem steilen Pfad gut voran. Nach den Gesprächen während des Abendessens mit den beiden Marescialios hatte sie viel an die Abtei und jene Sage denken müssen, die wahrscheinlich von diesen alten Gemäuern ihren Ausgang genommen hatte, ein Körnchen Wahrheit und die Phantasie des Volkes in sich vereinend. Daher hatte sie beschlossen, sich die Ruine noch einmal allein mit mehr Ruhe anzusehen.

Bei der Quelle, wo Santovito Bleblè und mit ihm anscheinend einen Teil seiner Vergangenheit wiedergetroffen hatte, war niemand. Man hörte nur das Rascheln der von einem schwachen Nordwind bewegten Kastanienblätter und das

Gluckern des Wassers, das aus dem Felsen floß und sich zwischen den Steinen verlor.

Sie machte halt und genoß wieder das kühle, klare Quellwasser, ließ es über ihre Handgelenke und ihre Hände laufen, mit denen sie dann über ihr erhitztes Gesicht fuhr.

Sie ging weiter und fand problemlos den Pfad, der zu der Lichtung mit der alten Abtei und den Resten des Turms führte, die die Jahrhunderte überdauert hatten.

Die Kirche war sicher nie ein imposantes Bauwerk gewesen, besaß aber die Faszination alter, früher einmal von Leben erfüllter Dinge, die die Zeit aus irgendeinem geheimnisvollen Grund vergessen, aber nicht ausgelöscht hat. Sie schloß die Augen und stellte sich die Stimmen der Gläubigen und die Predigten der Mönche vor, und fast war ihr, als würde sie die Glocken läuten hören. Doch um sie herum war vollkommene Stille.

Sie trat näher und hielt Ausschau nach einem Hinweis in den Ruinen, einer Schrift, einem Datum, doch das einzige, was sie fand, war neben den schon beim letzten Mal entdeckten Reliefs in einem Bogen eine in einen Eckstein gemeißelte weibliche Brust, die im Glauben des Volkes die Hoffnung auf einen reichen Milchfluß symbolisierte.

Vielleicht hatte sich Romitto irgendwo in der Nähe versteckt und beobachtete sie. Bei dem Gedanken war ihr etwas unbehaglich zumute, doch sie wollte ihn ja treffen, ihm Fragen stellen, ihn zum Erzählen bringen. Vielleicht wußte dieser schwer greifbare Mann mehr Dinge, als sich die Leute im Dorf vorstellen konnten.

Angeregt durch den Gedanken an Romitto, wandte sie sich von der Abtei ab und trat auf das danebenstehende Gebäude zu.

»Ist da jemand?« rief sie leise. Sie stieß gegen eine Tür, die knarrend nachgab. »Ist da jemand?« rief sie noch einmal, nun etwas lauter, doch es blieb still.

Raffaella faßte sich ein Herz und trat ein. Sie ging durch den

Flur, blickte in alle Zimmer und erreichte den letzten Raum. Auf dem Steinfußboden hatten sich Staub, Dreck und alle möglichen Abfälle angesammelt. Auf Steinen, zwischen denen noch Asche und verkohlte Holzreste zu erkennen waren, stand ein verrußter Aluminiumtopf. Und ebenso eingeschwärzt war auch die dahinterliegende Wand. Alles wies darauf hin, daß Romitto hier hin und wieder seine wahrscheinlich kargen Mahlzeiten kochte. Um die Feuerstelle herum ein Löffel, eine halb mit Wasser gefüllte, vom Korb befreite Weinflasche, Stücke trockenen Brotes.

Auf einem wackligen Tisch lagen die Reste zerrupfter Kräuter und Wildblumen. Ein Destillierkolben aus Aluminium auf dem Boden gab Aufschluß über den Gebrauch der Kräuter, und so fanden sich auf den Holzbrettern in einer Ausbuchtung in der Wand verschiedene Fläschchen und Gläser mit Flüssigkeiten und Salben. Romitto destillierte also Kräuter, um ätherische Öle und Naturheilmittel zu gewinnen.

Vorsichtig betrat Raffaella nun den sich anschließenden Raum, in dem ein noch größeres Durcheinander herrschte. Sie betastete die Matratze auf dem Boden, und das Knirschen sagte ihr, daß der große Sack, wie früher einmal üblich, mit Maisblättern gefüllt war.

Auf einen Stuhl neben diesem ärmlichen Bett waren achtlos eine zerfetzte Samtjacke, Hemd, Unterhemd und Strümpfe aus grober Wolle geworfen worden.

Dann erregte eine Truhe aus Kastanienholz Raffaellas Aufmerksamkeit. Sie hob den Deckel an und stellte überrascht fest, daß sie bis zum Rand mit Büchern gefüllt war.

»Dieser Romitto scheint viel zu lesen und zu studieren.« Sie schlug einen Band auf. »Alle Achtung, anscheinend versteht er sogar Lateinisch!« Und sie las: *Vocabularium latinum et italicum ad usum Regiae Taurinensis Academiae*. Auf der Mitte der Seite schwang sich ein Phönix in die Lüfte, unter einer strahlenden Sonne, die mit dem Motto »Post fata resurgo«

überschrieben war. Sie blickte auf das Erscheinungsdatum: »Patavii, MDCCLXXIX«.

Vorsichtig legte sie das Buch zurück und wischte sich die verstaubten Hände an den Hosenbeinen ab.

»Unglaublich, so viele Bücher.«

Sie griff zu einem anderen: *Allgemeines Wörterbuch der Italienischen Sprache,* zusammengestellt von Abt Giovanni Romani di Castelmaggiore, Neapel 1827, Druck: Tramater, Verkauf: »Gabinetto Lettario«, Strada Nilo 2. Immer aufgeregter suchte und las sie weiter: Repetti, *Geographisch historisches Lexikon der Toskana,* Florenz 1841.

»Und für Geschichte interessiert er sich auch. Das scheint ein wirklich gebildeter Mensch zu sein!« Und sie kniete sich vor die Truhe, um es bequemer zu haben.

Weitere Bücher: *Bolognas Gebirgslandschaft im Mittelalter* von Palmieri, *Das nicht-öffentliche Leben Bolognas vom 13. bis zum 17. Jahrhundert* von Frati.

»Das ist eine richtige Bibliothek! Klein, aber höchst interessant!«

Unter den oberen Werken lag eine weitere Schicht Bücher. Sie griff einen dicken Band heraus, eine alte Kräuterkunde mit verschiedensten Zeichnungen von Wildpflanzen mit genauen Beschreibungen ihrer botanischen Eigenschaften und therapeutischen Anwendungsweisen.

Als sie das Buch zurücklegte, fiel ihr Blick auf einen kleinen Gegenstand auf dem Boden der Truhe. Sie nahm ihn in die Hand: Es handelte sich um eine Art Spange, zwei, drei Zentimeter lang, aus Gold und mit winzigen funkelnden Steinen besetzt.

»Eine antike Fibula! Wie kommt die denn hierher?« Sie legte sie in ihre offene Handfläche und betrachtete sie fasziniert. »Dann … dann ist also wirklich etwas dran an der Sage vom Schatz der Königin Selvaggia!« Sie versuchte, die Spange ins bestmögliche Licht zu halten, was im Halbdunkel des Raums recht schwierig war. »Nur langobardisch ist sie nicht. Die scheint etruskisch zu sein!« In der Stille, die ihrem Gemurmel folgte, war ihr plötzlich, als höre sie Schritte. Sie sprang auf, drehte sich um und ließ die Fibula vor Schreck in die Truhe zurückfallen.

Von einer diffusen Angst ergriffen, rannte sie aus Romittos Behausung, und auch als sie draußen niemand sah, konnte sie das nicht beruhigen. So lief sie weiter über die Lichtung und bog auf den Saumpfad ein. Erst als sie die ersten Dächer des Dorfes unter sich sah, wurde sie langsamer.

Keuchend blieb sie stehen und versuchte, zu Atem zu kommen. Vielleicht hatte sie sich kindisch verhalten, vielleicht war ihre Angst vollkommen unbegründet, doch die Atmosphäre bei den Ruinen und der Zauber der Vergangenheit mit seinen Sagen und Geheimnissen, vor allem jedoch der Fund der etruskischen Spange, hatten sie erschüttert.

Cleto öffnete die Tür und steckte den Kopf aus seinem Büro:

»Möchten Sie noch etwas zu essen, Signor Maresciallo? Ich könnte mal nachsehen, ob in der Küche etwas übriggeblieben ist.« Santovito schüttelte den Kopf. »Sie sollten besser auf sich achten, Maresciallo. Schließlich sind Sie hier im Urlaub.« Damit ging er zur Rezeption, wo die Zimmerschlüssel hingen.

Bevor Santovito den Schlüssel entgegennahm, den Cleto ihm hinhielt, fragte er: »Wer hat Ihnen eigentlich gesagt, daß ich Maresciallo bin?«

»Stalìn.«

»Dann wird er Ihnen auch gesagt haben, daß ich hier nicht mehr Maresciallo bin. Merken Sie sich das bitte, Signor Cleto.« Er nahm den Schlüssel und wandte sich der Treppe zu.

»Sind Sie sicher, daß Sie nichts essen wollen?«

»Ja, ganz sicher.« Er hatte schon ein paar Stufen genommen, als Cleto ihm nachrief:

»Warten Sie, hier ist eine Nachricht für Sie.« Santovito wartete, bis Cleto sie ihm gebracht hatte. »Gute Nacht«, verabschiedete sich der Hotelbesitzer, und während er in sein Büro zurückging, murmelte er: »Was für ein unsympathischer Mensch. Der führt doch irgendwas im Schilde. Ich muß aufpassen, daß ich wegen dem nicht mein Hotel verliere.«

Santovito lag noch angekleidet auf dem Bett und las:

Wo hast Du die letzten beiden Tage gesteckt? Du läßt Dich gar nicht mehr blicken. Noch vor Sonnenaufgang ziehst Du los und kommst erst mitten in der Nacht zurück. Hast Du vielleicht zufällig den Schatz der Königin gefunden? Laß es mich wissen, ich würde gern daran teilhaben.

Sehen wir uns die nächsten Tage?

Ciao, Raffaella

P.S. Ich habe einige Entdeckungen gemacht, die Dich interessieren dürften. Wenn Du vor zehn zurück bist, komm mich doch besuchen.

Er blickte auf die Uhr. Fünf nach zehn. Vielleicht war Raffaella noch auf.

Als er die Treppe hinunterkam, wurde die Bürotür langsam geöffnet.

»Ich geh noch mal weg, Signor Cleto, bleiben Sie wegen mir nicht auf. Es kann spät werden.«

»Ich wollte auch gerade ins Bett gehen. Gute Nacht. Oder sollte ich besser sagen: einen schönen Spaziergang?« Cleto trat heraus und schloß die Bürotür hinter sich: »Sie scheinen die Pfade hier gut zu kennen, wenn Sie nachts noch spazierengehen.«

Santovito war die Pfade der Gegend unzähige Male hinauf- und hinuntergewandert, aber er antwortete nicht. Und er drehte sich auch nicht mehr um, als er auf Raffaellas Haus zuging, doch war er sich sicher, daß Cleto hinter einem Vorhang stand und ihn beobachtete.

Er hörte, wie sich drinnen jemand bewegte, klopfte an, und im nächsten Moment schon öffnete Raffaella die Tür. Sie hatte ihren Schlafanzug in der Hand und lächelte.

»Du wolltest gerade ins Bett. Ich komme wohl morgen wieder.«

»Nein, nein. Ich freue mich, daß du gekommen bist. Komm rein, ich habe dir viel zu erzählen. Ich mache uns einen Kaffee.«

Santovito nickte: Für einen Kaffee war er immer zu haben, egal zu welcher Tages- und Nachtzeit.

Raffaella erzählte ihm von ihrer Wanderung zur alten Abtei, von ihren Funden, den Büchern und vor allem der Spange, während Santovito lauschte und dabei eine ganze Zigarre herunterrauchte, bis er sich die Fingerspitzen verbrannte.

»Und? Was sagst du?« fragte Raffaella, als sie fertig war.

Santovito hatte es sich schon vor langer Zeit angewöhnt, ohne gründliches Nachdenken kein Urteil abzugeben. So zuckte er nur mit den Achseln:

»An deiner Stelle würde ich das alles Maresciallo Amadori erzählen und hören, was er dazu meint.«

»Ja, das will ich auch. Aber zuerst möchte ich deine Meinung hören. Ares scheint mir ein ziemlich oberflächlicher Mensch zu sein, und ich weiß nicht, wie er es schafft ...« Ein energisches Klopfen an der Tür ließ sie innehalten. Erschrocken blickte sie Santovito an. »Mein Gott, wer kann das sein, um diese Uhrzeit?« Doch seine Anwesenheit beruhigte sie, und so ging sie öffnen. »Was willst du?«

Ares antwortete nicht und trat ein. Dann fragte er in anmaßendem Ton: »Wo ist Santovito?«

»Wo soll er schon sein? Im Wohnzimmer! Was willst du so spät noch hier?«

»Und was will er so spät noch bei dir?«

»Das geht dich gar nichts an, Ares. Was soll das Theater?«

»Hat er auch seinen Schlafanzug mitgebracht?«

»Nein, Ares, das hat er nicht. Aber wenn du solche Anspielungen nicht unterläßt, setzt du nie wieder einen Fuß über meine Schwelle. Verstanden?«

Raffaellas energischer Ton zeigte Wirkung: »Schon gut. Ich muß Santovito dringend sprechen.«

»Woher weißt du überhaupt, daß er hier ist?«

Santovito antwortete für sie: »Von Cleto, von wem sonst? Der hat doch immer sein Ohr an der Tür.«

Ares schaute sich um: zwei vom Tisch weggerückte Stühle, zwei leere Kaffeetassen, das gedämpfte Licht ... Er sagte:

»Tut mir leid, euer trautes Beisammensein stören zu müssen, aber ...«

Raffaella verlor die Geduld: »Schluß jetzt, Ares, es reicht! Ich habe Benedetto gerade erzählt, daß ich heute nachmittag noch mal zur alten Abtei gewandert bin und dort etwas entdeckt habe, das ...«

Doch offensichtlich interessierte sich der Maresciallo nicht für dieses Thema, denn er unterbrach sie und wandte sich an Santovito: »Romitto ist gefunden worden.«

»Kann ich mit ihm sprechen?« fragte Raffaella wie aus der Pistole geschossen.

»Du? Nein, das geht nicht.«

»Warum denn nicht? Ich mische mich auch nicht in deine Ermittlungen ein. Ich will ihn nur fragen, wo er die etruskische Fibula ...«

Ares unterbrach sie wieder: »Nein, kommt gar nicht in Frage«, und an Santovito gewandt: »Also, gehen wir?«

14

Eine unendlich lange Nacht

Schweigend steuerte Ares den Wagen durch die Serpentinen; die Scheinwerfer erhellten die Baumstämme und belebten die zahlreichen Schatten des Waldes. Direkt hinter einer Kurve erfaßte der Lichtstrahl einen Fuchs, der über die Straße lief. Verschreckt von dem taghellen Licht, in das er sich pötzlich getaucht sah, verharrte er reglos kauernd auf dem Asphalt und bewegte sich erst wieder, als der Wagen vorüber und sich seine Augen wieder an die Dunkelheit gewöhnt hatten, schoß los und versteckte sich in seinem vertrauten Lebensraum.

»Romitto ist tot. Ligera hat ihn gefunden.«

»Und du kommst eigens nach Mezzacosta rauf, um mir das zu sagen?«

»Was hast du bei Raffaella gemacht?«

»Das hast du doch gesehen. Wir haben uns unterhalten. Raffaella ist noch mal zu den Ruinen zurückgekehrt und hat mir erzählt …«

»Sie hat dir also etwas erzählt. Um elf Uhr in der Nacht.«

»Das kommt auf den Standpunkt an. Für mich war es erst elf Uhr abends. Du glaubst doch wohl nicht im Ernst …« Er lächelte. »Seltsam, es ist das erste Mal, daß jemand eifersüchtig auf mich ist.«

»Wer ist hier eifersüchtig?«

»Ich kann dich ja verstehen: Sie ist eine schöne Frau, ihr kommt aus derselben Stadt, sie ist klug und gebildet. Wenn ich ein paar Jährchen weniger …«

»Paß mal auf. Die Frau interessiert mich gar nicht. Und mit dem Alter hat das nichts zu tun. Es gibt Frauen, die …«

»Schon gut, schon gut. Also sag mir lieber, warum war es dir so wichtig, mir von Romittos Tod zu erzählen?«

»Ich dachte, du interessierst dich dafür, was im Dorf vorgeht. Hätte ich dich lieber in Frieden lassen sollen?«

»Nein, nein, es war schon richtig. Raffaella und ich hatten uns schon alles Wichtige erzählt, und wir haben nur noch über dich gesprochen.«

Ares hatte die Gabe, nur das zu hören, was er hören wollte. »Im Grunde bist du hier ja nur im Urlaub und wirst bald wieder nach Hause fahren, stimmt's?« Santovito nickte. »Ach übrigens, wie lange wolltest du eigentlich bleiben?«

»Schau bitte auf die Straße.«

»Keine Angst, ich kenne die Strecke in- und auswendig.« Dennoch wandte er sich wieder der Straße zu. »Und?«

»Nicht mehr lange. Im Grunde hätte ich gar nicht herkommen sollen.«

»Also wann?«

»Bald. Du kannst dich beruhigen. Ich fahre bald nach Hause.«

»Wieso beruhigen? Ich bin ganz ruhig. Ich habe einfach nur so gefragt.« Bis zur Wache schwiegen beide. Sie hatten sich alles gesagt und sich nicht verstanden.

Die Tür zum Büro des Maresciallo stand offen, und drinnen saß Ligera vor dem Schreibtisch. Der Gefreite Nicola Chiaffalà hingegen saß im Flur und beschäftigte sich mit einem Kreuzworträtsel. Ligera hatte sich eine Zigarette gedreht, die er kalt im Mund hatte, weil er nicht wußte, ob im Büro eines Maresciallo der Carabinieri das Rauchen gestattet war. Auf dem Schreibtisch stand ein Aschenbecher.

Santovito grüßte ihn mit einem Kopfnicken.

Ares Amadori grüßte niemanden, auch nicht den Gefreiten, der bei seinem Eintreffen aufgesprungen war. »Komm auch ins Büro«, sagte er nur.

Im Büro gab es nur zwei Sitzgelegenheiten vor dem Schreibtisch, und der Gefreite blieb stehen.

»Du hast ihn also gefunden«, sagte Santovito zu Ligera, und

Ligera nickte. »Die zweite Leiche, die du findest. Hoffen wir, daß es nicht drei werden, wie es in dem Sprichwort heißt.«

Ares Amadori hatte die Mütze abgenommen und war gerade dabei, auch den Brustgurt mit der Pistole abzulegen. »Was ist das für eine Geschichte mit der zweiten Leiche?« fragte er.

»Ach, das liegt so weit zurück, daß es sich nicht lohnt ...«, begann Santovito.

»Warum nicht? Laßt mal hören.« Er legte den Gurt neben die Mütze auf den Schreibtisch und blickte Ligera aufmerksam an: »Also?«

»Ich selbst kann die Geschichte erzählen. Schließlich war ich damals hier Maresciallo«, erklärte Santovito. Und ohne Ares' Zustimmung abzuwarten, begann er: »Ligera hatte im Wald gearbeitet, und auf dem Heimweg fand er die Leiche von Maresciallo Bargellaux ...«

Ligera unterbrach ihn: »Genaugenommen habe nicht ich ihn gefunden, sondern Nasones Hund. Die Leiche steckte in einer Dornenhecke und wäre für immer verschwunden gewesen, hätte nicht Brighellas Nase ...«

»Brighella? Wer ist denn jetzt Brighella?

»Das hab ich doch gerade gesagt: Nasones Hund.«

»Wie gesagt, eine alte Geschichte«, mischte sich wieder Santovito ein, »tot und begraben.«

»Das wird sich noch herausstellen, wie tot und begraben die ist«, murmelte Ares. Er zündete sich eine Zigarette an und nahm eine paar Züge: »Und diesmal? Wie war es diesmal, Ligera? Könnte es vielleicht sein, daß es dir mittlerweile Spaß macht, Leichen zu finden?«

»Eine absurde Vorstellung, Maresciallo«, murmelte Ligera. Und jetzt, da der Maresciallo rauchte, steckte er sich ebenfalls die Zigarette an. »Ich bin beim Bordaschlund gewesen, um Weidenruten zu holen.«

»Um neun Uhr abends gehst du Weidenruten holen, obwohl du den ganzen Tag Zeit dazu hast?«

»Ich hole meine Weidenruten, wann ich Lust habe. Oder bin ich Ihnen darüber Rechenschaft schuldig?«

»Spiel dich nicht so auf, Ligera. Das zieht bei mir nicht.«

»Dann lassen Sie Ihre Anspielungen, Maresciallo. Schließlich habe ich nichts zu verbergen!« Er zog an der Zigarette, die herunterbrannte, ohne angemessen genossen zu werden. Ligera wandte sich Santovito zu. »Was will der von mir?«

»Er will nur wissen, was vorgefallen ist, Ligera. Sonst nichts. Das ist sein Beruf.«

»Man kann so und so fragen.« Mißmutig drückte er die Zigarette im Aschenbecher aus. Sie schmeckte ihm nicht. »Ich habe also zuerst die Steine fortgeräumt, mit denen ich die Ruten beschwert hatte. Doch als ich sie dann herausziehen wollte, ging das so schwer, als würden noch mehr Steine daraufliegen. Ich bin also bis zu den Knien ins Wasser gestiegen und habe mit den Händen gewühlt. Zunächst fühlte ich etwas Weiches, dann einen Kleiderfetzen, ich habe gezogen … Na ja, sie hatte sich in den Ruten verfangen.«

»Und wo befindet sich die Leiche jetzt?« fragte Santovito.

»Ich habe sie fotografieren und untersuchen und dann in die Leichenhalle beim Friedhof bringen lassen. Oberstleutnant Friggerio schickt morgen einen Mann vorbei, und dann sehen wir weiter. Die Entscheidung liegt bei ihm.«

Ligera hatte genug von der Wache, wo er sich schon immer unwohl gefühlt hatte – in der alten ebenso wie in der neuen. »Kann ich jetzt gehen?«

»Ja, ich denke, der Maresciallo hat keine weiteren Fragen mehr an dich, Ligera«, antwortete Santovito.

Gefolgt vom Gefreiten Chiaffalà verließ Ligera den Raum.

»Wenn du nichts dagegen hast«, sagte Ares, als die beiden draußen waren, »möchte ich gewisse Dinge in eigener Verantwortung handhaben, und die Entscheidung, ob Ligera gehen kann oder nicht, hätte ich gerne selbst getroffen. Bei allem Respekt für deinen Dienstgrad …«

»... der hier nichts zur Sache tut, ich weiß, ich weiß, aber ich habe es für den armen Kerl getan. Hast du nicht gesehen, wie nervös er war? Du hättest nichts mehr aus ihm herausbekommen, sondern ihn nur noch mehr ins Schwimmen gebracht.«

»Und genau das ist die Situation, in der man ... Jedenfalls werde ich das nächste Mal solche Entscheidungen selbst treffen.«

»Es wird kein nächstes Mal geben. Und es hätte auch kein ›Diesmal‹ gegeben, wenn du mich nicht mit hineingezogen hättest.« Und damit verließ Santovito das Büro.

Von der Tür aus rief ihm Ares nach: »Warte, ich lasse dich mit dem Wagen hinaufbringen!«

Santovito hob den rechten Arm, winkte ab und rief dann, ohne sich noch einmal umzudrehen, zurück: »Ich kenne den Weg, und ein Spaziergang wird mir guttun. Dabei bekommt man einen klaren Kopf.«

Ein längerer Spaziergang von einer guten halben Stunde und das mitten in der Nacht. Der Mond erhellte den Weg und warf einen Schatten, der Santovito vorausging.

Die Berge lasteten auf der Landschaft, verdüsterten sie, schwarze Umrisse, die sich gegen den Himmel abzeichneten.

Eine Weile begleitete das Geräusch des Flusses Santovitos Weg, dann tauchte er in die Stille des nächtlichen Waldes ein.

»So ein Idiot! Raffaella wollte ihm erzählen, was sie bei der Abtei gefunden hat. Und ich hab's auch versucht. Aber der sieht nicht links und nicht rechts. Dem könnte man die Lösung direkt vor die Nase setzen, und er würde es nicht merken.«

Wieder Stille, dann fuhr Santovito plötzlich herum. »Maresciallo!« rief jemand nicht weit entfernt. Ein Augenblick der Verwirrung, dann erkannte er die Stimme. Er blickte sich um und sah im Dunkel des Waldes die Glut einer brennenden Zigarette.

»Hast du mich erschreckt!«

Ligera trat auf die Straße: »Warum haben Sie bloß die Geschichte mit Bargellaux ausgekramt? Dieses Arschloch von Maresciallo kann mich sowieso schon nicht ausstehen und wartet nur darauf, mir was anzuhängen.«

»Warum kann er dich nicht ausstehen?«

»Das müssen Sie ihn schon selbst fragen. Ich kann ihn ja auch nicht ausstehen. Ich weiß nur, daß Nasone zwei Tage und drei Nächte gesessen hat, nachdem er die Leiche von Bargellaux gefunden hatte. Und wissen Sie noch, was Nasone damals nach seiner Freilassung in der Osteria gesagt hat?« Santovito wußte es noch, natürlich wußte er das noch. »Er sagte, wenn er noch einmal eine Leiche fände, würde er sie liegenlassen und einfach weitergehen. So hätte ich's heute abend auch machen sollen: die Leiche des armen Romitto wieder unter Wasser drücken, meine Weidenruten herausnehmen, nach Hause gehen und schlafen.«

»Was hätte dir das gebracht, Ligera?«

»Dann läge ich jetzt im Bett und würde nicht noch mehr Scherereien bekommen.«

»Du bekommst keine Scherereien.«

»Ihr Wort in Gottes Ohr.«

Schweigend begleitete ihn Ligera ein Stück, und kurz vor Mezzacosta blieb er stehen:

»Da ist noch etwas, was ich dem Maresciallo verschwiegen habe. Romittos Gesicht war zerfressen, so als wenn ... als wenn ...«

»Als wenn es die Borda gewesen wäre? Ligera, ich bitte dich, fang du nicht auch noch mit dieser Geschichte von der Borda an!«

»Denken Sie, was Sie wollen, aber so war es nun mal. Dieser tote Junge, Rino Battaglia, hatte auch das Gesicht zerfressen.«

»Das ist mir schon klar. Aber sieh mal, du hast zwar Maresciallo Amadori nichts davon gesagt, aber er wird es natürlich selbst gesehen haben. Oder nicht?«

»Ach, dieses Arschloch hat sich die Leiche doch gar nicht angesehen. Er hat Fotos machen lassen und sich abgewandt.« Ligera entfernte sich einige Schritte und drehte sich dann noch einmal zu Santovito um: »Passen Sie bitte auf Bleblè auf, Maresciallo. Der hat schon genug durchgemacht. Ich möchte nicht, daß er wieder in die Bredouille gerät.«

»Bleblè? Warum sollte der in die Bredouille geraten?«

Ligera zuckte die Achseln: »Ich habe gehört, wie dieser Gefreite … Chiaffalà, auch so einer von der Sorte … Ich habe also gehört, wie dieser Gefreite zu Amadori gesagt hat, einer mit Bleblès Vergangenheit sei zu allem fähig. Sehen Sie zu, daß ihm nichts passiert. Sie haben doch mehr Grütze im Kopf als die beiden Carabinieri zusammen.« Und damit verschwand er im Wald.

Für Santovito war die Nacht noch nicht zu Ende. Direkt hinter dem Tor von Mezzaçosta traf er auf Raffaella. Sie schien schon lange dort zu stehen, denn sie fröstelte trotz der Stola, die sie umgelegt hatte.

»Du kommst spät. Was ist passiert? Bist du zu Fuß gelaufen? Warum hat Ares dich nicht zurückgefahren?« Wie üblich viele Fragen auf einmal.

»Was tust du hier? Du solltest längst im Bett sein.« Raffaella zitterte. »Hier, nimm.« Er zog sein Jackett aus und legte es ihr über die Schultern. »Nun, was tust du hier draußen?«

»Ich habe auf dich gewartet. Du weißt doch, wie neugierig ich bin. Ich will einfach wissen, was los ist. Wo ist Romitto?«

»Laß uns morgen darüber reden.« Raffaella schüttelte den Kopf, fest entschlossen, sich nicht von der Stelle zu rühren, bis Santovito … Der Maresciallo verstand. »Du bist störrisch wie … wie …«

»Ich kann dir helfen: wie ein Maulesel. Das sage ich mir selbst mindestens zweimal am Tag. Also, was ist jetzt?« Sie zog das Jackett enger über der Brust zusammen, legte den Kopf zur Seite und strich mit der Wange über den Kragen.

»Romitto ist tot.«

»Mein Gott!«

»Ein gewisser Ligera hat die Leiche gefunden, im Wasser, beim Bordaschlund.«

»Also genau da, wo auch der eine Junge gefunden wurde! Wie ist es passiert? Was sagt Ares dazu?«

Santovito blickte auf die Uhr. »Es ist spät. Laß uns morgen darüber reden.«

»Aber nur, wenn du mir versprichst, nicht wieder einfach so zu verschwinden wie die letzten beiden Tage. Nein, warte, ich habe eine bessere Idee.« Sie stellte sich auf die Zehenspitzen und näherte ihr Gesicht dem von Santovito. »Gleich morgen früh …«

»In wenigen Stunden also …«

»Gleich morgen früh kommst du zu mir zum Frühstück. Einverstanden?«

Sie wartete nicht auf seine Zustimmung und küßte ihn auf die Wange, doch zuvor hatten ihre Lippen einen Moment gezögert. Santovito hatte es wahrgenommen, und es war eben diese kurze Unsicherheit, die ihn erschauern ließ. Und so stand er verdattert da, allein und ohne Jackett, während sie sich entfernte.

Der Schein der Tag und Nacht brennenden Lampe an der Rezeption erhellte das Stück Garten direkt vor dem großen Glasfenster und ging wenig dahinter im Mondschein auf.

Wie gewöhnlich stand er früh am Morgen auf. Durchs Fenster sah er, daß die Läden an Bartolomeos Haus …

In seinen Gedanken war die Zeit wieder stehengeblieben: Das war nicht mehr Bartolomeos Haus, es gehörte jetzt Stelio.

Er sah also, daß die Läden an Stelios Haus schon zurückgeschlagen waren. Raffaella wartete wohl schon auf ihn, hatte den Espresso vielleicht schon aufgesetzt, doch zuvor …

Er setzte sich auf die Fensterbank und zündete sich eine Zigarre an. Normalerweise rauchte er die erste des Tages nach dem ersten Kaffee. Normalerweise, doch wenn er schon mit tausend Gedanken aufwachte, die ihm das Hirn zermarterten, steckte er sich als erstes eine Zigarre an. Er stieß eine dicke Rauchwolke aus, die sich langsam in der frischen Morgenluft auflöste: die Giacoma war wolkenlos, Vorzeichen eines schönen Tages, gerade richtig, um fortzugehen, das Dorf hinter sich zu lassen, die Toten, ermordet oder nicht, und alles andere auch, und wieder in sein normales Leben zurückzukehren. Sollte Raffaella ihren Kaffee doch alleine trinken!

Die Zigarre immer noch zwischen den Zähnen, rasierte er sich, zog sich an, packte seinen Koffer und blickte sich noch einmal im Zimmer um, um zu sehen, ob er etwas vergessen hatte. Er hatte die Klinke schon in der Hand, als es klopfte.

Raffaella lächelte ihn von der Schwelle aus an, sah den Koffer, und ihr Lächeln verschwand.

»Willst du abreisen?« Santovito nickte. »Aber wieso? Was ist denn passiert? Und du wolltest dich gar nicht von mir verabschieden?«

»Komm rein«, und er schloß die Tür hinter ihr. »Es war ein großer Fehler, hierher zurückzukehren. Seit dem ersten Tag schon. Mir kommt es so vor, als hätten die Dinge hier nur auf mich gewartet, um aus dem Lot zu geraten.«

»Und du glaubst, wenn du fährst, kommt alles wieder in Ordnung?«

»Nein, aber einiges wird anders sein.« Er hatte immer noch den Koffer in der Hand, als könne er es gar nicht erwarten, das Gespräch zu beenden und Mezzacosta und das Dorf zu verlassen.

»Was denn zum Beispiel?«

»Das mit dir.«

Raffaella riß die Augen auf. »Was soll das heißen?«

»Ja, heilige Madonna, das muß dir doch auch klar sein. Was denkst du denn? Ich bin ein Mann und du eine Frau ...«

»Das weiß ich. Deshalb verstehen wir uns ja auch so gut, oder?«

»Aber du empfängst mich spät abends noch bei dir zu Hause, machst gewisse Anspielungen … Du küßt mich, und … heilige Madonna, ich bin nicht dein Vater!«

Raffaellas Gesichtszüge entspannten sich. Sie lächelte. »Ach, deswegen meinst du. Und ich habe schon wer weiß was gedacht. Ich weiß, daß du nicht mein Vater bist. Meinen Vater habe ich auch nie geküßt, und er mich auch nicht.«

Santovito verließ das Zimmer, Raffaella kam hinter ihm her.

»Nein, warte, Benedetto.« Seit Jahren war er für niemanden mehr Benedetto gewesen, immer nur Santovito, und jetzt mit dem Vornamen angesprochen zu werden … »Denk nicht, daß ich … Benedetto, du hast mich falsch verstanden!«

Santovito stellte den Koffer auf der obersten Treppenstufe ab, um seine Hände frei zu haben, frei, um mit ihnen aufgebracht in der Luft herumzufuchteln, wie er es schon seit Jahren nicht mehr getan hatte: »Was soll ich nicht denken? Was soll ich verstehen? Vielleicht erkärst du mir …«

Es war Cleto, der ihn unterbrach. Mit hochrotem Gesicht kam er, drei Stufen auf einmal nehmend, die Treppe heraufgestürmt. Vor den beiden blieb er stehen und faßte Santovito am Ärmel. Er war nicht ans Laufen gewöhnt, und es dauerte, bis er zu Atem kam:

»Signor Maresciallo, er hat ihn festgenommen! Er war gerade da, hat ihn in den Wagen steigen lassen und wird ihn einsperren.«

»Wer wird wen einsperren?«

»Der Maresciallo Stelio. Der arme Junge hält das nicht lange aus. Der kommt darin um. Er hat es doch ohnehin schon schwer genug. Wer weiß, zu was er sich in der Zelle hinreißen läßt. Und das ausgerechnet jetzt, wo heute sechs neue Gäste ankommen. Wer soll die jetzt unten im Dorf abholen? Ich kann doch nicht hier weg. Jetzt sagen Sie nicht, dann sollen sie eben zu Fuß hochlaufen. Und was ist mit den Koffern? Signor Maresciallo, ich flehe Sie an, versuchen Sie, dem Jungen irgendwie zu helfen.«

»Ihm oder dir, Cleto?« Doch der Junge lag Santovito am Herzen. »Die Leute haben recht, das ist wirklich ein Arschloch«, murmelte er, brachte seinen Koffer aufs Zimmer zurück und rannte die Treppe hinunter. »Die Schlüssel vom Millecento!« Und als sich der Wagen in Bewegung setzte, saß Raffaella neben ihm.

15

Das Grab

Der Gefreite Chiaffalà grüßte ihn militärisch, doch im Gesicht stand ihm ein verschmitztes, ironisches Lächeln.

»Nicht nötig, Chiaffalà, wirklich nicht nötig. Ist der Maresciallo da?«

»Ja, Signore, er ist in seinem Büro und vernimmt einen Zeugen.« Sein Lächeln verlor sich augenblicklich, als Santovito ihn zur Seite stieß und auf das Büro zuhielt. »Entschuldigen Sie«, sagte Raffaella höflich, während sie ebenfalls an ihm vorbeiging.

Ohne anzuklopfen, trat Santovito ein. Das Büro war vollkommen verqualmt von den zahlreichen Zigaretten, die Ares Amadori bereits jetzt am frühen Morgen geraucht hatte. Eine hatte er im Mund und paffte, während er mit zusammengekniffenen Augen die zahlreichen Zettelchen zu ordnen versuchte, die mit Stelios Handschrift beschrieben waren.

»Was gibt's?« fragte er die beiden, die in sein Büro geplatzt waren.

Stelio saß steif auf seinem Stuhl vor dem Schreibtisch. Als er

Santovito sah, lächelte er und begrüßte ihn mit einer Handbewegung.

»Warum hast du ihn festgenommen?« fragte Santovito, indem er sich, die Hände auf die Schreibtischplatte gestützt, weit zu Ares Amadori vorbeugte.

»Festgenommen? Wen?«

»Ihn, Stelio!«

Ares drückte seine Zigarette in einem von Kippen überquellenden Aschenbecher aus und lehnte sich entspannt zurück: »Einmal abgesehen davon, daß ich niemanden festgenommen habe, was wäre, wenn ich es doch getan hätte?«

»Du hast ihn also nicht festgenommen. Und was macht er dann hier?«

»Ich vernehme ihn, Santovito! Ist das erlaubt, oder brauche ich dafür eine Genehmigung von Oberstleutnant Friggerio? Oder vielleicht sogar von dir?«

»In welcher Sache vernimmst du ihn?«

Ares stand auf und stützte sich ebenfalls zu Santovito vorgebeugt mit den Handflächen auf der Schreibtischplatte ab: »Verdammt noch mal, Santovito, hast du vergessen, daß hier drei Menschen umgebracht wurden?«

»Nein, das weiß ich, aber was hat Stelio damit zu tun?«

»Stelio ist ein Zeuge.«

»Was soll er denn bezeugen?«

Ares Amadori antwortete nicht und wandte sich an Raffaella: »Warte draußen.« Und zu Stelio: »Du auch, warte draußen!«

»Warum?« fragte Raffaella.

»Weil ich es sage, verstanden?«

Mit gekränkter Miene verließ Raffaella den Raum. Stelio folgte ihr und schloß die Tür hinter sich.

»Du willst also wissen, was Stelio bezeugen kann. Dann paß mal gut auf. Erstens: Stelio kannte die beiden toten Jungen und war häufig mit ihnen unterwegs, zusammen mit anderen Kindern von Urlauberfamilien. Zweitens: Stelio hat Romitto regelmäßig besucht. Ja, er war der einzige, mit dem sich der Alte gerne unterhielt.« Er nahm wieder Platz und zündete sich eine Zigarette an. »Hier«, und er schwenkte einen der zahlreichen Zettel, auf denen Stelio offensichtlich die Antworten auf seine Fragen niedergeschrieben hatte, und las dann laut vor: »›Im Dorf habe ich Claudio getroffen. Er wollte runter zum Fluß. Das war so um halb neun, neun. Ich fragte ihn, was er dort wolle, und er antwortete, er gehe den Schatz suchen und müsse sich beeilen, weil der Anführer auf ihn warte.‹ Und soll ich dir mal was sagen? Dieser ›Anführer‹, von dem Claudio sprach, war niemand anderes als Rino Battaglia, der zweite Junge, der tot gefunden wurde!«

»Und woher willst du das wissen?«

Ares suchte einen anderen Zettel, wedelte damit herum und las vor: »Wahrscheinlich haben die Jungen Rino zu ihrem Anführer gemacht, weil er älter und erfahrener war, sich im Dorf und in der Umgebung besser auskannte und sie ihm vertrauten.«

»Bist du mit Stelio fertig?«

»Mehr hast du nicht dazu zu sagen?« Santovito antwortete nicht und machte Anstalten zu gehen. »Stelio muß noch das Protokoll unterzeichnen. Sobald ich etwas Ordnung in diese Zettelwirtschaft gebracht habe ... Ich kann dir sagen, das kostet Nerven, einen Stummen zu vernehmen! Ach übrigens, Santovito.« Santovito blieb auf der Schwelle stehen und blickte den Maresciallo an. Ares bedeutete ihm, die Tür noch einmal zu schließen: »Ich möchte, daß du dich ab sofort aus meinen Ermittlungen raushältst. Bei allem Respekt für deine dekorierten Schultern, aber das ist meine Wache, und ich übe hier die Amtsgewalt aus. Haben wir uns verstanden?«

Santovito trat an den Schreibtisch und beugte sich zu Ares Amadori vor. »Jetzt hör mir mal gut zu, du Arschloch! Ich habe mich nicht in deine Ermittlungen eingemischt. Du hast mich in den Fall mit hineingezogen und in alles eingeweiht, gleich als du hörtest, daß ich drei silberne Schulterstreifen trage. Ich habe mich nicht darum gerissen. Und wer ist denn gestern mitten in der Nacht noch bei mir aufgekreuzt, nachdem man den toten Romitto gefunden hatte?«

Ares überging das »Arschloch« und sagte nur: »Das war ein Fehler. Und jetzt verzieh dich, Signor Maresciallo Maggiore, und laß mich in Ruhe arbeiten!«

»Mit Vergnügen, Maresciallo Amadori, mit Vergnügen, schließlich bin ich hier im Urlaub. Jetzt kannst du mal zeigen, ob du was kannst!«

Auch auf der Rückfahrt saß Santovito am Steuer. Schweigend, denn durch die Auseinandersetzung mit dem jungen Maresciallo war er so aufgebracht, wie es ihm selten passiert war. Sie waren fast schon auf Mezzacosta angekommen, als Raffaella fragte:

»Was hat er dir so Wichtiges gesagt, das wir nicht hören sollten?«

»Nur dummes Zeug.« Dann an Stelio gewandt: »Wieso kanntest du Romitto so gut?« Stelio zuckte die Achseln und breitete die Arme aus. »Kanntest du ihn schon lange?« Mit der ausgestreckten rechten Hand deutete Stelio die Größe eines Kindes an. »Ich verstehe, schon seit deiner Kindheit. Und warum mochtest du ihn?« Stelio berührte seinen Mund und gestikulierte mit der Rechten. »Weil er sich mit dir unterhalten hat?« Stelio nickte. »Und worüber?«

Jetzt mußte Stelio auf Notizblock und Stift auf dem Armaturenbrett zurückgreifen. Er schrieb etwas auf und reichte es Raffaella, die hinten saß:

»›Er hat mir von den Pflanzen und ihren Heilkräften erzählt, von den Tieren und von früheren Zeiten und von Schätzen, die in den unterirdischen Gängen der alten Abtei verborgen liegen.‹ Hat er dir die Schätze auch gezeigt?«

Stelio schüttelte den Kopf und schrieb wieder: »Er war der

Hüter des Schatzes der Königin Selvaggia, und er sagte, daß außer ihm niemand den Schatz sehen dürfe. Aber er hat ihn mir so genau beschrieben, daß ich es noch heute weiß und ihn zeichnen könnte.«

Raffaella war sofort Feuer und Flamme, wie immer, wenn etwas Neues in Angriff zu nehmen war: »Das wäre ja wunderbar! Zeichne nach, was Romitto dir erzählt hat. Das würde uns bestimmt weiterhelfen.« Sie beugte sich zu Santovitos Rückenlehne vor: »Was sagst du? Wäre das nicht wunderbar?«

»Wunderbar wäre es, wenn wir nicht mehr über diese ganze Geschichte reden würden.«

Als Cleto den Wagen hörte, kam er sofort herausgelaufen.

»Stelio, Gott sei Dank. Du bist frei. Danke, Signor Maresciallo, vielen Dank.«

»Das ist nicht mein Verdienst. Aber wie kamen Sie überhaupt auf die Idee, daß man Stelio festgenommen hat?«

»Aber ... wieso ...? Er hat ihn doch in den Wagen geschoben und fortgebracht.« Und an Stelio gewandt: »Du mußt sofort wieder mit dem Millecento runter. Gleich kommt der Bus mit unseren neuen Gästen im Dorf an.«

Santovito ging auf den Eingang zu; Raffaella lief ihm nach und stieß ihn ganz leicht mit der Schulter an: »Soll ich dir beim Auspacken helfen?«

Er blieb stehen und sah ihr in die Augen: »Wie kommst du darauf, daß ich hierbleibe?«

Raffaella wandte den Blick ab, dachte einen Augenblick nach und sagte dann, sich ihm wieder zuwendend, mit fester Stimme: »Du hast doch selbst gesagt, daß du nichts mehr von der ganzen Sache hören willst. Dann hast du doch jetzt Zeit, deinen Urlaub unbeschwert zu genießen.« Sie lächelte, und ihr Gesichtsausdruck ließ auch Santovito lächeln. »Und außerdem, wer soll mir hier Gesellschaft leisten, wenn du abreist?«

»Dir bleibt doch immer noch der Maresciallo. Ares Amadori, meine ich.«

»Ach der ...« Sie machte eine wegwerfende Geste und wurde dann wieder ernst, als suche sie nach den passenden Worten. »Weißt du, es ist einfach schön, sich mit dir zu unterhalten. Und dann ...«

»Und dann?« Raffaella antwortete nicht. »Glaubst du nicht, es wäre besser, wenn ich so schnell wie möglich zurückfahre?«

»Nein. Du hast mir noch so viel zu erzählen. Das hast du mir versprochen. Und außerdem habe ich das Buch noch nicht aus, das du mir geliehen hast.«

»Das schenke ich dir.«

»Es ist ja nicht nur deswegen. Ich habe dir doch auch noch viel zu erzählen. Mit dir kann man reden. Ach, was soll's? Was fällt mir überhaupt ein, dich so zu beknien?« Sie ging aufs Haus zu. »Mach doch, was du willst«, murmelte sie, »mach einfach, was du willst.«

Sie war wütend und wußte nicht genau, wieso. Sie wußte nur, daß sie sich in der Nähe dieses Mannes wohl fühlte, obwohl sie ihn erst seit kurzem kannte. Seine Ruhe, seine Reife gaben ihr Sicherheit. Aber da war noch mehr, da war etwas, das sie verwirrte, das sie nicht hätte benennen können. »Mach doch, was du willst«, murmelte sie erneut. »Mach einfach, was du willst!«

Den Rest des Tages verbrachte sie zu Hause und las ein Buch, das sie aber immer wieder zur Seite legte, um ihren Gedanken nachzuhängen oder in einer uralten Illustrierten zu blättern, die sie unter Stelios Sachen gefunden hatte. Auf dem Herd stand immer noch die gefüllte Espressokanne, für einen Kaffee, der nie gekocht, und auf dem Tisch ein Frühstück für zwei, das nie verzehrt wurde.

Das Mittagessen ließ sie aus.

Sie öffnete die Tür.

»Na, was meinst du? Wollen wir uns diese Fibula gemeinsam anschauen?«

»Du bist gar nicht abgereist?« Ergeben breitete Santovito die Arme aus und lächelte dabei. »Das ist schön! Ich komme gleich. Ich ziehe mir nur rasch die Schuhe an und ...« Sie sprach den Satz nicht zu Ende und lief übermütig in ihr Zimmer. Sie war glücklich.

Die Nachmittagssonne war brennend heiß, doch die Bäume beschatteten weite Strecken des Pfades, und ein frischer Windhauch von den Gipfeln im Norden brachte ein wenig Kühlung. Santovito legte Raffaella eine Hand auf die Schulter und blieb stehen. Er nahm die Zigarre aus dem Mund, die dort seit ihrem Abmarsch von Mezzacosta kalt gesteckt hatte, und schnüffelte in der Luft.

»Weißt du, manchmal kommt es mir so vor, als könne man schon von hier aus das Meer riechen. Hältst du das für möglich?«

Raffaella hob das Gesicht zum Himmel, schloß die Augen und atmete tief durch: »Nein, ich rieche nichts, aber möglich ist es wohl.«

Santovito bedeutete ihr weiterzugehen. »Möglich ist es wohl«, wiederholte sie noch einmal. »Aber das einzige, was ich rieche, ist deine Zigarre.«

Santovito warf einen Blick darauf und hielt sie hoch. »Du hast recht, es ist eine Schande, mit einer Zigarre im Mund durch den Wald zu laufen. Auch wenn ich sie, wie du siehst, gar nicht rauche.« Er setzte sich wieder in Marsch. »Ich rauche jetzt schon so viele Jahre, daß ich oft gedankenlos zur Zigarre greife. Manchmal merke ich, daß ich rauche, und weiß gar nicht mehr, wie ich sie mir angezündet habe.« Er warf sie fort.

Sie traten auf die Lichtung und blieben stehen. Raffaella deutete mit einer Geste um sich herum:

»Ich war jetzt schon so oft hier bei der Abtei, daß ich mich fast wie zu Hause fühle. Aber ich hätte nicht gedacht, daß ein Ort wie dieser solch eine intensive Wirkung auf mich haben könnte. Und ähnlich ergeht es mir mit der Landschaft hier, oder auch mit dem eigentlich unscheinbaren Dorf, von dem man glauben würde, das dort nie etwas passiert, und dann ...«

»In diesem Dorf habe ich auch sehr viel erlebt, damals, als ich hier noch Maresciallo war.«

»Das wirst du mir sicher irgendwann einmal alles erzählen. Das hoffe ich zumindest.«

»Gehn wir uns mal diese Spange ansehen?«

»Du meinst die Fibula«, verbesserte ihn Raffaella. Während sie auf die Ruinen zutraten, erklärte sie dann: »Anscheinend bin ich doch eine typische, etwas pedantische Lehrerin. Du hast natürlich recht, es ist eine Spange, eine Sicherheitsnadel. Aber Fibula – das hat einfach mehr Klang. Und schließlich ist sie auch aus Gold und sehr, sehr alt. Wenn ich mich nicht täusche, stammt sie aus vorchristlicher, etruskischer Zeit.«

»Aber wieso eigentlich etruskisch? Der Schatz der Königin Selvaggia soll doch aus langobardischer Zeit sein?«

»Nicht unbedingt. Selvaggia, die aus der pistoiesischen Familie der Vergiolesi stammte und übrigens niemals Königin war, hat im 14. Jahrhundert gelebt, und damals war die Blütezeit der Langobarden schon einige Jahrhunderte vorbei. Doch in den Sagen nimmt man es damit nicht so genau. Da werden die Jahrhunderte verwechselt und vermengt, manche Bestandteile der Sage gehen verloren, andere werden hinzuerfunden, und wer weiß, ob dieser Schatz tatsächlich jemals existiert hat. Doch die Fibula habe ich mit eigenen Augen gesehen. Komm mit, ich zeige sie dir.«

Sie betraten das Gebäude und durchquerten den Korridor. In dem Raum, wo Romitto gelebt hatte, schaute sich Santovito um und pfiff leise:

»Mein Gott, wie kann ein Mensch nur so leben?« Mit dem Fuß stieß er gegen den verrußten Topf am Boden. »Und offensichtlich hat er hier sogar gekocht!« Er deutete auf den primitiven Destillierkolben: »Und was hat er damit gemacht? Der Destillierkolben ist ziemlich klein. Was er wohl destilliert hat?«

Raffaella zeigte auf die Fläschchen und Gläser auf der Ablage: »Kräuter, Wildblumen, vielleicht für Heilmedizin. Nein, Romitto war nicht so ein Verrückter, wie man im Dorf geglaubt hat. Komm mal mit.«

Sie betraten den anderen Raum, und Raffaella wies mit einer ausladenden Armbewegung, die Handfläche nach oben gerichtet, auf die ärmliche Einrichtung: »Und das war Romittos Schlafzimmer. Jetzt schau mal in die Truhe da.« Santovito beugte sich darüber und machte Anstalten, sie zu öffnen. Doch Raffaella hielt ihn zurück. »Warte mal, warte mal einen Moment! Ich hatte sie doch offengelassen! Und die Bücher lagen am Boden. Ich habe dir doch gesagt, daß ich Hals über Kopf davongerannt bin, oder?« Santovito nickte.

»Dann ... aber ... bist du sicher, daß Romitto ...?« Sie sprach den Satz nicht zu Ende und starrte Santovito aus weit aufgerissenen Augen an.

Der beruhigte sie, indem er sie anlächelte und sagte: »Du meinst, ob Romitto wirklich tot ist? Na ja, Ares und Ligera sind sich da jedenfalls sicher. Vielleicht irrst du dich.«

»Nein, ich weiß es noch ganz genau«, antwortete Raffaella ein wenig gekränkt.

»Schon gut, schon gut, reg dich nicht auf. Sehen wir doch einfach mal nach.« Und erneut beugte er sich über die Truhe und öffnete sie. »Sie ist voller Bücher.«

»Die ich alle auf dem Boden habe liegenlassen!«

Santovito räumte einige Bände zur Seite. »Und wo ist jetzt die Fibula?«

Raffaella beugte sich zu ihm hinunter. »Die habe ich wieder in die Truhe fallen lassen. Wie idiotisch von mir, aber als ich dieses Geräusch gehört habe ... Herrgott, die muß doch dasein!«, und ungeduldig wühlte sie in den Bücherstapeln.

Santovito richtete sich auf und blickte sie an: »Jetzt beruhige dich erst mal. Wir werden sie schon finden. Sie kann sich ja nicht in Luft aufgelöst haben.«

»Schon gut, ich bin ganz ruhig, suchen wir eben.« Sie beugte sich wieder über die Truhe, nahm Buch für Buch heraus, schüttelte jedes einzelne und legte es auf den Boden, bis die Truhe leer war. Dann stand sie auf und blickte Santovito an: »Ich schwör's dir. Sie war da!«

»Ich glaub' dir ja. Das heißt also, daß jemand die Spange an sich genommen hat.« Und um die Spannung ein wenig zu lösen, fügte er hinzu: »Und was für ein ordentlicher Mensch. Er hat die Bücher sogar zurückgepackt.«

Doch Raffaella lächelte nicht. »Vielleicht Romitto«, murmelte sie.

»Romitto ist tot, Raffaella.«

»Aber wer dann? Sicher, so eine goldene Spange kann für jeden verlockend sein.« Sie fuhr sich mit der Hand durch die Haare. »Also ist mir jemand gefolgt. Da war ja auch jemand. Ich habe ihn gehört.«

Santovito legte ihr wieder die Hände auf die Schultern, spürte dabei, wie sie zitterte, und lächelte sie an: »Ich weiß, woran du jetzt denkst. An diese Toten. Aber es ist nicht gesagt, daß derjenige, den du gehört hast, auch der ist ... Na ja, vielleicht hat sich jemand aus reiner Neugier hier umgesehen und dabei zufällig die Spange gefunden und eben eingesteckt. Komm, wir gehen wieder raus. Es ist so stickig hier drin. Draußen atmest du mal gut durch. Du bist ja ganz blaß um die Nase, blaß wie eine«, er lächelte wieder, »wie eine Leiche.«

»Nein, nein, es geht schon. Aber du hast recht, laß uns hier verschwinden.« Sie bewegte sich zur Tür, kam aber noch einmal zurück und wandte sich den Büchern zu. »Räumen wir sie lieber wieder ein. Die gehen sonst noch kaputt.«

Santovito beobachtete, wie Raffaella sorgfältig die Bücher zurückräumte, und murmelte dabei: »Wer auch immer vor uns hier war, er muß dir ähnlich sein: ein gebildeter Mensch, der Bücher liebt.«

Draußen vor der Abtei standen sie an den großen Felsblock

gelehnt und schwiegen lange. Santovito zündete sich eine Zigarre an und blies das Zündholz aus, bevor er es fortwarf. Er deutete auf das verbrannte Gras:

»Irgendwer hat hier Feuer gemacht. Ganz schön leichtsinnig. Bei dieser Hitze kann hier schnell alles in Flammen aufgehen.«

Raffaella hörte ihm nicht zu. Fasziniert betrachtete sie die von den Jahrhunderten zerklüftete Kirchenfassade, während ihr Gesicht langsam seine natürliche Farbe zurückgewann.

»Ist dir besser?« Raffaella nickte. »Aber du denkst immer noch …«

»Nein, aber sieh dir mal diese Fassade an. Die hat doch was!«

Santovito richtete den Blick darauf: »Sieht aus wie viele andere, die ich schon gesehen habe.«

Raffaella stieß sich von dem Felsblock ab und trat darauf zu. »Komm, wir gehen mal rein. Da drin sind wir noch gar nicht gewesen.«

Santovito folgte ihr. »Aber wie kommt man überhaupt hinein? Das Portal scheint jedenfalls verschlossen. Wir könnten es beim Portikus versuchen. Da, wo mich bei unserem letzten Besuch plötzlich dieser Deutsche angesprochen hat. Vielleicht ist da eine Tür.«

Er hatte recht, und so gelangten sie durch einen kahlen Vorraum hindurch in die durch die hohen Seitenfenster nur schwach erhellte Kirche.

Sie befanden sich in der halbrunden Apsis und blickten hinein in das auf rechteckigem Grundriß errichtete Kirchenschiff. Die Kirche war vollkommen leer, bis auf die Überreste eines Altars am vorderen und ein schlichtes steinernes Weihwasserbecken neben dem verschlossenen Hauptportal am hinteren Ende. Die Wände hatten ihren Putz fast vollständig eingebüßt, und über weite Flächen sah man den rohen Stein, durchzogen von langen, vertikalen Streifen, den Spuren von Regenwasser oder mit den ersten warmen Frühlingstagen geschmolzenem Schnee, die durch das Dach mit dem sichtbaren Hängewerk eingedrungen waren.

Doch trotz dieser Kargheit, oder vielleicht gerade wegen ihr, strahlte das Gotteshaus eine besondere Faszination aus. Die Faszination eines Ortes, der früher einmal Leben besessen hatte und dann, aus weit zurückliegenden, unbekannten Gründen, aufgegeben worden war, jedoch in bestimmter Weise die Anwesenheit jener Menschen bewahrte, die zu dieser Kirche gekommen waren, um die Messe zu feiern oder vielleicht auch zu heiraten, oder die man von hier aus auf ihrem letzten Gang begleitet hatte.

In der Stille war das Zirpen der Zikaden draußen in den Bäumen zu hören.

»Hier ist nicht viel zu sehen«, sagte Santovito irgendwann.

Raffaella schaute sich um und antwortete leise: »Schon seltsam, es wirkt alles so nackt. Es war bestimmt nie ein imposantes Gebäude, aber es lebte. Heute hingegen scheint es tot.« Obwohl nur gemurmelt, bildeten ihre Worte ein Echo in dem leeren Kirchenschiff, und das Geräusch von Raffaellas Schritten hallte von den Wänden wider. Sie trat auf etwas, vielleicht einen Stein, das sich unter ihrem Gewicht bewegte und ein hohles Geräusch verursachte.

»Was ist denn das?« Sie blieb stehen und bückte sich. »Sieh dir das mal an, hier ist ein Grab!« Santovito trat zu ihr. »Und hier steht auch etwas auf der Grabplatte. Aber man kann es fast nicht mehr lesen. Aber hier, das sieht wie ein Wappen aus. Mit diesem schachbrettartigen Muster könnte es von der Stadt Pistoia sein. Und da ist auch ein Name eingraviert. Warte …« Sie kniete neben der Grabplatte nieder. »Vannuccius Ra … Ranierii. Der Rest ist nicht mehr zu sehen. Vielleicht war das ein Kondottiere oder etwas Ähnliches, oder ein einfacher Geistlicher. Leider sehe ich kein Datum«, und sie hob den Blick. »He, du paßt ja gar nicht auf bei meinem Unterricht.« Endlich hatte sie ihr Lächeln wiedergefunden, ihr Gesicht war entspannt. »Was siehst du dir denn an?«

Santovito hatte aufgehört, an seiner Zigarre zu ziehen, die von seinen Fingern bearbeitet im Erlöschen begriffen war, und blickte auf die Grabplatte.

»Entschuldigen Sie, Frau Lehrerin, aber hier ist etwas faul. Siehst du die Ränder der Grabplatte? Sie müßte seit Jahrhunderten dort liegen, mit dem Fußboden verwachsen. Statt dessen, sieh mal, ringsumher verläuft eine Rille, so als sei sie erst vor kurzem angehoben worden.« Er stellte sich auf die Platte und verlagerte sein Gewicht derart, daß wieder das Geräusch entstand, das Raffaellas Aufmerksamkeit erregt hatte. Dann bückte er sich. »Und hier, sieh mal, das sind Spuren, als habe hier jemand einen Hebel angesetzt und die Platte angehoben.«

Die Neugier hatte Raffaellas Beklemmung vollkommen verdrängt. Aufgeregt schlug sie vor: »Komm, das machen wir auch!«

»Das ist leichter gesagt als getan. Wir bräuchten eine Schaufel oder einen Spaten. Wo sollen wir hier so etwas finden?« Er blickte sich suchend um. »Ach, warte mal! Bleblè, der alte Mann, den wir an der Quelle getroffen haben, wohnt nicht weit von hier. Den könnten wir fragen, ob er uns einen Spaten leiht.«

»Ja, dann nichts wie los! Ich bin schon so gespannt, was wir in dem Grab finden werden!«

Die noch hochstehende Sonne blendete sie für einen Augenblick. Santovito blieb auf dem Vorplatz stehen und warf einen Blick zurück auf die Abtei:

»Soll ich dir mal was sagen? Ich glaube, der Schlüssel zu dem Fall liegt genau hier.« Er setzte sich in Bewegung: »Nur so ein Gefühl, weiter nichts. Ich kann mich auch irren.« Er blieb wieder stehen und warf die Zigarre zu Boden. Sie war schon lange erloschen, doch sicherheitshalber trat er noch einmal darauf. »Ja, hier könnte der Schlüssel zu den vielen Geheimnissen liegen. Aber wie soll ich ihm das klarmachen? Diesem Ares. Es wäre ein Wunder, wenn er darauf eingehen würde.«

»Du kannst es trotzdem versuchen. Wer weiß, vielleicht geschieht ja ein Wunder.«

»Das bezweifle ich, das bezweifle ich sehr. Der Mann ist so was von verbohrt!«

16

Seeungeheuer

Mittlerweile hatten sie sich an das Wandern in den Bergen so gewöhnt, daß sie die Anstrengung, die ihnen noch auf den ersten Spaziergängen zu schaffen gemacht hatte, kaum noch spürten. Schon in einiger Entfernung von der Ca' Rossa hörten sie ein rhythmisches Hämmern. Auf der Tenne vor seinem Haus stand Bleblè und gab einer Sense neuen Schliff, indem er sie mit dem Hammer auf einem kleinen, im Boden verankerten Amboß bearbeitete. Als er die beiden sah, hörte er auf zu hämmern und wartete, daß sie näher kamen.

»Welch unerwarteter Besuch!« sagte er, als sie bei ihm standen.

»Ja, von zwei durstigen Wanderern«, antwortete Santovito. »Was hämmerst du denn da wie ein Besessener?«

Bleblè ließ die Sense zu Boden gleiten und legte den Hammer auf den Amboß. »Hinter dem Haus habe ich ein Feld mit Saatluzernen. Ein einziger Steinacker. Und so muß ich ständig die Sense neu dengeln. Nach ein paar Metern ist sie schon voller Scharten. Aber was soll man machen? So sind eben die Felder hier in den Bergen.« Er stand auf. »Kommt, wir gehen ins Haus. Ihr wollt sicher was trinken.« Er trat auf den Eingang zu. »Aber was führt euch eigentlich her?«

Sie folgten ihm ins Haus. Bleblè öffnete eine Anrichte an der Wand, holte eine Flasche Wein hervor und füllte drei Gläser. Santovito hob das seine:

»Auf dein Wohl, Bleblè«, sagte er. Er schnalzte mit der Zunge. »Ach, nichts Besonderes. Aber könntest du uns vielleicht einen Spaten leihen?«

Bleblè legte die Stirn in Falten: »Was willst du mit einem Spaten?«

»Keine Angst, wir wollen dir keine Konkurrenz machen, aber die Signorina hier«, und er zeigte auf Raffaella, »würde zu gerne wissen, was sich in dem Grab unten in der Abtei befindet, und dazu brauchen wir irgendein Werkzeug, mit dem sich die Platte anheben läßt.«

Bleblè schob den Hut zurück und kratzte sich die Stirn. »Seltsam. Vor einigen Tagen war jemand mit der gleichen Bitte bei mir.«

»Wer denn?«

»Ach, dieser Junge«, er kniff die Lippen zusammen, »der dann ertrunken ist, Rino Battaglia. Zunächst habe ich nein gesagt. Du weißt ja, wie das ist, wenn man Kindern etwas leiht. Die Sachen gehen kaputt, oder man bekommt sie gar nicht zurück. Jedenfalls hat man nur Ärger. Aber der Junge hat nicht lockergelassen. Anscheinend war ihm die Sache furchtbar wichtig. Und so habe ich ihm schließlich einen kleinen Spaten gegeben, einen Militärspaten, du weißt doch, diese kleinen Spaten aus dem Krieg.«

»Ach, die Pfadfinderschaufel!« unterbrach ihn Raffaella, an Santovito gewandt.

»Aber ja, du hast recht.«

»Was denn für eine Pfadfinderschaufel?« fragte Bleblè nach.

»Ach, Raffaella hat unten bei der Abtei einen kleinen Spaten gefunden, und so wie du ihn beschreibst, könnte es deiner gewesen sein. Aber später war er dann verschwunden.«

»Hier in der Gegend verschwinden zu viele Dinge«, murmelte Raffaella. »Vielleicht waren es die beiden Jungen, die das Grab geöffnet haben.«

»Nein, dazu ist die Platte zu schwer. Wenn allerdings ein Erwachsener bei ihnen gewesen wäre, der dann ...« Santovito schwieg eine Weile. »Ach nein, das kann nicht sein.«

Bleblè stellte sein Glas auf den Tisch und ging zur Tür. »Sehen wir doch einfach mal nach, was sich in diesem Grab befindet. Was meint ihr? Das interessiert mich auch. Ich wußte gar nicht, daß dort ein Grab ist.«

Er verschwand einen Moment in dem Schuppen neben dem Haus und kam mit einem Stemmeisen und einem Spaten zurück. Bleblè legte sich das Eisen über die Schulter, reichte Santovito den Spaten und machte sich dann auf den Weg den Pfad hinunter, Santovito und Raffaella hintendrein.

Über den Ruinen lag die übliche Stille, und jetzt, da es Abend wurde, waren auch die Zikaden verstummt. Nur für einen Moment störte ein Hupen unten auf der Staatsstraße den Frieden.

»Hier geht's rein«, sagte Santovito und zeigte auf den Portikus.

»Ich weiß, ich weiß«, grummelte Bleblè, und drinnen vor der Grabplatte angekommen, sagte er: »Ich versuche, sie mit dem Stemmeisen anzuheben. Und sobald sie sich bewegt, gehst du mit dem Spaten drunter. Klar?« Er bemühte sich, das Stemmeisen in die Spalte einzuführen, doch die Kante des Werkzeugs war zu stumpf und fand keinen Halt. »Nein, nichts zu machen. Gib mir mal den Spaten.«

Er setzte ihn senkrecht an, und die Schneide fügte sich nahtlos ein. Um mehr Kraft zu entwickeln, ging er ein wenig in die Knie und zog den Spaten nach hinten. Die Steinplatte hob sich langsam. Sich noch tiefer hinabbeugend, drückte er seitlich gegen die Platte, so daß sie von der Hebekraft unterstützt schließlich mit einer Kante auf dem Fußboden zu liegen kam. «Leicht ist sie nicht, aber auch nicht allzu schwer.« Mit dem Fuß schob er sie noch ein Stück weiter zur Seite.

Unter ihnen öffnete sich eine zirka einen halben Meter breite Grube. Alle drei beugten sich hinab, um hineinzusehen. Santovito zündete ein Streichholz an und leuchtete.

»So ein Reinfall. Da ist ja überhaupt nichts drin!«

Schweigend gingen sie noch ein Stück des Pfades zusammen zurück. An der Stelle, wo es links zur Ca' Rossa abging, blieben sie stehen, um sich voneinander zu verabschieden.

»Tut mir leid, Bleblè, daß wir dich wegen nichts und wieder nichts von deiner Arbeit weggelockt haben.«

Bleblè schob seinen Hut in die Stirn, ließ das Stemmeisen mit der Spitze zu Boden gleiten und stützte sich darauf: »Was dachtet ihr eigentlich in dem Grab zu finden?«

»Na ja, das weiß ich auch nicht so genau«, mußte Raffaella zugeben. Sie lächelte. »Vielleicht den Schatz der Königin Selvaggia. Sie müssen wissen, Bleblè, ich glaube immer noch an Märchen.«

Schweigend wanderten sie nach Mezzacosta zurück. Kurz bevor sie ankamen, blieb Santovito stehen und bückte sich, um seine Zigarre an einem Stein auszudrücken. »Sicher ist sicher«, murmelte er, während er dann noch die Kippe unter der Schuhsohle zerrieb. Er blickte Raffaella an: »Ich hätte mich nicht wieder in die Geschichte hineinziehen lassen sollen.«

»Vielleicht hast du recht. Aber ab morgen machen wir richtig Urlaub, mit Sonnenbaden und Schwimmen und so weiter, und vergessen die ganze Sache. Einverstanden?«

»Ja, aber wo?«

»Du stellst Fragen. Am Stausee natürlich. Erzähl mir nicht, daß du noch nie dort warst.«

»Früher, als ich hier noch lebte, ging niemand schwimmen. Und mir hätte auch die Zeit dazu gefehlt.«

»Komm mir nicht mit diesen Ausreden. Ich glaube eher, du kannst gar nicht schwimmen.«

Santovito dachte an das Meer, an dem seine Heimatstadt lag, und daran, wie oft er als Kind schon dort geschwommen war.

»Du hast Vorstellungen! Ich bin am Meer aufgewachsen. Da lernt man schneller schwimmen als laufen.«

»Und warum zierst du dich dann so?«

»Ich habe keine Badehose.«

»Na und? Im Dorf ist ein Bekleidungsgeschäft. Da gehen wir zusammen hin und ...«

»Nein, vielen Dank, das erledige ich lieber allein.«

Es war ein idealer Badetag. Kein Windhauch, ein wolkenloser Himmel und eine warme Sonne. Sie waren in der Bar verabredet, da Santovito sich zuvor noch im Dorf ohne Raffaellas Beistand eine Badehose kaufen wollte.

Er trug eine lange Hose und einen kurzärmeligen Pulli und hatte sein Handtuch zusammengerollt unter den Arm geklemmt. Bevor er das Geschäft betrat, warf er einen Blick auf die Auslagen im Schaufenster, wo zwischen Hosen, Hemden und Pullovern auch einige wenige Badehosen zu entdecken waren.

Pünktlich um zehn erschien Raffaella in der Bar, in einem Trägerkleid und mit der Badetasche über der Schulter. »Und, hast du eine Badehose gefunden?«

»Ja, schon, aber ich weiß nicht, ob ich mich traue, sie auch vorzuzeigen.«

»Warum nicht? Du bist doch noch gut beieinander. Zeig mal her.«

»Erst am See. Weißt du, die Auswahl im Laden war nicht besonders groß, und ... Na ja, die beste, die ich gefunden habe, ähnelt der von meinem Großvater. Sie ist nicht unbedingt der letzte Schrei, will ich damit sagen.«

»Auch gut, wenn du mich überraschen willst. Komm, wir gehen. Ich freue mich schon.«

»Willst du nicht noch etwas trinken?«

Raffaella schüttelte den Kopf, Santovito bezahlte, was er verzehrt hatte, und sie machten sich auf den Weg.

Zum Ende der zwanziger Jahre war der Fluß durch einen Damm gestaut worden, um Strom für die Eisenbahn zu gewinnen, deren Antriebsart sich gerade in jener Zeit änderte. Und so hatte auch die Landschaft mit der Verbreiterung des Tals durch jene einige Kilometer lange und an der breitesten Stelle einen Kilometer breite Wasserfläche ein vollkommen anderes Gesicht bekommen. Die Feriengäste hatten damit begonnen, den Stausee zum Schwimmen und Sonnenbaden zu nutzen, und lagerten unter Pappeln, Erlen und Nadelbäumen, die ringsumher angepflanzt worden waren. Einen Badebetrieb mit Liegestuhl- und Sonnenschirmverleih gab es nicht. In kurzer Entfernung vom Ufer hatte ein gewisser Michele, der Jüngste einer Familie, die jahrhundertelang eben an der Stelle, wo jetzt der Fluß gestaut war, eine Mühle betrieben hatte, aus Holz und Blech einen kleinen Kiosk mit einigen Tischen davor errichtet, wo er belegte Brote und Getränke verkaufte. Ein Stromkabel spannte sich zwischen den Ästen und lieferte die Energie für einen riesigen alten Kühlschrank und ein ebenfalls riesiges altes Radio. Der Kiosk war nicht angemeldet, doch die zuständigen Stellen drückten ein Auge zu, denn schließlich mußte auch Michele irgendwie seinen Lebensunterhalt verdienen. Und außerdem war der Kiosk eine nützliche Einrichtung für die Badegäste. Eine wohlbeleibte, nicht mehr ganz junge Frau, vielleicht seine Gattin, ging Michele zur Hand.

Eine sanfte Brise strich über den ruhig vor ihnen liegenden See. Sie kamen an einer Gruppe von Jugendlichen vorbei, die auf einem behelfsmäßigen Grill Würstchen garten. Zu den Klängen einer Gitarre sangen einige *Il tuo bacio è come un rock,* während andere um sie herumstanden und wie Adriano Celentano die Hüften schwangen.

In der Nähe des Kiosks übertönte das voll aufgedrehte Radio den Gesang der Jugendlichen.

»Wo ist denn hier ...« Raffaella blickte sich suchend um. »Wo kann man sich denn hier umziehen?«

Santovito deutete in den Wald. »Kabinen wird es hier wohl nicht geben. Aber Büsche mehr als genug, und das gute alte Handtuch. Ich passe schon auf.«

»Wie du meinst. Ich gehe zuerst, und danach revanchiere ich mich.«

»Nicht nötig. Ich ziehe mich hier um. Ich habe die Badehose schon an.«

Schließlich standen sie in Badekleidung voreinander und musterten sich gegenseitig. »Der letzte Schrei ist das wirklich nicht«, lachte Raffaella, »aber es ist schon in Ordnung.«

»Habe ich dir ja gesagt. Aber sie erfüllt ihren Zweck. Gehen wir ins Wasser?«

Raffaella blickte skeptisch auf den See. »Jetzt sofort? Es ist bestimmt kalt. Warten wir lieber noch ein bißchen.«

»Warten? Worauf denn? Könnte es eine schönere Abkühlung geben? Komm«, und er ging hinein, bis er bis zu den Oberschenkeln im Wasser stand. »Warm ist es wirklich nicht. Aber wenn man mal drin ist, ist es bestimmt herrlich.« Er tauchte die Hände ins Wasser und machte dann Bauch und Schultern naß. »Also, ich wage es«, und er warf sich hinein und kraulte ein paar kräftige Züge. Dann drehte er sich auf den Rücken und rief ihr zu: »Komm rein, es ist wirklich herrlich!«

»Nein, lieber nicht. Ich habe Angst, daß du mich auslachst. So wie du schwimmst und kraulst, kann ich nur eine schlechte Figur machen.«

»Jetzt zier dich nicht. Ich bring's dir bei.«

Sie kam zu ihm, und so paddelten sie ein wenig herum, ohne sich allzuweit vom Ufer zu entfernen. Doch schon nach kurzer Zeit kreuzte Raffaella die Arme über der Brust und erklärte: »Ich geh raus, mir wird kalt.«

Sie verließen das Wasser, und draußen rubbelte Santovito ihr lange mit dem Handtuch den Rücken trocken.

»Ich habe Hunger bekommen«, sagte er. »Gehen wir einen Happen essen?« Sie setzten sich an einen Tisch vor dem Kiosk und bestellten bei Michele zwei Brötchen, und während sie warteten, tranken sie ein Bier und hörten das letzte Lied von Fred Buscaglione, das in voller Lautstärke aus dem Radio drang.

»Der arme Kerl, er war ein guter Sänger, und ich mochte seine Musik«, sagte Raffaella. »Brutal, so zu sterben, unter einem Lastwagen. Und er war noch jung!«

»Ja, ein schlimmes Jahr. Fausto Coppi hat es auch erwischt.«

»Stimmt, den auch. Was war das für eine Aufregung mit seiner »Dama Bianca«. Ich interessiere mich nicht besonders für Radsport, aber er muß einer der ganz Großen gewesen sein.«

»Wenn nicht der Größte. Wie ging noch dieser schöne Satz?« Santovito schloß ein wenig die Augen und versuchte sich zu erinnern. »›Ein Mann, ganz allein an der Spitze, sein Trikot himmelblau, sein Name Fausto Coppi.‹ Ich war immer ein Fan von ihm. Das ganze Land schien ja damals in zwei feindliche Lager geteilt, schlimmer noch als zwischen Kommunisten und Christdemokraten. Coppi und Gino Bartali. Die Anhänger von Bartali kamen ja gewöhnlich aus dem Umfeld der Kirche, aus der ›Azione Cattolica‹. Dazu habe ich mich nie gezählt. Und im Grunde glaube ich auch nicht, daß das viel damit zu tun hat. Die Begeisterung für einen Sportler oder eine Mannschaft läßt sich nicht rational erklären. Interessierst du dich für Fußball?«

»Eigentlich nicht. Ich weiß, daß Spal Ferrara dieses Jahr in der Meisterschaft Fünfter geworden ist. Aber das ist auch schon alles.«

»Mir geht's ähnlich. Ich weiß, daß Neapel am Ende doch nicht abgestiegen ist, aber sonst ...«

Die wohlbeleibte Wirtin schlurfte heran und legte ein Stück gelbes Papier mit zwei dicken Scheiben toskanischen Brotes auf den Tisch, die üppig mit von Hand geschnittenen Schinkenscheiben belegt waren.

Während sie dasaßen und schweigend aßen, kam eine Schar kleiner Jungen aufgeregt schreiend herbeigelaufen, die sich rasch die kurzen Hosen und Pullis am Ufer abstreiften und sich spritzend und planschend ins Wasser warfen. Ein paar von ihnen, die Mutigsten, versuchten sich an einigen ungeübten Schwimmbewegungen.

Eine Weile sah die Frau vom Kiosk ihnen zu, und als sie merkte, daß sich zwei der Jungen zu weit von den anderen entfernten, kam sie herausgelaufen und rief:

»He Nevio, he Franco. Nicht zu weit raus. Ihr wißt doch, daß da die Borda lebt. Die kann euch schnappen und unter Wasser ziehen! Bleibt in der Nähe vom Ufer.«

Die Jungen reagierten nicht, und die Frau kehrte kopfschüttelnd und etwas vor sich hin grummelnd zu ihrem Kiosk zurück.

»Die Zeiten haben sich geändert«, meinte Santovito leise, an Raffaella gewandt. »Die Jugend von heute hat vor nichts mehr Angst, und schon gar nicht vor der Borda.«

»Ist doch gut so.«

»Ich weiß nicht.« Er deutete auf die Kinder. »Würden sie noch an die Borda glauben, hätten sie wahrscheinlich mehr Respekt vor dem Wasser und seinen Gefahren.«

»Das stimmt schon. Und das ist wohl auch der Grund, warum es an den gefährlichsten Stellen der Gewässer so viele Ungeheuer gibt. Hier ist es die Borda, im Süden sind es Drachen, die an den wildesten Flüssen und tiefsten Seen hausen sollen. Mit dem gleichen Ergebnis: Die Leute halten sich von dort fern. Überleg mal, wie viele kleine Bäche es gerade in den Bergen gibt, die urplötzlich anschwellen können und sich in gefährliche Ströme verwandeln.«

»Das klingt sehr einleuchtend.« Santovito zündete sich eine Zigarre an.

»Ja, aber das ist nicht auf meinen Mist gewachsen. Ich habe es bei einem gewissen Norman Douglas gelesen. Er schreibt, daß im Glauben des Volkes die Wasserungeheuer in den tiefsten Tiefen hausen und Tag und Nacht mit weit aufgerissenen Augen wachen. Da hätten wir das ewige Funkeln des Wassers.

Der Drache, oder hier die Borda, verschlingt den, der seine Existenz leugnet. Und von da bis zu ihrer Rolle als Hüter von in den tiefsten Höhlen verborgenen Schätzen ist es nur ein kleiner Schritt.«

»Aber in unserem Fall war der Hüter des Schatzes anscheinend der arme Romitto. Und jetzt ist er tot und der Schatz für jedermann zugänglich.« Er zog an seiner Zigarre und bemühte sich, den Rauch nicht in Raffaellas Richtung zu blasen, doch der Wind spielte nicht mit. »Tut mir leid.«

»Das stört mich wirklich nicht. Ganz im Gegenteil, ich mag den Geruch. Vielleicht sollte ich mir auch das Rauchen angewöhnen.«

»Das ist keine gute Idee. Aber noch mal zur Borda. Im Dorf lebt eine alte Frau, Cesira heißt sie, die anscheinend alles über dieses Fabelwesen weiß. Es wäre vielleicht interessant zu erfahren, ob sie die Theorie dieses Wissenschaftlers bestätigen kann.«

Raffaellas Augen leuchteten. Santovitos Worte hatten ihren Forscherdrang neu geweckt. Sie sprang auf.

»Wir müssen mit ihr reden. Komm!«

»Nicht so eilig. Was sollen wir sie denn fragen? Ob sie schon mal was von Norman Douglas und seiner Drachentheorie gehört hat?«

»Keine Sorge. Ich lasse mir schon etwas einfallen, was ich sie fragen könnte.«

Widerwillig stand Santovito auf; er hatte so gut gesessen, am Ufer des ruhigen Sees in Frieden seine Zigarre schmauchend und dem Drachen, oder der Borda, ins funkelnde Auge schauend.

»Na schön, wenn dir so viel daran liegt.«

»Ja, das tut es. Übrigens ist auch der Name Borda interessant. In der Kirche Maria della Vita in Bologna gibt es nämlich eine berühmte, sehr schöne Pietà von Niccolò dell'Arca. Und die Frauen, die dort verzweifelt den Tod Christi beweinend dargestellt sind, heißen bei den Bolognesern *Borde*. Wer weiß, vielleicht gibt es da einen Zusammenhang.«

»Möglich. Fragen wir halt Cesira. Vielleicht kann sie uns weiterhelfen«, und damit ging er die Schinkenbrote und das Bier bezahlen.

Der Pfad führte sie geradewegs auf die Tenne vor dem Haus. Santovito konnte sich noch gut an Cesira erinnern, die schon zu seinen Zeiten als Maresciallo eine alte Frau war, und von weitem schien sie ihm jetzt unverändert. Sie saß im Schatten vor dem Haus und ließ vier Stricknadeln, unter denen ein Strumpf Gestalt annahm, flink durch die Finger gleiten. Neben ihr saß eine andere alte Frau, die ebenfalls mit Stricken beschäftigt war. Das feine Klimpern der Nadeln lag in der Luft, die Stille wurde untermalt vom sanften Rauschen des Baches Guelfa, und hin und wieder unterbrochen von den Worten, die die beiden Frauen, ohne den Blick von der Arbeit zu heben, aneinander richteten.

»Guten Tag, Cesira, erinnerst du dich an mich?«

Cesira hielt im Stricken inne, musterte Santovito eine Weile und sagte dann: »Sicher erinnere ich mich. Einen stattlichen Mann vergesse ich nie. Du hast dich überhaupt nicht verändert, und ohne Uniform siehst du sogar noch besser aus, Maresciallo.«

»Vielen Dank, Cesira. Das ist Raffaella, und sie möchte dich fragen …«

Cesira blickte Raffaella an und unterbrach ihn: »Du hast dir viel Zeit gelassen, aber es hat sich gelohnt.« Dann zeigte sie auf die Frau neben ihr: «Das ist Caios Maria. Du kennst sie doch noch, Maresciallo?«

»Natürlich. Wie geht's, Maria?«

»Man lebt, Maresciallo. Man lebt und schlägt sich durch, so gut man kann.«

»Ich gehe euch Stühle holen.«

»Nicht nötig«, sagte Raffaella und reichte Cesira und danach

Maria die Hand. Den beiden war die Geste etwas fremd, und so erwiderten sie den Händedruck sehr sanft, fast verlegen. In jener Gegend begrüßte man sich mit der Stimme, und das reichte.

»Dann vielleicht ein Gläschen?«

»Für mich nicht, danke«, sagte Raffaella.

»Und für dich, Maresciallo?«

Santovito hatte es schon lange aufgegeben, die Sache mit dem Maresciallo richtigzustellen. »Nein, danke, Cesira. Nicht so kurz vor dem Essen. Aber kannst du dir denken, worüber Raffaella mit dir sprechen möchte?«

»Nein, kann ich nicht«, und unterdessen hatten sowohl Cesira als auch Caios Maria wieder damit begonnen, die Stricknadeln tanzen zu lassen, mit der Harmonie in der Kindheit erlernter und in Fleisch und Blut übergegangener Gesten.

»Ich würde gerne mehr über die Borda erfahren.«

Die beiden alten Frauen ließen ihre Strickarbeit sinken und blickten Raffaella überrascht an.

»Über die Borda? Was gibt's denn da zu erfahren?« fragte Cesira nach einer Weile.

»Was wissen Sie über sie?«

»Das, was alle wissen.«

»Und was wissen alle? Ich meine, was ist die Borda überhaupt für ein Wesen? Ein Tier, ein Mensch oder was sonst? Und wo versteckt sie sich? Warum zeigt sie sich nicht? Ist sie schon jemals von jemandem gesehen worden? Wann?«

Cesira hob die rechte Hand, um diese unendliche Flut von Fragen zu stoppen: »Halt, halt, so viele Fragen, und alle auf einmal. Man merkt, daß du nicht von hier bist.« Sie strickte die Reihe zu Ende, steckte die Stricknadeln dann ins Wollknäuel, legte die Handarbeit zu Boden, faltete die Hände im Schoß und bereitete sich auf eine lange Erklärung vor. »Was sie ist, willst du wissen? Nun, sie ist weder Mensch noch Tier, so wie alle Bordas auf dieser Welt. Und sie versteckt sich im Wasser und zeigt sich niemandem, weil jeder, der sie sieht, entweder den Verstand verliert oder von ihr auf den Grund des Gewässers gezogen wird.« Sie hielt inne, um an Raffaellas Gesichtsausdruck abzulesen, ob sie alles verstanden habe, und fuhr dann fort, voller Genugtuung, weil endlich jemand Interesse an der Borda zeigte. »Aus meiner Familie hat mal jemand die Borda gesehen, aber das war vor vielen, vielen Jahren, als ich noch gar nicht auf der Welt war. Später, als Kind, hat man mir von ihm erzählt. Er hieß Vitullo und war Ochsenknecht, doch eines Tages war er es leid, den ganzen Tag im Stall zu verbringen, ließ alles stehen und liegen und ging davon. Einen Monat später fand man ihn, vollkommen verwahrlost und verdreckt, wie er durch die Wälder irrte und wie ein Verrückter ohne Unterlaß rief: ›Die Borda, ich habe die Borda gesehen. Er hat sich nie mehr erholt und blieb verrückt sein Leben lang.‹ Santovito lächelte, Cesira bemerkte es und fuchtelte beleidigt mit dem rechten Arm in der Luft herum: »Warum lachst du? Ach, du bist schon genauso wie der andere Maresciallo, dieser ...«

»Nein, nein, Cesira, sag das nicht. So was darfst du noch nicht mal denken!«

»Aber du glaubst mir doch auch nicht. Dabei hättest du nur mal sehen müssen, wie zerfressen das Gesicht des jungen Mannes war, den sich die Borda während des Krieges geschnappt hat. Ich habe es gesehen, und ich habe auch Rino Battaglia gesehen: genau dasselbe, das Gesicht von der Borda zerfressen.« Sie wandte sich wieder Raffaella zu. »Ich bin nicht verrückt. Ich erzähle dir nur, was ich weiß.«

»Ich weiß, daß Sie nicht verrückt sind, Cesira, und ich finde es sehr interessant, was Sie erzählen.«

Cesira warf Santovito einen Blick zu. »Ein sehr sympathisches Mädchen, Maresciallo.« Und zu Raffaella: »Caios Maria hier hat den jungen Mann damals im Krieg gefunden. Sie kann bezeugen, wie ihn die Borda zugerichtet hat. Komm, Maria, erzähl ihr mal, wie der arme Kerl aussah.«

Caios Maria schüttelte den Kopf und ließ weiter die Stricknadeln tanzen. »Was soll ich denn erzählen? Das alles ist schon so lange her.« Sie hielt im Stricken inne, schloß die Augen ein wenig und ließ die Gedanken zurückwandern. »Das war eine schlimme Zeit! Die Todt hatte meinen Mann zur Arbeit an der Gotenlinie eingezogen, so wie alle Männer, die nicht in die Wälder geflohen oder Soldat waren. Und Caio hatte ja nicht in die Wälder fliehen wollen, zu den Partisanen, weil er so bestimmte Ideen hatte. Ideen, die sie ihm eingetrichtert hatten.«

Intermezzo

»Am Sonntag werden wir unser Gold dem Vaterland darbringen«, sagte Caio zu ihr.

»Aber Caio, wir haben doch gar kein Gold.«

Caio zeigte ihr den Ehering an seinem Finger. »Und was ist das?«

»Du willst doch nicht ... Du willst doch nicht, daß ich den Ring abnehme, den du mir vor dem Priester an den Finger gesteckt hast?«

Caio erwiderte nichts und verließ das Zimmer, um zur Arbeit zu gehen. Er arbeitete in der Hanffabrik unten im Tal, wo vor dem Krieg Hanf und Flachs zu langen Stoffbahnen oder Schnüren verarbeitet und dann zunächst mit Pferdewagen und später mit der Eisenbahn ausgeliefert wurden. Die Fabrik war direkt am Fluß errichtet worden, da man auf das Wasser zur Stromerzeugung angewiesen war. Viele, viele Menschen aus den umliegenden Bergen arbeiteten dort, und die Fabrikbesitzer hatten eine Siedlung für die Arbeiter aus dem Boden gestampft, mit Schule und Kindergarten sowie einer Sanitätsstation für verunglückte Arbeiter, die aber auch von den Menschen aus der Umgebung genutzt wurde.

In den letzten Kriegsjahren stellte die Fabrik kriegswichtige

Produkte her, so Zeltplanen, Uniformstoffe, Abdeckplanen für Militärfahrzeuge und vieles mehr. Das war wahrscheinlich auch der Grund, warum alliierte Bomber die Fabrik immer wieder unter Beschuß nahmen.

Als Caio eingestellt wurde, hatte der Krieg noch nicht begonnen, und an seinem zweiten Arbeitstag kam schon der Parteivertreter zu ihm und sagte:

»Der Duce hat dir Arbeit gegeben. Jetzt ist es an dir, sein Vertrauen zu erwidern, indem du in seine Partei eintrittst.«

»Aber ich weiß doch nichts über den Faschismus.«

»Das macht nichts. Komm morgen abend in die Parteizentrale. Unser Verbandsführer wird dort einen Vortrag halten. So erfährst du alles, was du über den Faschismus wissen mußt.«

Caio ging hin, hörte zu, verstand nicht alles und war auch nicht sofort Feuer und Flamme für die Sache, fragte sich aber auf dem Nachhauseweg, wieso die anderen Länder diese »frevelhaften Sanktionen« gegen das »friedliebende Italien« beschlossen hatten und somit auch gegen ihn und seine Familie. Und als man dann in der Spinnerei verkündete – »Am Sonntag, den 28. Oktober 1936, dem Tag der Treue, werden alle Ehepaare Italiens dem Vaterland ihre Ringe schenken, um so der ganzen Welt ihre Empörung über die ungerechtfertigten Sanktionen zu zeigen, die gegen Italien ins Werk gesetzt wurden, ein Land, das sich nichts anderes hat zuschulden kommen lassen, als sich angestammten Lebensraum zu sichern und eine Jahrtausende alte Kultur zu verbreiten« –, da sagte Caio zu seiner Frau:

»Am Sonntag gehen wir unser Gold dem Vaterland darbringen.«

Und das taten sie dann auch, doch als Maria ihren Ehering vom Finger zog und zu den anderen Ringen in der Schüssel legte, war ihr, als habe sie ein Stück eigenes Fleisch aus ihrem Körper gerissen.

Ein Mann im Schwarzhemd und mit dem Fes auf dem Kopf

dankte ihr im Namen des Vaterlands, steckte ihr einen Ersatzring aus Eisen an den Finger und verabschiedete sie dann mit ausgestrecktem rechten Arm. Eine Quittung hatte sie auch bekommen, auf der stand:

ZEHNTES FASCHISTISCHES VERBANDCORPS BOLOGNA

Porretta, 28. Oktober 1936

FASCHISTISCHER KAMPFBUND PORRETTA

Benedetti Maria Comini stiftete dem Vaterland ihren Ehering als Zeichen des Protests gegen die frevelhaften Sanktionen fremder Mächte. Mit dem vorliegenden Schreiben wurde ihr als Ersatz ein Ring aus Stahl überreicht.

DER FASCHISTISCHE PARTEIKOMMISSAR

Doch das Gold reichte nicht aus, um die »frevelhaften Sanktionen« zu bekämpfen, und bald schon verlangte die Partei Caios Silber (er hatte keins und konnte nichts abliefern), sein Bronze, sein Kupfer, sein Eisen.

Einige Jahre später nahmen sie ihm sogar sein Fahrrad ab, wodurch sich auch bei Caio allmählich Zweifel am Faschismus regten, die er aber lieber für sich behielt. Das kam so: Um in die Spinnerei unten im Tal zu gelangen, hatte Caio ein Fahrrad. Auf dem Hinweg war das kein Problem, denn es ging immer bergab. Den Rückweg aber legte er größtenteils schiebend zurück.

Eines Abends wurde er am Fuß der ersten Steigung von einer SS-Patrouille angehalten. Man verlangte seinen Ausweis, er zeigte ihn vor und konnte schließlich gehen. Aber erst, nachdem ihm der deutsche Unteroffizier das Rad aus der Hand gerissen und ihn angeschrien hatte:

»Das ist beschlagnahmt. Jetzt hau ab!«

Zu Fuß kehrte er in die Spinnerei zurück und erklärte dort, daß er in den nächsten Tagen ohne Fahrrad wohl nicht zur Arbeit kommen könne. Caio war ein Mann, der seine Arbeit perfekt beherrschte, und so wollte der Vorarbeiter die Sache nicht auf sich beruhen lassen und wandte sich an den deutschen Kommandanten. Der schickte einen Wagen los, der bald schon mit dem beschlagnahmten Fahrrad zurückkam. Als man es Caio wieder aushändigte, hing ein Schild aus Sperrholz am Lenker, auf dem auf deutsch stand, daß der Eigentümer des Fahrrads in einem kriegswichtigen Betrieb arbeite und daß das Fahrrad als Arbeitsgerät des Eigentümers zu betrachten sei und nicht beschlagnahmt werden dürfe.

Am Tag darauf ließen sie ihm dazu noch einen Passierschein zukommen, den er vorzeigen sollte, falls er noch einmal von einer Patrouille angehalten werden sollte:

> Guardia Nazionale Repubblicana
> Carabinieri Gebietskorps von Bologna
> Unterbezirk Porretta
>
> Signor Comini Caio, Inhaber des Personalausweises Nr. 12.387.512, ausgestellt am 13. 10. 1943, ist berechtigt, sich mit seinem Fahrrad auf dem Gebiet der Provinz Bologna frei zu bewegen. Die vorliegende Genehmigung berechtigt nicht zur Fahrt während der Ausgangssperre.
>
> Porretta, 2. März 1944
> Maresciallo Maggiore dei Carabinieri

Daneben ließ der deutsche Kommandant Caio noch ein weiteres Schreiben aushändigen, das in der Sprache der Besatzer geschrieben war und folgendermaßen begann:

Arbeitsausweis
Bescheinigung
Der (die) Inhaber(in) vorliegender Bescheinigung darf ohne Zustimmung der Militärkommandantur …

und mit den Worten endete:

Militärkommandantur 1012
Militärverwaltungsgruppe Abteilung Arbeit

Caio erfuhr nie, was diese Worte bedeuteten. Auch weil er eines schlimmen Abends während einer Razzia trotz des Schildes an seinem Lenker und aller offizieller Genehmigungen, mit denen man ihn ausgestattet hatte, festgenommen, auf einen Militärlaster verladen und zur Gotenlinie verfrachtet wurde, wo er für den Führer arbeiten sollte.

Er kam niemals zurück. Er trat auf eine Mine, die die Deutschen in der Nähe der Baustelle vergraben hatten, um sich gegen die Überfälle der, wie sie sagten, »Rebellen« zu schützen.

Er hatte noch Zeit, seinen bescheidenen Beitrag zur Verstärkung der Gotenlinie zu leisten, einer jener vielen Verteidigungslinien, die so etwas wie die fixe Idee der Politiker und Militärs der ersten Jahrzehnte dieses Jahrhunderts waren: Hindenburg-Linie, Maginot-Linie, Siegfried-Linie, Gotenlinie. Eine Zusammenballung von Drahtverhauen, Panzersperren, Kampfständen für leichte und schwere Geschütze, unterirdischen Gängen aus Beton und Stahl.

Sie verfehlten ihren Sinn. Die Hindenburg-Linie wurde im September 1918 nach achttägigem Gemetzel durchbrochen, die Maginot-Linie 1940 von der Deutschen Wehrmacht einfach umgangen und die Siegfried-Linie von den Amerikanern 1945 überrannt. Auch die Gotenlinie bewirkte nicht mehr, als den Vormarsch der Alliierten zu verlangsamen, sorgte somit also für viele weitere Tausende von Toten und verlängerte die

Tragödie des Krieges für die Menschen, die die lange Zeit weit entfernt scheinende Befreiung herbeisehnten.

17

Das Zelt am Fluß

»Die Füße! Mein Gott, ich erinnere mich noch daran, als sei es gestern gewesen: weiß wie Schnee und hart wie Marmor. Und als Frabbone ihn dann auf den Rücken drehte …« Caios Maria wiegte traurig den Kopf. Sie ließ den Blick auf der Handarbeit ruhen, und bald setzte wieder das leise metallische Klimpern der Stricknadeln ein. Nach einer Weile sagte sie: »Weißt du eigentlich, Cesira, daß es das Grab immer noch gibt? Erst am Sonntag ist es mir wieder aufgefallen, als ich meinen lieben Verstorbenen ein paar Blumen auf den Friedhof gebracht habe. Auch das Kreuz, das Frabbone für den Unbekannten gemacht hat, steht noch darauf.«

Raffaella saß im Gras neben den Stühlen und lauschte gebannt den Erzählungen der beiden alten Frauen; Santovito war stehen geblieben und lehnte mit der erloschenen Zigarre zwischen den Lippen an der Hauswand.

»Was hat denn der Amtsarzt gesagt? Was hat er in den Totenschein geschrieben?«

Cesira blickte Raffaella verblüfft an: »Der Amtsarzt? Signorina, es war Krieg! Wenn man damals für jede Leiche, die gefunden wurde, den Amtsarzt gerufen hätte …«

»Und die Justiz? Die Carabinieri?«

Diesmal antwortete Santovito: »Die gab es nicht mehr. Ich war weggegangen … um es sanft zu umschreiben. Die Carabinieri-Wache war verlassen, und jeder versuchte, irgendwie mit dem Leben davonzukommen.«

»Dann weiß man also von dem armen Kerl noch nicht mal den Namen!«

»Es sind damals so viele gestorben, von denen man noch nicht mal den Namen weiß«, murmelte Cesira. Dann lauter: »Bist du eigentlich gekommen, um etwas über die Borda zu erfahren oder über die Toten im Krieg?«

»Ich bin sehr neugierig, Signora.«

»Ach lassen Sie doch die Signora weg. Ich heiße Cesira.«

»Gut, dann also Cesira. Ich habe gehört, daß Sie Romitto kannten.«

»Was heißt, kannten? Wirklich gekannt hat den eigentlich niemand. Eine Zeitlang habe ich mich ein wenig um ihn gekümmert, habe ihm die Wäsche gewaschen und ab und zu nach dem Rechten gesehen. Und dann hat er mir eines Tages, als ich die Schmutzwäsche bei ihm holen wollte, einfach die Tür vor der Nase zugeschlagen. Er schrie, er wolle mich nicht mehr sehen, ich solle mich wegscheren und mich nie mehr bei ihm blicken lassen. Und das habe ich dann auch gemacht.«

»Und wieso? Ich meine, was hatten Sie ihm denn getan?«

»Das hätte man ihn fragen müssen. Jedenfalls brüllte er, daß ich ihn allein lassen sollte, er sei der Hüter des Schatzes und diese ganzen bekannten Spinnereien.«

»Ich habe einen Haufen Bücher bei ihm gesehen.«

»Ja, Bücher hatte er mehr als genug. Und er kannte sich mit Heilkräutern aus. Aber er war eben auch nicht ganz richtig im Kopf. Nachdem er sich so verändert hatte, hat er nur noch die Leute erschreckt, besonders nachts. Er band sich ein Bettuch um und legte sich am Pfad auf die Lauer, und wenn jemand vorüberkam, machte er Stimmen nach und hüpfte wild herum. Anfangs haben ihn die Leute tatsächlich für ein Gespenst gehalten, und es machte ihm Spaß, die Köhler aufzuschrecken, die in den Wäldern schliefen. Später wußten die Leute dann Bescheid, aber es war immer noch beängstigend, mitten in der Nacht im Wald so ein schreiendes Ungeheuer vor sich zu haben.« Cesira hob ihre Strickarbeit vom Boden auf. »Aber er hat auch Gutes getan. Als ich einmal unter fliegender Hitze litt, gab er mir ein Säckchen mit Kräutern. Die sollte ich aufkochen und dreimal am Tag eine Tasse von dem Tee trinken, am frühen Morgen, nach dem Mittagessen und vor dem Schlafengehen. Der Tee hat mir gutgetan, und nach kurzer Zeit waren die Anfälle verschwunden.«

Auch Caios Maria konnte eine Geschichte zu Romitto beisteuern: »Und weißt du noch, als sich Clementinas Sohn so verbrannt hatte und sein ganzer Körper mit Brandblasen übersät war? Da haben sie Romitto gerufen, und er kam mit seinen Döschen und Gläschen und mengte eine Salbe aus verschiedenen Kräutern zusammen, die die Schmerzen auf der Stelle linderte.«

»Ja, er war ständig unterwegs, im Sommer wie im Winter, und suchte Pflanzen, Beeren und solches Zeug. Das kochte er dann oder ließ es gären. Ein Gestank – ich kann euch sagen!«

Die beiden Frauen schwiegen nun, und Raffaella stand auf. »Ich glaube, es wird Zeit für uns. Vielen Dank, Cesira.«

Eine Weile schauten sie ihren Gästen noch nach und kehrten dann wieder zu ihren Gesprächen und ihrem Schweigen zurück.

Der Pfad, der von Cesiras Haus ins Dorf hinunterführte, war so schmal, daß zwei Personen kaum nebeneinander gehen konnten, doch Raffaella hängte sich bei Santovito ein.

»Zufrieden?« Raffaella nickte. »Und womit? Ich weiß jedenfalls immer noch nicht, wie und was die Borda ist.«

»Ach, nicht wegen der Borda. Solche Sagen aus dem Volk kann man einfach nicht erklären.«

»Womit bist du dann zufrieden?«

Raffaella blieb stehen und blickte ihn unsicher an. »Du wirst mich auslachen.«

»Lassen wir's drauf ankommen.«

»Also schön. Ich glaube, daß Romitto den Schatz tatsächlich

gefunden hat.« Sie bedeutete ihm, ihr erst mal zuzuhören und nicht gleich mit Einwänden zu kommen. »Ich weiß, daß ich keine Beweise habe, es ist auch nur so eine Idee, aber wie erklärst du dir den plötzlichen Umschlag in seinem Verhalten Cesira und den anderen im Dorf gegenüber? Und vor allem, wie erklärst du dir die Existenz der Fibula, die ich ...«

»Welche Fibula, Raffaella? Ich habe keine Fibula gesehen.«

»Aha, du denkst also, ich spinne und sehe schon überall Fibulas!« Wütend machte sie sich von Santovito los und stapfte vor ihm her. Doch der Pfad war zu steil für die Sandalen, die sie für den See angezogen hatte. Sie rutschte aus und fand sich mit dem Hinterteil am Boden wieder.

Anstatt ihr aufzuhelfen, setzte sich Santovito neben sie auf den Pfad und legte ihr den Arm um die Schultern.

»Hast du dir weh getan?« Raffaella antwortete nicht, verneinte nur mit einem trotzigen Kopfschütteln und rieb sich das Gesäß. »Das kommt davon, wenn man so dickköpfig ist.«

»Es regt mich wahnsinnig auf, wenn man mich nicht ernst nimmt.«

»Ich habe dich immer ernst genommen. Ich habe nur gesagt, daß ich keine Fibula gesehen habe, und was ich nicht sehe ...«

»Herrgott noch mal, Benedetto, kannst du nicht einen Moment mal vergessen, daß du Carabiniere bist?«

»Schon gut, ich vergesse es. Dann erzähl mir jetzt weiter von deiner Theorie.« Und mitten auf dem Pfad neben ihr sitzend, zündete er sich eine Zigarre an, blies ihr ein wenig Rauch ins Gesicht und wartete auf weitere Erklärungen.

»Also, paß auf. Nehmen wir mal an, Romitto hat einen Schatz gefunden. Nicht den der Königin Selvaggia, irgendeinen anderen, aber etruskischer Herkunft. Obwohl die Etrusker nie in dieser Gegend hier ... Na ja, man kann ja nie wissen, diese Etrusker tauchen immer wieder dort auf, wo man sie am wenigsten erwartet. Wenn wir also davon ausgehen, daß Romitto einen Schatz gefunden hat, wird alles weitere klar, oder?« Santovito rauchte und wartete. »Ja, verstehst du denn immer noch nicht?« Santovito schüttelte den Kopf, und Raffaella setzte sich anders hin, ihm genau gegenüber, damit sie ihm besser in die Augen sehen konnte. »Ist doch ganz einfach. Die Jungen entdecken den Schatz, Romittos Schatz also, und Romitto überraschte sie dabei. Und was tut er?«

»Ja, was tut er?«

»Du machst mich noch ganz verrückt. Hör zu: Romitto überrascht sie und bringt alle beide um. Ist doch einleuchtend. In seinem Wahn hielt er sich für den Hüter des Schatzes, und als solcher konnte er nicht dulden, daß zwei Jungen …«

Santovito legte ihr eine Hand auf den Mund, für einen kurzen Moment nur, und zog sie dann rasch zurück. »Und du glaubst wirklich, dann hätte er sich solche Mühe gemacht? Den einen von einer Mine zerfetzen zu lassen und den anderen zu ertränken? Nein, wenn er so durchgedreht war, wie du sagst, hätte er sie einfach umgebracht und vor allem die Leichen versteckt. Und abgesehen davon, wie paßt sein eigener Tod in deine Theorie?«

»Tja, das weiß ich auch nicht.« Sie dachte eine Weile nach. »Na ja, vielleicht hat er in einem klaren Moment Gewissensbisse bekommen und sich selbst gerichtet.«

Santovito nickte, als habe Raffaella ihn überzeugt. »Das könnte sein. Ja, das könnte hinkommen.«

»Glaubst du wirklich?«

»Ja, aber nur, wenn du mir auch erklären kannst, wieso Romitto ermordet wurde.«

Raffaella riß die Augen weit auf. »Ermordet? Wieso?«

Santovito nahm die Zigarre aus dem Mund. »Die Autopsie hat ergeben, daß Romitto an einem Schädelbruch gestorben ist, genauer an einer Fraktur des Okzipitalknochens, also dieses Knochens hier«, und seine Rechte glitt unter Raffaellas Haare, dort wo sie am längsten waren, über dem Nacken, und seine Finger suchten die richtige Stelle.

Instinktiv schloß Raffaella die Augen und legte den Kopf zurück.

Fast ohne es zu merken, beugte sich Santovito zu ihr vor, um sie zu küssen. Raffaella rührte sich nicht. Sie war unsicher, ihre Augen und Lippen geschlossen, doch ihr Ohr lag jetzt an seiner Brust und übertrug das Pochen eines Gefühls, das ihr Sicherheit gab.

Sie küßten sich lange. Irgendwann öffnete Raffaella die Augen, lächelte und murmelte, ohne sich von ihm zu lösen:

»Mußten wir über ein solch makabres Thema reden, um endlich dorthin zu kommen?«

Auch Santovito lächelte.

Die im Halbkreis angeordneten Steine bildeten eine Feuerstelle, auf der ein bis zur Hälfte mit Wasser gefüllter Aluminiumtopf stand. Der Gefreite Nicola Chiaffalà steckte einen Finger hinein. Es fühlte sich kalt an. Neben der primitiven Feuerstelle ein Wasserbehälter aus Militärbeständen, der nur aufrecht stand, wenn er, so wie jetzt, ganz gefüllt war. Der Reißverschluß am Zelteingang war hochgezogen, und weder von dem Deutschen noch von seinem Fahrrad war etwas zu sehen.

»Sieh mal einer an, dieser Kerl fährt doch tatsächlich nachts mit dem Rad in den Wäldern spazieren«, murmelte Chiaffalà.

Die Situation war neu für ihn: Hatte er ein Zelt, das auf dem Kiesbett eines Flusses und damit auf dem Grund und Boden eines Staatsforstes aufgebaut war, als Privatwohnung anzusehen? Und wenn ja, durfte er es dennoch ohne Einwilligung des Eigentümers betreten, oder wäre dieses Vorgehen als Hausfriedensbruch zu betrachten?

»Was würdest du sagen, Gargiulo?«

»Aber Signor Appuntato, was soll ich dazu sagen? Wenn Ihr es als Gefreiter schon nicht wißt ...«

»Wenn Ihr es als Gefreiter schon nicht wißt ... Was ist denn das für eine Antwort? Natürlich weiß ich es, du sizilianischer

Holzkopf. Ich frage dich nur, um zu sehen, ob du die Vorschriften kennst.« Aber er wußte es eben selbst nicht und überlegte hin und her. »Ich meine, wenn der Deutsche hier wäre, würden wir uns seine Genehmigung zeigen lassen, aber so ...«

»Dann warten wir eben auf ihn.«

»Mein Gott, Gargiulo! Man merkt wirklich, woher du kommst. Und was ist, wenn er endlich eintrudelt und uns keine Genehmigung vorzeigen kann? Erklärst du das dem Maresciallo?«

»Was dann?«

Chiaffalà kontrollierte den Reißverschluß, blickte sich um und zwinkerte dem Carabiniere in seiner Begleitung zu.

»Ich würde sagen, wenn es unsere Kollegen in Genua oder in Reggio Emilia oder Rom mit den Vorschriften ebenso genau nehmen würden wie ich, hätten diese Kommunisten längst ihre Revolution gemacht.« Und kurzentschlossen bückte er sich, zog den Reißverschluß hoch und kroch ins Zelt. »Wenn jemand kommt, sag mir Bescheid!«

Er fand das, was normalerweise in einem Zelt zu finden ist: einen ausgerollten Schlafsack, eine an der hinteren Zeltstange aufgehängte Gaslampe, einen weiteren Aluminiumtopf, einen kleinen Gaskocher, einen Teller mit Besteck darauf, einen Rucksack.

»He, Gargiulo!« Der Carabiniere steckte den Kopf zum Zelt rein. »Siehst du etwas Verdächtiges?« Der Carabiniere schaute sich noch mal draußen um und schüttelte dann heftig den Kopf. »Dann sehen wir uns mal diesen Rucksack hier an.«

Er leerte ihn auf dem Schlafsack aus: ein Paar Jeans, zwei Baumwollpullis, ein Handtuch, zwei Unterhosen. Er steckte die Hand in eine der Seitentaschen, zog sie augenblicklich fluchend zurück und saugte an seinem Zeigefinger.

»Verflixt! Was ist denn das für ein Stachel? Und genau unter den Fingernagel!«

Er griff noch einmal vorsichtig in die Seitentasche und zog

eine Art Spange hervor. Sie war auffallend groß und kam ihm umgeschliffen und wie selbst gemacht vor. Er verließ das Zelt, um sie sich genauer anzusehen, und in der Sonne glitzerten die Steine, mit denen sie verziert war.

»Zum Teufel, die ist ja aus Gold! Sieh dir das mal an, Gargiulo! Was sagst du dazu?«

»Was soll ich sagen, Appuntato? Ich weiß nicht, was das sein soll.«

»Ich auch nicht, aber das Ding ist aus Gold, und was da so glitzert« – er hielt seinen Fund gegen das Licht – »könnten Brillanten sein. Ich frage mich nur, was so ein teures Stück im Zelt eines deutschen Touristen verloren hat, der so wenig Geld hat, daß er mit dem Rad durch Italien fahren muß.«

»Vielleicht handelt es sich um ein Familienerbstück.«

»Gargiulo, das Ding ist ein Vermögen wert, und ein Vermögen schleppt man nicht im Rucksack mit sich herum! Sehen wir mal nach, ob er noch mehr davon hat.«

Aber mehr fand er nicht. Sorgfältig packte er die Kleidungsstücke in den Rucksack zurück und hob noch einmal, bevor er das Zelt verließ, den Schlafsack an: »Bei diesen Deutschen weiß man nie!«

Er fand eine Schaufel mit kurzem Griff, wie sie Militärfahrzeuge an der Seite befestigt mitführen.

»Ist Santovito auch da?«

»Nein, aber auch wenn er hier wäre ...«

Maresciallo Amadori ließ sie nicht aussprechen. Anderen ins Wort zu fallen, war eben seine Spezialität. »Ich möchte mal wissen, was du an diesem Kerl aus dem Süden findest. So eine attraktive Frau wie du!«

»Ares, wenn du nicht sofort damit aufhörst ...«

»Schon gut, schon gut. Über Geschmack läßt sich eben nicht streiten. Kann ich reinkommen?« Raffaella trat zur Seite und ließ Ares in die Wohnung. »Was hast du denn zu trinken da?«

»Wasser oder Wein.«

»Wie wär's mit einem Martini mit zwei Oliven?«

»Den kriegst du in der Bar. Also, was willst du?«

»Du ärgerst dich bestimmt, wenn ich es dir sage!«

»Ares, bist du gekommen, um mir auf die Nerven zu gehen?«

»Gib mir erst mal ein Glas Wein, dann sehen wir weiter.«

Schweigend schenkte Raffaella ihm ein, nahm dann ihm gegenüber Platz und wartete, die Ellbogen auf die Tischplatte gestützt und den Kopf in den Händen, bis ihr Gast soweit war. Nach einem Schluck zündete Ares sich in aller Seelenruhe eine Zigarette an.

»Du bist wirklich schön, wenn du dich ärgerst.«

»Bist du gekommen, um mir das zu sagen?« Ares nickte. »Dann hast du dir die Mühe umsonst gemacht.«

»Es war keine Mühe. Ich bin mit dem Wagen gekommen.« Er nahm einen Zug und kippte gleich einen Schluck Wein nach. Zwei Verrichtungen, die sich nur schwer vereinbaren lassen.

»Entweder rauchen oder trinken«, belehrte ihn Raffaella.

»Hast du das von deinem Südländer?« Raffaella sprang auf und holte mit der Rückhand aus, die Ares gerade noch auf halbem Weg stoppen konnte, indem er ihre Hand festhielt. »Mein Gott, bist du empfindlich!« Er wurde ernst und drückte seine Zigarette im Aschenbecher aus. »Also gut, dann kommen wir jetzt zur Sache. Ich bin dienstlich hier. Du kommst mit mir zur Wache.«

»Und warum?«

»Die Fragen stelle ich hier.«

Es war ein recht kühler, feuchter Abend, und bevor sie das Haus verließen, ging Raffaella einen dünnen blauen Wollpullover in ihrem Zimmer holen und legte ihn sich über die Schultern.

»Laß uns noch bei Santovito vorbeigehen«, sagte sie, als sie zurück war. Doch Ares schüttelte nur gelangweilt den Kopf.

Raffaella nahm den Pullover von den Schultern und setzte sich. »Ohne ihn rühre ich mich nicht von der Stelle.«

»Ich kann dich zwingen.«

»Bitte, wenn du kannst. Freiwillig bekommst du mich jedenfalls nicht hier raus!«

»Also gut, ich kann nicht so viel Zeit verlieren. Meinetwegen, gehen wir den Südländer abholen.« Und während er ihr hinüber zum Hauptgebäude von Mezzacosta folgte, grummelte er: »Verdammt, das auch noch.«

Raffaella hörte es, drehte sich um und blickte ihn böse an.

Zwei Mannschaftswagen standen einsatzbereit vor der Wache, und auch die Carabinieri in der Vorhalle wirkten in ihren tadellosen Uniformen so, als seien sie auf dem Sprung zu einem dringenden Einsatz.

»Was ist los, Appuntato? Kommen die Roten oder müßt ihr zu einem Banküberfall?«

Santovitos Bemerkung blieb ohne Antwort, und Maresciallo Amadori ging geradewegs durch in sein Büro, nahm Mütze und Brustgurt ab, hängte sie an einen Kleiderständer aus emailliertem Eisen, setzte sich an seinen Schreibtisch und erlaubte es den beiden mit einer Handbewegung, ebenfalls Platz zu nehmen. Dann rief er: »Chiaffalà, die Beweisstücke.«

Gleich darauf erschien der Gefreite mit der Fibula und der Schaufel und legte sie auf den Schreibtisch. Verwundert blickte Raffaella zunächst auf die beiden Objekte, dann zu Santovito.

»Kennst du diese Gegenstände?« fragte Ares barsch. Raffaella nickte. »Ja oder nein?«

»Herrgott, ja! Die Schaufel lag neben dem Birnbaum, als wir bei den Ruinen waren, und die Fibula …«

Ares nahm die Fibula zur Hand und zeigte sie ihr: »Du meinst das hier?«

»Ja, wenn das andere eine Schaufel ist, ist das eine Fibula!«

»Bitte, wie du meinst. Also eine Fibula. Wo hast du sie gesehen?«

Raffaella antwortete nicht und blickte wieder zu Santovito, vielleicht unentschlossen, mit Sicherheit aber verunsichert von diesem Ort, Ares' Ton, dieser ganzen Situation. Santovito antwortete für sie:

»Ich hätte es dir schon lange erklärt, wenn du nicht die unschöne Angewohnheit hättest, andere nicht ausreden zu lassen und stur deine Sache durchzuziehen. Ich habe versucht, es dir zu erklären. Aber du ...«

»Ich möchte, daß Raffaella antwortet.«

Santovito, der sich nicht gesetzt hatte, trat ganz nahe an den Schreibtisch heran und beugte sich zum Maresciallo vor: »Hast du Raffaella irgend etwas vorzuwerfen?«

»Unterschlagung von Beweismitteln, um nur eins zu nennen.«

»Beweismittel für was?«

»Wahrscheinlich für einen Mord.«

Santovito richtete sich auf und lächelte: »Was hältst du davon, wenn wir mit Oberstleutnant Friggerio über die Sache reden?«

»Du kennst ihn?« Santovito nickte. »Was hat Oberstleutnant Friggerio damit zu tun? Der Distrikt unterliegt allein meiner Zuständigkeit.«

»Raffaella, erzähl ihm, was du weißt, und dann gehen wir nach Hause. Es ist schon spät.«

Raffaella erzählte, und Ares hörte zu und rauchte zwei Zigaretten, eine nach der anderen. Das offene Fenster nützte wenig, der Rauch blieb dicht und blau im Raum hängen. Ares rauchte, schwitzte und machte sich Notizen. Santovito malträtierte eine kalte Zigarre zwischen den Fingern – das Büro war schon verraucht genug –, und etwas abseits hielt sich der Gefreite Nicola Chiaffalà zur Verfügung seines Vorgesetzten, bereit, jeden Befehl auf der Stelle auszuführen.

»In Ordnung«, sagte Ares schließlich, »komm morgen nachmittag zur Unterzeichnung des Protokolls wieder.«

»Ich denke gar nicht daran! Das läßt du mir hinaufbringen, ich lese es durch, lasse es Benedetto durchschauen, und wenn alles in Ordnung ist, unterzeichne ich es! Wofür hast du schließlich deine Carabinieri? Hier im Dorf gibt's keine Kundgebungen, die du auflösen müßtest.«

Ares ging nicht darauf ein und wandte sich an seinen Gefreiten Chiaffalà: »Schaff den Deutschen herbei!«

»Soll ich ihn verhaften, Signor Maresciallo?«

»Nimm ihn erst mal fest. In der Zwischenzeit fordere ich telefonisch den Haftbefehl an.«

Es war kühl und der Himmel voller Sterne, und Raffaella fröstelte und zog ihren Pullover über. »Da drin war es ja nicht auszuhalten. Diese stickige Luft!«

Einer der Mannschaftswagen fuhr los, an Bord der Gefreite Chiaffalà und drei weitere Carabinieri in voller Kampfausrüstung.

»Der arme Kerl war schlecht beraten, seine Zelte hier aufzuschlagen. Der bekommt mächtig Ärger.«

»Was glaubst du? Ob er es war?« fragte Raffaella.

»Wenn er es tatsächlich war, muß er strohdumm sein. Die Beweise für einen Mord bewahrt man doch nicht bei sich zu Hause auf.« Er legte Raffaella den Arm um die Schultern, und sie machten sich auf den Weg. »Es ist sinnlos. Sosehr ich mir auch vornehme, mich aus der Sache rauszuhalten, die Ereignisse lassen mich nicht los. Um davon loszukommen, müßte ich das Dorf verlassen.« Raffaella blickte ihn mit einer Miene an, die Santovito schmunzeln ließ. »Irgendwann, Raffaella, werde ich zurückfahren müssen. Und dann?«

»Daran denken wir, wenn es soweit ist. Nicht jetzt.« Sie schmiegte sich in seinen Arm. Die Nacht war kalt.

Der Vollmond und ein sternenübersäter Himmel erhellten den Weg nach Mezzacosta hinauf. Schweigend, eng nebeneinander, wanderten sie hinauf. Um sie herum war die Ruhe einer Sommernacht im Gebirge, die leisen, schreckhaften Geräusche irgendwelcher Tiere in den Büschen, das Bellen eines Hundes in der Ferne, das Gluckern eines Baches, das der Wind forttrug, die Sichel der Scheinwerfer eines Autos auf der Staatsstraße.

Hin und wieder zog Santovito genüßlich an seiner Zigarre, und kurz bevor sie Mezzacosta erreicht hatten, fragte Raffaella ihn:

»Warum hast du es ihm nicht gesagt?« Santovito verstand nicht, worauf sie anspielte, und blickte ihr in die Augen, die einen kurzen Moment im Mondlicht glänzten. »Warum hast du ihm nichts von Bleblè und der Schaufel gesagt?«

»Was geht mich das an?«

»Es hat wohl eher damit zu tun, daß Bleblè dein Freund ist.«

»Gut, Bleblè hat dem Jungen die Schaufel gegeben. Aber was heißt das schon?«

»Es ist ja nicht nur deswegen. Aber Bleblè war wahrscheinlich der letzte, der ihn lebend gesehen hat, diesen Jungen, wie hieß er noch?«

»Rino, Rino Battaglia.«

»Ja, Rino. Bleblè hat ihn als letzter lebend gesehen, und vielleicht sollte Ares davon wissen.«

»Ja, sollte er. Aber dann muß er eben seinen Beruf richtig ausüben. Soll er doch allein darauf kommen! Ich bin nicht hier, um ihm die Arbeit abzunehmen, diesem, diesem ...«, er wollte Arschloch sagen, wie Ligera ihn genannt hatte, beließ es aber bei einem »aufgeblasenen Stümper!«.

Ein paar Meter vor dem Kiesbett blieb der Gefreite Chiaffalà stehen und sagte: »Halt, Gargiulo, halt, wir wollen ihn doch überraschen.«

Zwischen den Steinen der improvisierten Feuerstelle vor dem Zelt stieg noch der Rauch einiger verkohlter Holzscheite auf, und durch den Zeltstoff drang der flackernde Schein der Gaslampe. Das Fahrrad lag am Boden, und die Räder drehten sich in der Windbö, die von den Bergen hinab über den Fluß wehte.

Mit einem Ruck riß der Gefreite Chiaffalà den Reißverschluß hoch und stieß gleich darauf einen enttäuschten Fluch aus. Er zog den Kopf zurück und schrie seinen Männern zu:

»Alles absuchen! Los, los, der kann noch nicht weit sein! Er muß uns irgendwie gehört haben! Gargiulo, fahr den Wagen her. Wir brauchen Licht! Beeil dich, Gargiu, beeil dich. Wenn wir ihn nicht finden, können wir uns auf was gefaßt machen! Der Maresciallo macht uns die Hölle heiß. Der ist imstande und läßt uns alle nach Kalabrien versetzen!«

18

Wie in alten Zeiten

Rings um das Stück Land mit dem alten Triftrecht, das sich der Impresario angeeignet hatte, war von der Gemeinde ein Holzzaun errichtet worden.

Dieser Holzzaun diente dem Zweck, dem Gerede der Bauern ein Ende zu machen, die immer noch nicht wahrhaben wollten, daß sich jemand jenes Stück Land, das seit Jahrtausenden allen gehörte, einfach unter den Nagel reißen konnte. Doch das Gerede verstummte nicht. Und eines Nachts ging der Holzzaun in Flammen auf.

»Das Holz war einfach zu trocken«, erklärte Berardo. »Die Hitze der Sonne hat ihn entzündet.«

»Du meinst wohl des Vollmonds«, korrigierte ich ihn. »Es war Nacht, als er niederbrannte.«

Auf Kosten der Gemeinde ließ der Impresario einen zwei-

ten Holzzaun errichten, der nun von einem Angestellten der Gemeinde, einem Straßenkehrer, bewacht wurde. Ein aussichtsloses Unterfangen. Wie sollte ein Straßenkehrer einem Stück Land angst machen, das seit Anbeginn der Welt so viel erlebt hatte: Kriege, Besetzungen, Kämpfe zwischen Schäfern, Briganten, wilden Tieren?

Und so ging auch der zweite Holzzaun in Anwesenheit des Straßenkehrers in Flammen auf. Ganz deutlich sah er, wie Feuerzungen aus dem Boden schlugen und das Holz in wenigen Minuten in Asche verwandelten. Und wie bei einem Wunder Pflicht, erstattete der Straßenkehrer auf der Stelle zunächst seinem Pfarrer Don Abbacchio Bericht und dann auch allen anderen, die davon hören wollten. Don Abbacchio kam zu dem Schluß, daß der Brand auf übernatürliche Kräfte zurückzuführen und mithin ein Werk des Teufels sei, woraufhin wir uns überlegten, daß der Teufel wohl doch nicht so schlecht war, wie man immer wieder hörte. Der Impresario jedoch, um das Ansehen der Obrigkeit besorgt, ließ, da er des Teufels nicht habhaft werden konnte, kurzerhand den Straßenkehrer einsperren …

»Was lest Ihr denn da Schönes, Maresciallo?«

Santovito hob den Blick. Vor ihm stand Stalìn in einem eleganten Sonntagsjackett mit Hemd und Krawatte und ohne seine Busfahrermütze. Er legte den Zeigefinger zwischen die Seiten und sagte:

»Jetzt sperr mal die Ohren auf, Stalìn. Wenn du mich noch einmal Maresciallo nennst, lasse ich dich verhaften. Verstanden?«

»O, Ihr versteht wohl keinen Spaß. Immer untadelig und korrekt, die Signori Carabinieri!« Sein widersprüchliches Verhältnis zu Vertretern des Staates hatte ihn nun offensichtlich vom freundschaftlichen Du zum überholten, respektvoll distanzierten Ihr übergehen lassen. Oder hatte er einfach vergessen, daß er sich, als er Santovito in seinem Bus zur Osteria oben am Paß brachte, dazu entschlossen hatte, ihn vertraulich zu behandeln?

»Ich weiß nicht, wie Carabinieri immer sind. Dazu kenne ich zu wenige.«

Stalìn lachte laut auf: »Dafür kenne ich jede Menge von ihnen. Ich kenne zum Beispiel einen Gefreiten, der einen Mann festnehmen soll, den er natürlich nicht findet, und deshalb ...«

»Warum ›natürlich‹?«

Stalìn lachte wieder, jetzt so laut, daß sich einige Leute zu ihm umdrehten, die wie Santovito den erfrischenden Schatten im Garten von Mezzacosta genossen. »Weil er mit großem Trara angerückt ist, so daß der Deutsche gewarnt war und Zeit genug hatte, sich aus dem Staub zu machen!«

Santovito knickte die Seite, die er gerade las, an der oberen Ecke ein und klappte das Buch zu. Mit Stalìn in der Nähe war an ein Weiterlesen nicht zu denken.

»Was ist mit deinem Bus? Hast du heute nichts zu tun?«

»Nein, heute ist doch Sonntag. Habt Ihr das vergessen? Sonntags werfe ich mich in meinen Sonntagsstaat und genieße das Leben, wie Ihr auch.«

»Und das genießt du auf Mezzacosta?«

Stalìn nahm sich den freien Liegestuhl neben ihnen und machte es sich darin bequem: »Wieso nicht? Ich habe hier meine Freunde, mit denen ich gerne plaudere und die Tagesereignisse bespreche.« Er zog eine Wochenzeitung aus der Jackettasche und entfaltete sie vor Santovito. »Hier, lest mal das!« Doch dann las er selbst: »Heftige Proteste gegen die Faschisten und die Regierung. In Genua siegt das demokratische Italien. Die Tage des antifaschistischen Kampfes in einer dramatischen Fotoreportage und einem Bericht unseres Korrespondenten.«

Er legte Santovito die Zeitung auf die Knie. Auf der Titelseite prangte ein großes Foto von einer Demonstration, mit zahlreichen Teilnehmern, die Transparente hochhielten: »Für die Demokratie – Gegen den Parteitag der Faschisten in Genua«; »Faschisten raus aus Genua«; »Nieder mit dem Faschismus«.

Stalìn ließ die Zeitung eine Weile aufgeschlagen liegen, damit sich Santovito die Parolen gut einprägen konnte, und nahm sie dann wieder an sich: »Und hier ist der Bericht von Silvio Micheli. Er schreibt auch über Eure Heimat, den Süden. Endlich regt sich auch da unten etwas, Santovito! Lest mal!« Und wieder kam er selbst seiner Aufforderung zuvor: »Italien weist den Kompromiß von Tambroni zurück. Jeder zehnte Einwohner Palermos ist ohne Beschäftigung. Auch in Palermo gehen die Jugendlichen auf die Straße.« Und wieder legte er die Zeitung auf Santovitos Knien ab.

Santovito warf einen kurzen Blick darauf, faltete dann das Blatt zusammen und drückte es Stalìn in die Hand: »Collina, du hast ein seltsames Bild von Italien.«

»Stalìn.«

»Du hast ein seltsames Bild von Italien. Mein Heimatort liegt achthundert Kilometer von Palermo entfernt. Das ist so, als würde ich sagen, daß du Kampaner bist.«

»Aber das sollte doch keine Beleidigung sein. Ich stehe auf der Seite aller kämpfenden Genossen!«

»Paß mal auf, Collina, ich glaube nicht, daß du nach Mezzacosta rausgekommen bist, um mir Fotos und Schlagzeilen zu zeigen. Was willst du?«

In Anbetracht von Santovitos Ton ging auch Stalìn wieder zum Du über: »Zunächst mal bin ich gekommen, um dich auf ein Gläschen Grappa einzuladen. Cleto hat einen hervorragenden Selbstgebrannten. Komm mit rein.«

»Collina, es ist zehn Uhr morgens!«

»Na und? Ein guter Grappa schmeckt auch am Morgen. Der spült den Magen durch fürs Mittagessen.«

»Tu einfach so, als hätte ich die Einladung angenommen. Und weiter?«

Stalìn faltete die Zeitung zusammen und verstaute sie in seiner Jackettasche. »Weißt du, ich bin neugierig und stecke die Nase gern in anderer Leute Dinge.«

»Das habe ich mir schon gedacht – und jetzt weiß ich es. Also?«

Stalìn blickte zum Hoteleingang hinüber: »Hast du wirklich keine Lust auf ein Gläschen?« Santovito schüttelte den Kopf. »Schade, das wäre jetzt genau das richtige.« Und damit beugte er sich zu Santovitos Ohr vor. »Der Deutsche ist untergetaucht.«

»Wenn du es sagst. Ich selbst weiß nichts darüber. Maresciallo Amadori bearbeitet den Fall, und ich bin hier nur im Urlaub.«

Stalìn hielt sich an der Lehne fest und lachte los: »Ja, ja, ich weiß, der Fall interessiert dich überhaupt nicht!« Dann beugte er sich wieder zu Santovito vor: »Aber einige Informationen zu dem Deutschen dürften dich schon interessieren.«

»Collina, wenn du etwas weißt, bist du verpflichtet, es Maresciallo Amadori mitzuteilen.«

»Santovito, mit diesem Arschloch Amadori rede ich kein Wort. Der besitzt doch die Frechheit und bestellt mich auf die Wache, um mir zu sagen, ich soll hier keine Scherereien machen, er würde mich im Auge behalten. Scherereien! So nennt der den Kampf der Arbeiterklasse gegen Tambronis faschistische Regierung! Und mit so einem soll man reden? So einem soll man die Hand geben? Ich denke überhaupt nicht daran. Schließlich stehe ich auf seiten der fortschrittlichen Kräfte gegen die Reaktion!« Und damit stand er auf. »Also gut, wenn dich der Deutsche nicht interessiert, gehe ich halt zu Cleto rein und lasse mir ein Gläschen ausschenken.«

»Und so was ist Busfahrer. Fährt seine Fahrgäste durchs Gebirge und säuft!«

»Saufen tue ich überhaupt nicht, und wenn ich die Hände an Carolinas Lenkrad habe, rühre ich keinen Tropfen an! Aber heute ist Sonntag.«

»Na schön, hören wir mal, was du mir zu dem Deutschen zu erzählen hast.«

Stalìn setzte sich wieder hin und begann in vertraulichem Ton: »Der Deutsche ist nicht zum ersten Mal hier in der Gegend. Man könnte auch sagen, er ist zum Ort des Verbrechens zurückgekehrt. So heißt das doch bei euch.«

»Ich weiß nicht, was du damit meinst.«

»Damit meine ich, daß der Deutsche während des Krieges hier Soldat war und aus irgendeinem Grund zurückgekehrt ist.«

»Und wie kommst du darauf?«

»Ich habe den Krieg hier erlebt, und gewisse Dinge kann ich mir zusammenreimen.«

»Ja, Stalìn, ich weiß, du hast dich im Krieg um den Schwarzmarkt verdient gemacht.«

»Das war nur Tarnung. In Wirklichkeit habe ich die Partisanen unterstützt, Informationen weitergeleitet, Kontakte zu den Alliierten aufgebaut. Kurzum, ich habe meinen Beitrag zur Befreiung geleistet.« Er stand auf. »Also, wenn dich der Deutsche nicht interessiert ...«

Santovito wartete, bis sich Stalìn einige Schritte entfernt hatte, und rief ihm dann nach. »Warte, ich komme mit!«

»So gefällst du mir: Ein Gläschen am Morgen hat noch keinem geschadet. Du wirst dich wundern, was unser Cleto für einen schönen Grappa im Schrank hat.«

Cleto war nicht an der Rezeption und auch nicht in seinem Büro, aber aus der Küche hörte man seine herrische Stimme. Die beiden gingen dem Geschrei nach und konnten dann von der Küchentür aus beobachten, wie Cleto seine Köchin darüber belehrte, wie sie die Tagliatellesoße zu kochen habe. Diese, eine typische Bologneser Matrone, so breit wie groß und nicht mehr ganz jung, ließ die Hände in die Hüften gestemmt die Standpauke eine Weile über sich ergehen, bis sie ihren Chef irgendwann unterbrach:

»Jetzt hören Sie mal zu. Wenn es Ihnen nicht mehr paßt, wie ich hier koche, müssen Sie sich eben eine andere Köchin suchen. Mich hält hier nichts!«

Es war nicht der geeignete Moment für ein Gläschen, aber Stalìn ließ sich die Gelegenheit nicht entgehen, Cleto ein wenig aufzuziehen: »He Cleto, du bist wirklich deinem Vater nachgeschlagen.«

»Was weißt du schon von meinem Vater! Du warst ja noch nicht mal auf seiner Beerdigung. Aber was willst du eigentlich damit sagen?«

»Daß du ein Knicker bist, Cleto, schlimmer noch als dein Vater. Gott sei seiner armen Seele gnädig.«

»Ich habe dir schon mal gesagt, du sollst meinen Vater aus dem Spiel lassen, sonst ...«

Er brach ab, weil er hinter Stalìn Santovito erblickte, und wandte sich wieder seiner Köchin zu: »Das hätte mir gerade noch gefehlt, daß Sie hier alles stehen und liegen lassen. Es reicht mir, daß der Mandarino weg ist.« Und damit verließ er die Küche, während die Köchin vor sich hin grummelte:

»Seit dreißig Jahren koche ich jetzt, und der kommt her und will mir erzählen, wie ich mein Ragù für die Tagliatelle zu machen habe. Tun Sie das rein, lassen Sie das weg, weniger Fleisch, mehr Karotten und Zwiebeln ...«

»Mandarino hat dich also verlassen! Vielleicht warst du nicht sein Typ«, sagte Stalìn.

»Ach, hör auf. Er hätte mir wenigstens Bescheid sagen können. Dann hätte ich mir rechtzeitig Ersatz gesucht. Aber so, ohne ein Wort ... Ich komme morgens runter, und er ist nicht im Speisesaal, ich sehe in seinem Zimmer nach, sein Bett ist unberührt und sein Koffer ist weg. Er hat sich einfach davongestohlen, nachts, wie ein Dieb. Und auf sein Geld hat er auch verzichtet. Ob du's glaubst oder nicht, er hat mindestens einen Monatslohn in den Wind geschossen.«

»Tja, was willst du machen. Was ist schon ein Monatslohn

gegen die wahre Liebe. Ich sag's dir, der Mandarino hat sich in einen Typ verliebt, und sie sind gemeinsam geflohen.«

»Was du für einen Mist zusammenredest, Stalìn.« Cleto wandte sich an Santovito: »Verzeihen Sie, aber wenn ich mich hier nicht um alles kümmern würde ... Kann ich irgend etwas für Sie tun?«

Stalìn antwortete für ihn: »Laß ihn deinen Grappa probieren, Cleto. Ich habe ihm wahre Wunderdinge darüber erzählt.«

»Stalìn, laß mich in Ruhe, ich habe jetzt wirklich anderes im Kopf.« Und damit ging er zu seinem Büro rüber und schloß die Tür hinter sich.

Stalìn zuckte die Achseln. »Pech gehabt! Vielleicht haben wir ja ein andermal mehr Glück.« Er ging in den Garten hinaus. Santovito folgte ihm bis zu seinem Motorrad und wartete, bis er seine Motorradbrille aufgesetzt und den Fuß schon auf dem Kickschalter hatte, bevor er sagte: »Findest du nicht auch, daß zu viele Leute aus dem Dorf spurlos verschwinden? Jetzt auch noch der Mandarino.«

»Möglich, aber was soll ich dagegen tun?«

»Zunächst könntest du mir mal sagen, wo der Deutsche ist. Bist du nicht deswegen nach Mezzacosta rausgekommen?«

Stalìn trat den Kickschalter runter, und der Motor sprang sofort an.

»Hör mal, da ist Musik hinter! Das ist kein Motorrad, sondern ein Jagdflugzeug.« Er schob die Maschine vom Ständer, stieg auf, zog den Kupplungshebel und legte mit einer Bewegung aus dem Fußgelenk den ersten Gang ein. »Ach ja, der Deutsche: Frag doch mal bei deinem Freund nach. Du wirst sehen, da kommt was raus.« Er drehte am Gasgriff, und der Motor heulte auf. Dann ließ er plötzlich die Kupplung springen, daß die Maschine losschoß und der Kies nur so gegen die Umfassungsmauer von Mezzacosta prasselte.

»Welchen Freund meinst du?« rief ihm Santovito nach.

Ohne sich noch einmal umzudrehen, nahm Stalìn die linke

Hand vom Lenker, winke Santovito zu und legte sich genau in dem Moment in die Kurve, als der Millecento von Stelio mit einer Fuhre Hotelgäste, die dieser unten im Dorf von der Elf-Uhr-Messe abgeholt hatte, nach Mezzacosta einbog. Stalìn drückte die Maschine so tief hinunter, daß sein Knie den Asphalt berührte, und brauste zwischen dem Millecento und dem Straßengraben hindurch. Stelio hatte das Steuer nach links herumgerissen und so die Lücke geschaffen, durch die Stalìn, ohne vom Gas zu gehen, hindurchschneiden konnte, als das Motorrad plötzlich vor ihm auftauchte.

Bleich im Gesicht hielt der Junge vor dem Hauptgebäude von Mezzacosta und nahm den Kopf in beide Hände. Santovito lief herbei und öffnete die Wagentür.

»Alles in Ordnung?« Stelio nickte, atmete tief durch und stieg aus. Er deutete auf die Straße, auf der Stalìn entschwunden war, und tippte sich ein paarmal mit dem Zeigefinger gegen die Stirn. »Du hast recht. Der ist nicht mehr ganz dicht.« Stelio schüttelte den Kopf und beschrieb mit den Händen einen großen Kreis. »Ja, stimmt, er ist vollkommen verrückt.«

Jetzt stiegen auch die Gäste aus, fünf an der Zahl, als letzte Raffaella. Sie trug einen hellen gemusterten Baumwollrock mit Gürtel und eine ebenfalls baumwollne Überziehbluse mit einem weiten Matrosenkragen und einer Krawatte aus demselben Material. Die dunklen, tief ausgeschnittenen Schuhe mit den einige Zentimeter hohen Absätzen ließen sie größer und schlanker als gewöhnlich wirken. Nervös spielte sie mit dem schwarzen Schleier, der ihr während der Messe als Kopfbedeckung gedient hatte.

»Wer war dann dieser Verrückte?«

»Collina, der Busfahrer. Der ist mit Vollgas losgeprescht, und um ein Haar …« Santovito sah Raffaella an und lächelte: »Du hast dich aber feingemacht. In dem Aufzug bist du wirklich unverwechselbar die Dorflehrerin.«

»Frauen in Hosen läßt Don Vincenzo nicht in seine Kirche.

Und erst recht nicht in Jeans. Aber deswegen mußt du mich nicht auf den Arm nehmen.«

»Nein, wieso. Das steht dir verdammt gut.«

»Vielen Dank, aber jetzt gehe ich mich trotzdem erst mal umziehen.« Sie bemerkte das Buch, das Santovito immer noch in der Hand hielt. »Was liest du denn da?« Sie blickte auf den Einband. »Oh, ich hätte nicht gedacht, daß sich Carabinieri ständig mit solch anspruchsvoller Literatur beschäftigen.«

»Du glaubst wohl, alle Carabineri seien so wie die beiden in dem Witz, wo der eine nur schreiben und der andere nur lesen kann.«

»Nein, ganz bestimmt nicht. Aber du bist schon kein gewöhnlicher Carabiniere.« Sie wandte sich zum Gehen. »Also, dann bis um vier. Du weißt doch noch, wohin du mich begleiten wolltest?«

Ein hoher Dunst hatte den Himmel verschleiert, kein Lüftchen regte sich, und es war drückend heiß. Auf den Eichen und Kastanien saßen die Zikaden und ließen ihr ohrenbetäubendes Zirpen ertönen, und die Schwalben hoch am Himmel jagten den Insekten nach und ließen sich dann in sanftem Gleitflug auf den Dachtraufen nieder.

Hinter der Kirche stiegen sie bergan. Nach einem kurzen Stück schon blieb Santovito stehen und zeigte auf das Dorf unter ihnen:

»Von hier hat man einen guten Überblick. Nicht sehr berauschend, oder?«

Die Kirche, der Glockenturm, der Vorplatz und darum herum die Häuser, eng aneinander gedrängt, als müßten sie sich gegenseitig beschützen. Schwarze Dächer bedeckten die älteren, rote die in letzter Zeit errichteten oder restaurierten Gebäude.

»Zu meiner Zeit waren die Dächer alle aus im Laufe der Jahrhunderte schwarz gewordenen Sandsteinplatten. Aber die roten Dächer sehen schon freundlicher aus.« Er blickte Raffaella an. »Und was bringt dir das, das Grab zu sehen?«

Raffaella zuckte die Achseln und lächelte ihn an, fast so, als wolle sie sich für die Anstrengung in der Nachmittagshitze bei ihm entschuldigen. Santovito mochte dieses Lächeln. Es kam ihm so sanft vor, und vielleicht war sich Raffaella dessen bewußt, denn sie zeigte es häufig.

»Ich bin eben neugierig. Ist es so schlimm für dich, mich zu begleiten?«

»Nein, nein, ich weiß nur nicht, was du davon erwartest.«

»Das weiß ich auch nicht so genau. Aber laß uns trotzdem hingehen. Ab und zu ist es doch mal ganz schön, etwas ohne einen bestimmten Grund zu tun.«

Das Friedhofstor stand offen und war immer noch so verrostet wie zwanzig Jahre zuvor, wie dreißig Jahre zuvor. Als sie davor standen, meinte Raffaella:

»Hier im Dorf stirbt man besser nicht. Es ist so beschwerlich, einen zum Friedhof zu tragen.«

»Ach, die fahren doch heute mit dem Wagen hinauf. Aber früher, da haben sie den Sarg auf Schultern hinaufgetragen.«

»Vielleicht haben sie ja auch Ochsenkarren benutzt.«

»Machst du Witze? Ich habe noch nie gesehen, daß ein Sarg auf einem Ochsenkarren transportiert wurde. Das hätte eine Mißachtung des Verstorbenen bedeutet. Und außerdem hätten die Ochsen diesen Weg auch nicht gepackt. Das war früher nur ein Saumpfad.«

Der Friedhof war klein, und ohne langes Suchen fanden sie links des Eingangs, angelehnt an die Umfassungsmauer, das Eisenkreuz mit dem Blechschild am Schnittpunkt der beiden Arme, wie es Cesira beschrieben hatte. Auf dem Grab selbst, das an einer leichten Erhöhung zu erkennen war, wuchsen Gras und Löwenzahn.

Raffaella bückte sich und säuberte mit einem Taschentuch das Blechschild: »Es ist kaum mehr zu lesen. Hier steht: ›Unbekannter junger Mann, ungefähr zwanzig Ja …‹ Das wird zwanzig Jahre heißen. Dann einige unleserliche Worte und das Datum. Das kann man wieder gut lesen: ›Tag des Herrn, 3. Februar‹. Die Jahreszahl fehlt.«

»Frabbone wird sie noch wissen. Schließlich hat er das Kreuz angefertigt. Aber ist das so wichtig?«

»Ist es wichtig, das Todesdatum genau zu kennen?«

»Das habe ich dich gefragt.«

Es schien wichtig zu sein, denn schon eine halbe Stunde später standen Raffaella und Santovito vor Frabbones Werkstatt. Der Dunst war dichter und dunkler geworden, und die Sonne würde in Kürze hinter einigen dunklen Wolken verschwinden.

In der Werkstatt standen vier Gläser und eine Weinflasche auf dem großen Tisch, um den herum die vier Männer saßen, die schweigend Karten spielten: Ligera mit Catullo gegen Frabbone und Bleblè, alle vier im Sonntagsstaat. Bleblè trug einen Barchentanzug, ungeachtet der Hitze eines Tages, den die Feuchtigkeit zudem noch drückend schwül machte. Die unkonventionellen Ventilatorblätter an der Decke bewegten ein wenig die Luft im Raum.

»Guten Tag zusammen.«

Sie hoben den Blick von den Karten und grüßten mit einem Kopfnicken oder einer Handbewegung. Frabbone legte sein Blatt verdeckt auf den Tisch und stand auf, um zwei Stühle und zwei Gläser zu holen. Er füllte sie und deutete darauf.

Schweigend spielten sie weiter, und erst als der letzte Stich auf dem Stapel bei Bleblè gelandet war, sagte Frabbone:

»Und, wie geht's?« Er zeigte auf Raffaella, die sich nur im Raum umgeschaut und ihr Glas nicht angerührt hatte, und fragte: »Ist es wegen ihr?«

»Das ist Raffaella, die neue Lehrerin hier«, begann Santovito.

»Ich weiß, ich weiß«, fiel ihm Frabbone ins Wort. »Ich meinte, sind Sie wegen ihr hier?«

»Als ich von zu Hause losfuhr, wußte ich noch gar nicht, daß es sie gibt.«

»Sie trinken gar nicht, Signorina. Mögen Sie keinen Wein?«

»Doch, doch, und wie!« Sie hob ihm dankend ihr Glas entgegen, nahm einen tiefen Schluck und lächelte dann in die Runde. »Der ist gut. Sehr fruchtig.«

»Ja, da haben Sie recht. Der kommt aus der Toskana«, pflichtete ihr Frabbone bei.

Ligera hatte schweigend und nur ein wenig die Lippen bewegend die Augen gezählt; jetzt warf er die Karten auf den Tisch und murmelte: »Sechsundfünfzig. Die andern sind draußen.«

»Das hätte ich dir auch so sagen können, ohne zu zählen«, sagte Bleblè. Die Karten lagen auf dem Tisch, und keiner nahm sie auf.

Santovito ließ seine Zigarrenschachtel rumgehen: »Eigentlich sind wir hier, um euch etwas zu fragen. Raffaella würde nämlich gerne wissen, in welchem Jahr der junge Mann gestorben ist, den man während des Krieges in der Guelfa gefunden hat.«

Alle vier blickten Raffaella an, und sie fühlte sich ein wenig unbehaglich: »Es ist nur so eine Frage. Aber das, was uns Caios Maria dazu erzählt hat, hat mich neugierig gemacht. Na ja, und deswegen würde ich gern mehr über den jungen Mann wissen. Zum Beispiel, wie alt er war oder wie er gestorben ist.«

Frabbone suchte sich eine Zigarre aus, zündete sie an und gab, da niemand sonst zugreifen wollte, Santovito die Schachtel zurück. »Der Junge war höchstens zwanzig, und wie er gestorben ist, weiß der Herrgott allein.« Er nahm einen tiefen Zug und schenkte seinen Gästen nach.

»Und in welchem Jahr war das? Auf dem Kreuz steht der 3. Februar, aber die Jahreszahl fehlt.«

»Warten Sie, das war, das war«, er kniff die Augen zusammen und überlegte scharf, »im Februar …«

»… '45, und Nasone war gerade sechs Wochen tot«, stellte

Ligera klar. Er kippte seinen Wein auf einen Zug hinunter und knallte dann das Glas wütend auf die Tischplatte. »Aber was ändert das? Vierundvierzig oder Fünfundvierzig, das ist doch vollkommen egal!«

Frabbone schob die Karten zusammen, begann zu mischen und blickte dabei Santovito an: »Wie wär's? Spielen wir noch mal wie in alten Zeiten? Der Maresciallo und Bleblè – das war ein Paar! Ganz schön schwer, sie zu schlagen, stimmt's, Ligera?«

»Schon, aber hin und wieder haben Nasone und ich es geschafft.«

»Ja, aber nur, wenn der Maresciallo mit seinen Gedanken woanders war und das Spiel laufen ließ«, wandte Bleblè ein.

Frabbone stand auf und zeigte auf seinen Stuhl. »Kommen Sie, Maresciallo, setzen Sie sich hier hin. Mein Gott, die alte Zusammensetzung. Jetzt fehlt nur noch Serafina!«

»Und Nasone«, murmelte Ligera, »aber wegen mir können wir spielen.«

»Eigentlich wollten wir nur mal kurz reinschauen.« Santovito warf Raffaella einen fragenden Blick zu. »Ja, ich weiß nicht, vielleicht will Raffaella lieber gehen.«

»Nein, sie will bleiben«, beruhigte ihn Frabbone und setzte sich neben das Mädchen auf den Stuhl, den Santovito frei gemacht hatte.

»Ich habe aber schon jahrelang nicht mehr gespielt, und ich weiß nicht ...«

»Was macht das schon? Mit den Karten ist es wie mit den Frauen«, sagte Catullo aufgekratzt. »Wenn man sie einmal zu nehmen weiß, vergißt man es nie mehr!«

»Das kann aber nicht von dir sein«, meinte Frabbone.

»Das hat mein Vater gesagt, wenn er in der Osteria gespielt hat.«

»Siehst du, habe ich doch recht. Was weißt du auch schon von den Frauen, bei den wenigen, die du kennengelernt hast?«

»Es waren immerhin genug, um mich für immer von ihnen fernzuhalten.« Und Catullo lachte laut auf.

Sie spielten drei Runden Briscola, die Bleblè und Santovito gewannen, und gingen dann zu Tresette a Trentuno über.

Draußen hatten schwarze Wolken den Tag verdunkelt, und der aufkommende Sturm trieb die ersten Regentropfen durch die offene Tür bis in die Werkstatt. Doch niemand kümmerte sich darum.

Raffaella beobachtete, wie die Karten in den Händen der Spieler auftauchten und wieder verschwanden, hörte das Rascheln der Karten auf dem Tisch oder aneinander, zusammen mit dem »Ich melde« oder »Ich klopfe«, das hin und wieder die Stille in der Werkstatt durchbrach. Sie verstand nicht, was da gespielt wurde, war aber fasziniert von dem langen nachdenklichen Schweigen und dem geheimnisvollen Ritus der Karten, der die vier Männer zu verbinden schien, und als Frabbone aufstand, um eine weitere Lampe zu entzünden, legte sie Santovito eine Hand auf die Schulter und murmelte:

»Es ist schön hier.«

Der Regen prasselte hernieder, begleitet von Blitz und Donner, der so nahe war, daß die Fensterscheibe über der Werkbank vibrierte. Ein typisches Sommergewitter, das nicht lange dauern würde.

»Ach, wie in alten Zeiten!« sagte Frabbone, als die letzte Runde gespielt war, »aber jetzt räumt den Tisch ab. Es gibt was zu essen.«

Er brachte Salami und Schinken, von denen er dicke Scheiben absäbelte, einen Laib toskanischen Brotes und eine neue Flasche Wein.

19

Eine weitere lange Nacht

Das Gewitter zog schnell vorüber, der Donner entfernte sich, und bald hörte man nur noch ein Grummeln von unten aus dem Tal. Bleblè ging zur Tür und blickte zum Himmel:

»Es ist schon vorbei.« Tief atmete er die kühle, feuchte Luft ein und kehrte dann an den Tisch zurück.

»Jetzt einen Tag Sonne, und die Pilze schießen aus dem Boden«, sagte Santovito.

Bleblè schüttelte zunächst nur den Kopf und sagt dann: »Das war nicht viel, und zu viel auf einmal. Das Wasser ist zu Tal geschossen, und die Erde hatte keine Zeit, es aufzunehmen. Aber immerhin werden wir ein paar Tage Ruhe vor der Hitze haben. Also, ich gehe jetzt. Gute Nacht zusammen.« Auch Ligera und Catullo standen auf, doch bevor er die Werkstatt verließ, kam Ligera noch einmal an den Tisch zurück und reichte Raffaella die Hand:

»Sie sind ein sympathisches Mädchen, und es freut mich, daß ihr euch gefunden habt.« Er drückte ihre Hand und gesellte sich dann zu Bleblè und Catullo, die schon draußen im Halbdunkel eines Abends standen, den der Regen klar und sauber gemacht hatte.

»Für uns wird es auch Zeit«, sagte Santovito. »Es ist ein gutes Stück hinauf nach Mezzacosta.«

»Warum ruft ihr nicht Cleto an, er soll euch Stelio runterschicken?« schlug Frabbone vor. »Ich habe zwar kein Telefon, aber in der Bar findet ihr eins.«

»Ach, wir gehen lieber zu Fuß«, sagte Raffaella. »Es ist so ein wunderschöner Abend, und ich liebe Spaziergänge nach dem Regen.«

»Das letzte«, sagte Frabbone und füllte noch mal die Gläser.

»Auf euer Wohl, wer weiß, wann wir uns wiedersehen«, und damit hob er sein Glas.

»Wieso? Wieso sollten wir uns nicht bald schon wiedersehen?«

»Weil Sie wahrscheinlich keine weiteren Fragen haben«, und er blickte Raffaella an. »Oder täusche ich mich?«

»Und wie. Ich bin neugierig, und Fragen habe ich immer. Außerdem ist die von heute abend auch nicht so ganz beantwortet worden. Ja im Grunde …«

»Was wollten Sie denn noch erfahren?«

»Zumindest das Todesjahr des Unbekannten hätte ich schon gern gewußt. Aber noch nicht einmal das steht sicher fest.«

»Wieso? Das war im Winter '44/'45, da hat Ligera recht. Einige Tage nach der Suchaktion der Deutschen wegen des verschwundenen Amphibienfahrzeugs. Aber warum interessieren Sie sich so für diesen Toten?«

Raffaella zog die Schultern hoch. »Wie gesagt, ich bin neugierig. Aber was ist das für eine Geschichte mit dem verschwundenen Wagen?«

»Schon verstanden«, sagte Santovito, setzte sich wieder hin, suchte sich eine Zigarre aus und zündete sie an. »Wir werden hier übernachten.« Er nahm einen tiefen Zug und stieß den Rauch aus, der sich, unterstützt von der langsamen Bewegung der Ventilatorblätter, in der feuchten Luft der Werkstatt auflöste.

Auch Frabbone nahm wieder Platz und griff zu einer Zigarre aus Santovitos Schachtel. Er zündete sie an: »Das ist eine Geschichte so alt wie der Krieg«, und mit seiner ruhigen, tiefen Stimme erzählte er vom Verschwinden des Schwimmwagens und von dem Hauptmann, der ihm die Pistole gegen die Schläfe gehalten hatte. »Ich habe noch nie solche Angst gehabt. Ich hatte meine Seele schon dem himmlischen Schöpfer überantwortet, doch dann … na ja, wie ihr seht, bin ich noch da. Und der Witz bei der Sache ist ja, daß ich gleich nach dem

Krieg dieses verfluchte Auto tatsächlich gefunden habe, direkt unter der Leona-Brücke, halb verdeckt von Laub und Steinen. Aber wie es dahin gekommen ist, ist bis heute ein Geheimnis. Ich habe damals die Partisanen gefragt, aber die wußten von nichts, und das wird wohl gestimmt haben. Hätten sie den Wagen überfallen, hätten sie nicht das MG 34 dagelassen, das noch auf der Lafette vor der Windschutzscheibe befestigt war, und auch nicht die Schmeisser oder die MAB auf dem Rücksitz.«

Die Luft in der Werkstatt war gesättigt vom Zigarrenqualm, den die Blätter des seltsamen Ventilators kaum noch zu bewegen und zu verteilen vermochten.

»Und was ist dann mit den Waffen passiert?« fragte Santovito.

Frabbone verzog die Lippen unter seinem weißen Schnurrbart zu einem Lächeln: »Aha, jetzt kommt doch der Carabiniere wieder durch.«

»Nein, nein, ich frage nur so.«

»Das mag sein, aber Sie haben mich nicht gefragt, was aus dem Amphibienfahrzeug geworden ist.«

»Was ist aus dem Amphibienfahrzeug geworden?«

Frabbone machte eine unbestimmte Geste mit beiden Händen:

»In alle Winde zerstreut. Ich habe es Stück für Stück auseinandergenommen und mit den Teilen alle möglichen Maschinen repariert, Traktoren, Pflüge, Nähmaschinen, Sämaschinen.« Er zeigte an die Decke auf den Ventilator. »Das ist das letzte Teil, das mir geblieben ist, die Schraube, die den Wagen im Wasser angetrieben hat. Die habe ich in einen Ventilator verwandelt. Und der funktioniert, wie Sie sehen. Vielleicht besser als früher, als er noch eine Schiffsschraube war.« Er lehnte sich zurück und blickte Raffaella an, die ihm schweigend zugehört hatte, wie immer fasziniert von den Geschichten aus der Vergangenheit. »Wenn ich mich recht erinnere, hat auch Bleblè noch ein Stück von dem Amphibienfahrzeug. Und zwar die Schaufel, die an der Seite befestigt war. Ich habe sie ihm mal vor wer weiß wie langer Zeit geschenkt.«

Raffaella tauschte einen Blick mit Santovito. »Diese Schaufel ist ganz schön rumgekommen. Vom Amphibienfahrzeug zu Frabbone, dann zu Bleblè, zu den Kindern, ins Zelt des Deutschen, um schließlich auf der Carabinieri-Wache zu landen.«

Bevor sie losgingen, sagte Santovito, in der Tür der Werkstatt stehend: »Du hast mir gar nicht gesagt, was aus den Waffen geworden ist.«

Frabbone schüttelte den Kopf: »Ach, wie soll man sich daran noch erinnern!« Mit beiden Händen strich er sich über den Schnurrbart und verabschiedete die beiden mit einer Handbewegung, doch Santovito blieb noch stehen. Er fragte:

»Was ist mit dem Deutschen?«

»Was soll mit dem sein?«

»Hast du ihn früher schon mal getroffen? Weißt du, wo er sich versteckt hält?«

»Warum fragen Sie mich das?«

»Jemand – Stalìn hat mir gesagt, daß der Deutsche während des Krieges hier war. Und ich solle meine Freunde fragen, wenn ich mehr wissen will.«

Frabbone stand auf und streckte sich in seiner ganzen mächtigen Gestalt, nahm die Arme zurück, atmete tief durch, schüttelte den Kopf und sagte: »Mit Stalìn vergeuden Sie doch nur Ihre Zeit. Der redet viel, wenn der Tag lang ist.«

»Frabbone, bist du sicher, daß du den Deutschen nicht schon mal während des Krieges getroffen hast? Vom Alter her würde es passen.«

Ruhig und gelassen wie immer antwortete Frabbone: »Ja, ich bin sicher. So leicht vergesse ich kein Gesicht. Und am wenigsten das eines Deutschen.«

Santovito nickte und entfernte sich. Raffaella winkte Frabbone noch einmal zu und schloß dann zu ihm auf.

Vom Werkstatteingang blickte Frabbone ihnen noch eine Weile nach; dann trat er wieder an den Tisch, kippte den letzten Schluck aus seinem Glas hinunter und murmelte:

»Was geht das Leben doch für seltsame Wege.« Die Zigarre in seiner Hand war erloschen, er ließ sie zu Boden fallen und trat sie unter der Sohle breit.

Eine Weile gingen sie schweigend nebeneinander her. Der Weg war dunkel, denn neue Wolken hatten sich vor den Vollmond geschoben. Über den harten, vom Verkehr vieler Jahrhunderte festgestampften Boden war das Regenwasser hinweggeschossen und hatte kaum Feuchtigkeit hinterlassen, doch die grasbewachsenen Ränder hatten sich vollgesogen. Raffaella zog sich die Schuhe aus und lief mit nassen Knöcheln und Waden in dem kühlen Gras weiter.

Santovito legte ihr eine Hand auf die Schulter und wanderte neben ihr her.

»Es ist so schön, im nassen Gras zu laufen. Aber wenn ich das in Ferrara täte, würden mich alle für verrückt erklären.«

»Vielleicht bist du wirklich ein wenig verrückt.«

»Meinst du?«

»Ja. Würdest du dich sonst mit einem Mann wie mir einlassen?«

Raffaella blieb stehen, stellte sich auf Zehenspitzen und küßte Santovito auf den Mund. Von den Blättern fielen Regentropfen, die ihre Haare und ihre kaum bedeckten Schultern benetzten.

Mezzacosta war schon in Sichtweite, als die ersten Tropfen eines erneuten Gewitters fielen, und sie begannen zu laufen.

Keuchend kamen sie oben an, und bevor sie hineinging, lehnte sich Raffaella mit dem Rücken gegen ihre Haustür und trocknete sich das Gesicht. Ein Blitz, gleich darauf ein mächtiger Donner, ganz nah, und Raffaella fand sich in Santovitos Armen wieder. Sie schwieg eine Weile und raunte ihm dann ins Ohr:

»Bleib heute nacht bei mir.«

Vom leisen Prasseln auf dem Fußboden des Zimmers wurde er wach, und um Raffaella nicht zu wecken, machte er kein Licht und stand auf, um das Fenster zu schließen. Doch nicht feuchte Regentropfen, sondern auf dem Boden verstreute Steinchen bohrten sich in seine nackten Fußsohlen, und Santovito fluchte leise. Als er aus dem Fenster blickte, sah er ihn unten im Garten stehen, wie er winkte und ihm ein Zeichen gab, herunterzukommen.

Er nickte und bedeutete ihm mit einer Handbewegung, daß er verstanden habe, zog sich rasch im Dunkeln Hemd und Hose über, schlüpfte dann mit den nackten Füßen in die Schuhe, und warf, bevor er den Raum verließ, noch einmal einen Blick auf Raffaella.

Bleblè trug noch dieselben Sachen, die er in Frabbones Werkstatt anhatte, und auf dem Kopf den uralten, tief in die Stirn gezogenen Hut.

»Was fällt dir denn ein, mitten in der Nacht?«

Bleblè legte den Zeigefinger auf den Mund und bedeutete Santovito, ihm zu folgen. Dann betrat er den Stall von Bartolomeos Haus, den Stelio noch nicht wieder hergerichtet hatte und in dem es immer noch nach Vieh, Heu und Mist roch.

Bleblè setzte sich auf den Rand einer Futterkrippe. »Ich muß dir etwas sagen, aber nicht in deiner Eigenschaft als Maresciallo der Carabinieri.«

»Bleblè, bring mich nicht in Schwierigkeiten. Ich habe den Dienst noch nicht quittiert, und was immer du mir auch sagst …«

Bleblè schob den Hut ein wenig zurück: »Herrgott, Maresciallo, in deinem Leben muß doch auch ein wenig Platz für Freunde sein.«

»In meinem Beruf macht man sich nicht so leicht Freunde.« Santovito hätte sich jetzt gern eine Zigarre angesteckt, aber er hatte die Schachtel im Zimmer gelassen. Vergeblich suchte er in seinen Hosentaschen.

»Dann habe ich dich wohl umsonst geweckt«, sagte Bleblè leise. Er zog sich den Hut fast bis zu den Augenbrauen hinunter, stand auf und machte Anstalten zu gehen.

Santovito hielt ihn am Arm fest und trat neben ihn: »Warte einen Moment!« Er seufzte. »Am Ende hat Stalìn doch recht.«

»Womit?«

»Ach, er hat mir da was gesteckt. Na schön, was hast du mir zu sagen?«

»Hört sich an, als wolltest du mir die Beichte abnehmen.«

»Bleblè, du kennst mich doch. Habe ich mich schon mal wie ein Priester verhalten?«

»Dann einigen wir uns darauf, daß du auch nicht als Carabiniere hier bist.«

»Einverstanden. Das bin ich ja auch nicht. Ich bin hier als Tourist. Also schieß los.«

Bleblè dachte eine Weile nach, suchte offenbar nach den passenden Worten und begann dann: »Flak hat mit dem Tod der beiden Jungen und dem vom Romitto nichts zu tun.«

»Flak? Wer ist das?«

»Wie er richtig heißt, weiß ich nicht. Ich habe ihn immer so genannt, weil er eine FLAK-Uniform trug, als ich ihn zum ersten Mal traf.«

»Du meinst den Touristen aus Deutschland?« Bleblè nickte, und Santovito streckte seufzend die Arme zum Himmel aus: »Und du holst mich mitten in der Nacht aus dem Bett, um mir zu sagen, daß dieser Flak mit den Morden nichts zu tun hat? Bleblè, ich habe das Gefühl, du bist … Ach, was soll's?« Er stand auf, um zu Raffaella zurückzukehren und wieder in den unterbrochenen Schlaf zu finden. Falls er überhaupt noch einmal einschlafen konnte. »Ich gehe wieder ins Bett, und du solltest das gleiche tun.«

»Maresciallo, Flak ist bei mir, oben in der Ca' Rossa. Er hat mich gebeten, ihm zu helfen! Was soll ich tun?«

Santovito blieb stehen. Eine Zigarre, jetzt eine gute Zigarre!

»Woher wußtest du eigentlich, daß ich bei Raffaella bin?«

Bleblè antwortete nicht; er zuckte nur mit den Schultern, und so legten sie den ganzen Weg schweigend zurück, achteten nur darauf, wo sie hintraten, denn der Mond stand mittlerweile so tief über den Bergen im Westen, daß sein Licht nur noch die Baumwipfel erhellte.

Es war keine Nacht, um in einem kurzärmeligen Hemd und ohne Socken durch den Wald zu spazieren, doch Santovito hatte Raffaella nicht stören wollen und war deshalb nicht mehr ins Zimmer zurückgekehrt, um sich wärmer anzuziehen. Bleblè hatte gemerkt, daß Santovito fror, und kaum in der Ca' Rossa angekommen, nahm er eine alte Jacke von dem Wandhaken hinter der Tür und reichte sie ihm.

Die vom gedämpften Licht einer Vierzig-Watt-Glühbirne erhellte Küche war leer, doch der Tisch war noch für zwei Personen gedeckt: zwei Teller, zwei Gläser, Besteck für zwei, ein Laib Brot, eine Flasche Wein und ein halber Laib Käse.

»Wo ist er denn?« Bleblè antwortete nicht. »Du hast mich doch hoffentlich nicht für nichts und wieder nichts hierher gebracht, um drei Uhr nachts.«

»Er hat uns wohl kommen hören und sich versteckt. Paß auf, der wird gleich auftauchen. Er war ja einverstanden, daß ich dich einschalte. Wahrscheinlich will er nur sichergehen, daß uns niemand gefolgt ist. Er hat Angst vor Amadori, er meint, der hat ihn wie einen Verbrecher behandelt, und ...«

Ein Schrei und Geräusche, die durch die offene Tür drangen, ließen ihn innehalten. Dann brüllte jemand:

»Wollt ihr mich reinlegen? Was macht die hier? Was hat die hier zu suchen?«

Santovito rannte raus: Auf der Tenne waren der Deutsche und Raffaella. Er hatte ihr den Arm auf den Rücken gedreht und hielt ihr eine Faust so unters Kinn, daß sie kaum noch Luft bekam.

»Und ich habe euch vertraut«, schrie er wieder. »Ihr habt

mich reingelegt! Das ist die Freundin von Amadori. Ihr wollt mich …«

Santovitos Faust traf ihn mitten auf den Mund. Der Deutsche sank zu Boden, und auch Raffaella wäre hingefallen, hätte Santovito sie nicht aufgefangen. Dann stürzte er sich wieder auf den Deutschen, kniete sich auf ihn und hielt ihn so am Boden.

»Rühr sie nie wieder an, verstanden? Rühr sie nie wieder an!« Er packte Flak an der Jacke und zog ihn hoch. Dann schleifte er ihn ins Haus und stellte ihn am Küchentisch ab. »Beweg dich ja nicht von der Stelle.« Dann ging er wieder hinaus, um sich um Raffaella zu kümmern. »Ist dir was passiert? Komm, wir gehen rein.«

Raffaella nickte. Ihr Gesicht war kreideweiß. »Es geht schon wieder, mir ist nichts passiert. Ich hatte nur solche Angst, wie er da draußen im Dunkeln über mich hergefallen ist.«

Bleblè reichte ihr ein Glas Wein: »Hier, trinken Sie drei Schlucke, ohne zu atmen. Das vertreibt die Angst.«

Raffaella nahm die drei Schlucke und gab ihm das Glas zurück. »Sie haben recht. Jetzt fühle ich mich schon besser.«

»Was machst du eigentlich hier?«

Sie deutete ein Lächeln an, um Santovito zu beruhigen, und strich sich die Haare aus den Augen. »Ich habe gehört, wie du dich angezogen hast. Dann bin ich auch aufgestanden und … Na ja, hier bin ich eben.«

»Du bist verrückt. Du bist wirklich verrückt.«

»Ich habe dir doch schon tausendmal gesagt, ich bin nicht verrückt, ich bin neugierig.«

»Ich jetzt auch.« Er strich ihr über die Wange, lächelte sie an und wandte sich dann wieder dem Deutschen zu. »Du hast uns eine Menge zu erklären. Zunächst einmal: Wieso sprichst du plötzlich so gut Italienisch?«

Der Deutsche schenkte sich zu trinken ein, das Glas bis zum Rand voll, und kippte den Wein auf einen Zug hinunter. »Ja, ich spreche ganz gut Italienisch. Schon in der Schule habe ich damit angefangen und dann auf der Universität weiter studiert. Vor allem war ich aber während des Krieges hier stationiert, so daß ich genug Zeit zum Üben hatte.«

»Dann war also dein ›Ich Deutscher, Tourist, du verstehen?‹ nur ein Bluff. Aber wozu?«

»Ich wollte nicht erkannt werden. Die Leute sollten denken, daß ich ein Tourist bin, der rein zufällig hier ist.«

»Ich verstehe. Aber warum bist du eigentlich wirklich hier?«

Intermezzo

Er hatte rasch gelernt, die Waffen am Geräusch zu unterscheiden. Jetzt lag er wieder wach und hörte sie, entfernt, aber deutlich. Zunächst das unverwechselbare Rattern des MG 34, dann die Garben aus den Maschinenpistolen und die Explosion zweier Handgranaten. Danach wieder Stille.

»Die sind wohl wieder vom Rascheln der Zweige nervös geworden«, murmelte er. Er zündete die Kerze an, blickte auf die Uhr und ging zur Tür.

Am späten Abend hatte es zu regnen begonnen, mit der Kälte der Nacht war der Regen allmählich in Schnee übergegangen, und jetzt schneite es in Flocken, so groß wie Taschentücher, die ein beißend kalter Wind in die Ritzen der Baracke trieb.

»Genau die richtige Nacht für einen Spaziergang«, fluchte Bleblè.

Er zog sich seine abgetragenen Kleider über, kontrollierte, ob die Sten geladen und gesichert war, hängte sich die Waffe über die Schulter und bedeckte sie so gut es ging, damit sie nicht naß wurde. Am Eingang, wo ihm die ersten dicken Schneeflocken ins Gesicht wehten, zog er sich den Hut tief in die Stirn und fluchte erneut.

Tosca hatte gar nicht bemerkt, daß es schneite. Er hatte sich bis über den Kopf in die Decken eingewickelt und schlief unter den Ästen, die ihm als Zeltdach dienten. Seine Füße ragten aus dem provisorischen Unterstand heraus, der für eine Person von durchschnittlicher Körpergröße gebaut worden war, und der Schnee hatte sie jetzt unter sich begraben.

Mit der Fußspitze berührte Bleblè die schneebedeckten Stiefel, und sofort sprang Tosca auf und schlug sich den Kopf an dem Dach aus Ästen an. Der Lauf seiner MP kam heraus, bevor noch etwas von ihm selbst zu sehen war.

»Ach, du bist's.«

»Das nennst du Wache halten? Du hättest noch weitergeschlafen, wenn hier eine ganze Armee aufmarschiert wäre.«

»Wieso geschlafen? Ich habe nur mal kurz die Augen zugemacht«, und er krabbelte aus seiner Schutzhütte und klopfte sich den Schnee von den Stiefeln. »Ist es schon Zeit?« Er erwartete keine Antwort und blickte in die Schneeflocken, die der Wind durch die Luft wirbelte. »Immerhin müssen wir bei diesem Wetter nicht mit deutschen Patrouillen rechnen. Die sitzen lieber im Warmen, die Glücklichen!«

»Da wäre ich nicht so sicher. Unten im Tal haben sie geschossen. Irgend jemand muß da unterwegs sein.«

Tosca war möglicherweise noch nicht mal achtzehn, dennoch war er einer der ersten gewesen, die den Kampf in den Bergen aufgenommen hatten. Er hatte nicht gesagt, woher er kam, und niemand hatte ihn danach gefragt. Doch seinem Dialekt nach war er mit Sicherheit Toskaner, und deswegen nannten sie ihn zu Beginn auch Tosco, was später dann, weil er die Oper liebte, zu Tosca wurde.

Auch er kontrollierte seine MP, hängte sie über die Schulter und bedeckte sie, um sie vor der Nässe zu schützen, mit seinem Militärmantel, der bei einer normal großen Person ein gutes Stück über die Knie gefallen wäre, ihm aber nur bis zur Mitte der Oberschenkel reichte.

»Also, gehen wir?« fragte er.

Sie machten sich auf den Weg. Ohne von irgend jemandem aufgehalten zu werden, erreichten sie die Scheune, die der Bauersfamilie Mélega auch als Trockenschober für Kastanien diente, und mit einem Fußtritt stieß Bleblè die Tür auf und rief:

»Habt ihr den Verstand verloren? Irgendwann kriechen sie noch in euer Bett, ohne daß ihr es merkt. Herr im Himmel, warum stellt ihr keine Wache auf?«

»Bei dem Wetter bleiben die Deutschen lieber hinter dem warmen Ofen hocken«, antwortete ihm Quirino.

»Da wäre ich jetzt auch lieber. Also, wo sind die beiden? Wir können nicht die ganze Nacht hierbleiben.«

Mit dem Kolben seiner MP schlug Quirino gegen die Deckenbretter, und die beiden amerikanischen Soldaten sprangen hinunter ins Heu.

Einige Tage zuvor hatte ein Jagdflugzeug der Alliierten im Tiefflug einen Zug angegriffen, der von der Front nach Bologna unterwegs und mit Kriegsgefangenen und Waffen beladen war. Natürlich hatten die von dem Flieger ausgeklinkten Bomben weder den Zug noch die Gleise getroffen – dazu war das Tal einfach zu eng –, doch die sich anschließende MG-Garbe war in die Rolltür eines Güterwaggons eingeschlagen und hatte die dahinter sitzenden Männer getötet. In einem Tunnel hatte der Zug dann gewartet, bis der Jagdbomber verschwunden war, und währenddessen hatten sich die beiden Gefangenen in dem beschossenen Güterwaggon befreien und das Weite suchen können. Die amerikanischen Soldaten hatten sich im Wald versteckt, wo sie schließlich von Bleblès Gruppe gefunden wurden. Und jetzt galt es, die Amerikaner zu ihrer Einheit jenseits der Front zurückzubringen.

»Gebt ihnen was zum Überziehen. Ich will nicht, daß sie mir auf dem Weg erfrieren.«

Sie gaben ihnen zwei Wehrmachtsmäntel, und die vier Männer verließen die Scheune der Familie Mélega.

Der Pfad war fast nicht mehr zu erkennen, denn der Schnee fiel in solchen Mengen, als wenn es seit Jahren nicht mehr geschneit hätte, und nur einem Mann wie Bleblè, der jeden Stein und jeden Baum kannte, war es möglich, sich nicht zu verlaufen.

So stapften sie schweigend durch die verschneite Landschaft. Nur Tosca, der als letzter ging, fluchte immer wieder vor sich hin, so wie nur Toskaner zu fluchen verstehen, wenn etwas nicht so läuft wie erwartet.

Sie hatten den Pfad zur Ca' Bruciata eingeschlagen, als Bleblè plötzlich stehenblieb, niederkniete und die Spuren studierte, die sich vom Wald kommend vor ihnen den Hang hinaufzogen. Frische Fußspuren, nur ganz leicht verwischt vom immer noch fallenden Schnee.

»Wehrmachtsstiefel«, murmelte er und zeigte sie den beiden Amerikanern. »Germani«, raunte er dann, um sich besser verständlich zu machen. Dann an Tosca gewandt: »Es ist nur einer, und nicht weit vor uns.«

»Was macht denn ein Deutscher allein hier oben?«

»Das gehen wir ihn jetzt fragen, was, Tosca?« Er bedeutete den beiden Amerikanern, etwas abseits des Pfades auf sie zu warten. »Du gehst dort weiter und ich hier, wir nehmen ihn in die Zange. Und wehe, du schießt, Tosca! Verstanden? Wenn seine Kameraden irgendwo in der Nähe sind, haben wir verschissen.«

Er war noch nicht weit gegangen, als Bleblè ihn plötzlich vor sich im Schneegestöber sah. Der Mann kam nur langsam voran und grummelte in seiner Sprache vor sich hin. Er schien nicht bewaffnet und trug eine Uniform der deutschen Fliegerabwehr.

Unbemerkt schloß Bleblè zu ihm auf und stieß ihm von hinten den Lauf seiner MP in die Rippen, während sich gleichzeitig der eiserne Griff seines linken Arms um den Hals des Mannes legte.

»Hände hoch, und keine Bewegung, FLAK«, zischte er ihm ins Ohr, »wenn du schreist, knall ich dich ab, so wahr mir Gott helfe!«

Er war sich nicht sicher, ob der Deutsche ihn verstanden hatte, vertraute jedoch auf die Universalsprache seiner MP. Und tatsächlich hob der Deutsche beide Arme hoch. Er zitterte und bekam keine Luft, nickte aber, soweit Bleblès fester Griff es ihm erlaubte, bejahend mit dem Kopf.

20

Endlich eine gute Zigarre!

»Bis zum Kriegsende war er mit uns in den Wäldern, und nach dem 25. April blieb er einfach bei mir, weil er keine Lust hatte, nach Deutschland zurückzukehren.«

»Warum?«

»Ich war ein Deserteur, und denen verzeihen meine Landsleute nicht. Auch nicht nach dem Krieg, auch nicht, wenn der Krieg verloren wurde.«

»Ich habe ihm beigebracht, mit Hacke und Spaten umzugehen und sich mit Feldarbeit den Lebensunterhalt zu verdienen. Er war ja Student und hatte keine Ahnung von Gras und Erde. Dann eines Tages …« Bleblè wiegte seinen Kopf hin und her und fuhr nicht fort.

»Dann eines Tages?« ermunterte Raffaella ihn.

Bleblè goß sich zu trinken ein und hob das Glas, um es an die Lippen zu führen, trank aber nicht. Er sagte: »Dann eines Tages war er plötzlich fort. Das wird so sechs, sieben Monate nach Kriegsende gewesen sein. Ich weiß noch, daß wir an jenem Morgen Kastanien auflesen wollten. Ja, das war im Oktober 1945.«

»Und wo ist er hin?«

Bleblè nahm einen Schluck: »Das muß er dir selbst sagen. Ich weiß nur, daß er gegangen war ohne ein Wort, ohne eine Erklärung, ohne ein Ciao oder Dankeschön.« Bleblè erzählte das ohne Groll. Es war eine Feststellung, mehr nicht. »Gestern abend stand er dann plötzlich bei mir in der Tür und bat mich, ihm zu helfen. Und dann habe ich dich eingeschaltet.«

»Und was kann ich für ihn tun?«

Flak antwortete jetzt selbst: »Die Carabinieri haben mein Zelt durchsucht und fahnden nach mir. Aber mit dem Tod der beiden Jungen habe ich nichts zu tun. Ich bin zurückgekommen, um das Dorf wiederzusehen und«, er blickte Bleblè an, »und um dir zu danken für alles, was du für mich getan hast.«

»Ist es dafür nicht ein bißchen spät?« fragte Raffaella. »Der Krieg ist seit fünfzehn Jahren aus. Sie haben sehr lange gebraucht, um sich an Bleblè zu erinnern.«

»Es war eine schwere Zeit für mich. Als ich nach Deutschland zurückkam, war mein Elternhaus zerbombt. Mein Vater hatte bei dem Angriff ein Bein verloren, und ich fand keine Arbeit und konnte auch nicht mehr zur Universität zurück. Deswegen habe ich auch mein Studium nie abgeschlossen. Und außerdem interessierten sich die Behörden für mich. Man verlangte genaue Erklärungen über mein Verschwinden während des Krieges und behandelte mich wie einen Kriminellen. Na ja, und so geriet ich immer tiefer in den Schlamassel. Leider gibt es bei uns in Deutschland immer noch Leute, die von einem Großdeutschen Reich träumen und nicht wahrhaben wollen, daß Hitler tot ist.«

Santovito hätte jetzt wer weiß was für eine seiner Zigarren gegeben. Oder auch irgendeine andere. Nervös suchte er in seinen Hosentaschen; Bleblè bemerkte die Entzugserscheinungen und bot ihm seinen Tabak mit den Blättchen an:

»Der ist aber ziemlich stark. Wenn es dir nichts ausmacht.«

»Danke, Bleblè, aber ich habe nie etwas anderes als meine

Toskanischen Zigarren geraucht.« Bleblè stand auf und nahm eine Schachtel Zigarren und ein Päckchen Streichhölzer vom Kaminsims. »Die liegen schon eine Ewigkeit hier. Ich weiß nicht, ob sie noch schmecken. Probier einfach mal.«

Santovito wählte eine der beiden Zigarren, die noch in der Schachtel war. Sie war hart und trocken und knirschte, als er sie zwischen den Fingern rollte, um sie weicher zu machen.

»Warum haben Sie sich eigentlich so plötzlich entschlossen, von hier wegzugehen?« fragte Raffaella.

»Bleblè wird sich sicher noch an die drei Deutschen erinnern, die damals im Dorf auftauchten und behaupteten, sie seien vom Internationalen Roten Kreuz und würden nach gefallenen deutschen Soldaten suchen. Du erinnerst dich doch?« Bleblè nickte. »Was sie suchten, waren aber keine gefallenen, sondern lebendige deutsche Soldaten, Deserteure nämlich, und so bin ich geflohen.«

»Geflohen? Du hast dich ihnen doch ausgeliefert«, sagte Santovito. »Du bist doch nach Deutschland zurückgekehrt.«

»Ja, ja, ich bin nach Deutschland zurückgekehrt. Wie hätte ich mich auch rechtfertigen sollen, wenn sie mich hier gefunden hätten. In Deutschland aber konnte ich erzählen, daß mich Partisanen geschnappt hatten und daß ich erst nach dem Krieg fliehen konnte.«

»Eine wirklich ergreifende Geschichte«, sagte Santovito wenig überzeugt, »aber was habe ich damit zu tun?«

»Ich glaube nicht, daß Flak dieses ganze Massaker hier angerichtet hat«, schaltete sich Bleblè wieder ein. »Schließlich habe ich ihn zu einem Zeitpunkt kennengelernt, als Töten völlig normal war. Und ich weiß, daß ihm das nicht liegt.«

»Schön, gehen wir mal davon aus, daß er es nicht war. Dann soll er sich doch stellen. Am einfachsten wäre es, er ginge zum Maresciallo und erzählte ihm, wie und warum ...«

»Du glaubst doch nicht im Ernst, daß Ares ... Nein, der buchtet ihn sofort ein, Flak kriegt seine dreißig Jahre aufgebrummt, und damit hat sich die Sache! Ich habe da meine Erfahrungen. Ich weiß doch, wie die Justiz arbeitet.«

Auf der Stufe vor dem kalten Kamin sitzend, starrte Flak auf das rußgeschwärzte Blech hinter der Feuerstelle. Santovito lehnte an der Wand und spielte mit der Zigarre, die er nicht angezündet hatte. Raffaella saß am Tisch und beobachtete Flak, und Bleblè stand in der Tür seines Hauses und genoß die erfrischende Luft des frühen Morgens.

Durch das kleine Fenster drangen das erste Licht des Morgens, Kühle und Feuchtigkeit in den Raum, und draußen in der Stille einer gerade zu Ende gegangenen Nacht erwachten die Geräusche des neuen Tages.

Raffaella fröstelte, kauerte sich auf dem Stuhl zusammen und rieb sich die Arme. Bleblè holte eine Decke und legte sie ihr über die Schultern. Raffaella bedankte sich mit einer Geste und mummelte sich ein.

»Warum sind Sie desertiert?« fragte sie.

Flak blickte sie nicht an, als er antwortete: »Man desertiert, wenn man die Nase voll hat und keinen anderen Ausweg sieht. Man desertiert, wenn man merkt, daß man auf der falschen Seite steht.«

»Auch diese Entscheidung kam wohl ziemlich spät, oder glauben Sie nicht? Der Krieg war ja fast schon aus.«

»Ich bin desertiert, als sich eine Gelegenheit dazu bot.« Er schloß die Augen, ließ die Erinnerungen zurückwandern und begann leise zu erzählen. »Wir waren zu zweit. Bei mir war ein junger Brigadiere der Guardia Nazionale Repubblicana. Andrea Ruffini hieß er und kam aus der Toskana. Mit ihm habe ich mich gut verstanden. Als mich mein Hauptmann dann eines Tages für eine geheime Mission auswählte, ließ ich mich von Ruffini begleiten, weil ich ihm vertrauen konnte und er sich in der Gegend ganz gut auskannte. Unsere Aufgabe war es, vier Kassetten mit Dokumenten vom alten zum neuen Sitz des Wehrmachtskommandos zu transportieren. Auf der Hinfahrt unterhielten wir uns wie enge Freunde, und ich erzählte ihm, daß ich es nicht mehr aushielte, daß es keine Hoffnung mehr gebe und daß ich daran denken würde zu desertieren. Bei der alten Ortskommandantur luden wir die vier Kassetten ein und fuhren wieder los. Auf der Staatsstraße wurden wir dann plötzlich von einem Trupp Partisanen angegriffen. Wir ließen den Wagen stehen und flohen, und dabei habe ich Ruffini aus den Augen verloren und nie wiedergesehen. Im Schneesturm irrte ich durch das Gelände, und wenn Bleblè mich nicht gefunden hätte, wäre ich sicher erfroren.«

»In jener Nacht hatte ich unten im Tal MG-Schüsse gehört. Aber es waren keine von uns. Vielleicht Partisanen von einem anderen Abschnitt, die ihren Standort wechselten. Ich habe es nie erfahren«, fügte Bleblè an.

Santovito entschloß sich, das Risiko einzugehen, und zündete die Zigarre an. Sie schmeckte nicht besonders, ja die ersten Züge kosteten sogar einige Überwindung, aber es war eben nichts Besseres da.

»War es ein Schwimmwagen?« fragte er plötzlich und mußte lächeln, weil der Deutsche ihn so verdutzt anstarrte. »Wart ihr damals mit einem Schwimmwagen unterwegs?«

»Ja, stimmt, wir fuhren einen Schwimmwagen.«

Die Decke fest um ihren Körper geschlungen, ging Raffaella zu Flak hinüber. »Wieso hat man in deinem Zelt die Fibula gefunden, die kurz zuvor noch in Romittos Bücherkiste in der alten Abtei lag?«

»Kann ich eine Zigarette haben?«

»Ich kann dir nur hiermit dienen«, antwortete Santovito und reichte ihm die Schachtel mit der letzten Zigarre.

»So was habe ich nie geraucht.« Er las die Aufschrift auf der Schachtel: *»Antico Toskano,* hört sich aber gut an.«

Er steckte die Zigarre an und jagte einen langen Zug tief in die Lunge, begann zu husten und schnappte nach Luft.

»Das ist keine Zigarette, Flak. Zigarrenrauch wird nicht inhaliert. Der Rauch einer Zigarre streichelt nur die Mundhöhle, um dann beim Austreten auch Lippen und Nase zu umspielen und schließlich zum Himmel aufzusteigen.«

Flak kam wieder zu Atem und drückte die Zigarre in der kalten Asche im Kamin aus. »Tut mir leid um das gute Stück, aber das ist nichts für mich.«

Bleblè bot ihm sein metallenes Tabaketui an: »Hier, probier den mal.« Doch Flak war die Lust am Rauchen vergangen.

Der erste Sonnenstrahl fiel durchs Fenster und erhellte das Bild an der gegenüberliegenden Wand, auf dem eine Madonna mit dem Kind im Arm vor irgendeiner Landschaft zu sehen war. Das Werk eines naiven Malers, der keine Ahnung von Perspektive hatte, das vielleicht aber gerade dadurch etwas Mystisches bekam.

»Das hat noch meine Mutter hier aufgehängt, und zwar gleich an dem Tag, als wir aus Frankreich zurückkehrten«, erklärte Bleblè Raffaella, die das Bild betrachtete. »Ich habe es hängen lassen, weil es ihr so viel bedeutete. Ein Hochzeitsgeschenk ihrer Mutter, das sie auch schon nach Frankreich mitgenommen hatte. Leider hat es der armen Frau wenig Glück gebracht.« Er räumte den Tisch ab, auf dem noch das Geschirr vom Vorabend stand, und schüttelte an der Tür die Tischdecke aus. »So, jetzt frühstücken wir erst mal.«

Er legte die Tischdecke wieder auf, darauf dann vier Teller, vier Gabeln, vier Gläser und ein großes Küchenmesser zum Aufschneiden.

Ein typisches Bergfrühstück mit toskanischem Brot und dicken Scheiben Salami. Dazu eine neue Flasche in der Tischmitte.

Raffaella aß nur einen Bissen Brot: »Morgens trinke ich noch keinen Wein. Wie wär's mit Kaffee? Wenn Sie mir sagen, wo er ist, setz' ich einen auf.«

»Kaffee habe ich leider nicht da. Wie wär's mit einem Glas Milch?«

Schweigend aßen sie, bis Flak irgendwann schließlich auf Raffaellas Frage zu antworten begann:

»Ja, diese Spange, die habe ich tatsächlich gefunden. Ich war in der Abtei, als Sie plötzlich auftauchten. Ich habe mich versteckt.«

»Warum?« fragte Santovito. »Du warst doch als gewöhnlicher Tourist dort, der sich die alten Gemäuer ansieht. Warum hast du dich versteckt?«

»Weil ich dem Maresciallo schon mal aufgefallen war. Er hatte mich in der Nähe der Abtei aufgegriffen, zur Wache geschleppt und lange verhört. Jedenfalls habe ich mich versteckt und bin Ihnen dann gefolgt. Irgendwann haben Sie mich aber bemerkt und sind in wilder Panik weggelaufen. Dann habe ich mir diese etruskische Fibula angesehen und ...«

»Wußten Sie, was Sie da vor sich hatten? Wußten Sie um ihren archäologischen Wert?« unterbrach ihn Raffaella.

»Nicht so genau, aber ich konnte es mir denken. Ich habe die Universität besucht.«

»Und die Schaufel?« fragte Santovito.

Bleblè hatte schweigend zwei Scheiben Brot mit Salami gegessen und sagte jetzt: »Laß doch dieses Verhör sein. Du bist doch nicht als Carabiniere hier.« Santovito nickte. »Entweder glaubst du ihm oder nicht.«

»Es kommt nicht darauf an, ob ich ihm glaube. Das ist nicht mein Fall.«

»Aber du könntest ihm einen Rat geben.«

»Den hat er schon bekommen: Er soll zu Maresciallo Amadori gehen und ihm die ganze Geschichte genauso erzählen wie uns jetzt.« Er stand auf. »Für uns wird es Zeit.«

Flak bedeutete ihm, noch einen Moment zu warten. Und dabei lächelte er zum ersten Mal: »Ja, die Schaufel! Ich habe sie unter dem Birnbaum gefunden, nachdem Sie beide gegangen waren. Ich kannte diese Art Schaufel von den deutschen Militärfahrzeugen während des Krieges. Genau so eine hatte ich auch außen an meinem Schwimmwagen. Deshalb habe ich sie mitgenommen.«

Santovito hätte sich jetzt gern die zweite Zigarre angezündet, auch wenn die erste vor dem Frühstück kein großer Genuß war. Doch die leere Schachtel lag jetzt zusammen mit der von Flak angerauchten in der kalten Asche im Kamin.

Die Sonne begann, die Luft zu erwärmen, und Santovito zog die Jacke aus und hängte sie an den Wandhaken hinter der Tür.

Auch Raffaella nahm die Decke von den Schultern, faltete sie zusammen und legte sie auf den Stuhl. Sie trat zu Santovito, der schon auf der Schwelle stand, und fragte ihn leise: »Hast du sonst keine Fragen mehr?«

»Nein, jedenfalls keine, deren Antworten einen Touristen wie mich interessieren könnten.«

Die beiden wandten sich zum Gehen. Bleblè hob die Hand zum Gruß und sagte dann zu Flak: »Hier kannst du nicht länger bleiben. Aber ich kenne ein paar Verstecke, wo dich noch nicht mal der Teufel finden würde.«

Santovito drehte sich noch einmal neugierig zu den beiden um. Leise erklärte Bleblè weiter: »Zum Beispiel das Teufelsloch und die Schmugglerkammern.«

»Ihr macht einen großen Fehler. Ihr solltet lieber auf mich hören: Geht zu den Carabinieri.«

»Ja, ja, wir werden es uns überlegen.«

Die Sonne war gerade erst aufgegangen und dennoch brannte sie schon, ein klares Zeichen, daß der Tag schwül würde. Es war ein heißer Sommer für das alte Bergdorf, einer jener Sommer, wie man ihn hin und wieder hier erlebt, ein Sommer, der die Bäche und die ohnehin schon karge Erde austrocknet.

Sie waren ein gutes Stück gelaufen, ohne miteinander zu sprechen. Raffaella respektierte Santovitos Schweigen, doch irgendwann hielt sie es nicht mehr aus und sagte vor sich hin: »Ich hatte also doch recht.« Santovito wandte ihr fragend den Blick zu. »Ich hatte also doch recht, Benedetto. Wenn du noch mehr Fragen an Flak hattest, hättest du sie ihm auch stellen sollen, anstatt jetzt über eigene Antworten nachzugrübeln.«

»Wir hatten uns doch geeinigt, daß ich mich aus der Sache raushalte.«

»Dennoch würdest du gerne wissen, wie das alles zusammenhängt. Stimmt's?«

»Du doch auch. Aber wenn Flak auf mich hört und Amadori alles erzählt, kannst du dem Maresciallo ja mal einen Besuch abstatten und ihn bitten, dich einzuweihen.« Er blieb stehen, blickte sie an und streichelte ihr kurz über die Wange: »Natürlich erst, wenn ich wieder weg bin.«

»Natürlich.« Sie gingen weiter. »Was meinte Bleblè eigentlich mit dem Teufelsloch und den Schmugglerkammern?«

»Du kriegst aber auch alles mit.«

Santovito schaute sich um, um sich klarzuwerden, wo sie sich genau befanden, und forderte Raffaella dann mit einer Geste auf, ihm zu folgen. Nach wenigen Metern bog er auf einen schmalen Pfad zwischen den Bäumen ein, den seit langem niemand mehr benutzte. Er war vollkommen überwuchert von Hecken und Sträuchern, die ihn bald schon ganz aus dem Gelände und dem Gedächtnis der Bewohner gelöscht haben würden.

Santovito trat Brombeerzweige nieder und bog Äste zurück, um Raffaella, die ihm folgte, den Weg durchs Gestrüpp zu erleichtern.

Am Rand eines Absturzes machte der Pfad eine scharfe Biegung und zog sich weiter den Berg hinauf. Hier bot sich ein herrlicher Ausblick ins Tal, und Santovito blieb stehen. Jenseits des Wassers erkannte man eine mit dichtem, dornigem Gestrüpp überwucherte Felswand, die fast senkrecht zum Fluß abfiel.

»Siehst du die Felswand dort drüben? Dort liegen nebeneinander vier Höhlen, die die Leute hier die Schmugglerkammern nennen. Es gibt da keine Pfade, und es ist unendlich mühsam, dorthin zu gelangen. Ich war einmal dort und habe mir geschworen, daß es das erste und das letzte Mal gewesen sein sollte.«

Der Ausblick war so beeindruckend und ungewöhnlich, daß Raffaella ihn eine ganze Weile schweigend genoß. Vom Fluß unten im Tal stieg die Kühle des Wassers zu ihnen auf.

»Und was haben die Schmuggler damit zu tun?«

»Soweit ich weiß, verlief hier die Grenze zwischen dem Kirchenstaat und dem Großherzogtum Toskana. Und diese Kammern, in den Fels geschlagene Höhlen mit unter dichter Vegetation verborgenen Eingängen, sollen einmal den Schmugglern zwischen diesen beiden Gebieten als Verstecke und Lager gedient haben. Wieviel an dieser Geschichte Dichtung und wieviel Wahrheit ist, läßt sich schwer sagen. Wie bei allen Geschichten aus dieser Gegend hier.«

Raffaella blickte unverwandt auf diese Felswand auf der anderen Talseite und atmete die vom Fluß aufsteigende Kühle ein. »Wir könnten in den nächsten Tagen mal dorthin wandern«, meinte sie, »irgendwann.«

»Sicher, sicher, es ist ja auch nur ein kleiner Spaziergang!«

Am Eingangstor von Mezzacosta angekommen, sagte Santovito: »Ich glaube, wir können jetzt beide einen Kaffee gebrauchen und ich eine Zigarre. Komm!«

Sie setzten sich an einen Tisch im Garten, direkt neben zwei älteren Damen, die noch die Frühstücksreste vor sich stehen und sich bei den üblichen belanglosen Feriengesprächen verplaudert hatten.

Sie saßen schon eine Weile, als Cleto endlich auf sie aufmerksam wurde und herbeieilte. »Es tut mir leid, daß Sie warten mußten. Aber ich habe immer noch keinen Ersatz für Mandarino gefunden. Gar nicht so einfach heutzutage, geeignetes Personal zu finden Was darf ich Ihnen bringen?«

»Zwei Kaffee.«

»Kein Frühstück?«

»Nein, danke, wir haben schon bei einem Freund gefrühstückt.« Und während Cleto sich um den Kaffee kümmerte, ging Santovito seine Zigarren holen. Raffaella gegenübersitzend, zündete er sich die erste an. Selten zuvor hatte er den aromatischen Duft so gierig eingesogen, selten den würzigen Geschmack intensiver genossen als bei dieser Zigarre, nach der er sich schon zu lange gesehnt hatte.

Auch Raffaella genoß jedes Schlückchen ihres Kaffees.

»Was meinst du?« fragte sie, nachdem sie schweigend eine zweite Tasse ausgetrunken hatte.

»Na ja, weißt du, anscheinend hatte Mandarino ja seine besonderen Vorlieben, und da würde es mich nicht wundern, wenn er mit einem Liebhaber durchgebrannt wäre.«

»Ach, was interessiert mich dieser Mandarino. Ich meine doch Flak. Was hältst du von der Geschichte, die er uns erzählt hat?«

»Daran verschwende ich keinen Gedanken, zumindest nicht jetzt im Moment.«

»Ich schon! Ich frage mich zum Beispiel, woher Flak wußte, daß die Fibula etruskischen Ursprungs ist. Ich hatte das nicht erwähnt. Und warum war er überhaupt so häufig bei der alten Abtei? Dann sagt er, er sei aus Deutschland gekommen, um sich bei Bleblè für etwas zu bedanken, was fünfzehn Jahre zurückliegt. Das ist doch seltsam, oder? Und davor absolute Funkstille. Er hätte ihm doch schreiben können, einen Brief oder auch nur eine Ansichtskarte mit einem Bild seiner Heimatstadt, um ihm zu sagen: ›Siehst du? Hier wohne ich jetzt.‹ Das wäre doch normal gewesen. Oder nicht? Nun kehrt er also ins Dorf zurück, läßt sich aber bei Bleblè zunächst gar nicht blicken. Erst als die Carabinieri hinter ihm her sind, wendet er sich wieder hilfesuchend an ihn. Das ist doch seltsam, oder?«

»Doch, doch.« Und ohne noch etwas hinzuzufügen, konzentrierte sich Santovito wieder ganz auf die lange vermißte Zigarre.

»Deine stoische Art kann einen wirklich auf die Palme bringen. Du mußt doch auch ...« Santovito brachte sie zum Schweigen, indem er ihr den rechten Zeigefinger auf die Lippen legte, und Raffaella gab auf: »Schon gut, ich weiß, du bist im Urlaub! Dann mach's gut.« Und sie stand auf und entfernte sich, Unverständliches vor sich hin grummelnd.

»Raffaella!« Sie blieb stehen und drehte sich um. »Du bist ein hervorragender Carabiniere.«

Augenblicklich kehrte sie an den Tisch zurück, beugte sich zu Santovito vor und zischte ihn an: »Sag das nie wieder zu mir, verstanden? Nie wieder!« Sie entfernte sich einige Schritte und drehte sich dann noch einmal zu ihm um: »Weißt du, was das bei uns in der Gegend bedeutet? Carabiniere nennt man da eine Frau, die die Hosen anhat, die ihren Mann schikaniert, die ... die eben ein Carabiniere ist. Und das bin ich nicht!«

Die beiden älteren Damen am Nebentisch nickten beifällig.

»Warte, Raffaella, jetzt sei doch nicht gleich eingeschnappt. Ich wollte doch nur sagen ...« Doch Raffaella hörte ihn nicht mehr und verschwand um die Hausecke. Santovito wandte sich an die beiden Damen. »Ich wollte damit sagen, daß sie über eine scharfe Beobachtungsgabe verfügt, daß ihr nichts entgeht, daß sie hervorragend kombiniert, na ja, daß sie eben eine hervorragende Detektivin wäre. Ich habe sie doch nicht ...«

Die Blicke der beiden Damen überzeugten ihn, die Sache auf sich beruhen zu lassen: Es war zu offensichtlich, daß sie nicht auf seiner Seite standen. So verabschiedete er sich höflich, um irgendwo anders seine Zigarre zu genießen.

21

Stelios Aussage

An jenen brütendheißen Sommertagen bot der See eine willkommene Erfrischung, und Santovito und Raffaella standen frühmorgens auf, um den Tag am Seeufer liegend zu genießen. Manchmal gesellte sich auch Stelio zu ihnen, wenn er die letzten Gäste am Wasser ausgeladen hatte. Sie lasen, ließen sich bräunen, unterhielten sich, lauschten dem Schweigen der Hitze und badeten.

Wenn sie aus dem Wasser kamen, ließen sie sich von der Sonne trocknen, und wenn sie sich dann an eines der wackligen Tischchen vor Micheles Kiosk setzten, um sich mit Bier und Brötchen zu stärken, begann es von den Kirchtürmen gerade ein Uhr zu läuten. Die Glocke der Dorfkirche war die erste, und gleich darauf stimmten die Glocken von Madonna dei Boschi ein und schließlich auch all die anderen der an den Berghängen und im Tal verstreuten Gotteshäuser.

Das war mittlerweile eine feste Gewohnheit, so wie für Raffaella der Besuch der Sonntagsmesse.

»Weißt du«, hatte sie sich beim ersten Mal gerechtfertigt, »meine Eltern haben mich so erzogen, und wenn ich nicht zur Messe gehe, habe ich den ganzen Tag ein schlechtes Gewissen.«

Die Elf-Uhr-Messe war am besten besucht, und Santovito wartete jetzt auf dem Kirchplatz eine Zigarre rauchend auf das abschließende *Ite missa est* und lauschte dabei den Unterhaltungen der anderen Männer, die wie er die Kirche nicht betreten hatten.

Aus diesem Grund, weil Raffaella zur Elf-Uhr-Messe gegangen war, kamen sie heute auch später als gewöhnlich zum See. Stelio saß mit den Füßen im Wasser am Ufer und wartete auf sie.

Sie zogen nur rasch die Badekleidung an und stürzten sich gleich ins Wasser. Raffaella schwamm ein paar Züge und drehte sich dann zum Ufer um.

»Los, Stelio, komm auch rein, das Wasser ist herrlich!«

Stelio schüttelte den Kopf und breitete die Arme aus: Er trug nie eine Badehose, immer seine lange Baumwollhose und darüber einen hellgrünen kurzärmeligen Pulli, ebenfalls aus Baumwolle. Nur die Schuhe zog er aus und hielt die Füße ins Wasser.

Raffaella kehrte ans Ufer zurück und legte sich naß und keuchend auf ihr Badetuch in die Sonne:

»Macht doch nichts, wenn du nicht schwimmen kannst. Ich kann ja auch nicht gut schwimmen, ich plantsche wie ein Ente, das hast du doch gesehen, oder?« Stelio setzte sich zu ihr ins Gras. »Laß mich raten: Du hast Angst vor der Borda?« Stelio schüttelte den Kopf und zeigte auf seine Hose. »Ach so, eine Badehose können wir dir kaufen. Wo ist das Problem?« Stelio verzog das Gesicht. »Du meinst, die Badehosen, die man hier im Dorf bekommt, sind nicht sehr schön? Stimmt, die sind sogar richtig häßlich. Sieh dir Santovito an!«

»Morgen bade ich nur noch in langer Hose.« Und auch Santovito legte sich in die Sonne.

Stelio ging zu seinem Millecento, den er in kurzer Entfernung im Schatten einer Pappel geparkt hatte, und kam mit seinem Notizblock und einem Stift wieder. Er schrieb etwas auf und reichte Santovito das Blatt.

»Nein, ich weiß nicht, wo Bleblè ist. Warum?« Der Junge breitete die Arme aus und schüttelte den Kopf. »Du meinst, daß er verschwunden ist?« Stelio wiederholte die Gesten noch energischer. »Du warst auf Ca' Rossa?« Stelio nickte. »Und da war er nicht. Und bei Frabbone?«

Stelio schrieb: »Die Fenster und Türen von Ca' Rossa sind seit drei Tagen verschlossen, und im Dorf hat ihn niemand gesehen.«

Eine Weile blickte Santovito Stelio schweigend an und zerknüllte dann das Blatt: »Ich weiß nicht, was ich dir dazu sagen soll, Stelio, ich weiß wirklich nicht, was ich dir dazu sagen soll.«

Später erst, als sich Stelio gerade verabschiedet hatte, um einige Sommergäste nach Mezzacosta zurückzubringen, sagte Raffaella:

»Das stimmt nicht, du weißt sehr genau, was los ist. Du weißt, daß Bleblè und Flak untergetaucht sind, damit Ares sie nicht findet. Offenbar waren deine Argumente nicht überzeugend genug. Und was machen wir jetzt?«

»Jetzt? Jetzt ziehen wir uns an und fahren zurück. Stelio, warte auf uns!« Santovito stand auf und trocknete sich die wenigen Tropfen ab, die die Sonne auf seiner Haut zurückgelassen hatte. Doch Raffaella rührte sich nicht, ja, sie schloß die Augen und legte sich auf den Bauch, um sich den Rücken bräunen zu lassen. »Wie du meinst, dann fahre ich eben alleine.« Ohne die nasse Badehose auszuziehen, zog er Hemd und Hose über. »Dann bis später.«

Bevor er losfuhr, zeigte Stelio auf Raffaella.

»Nein, sie bleibt noch hier, Stelio. Und mich läßt du im Dorf raus.«

Das Essen auf der Wache roch immer noch wie früher, fast so, als sei nach all den Jahren immer noch derselbe Carabiniere für die Küche zuständig.

Der Gefreite Chiaffalà hatte gegessen und schlürfte jetzt, an einem Schreibtisch mitten im Flur sitzend, mit geschlossenen Augen seinen Espresso. In der Hoffnung auf ein wenig Durchzug waren Türen und Fenster weit geöffnet. Chiaffalà hatte sich die Krawatte gelockert und den obersten Knopf seines Hemdes aufgeknöpft und schwitzte mächtig. Als er Schritte hörte, öffnete er die Augen, sprang dann auf, stellte das Täßchen auf den Schreibtisch und nahm Haltung an.

»Signor Maresciallo Maggiore ...«

»Bemüh dich nicht, Chiaffalà, und setz dich wieder hin. Ich bin nicht im Dienst. Und du anscheinend auch nicht.«

»Verzeihen Sie, aber diese Hitze hier! In der alten Wache war es besser auszuhalten. Da waren die Wände so dick und Fenster und Türen so klein, daß weder Hitze noch Kälte hindurchkamen. Aber hier, in diesem modernen Gebäude ... Ach, man müßte den Architekten zwingen, hier zu wohnen!« Und auf seinem Gesicht zeigte sich sein verschmitztes Lächeln.

»Wenigstens habt ihr hier im Winter eine richtige Heizung, Chiaffalà.«

»Darüber beschwere ich mich auch nicht. Einen Kaffee?«

»Ja, wenn du so einen guten wie mein alter Gefreiter Cotigno hinbekommst?«

»Mein Kaffee wird hier immer gelobt.«

»Schön, dann zeig mal, was du kannst. Ist Maresciallo Amadori da?«

»Nein, Signor Maresciallo Maggiore. Er ist zum Rapport zu Oberstleutnant Friggerio gefahren, und wir erwarten ihn erst spät zurück.« Er bot Santovito den Stuhl an und verschwand dann, um den Espresso aufzusetzen.

Später sagte Santovito zu ihm: »Nicht schlecht, Chiaffalà, wirklich nicht schlecht. Der Kaffee ist fast so gut wie der von Cotigno. Wo kommst du eigentlich her?«

Chiaffalà hatte sich einen anderen Stuhl und eine weitere Tasse geholt und sich neben Santovito gesetzt.

»Ich bin Genueser, Signor Maresciallo Maggiore.«

»Ach wirklich? Dabei trägst du einen alten kampanischen Nachnamen. So wie ich.«

»Na ja, eigentlich bin ich ja auch aus Lukanien, heute heißt es Basilicata, aber ich habe so lange in Genua gelebt, daß ich mich eben wie ein Genueser fühle. Aber so eine Hitze habe ich in Genua nicht ertragen müssen«, und er fuhr sich mit einem Taschentuch über den Hals und unters Hemd.

»Du hast recht. Diese Wache ist der reinste Backofen. Gibt's eigentlich Neuigkeiten zu diesem Deutschen?«

»O Signor Maresciallo Maggiore, das ist eine leidige Geschichte. Der ist doch wie vom Erdboden verschwunden. Aber zum Teufel, ich werde den Mistkerl finden, und wenn ich das ganze Gebirge mit allen Dörfern auf den Kopf stellen müßte. Aber jetzt haben wir erst mal sein Zelt, sein Fahrrad und alle seine Sachen beschlagnahmt. Ich möchte mal sehen, wie weit der ohne eine Lira kommen will! Ja, ja, der Deutsche hat tatsächlich sein ganzes Geld im Zelt gelassen. Der hat noch Vertrauen in seine Mitmenschen. Sein Gück, daß die Leute hier tatsächlich noch ehrlich sind.«

»Wie heißt er?«

Chiaffalà breitete die Arme aus. »Eben um das herauszufinden, ist Maresciallo Amadori unter anderem auch zu Oberstleutnant Friggerio gefahren. Vielleicht können uns der Zoll oben an der Grenze oder andere Carabinieristationen weiterhelfen. Irgendwo muß er auf seinem Weg zu uns runter ja vorbeigekommen sein. Ja, so steht's leider, wir wissen praktisch nichts von dem Bürschchen, noch nicht mal seinen Namen.«

»Aber wenn ihr doch sein Geld beschlagnahmt habt?«

»Sein Geld schon, aber ohne Brieftasche. Kein Ausweis, kein Paß, und das allein macht ihn schon verdächtig. Zum Teufel, der Kerl ist schlau wie ein Fuchs. Aber ich bin schlauer als er. Ich habe meine Ohren überall, und der Wind trägt mir alle Neuigkeiten zu.«

»Tut mir leid für dich, Chiaffalà, aber Wind will in den letzten Tagen einfach nicht aufkommen.«

»Das würde ich nicht sagen, Signor Maresciallo Maggiore, das würde ich nicht sagen. Hin und wieder erhebt sich ein leichtes Lüftchen«, und sein Gesicht verzog sich wieder zu der bekannten Miene, die bedeuten sollte, daß man ihm nichts vormachen könne. »So sollen sich zum Beispiel auf der Ca' Rossa merkwürdige Dinge tun. Man hat mir erzählt, daß Bleblè einen

Großeinkauf gemacht hat – viel zuviel für ihn allein: Büchsen, Dosen, Zwieback, Batterien, eine Flüssiggasflasche. Was will er mit einer zweiten Gasflasche?«

»Nun, in Reserve …«

»Mag sein, mag sein, aber wenige Tage vorher hat er schon mal eine gekauft. Na ja, Sie kennen ihn eben nicht so gut wie ich, aber Bleblè ist nicht der Typ, der aus Büchsen ißt.«

»Sicher, so gut wie du kenne ich ihn nicht. Aber ich muß sagen, Kompliment, Chiaffalà, Kompliment. Worauf wartest du jetzt noch? Warum fährst du nicht auf einen Sprung rauf und siehst mal nach, was da los ist?«

»Ich will erst ganz sicher sein. In letzter Zeit habe ich mich schon ein paarmal vor Maresciallo Amadori blamiert und mein Fett abbekommen. Wir werden also in Ruhe die Lage besprechen, und wenn die Spitzbuben dann glauben, sie könnten ungeschoren davonkommen – zack …«, und mit den Händen machte er eine Geste wie ein Falke, der sich auf seine Beute stürzt. »Da ist nur noch eine Sache, die mir nicht ganz einleuchtet. Was hat Bleblè nur mit einem Deutschen zu schaffen? Als Partisan im Krieg hat er jedenfalls nicht viel Federlesens mit denen gemacht! Hören Sie sich nur um, das können Ihnen alle hier bestätigen.«

»Nicht nötig, Chiaffalà, ich vertraue dir. Ich verstehe ja selbst nicht, was Bleblè mit der ganzen Geschichte zu tun hat.«

Chiaffalà zwinkerte Santovito zu und murmelte: »Gut, daß wir Stelios Aussage hier haben.« Und Santovito, der einen guten Kopf größer als der Gefreite war, beugte sich vor, um kein Wort zu verpassen. »Und Stelio hat Bleblè getroffen, und dabei sind sie auf Romitto zu sprechen gekommen.«

»Was heißt ›zu sprechen gekommen‹, Gefreiter? Stelio ist stumm.«

»Ach, der kann sich ganz gut verständlich machen. Jedenfalls hat er Bleblè getroffen, und der hat ihm erzählt …«, und er bedeutete Santovito, einen Moment zu warten. Er ging ins

Büro rüber und kam mit dem Protokoll zurück. Laut las er vor: »Auf die entsprechende Frage antwortet der Zeuge: Ja, Bleblè hat mit mir über Romitto gesprochen, und er hat zu mir gesagt, daß Romitto sicher nicht so verrückt war, wie die Leute im Dorf glauben. Auf die entsprechende Frage antwortet der Zeuge: Ich erinnere mich genau, daß Bleblè, sich auf Romitto beziehend, das Verb ›war‹ und nicht ›ist‹ gebrauchte.« Chiaffalà unterbrach die Lektüre. »Verstehen Sie, Signor Maresciallo Maggiore? Das Verb »war«, so als habe Bleblè von Romittos Tod gewußt. Dabei hat Ligera die Leiche erst einige Tage nach dem Treffen zwischen Stelio und Bleblè gefunden.«

»Du bist ein schlauer Hund, Chiaffalà, alle Achtung! Was sagt denn Maresciallo Amadori dazu?«

»Er sagt, daß ihm nur noch wenige Indizien fehlen und dann …« Mit den vorgestreckten Armen deutete er in Handschellen liegende Handgelenke an.

Santovito nahm das Protokoll an sich und überflog es. Stelio verschwieg Santovitos Anwesenheit bei der Begegnung und erwähnte auch nicht, was Bleblè zum Abschied zu dem Jungen gesagt hatte: »Aber du, erzähl nicht herum, was du hier gehört hast. Laß niemanden wissen, daß Bleblè sich so seine Gedanken macht. Schließlich haben wir einen Maresciallo, der dafür zuständig ist. Ja, wenn man es genau nimmt, sogar zwei.« Und der Junge hatte auf ihn gehört.

Er entschloß sich, in der Ristobar zu essen, obwohl das Plastik, das Neonlicht und vor allem die lärmenden Jugendlichen und der unaufhörlich klingelnde und scheppernde Flipperautomat ihn wehmütig an die ruhige Osteria von Parsuès und Serafina zurückdenken ließen. Doch jetzt waren die Jugendlichen zu Hause beim Essen, und er fand ein ruhiges Lokal vor.

Unter diesen Umständen wäre er öfter hierher zum Essen gekommen. Schließlich war die Köchin aus Süditalien, wie ihn ihr Mann, der Inhaber des Lokals, informiert hatte.

Die wenigen Tische waren besetzt, doch der Wirt sah ihn hereinkommen und trat ihm entgegen:

»Guten Tag, wenn Sie bei uns essen wollen, decke ich Ihnen einen Tisch draußen.«

»Nein, da ist es mir zu heiß. Ich bleibe lieber drinnen und warte einfach, bis ein Tisch frei wird.«

Der Wirt schaute sich um, um sich einen Überblick über die Situation an den Tischen zu verschaffen: »Es kann sich nur um Minuten handeln. Wenn Sie solange an der Bar Platz nehmen wollen. Ich bringe Ihnen schon mal eine Vorspeise, etwas ganz Besonderes, nur für Gäste, die so etwas zu schätzen wissen.«

Durch die Küchentür, die der Wirt einen Spalt offengelassen hatte, sah Santovito die Köchin, eine noch recht junge, wohlbeleibte Frau mit schwarzen Haaren, deren Gesichtszüge unverkennbar ihre Herkunft aus den ländlichen Gebieten Süditaliens verrieten.

»So, guten Appetit.« Der Wirt stellte einen Teller mit vier kleinen Brotscheiben vor Santovito auf die Theke. Die Brote waren mit Butter bestrichen, mit Mozzarella, hauchdünnen Tomatenscheiben und Sardinen belegt und mit ein wenig Oregano bestreut. Die Hitze im Backofen hatte den Käse geschmolzen und die Tomatenscheiben runzlig werden lassen, und schon der Duft war ein Genuß. »Und das ist wieder der Rotwein, der Ihnen, wenn ich mich recht erinnere, beim letzten Mal so geschmeckt hat.«

Santovito probierte und nickte. »Zwei weitere dieser herrlichen Crostini Ihrer werten Gattin und noch ein Glas Wein, und ich bin für's Mittagessen versorgt.«

Auch den Espresso nahm Santovito an der Bar sitzend ein, und beim Bezahlen sagte er zum Wirt:

»Ich würde mich gerne bei Ihrer Gattin persönlich bedanken. Sie ist wirklich eine hervorragende Köchin.«

Durch die Küchentür sprach der Wirt mit seiner Frau und brachte sie dazu, ihr Gesicht zu zeigen.

»Kompliment, Signora.«

»Ach, wegen der paar Crostini?«

»Es kommt drauf an, wie sie gemacht sind. Dieser Geschmack, dieses Aroma … Ich würde übrigens gerne mal mit einer Bekannten bei Ihnen essen. Da müssen Sie etwas ganz Besonderes kochen.«

»Alles, was du willst. Du kommst einfach her und suchst dir was aus«, und mit vom ungewohnten Lob geröteten Wangen zog sie sich wieder in die Küche zurück.

»Sie dürfen es ihr nicht übelnehmen. Meine Frau duzt jeden. Sie kennt das so aus ihrer Heimat. Ich sage ihr zwar immer: ›Bitte, hör endlich damit auf, unsere Gäste zu duzen.‹ Aber sie begreift das einfach nicht.«

»Ist Raffaella schon zurück auf Mezzacosta?« fragte er Stelio, der gerade eine Fuhre Gäste vor der Eisdiele ausgeladen hatte. Der Junge schüttelte den Kopf. »Sag mal, warum hast du eigentlich Maresciallo Amadori nicht gesagt, daß wir zusammen bei Bleblè waren?« Stelio zuckte mit den Achseln. »Ich möchte es aber wissen.«

Stelio schrieb: »Er hat mich nicht danach gefragt. Er hat mich nur gefragt, ob ich mit Bleblè gesprochen habe und was er zu mir gesagt hat.«

»Schon gut, schon gut.« Und Santovito entfernte sich, doch Stelio rief ihn noch einmal zurück, indem er zweimal auf die Hupe drückte. »Was ist noch?« Mit Händen und Kopf deutete Stelio aufgeregt auf Santovito. »Es ist schon gut, Stelio, mach dir keine Gedanken.« Doch der Junge beruhigte sich nicht, und so ging Santovito noch einmal zum Auto zurück. »Es ist alles in Ordnung, Stelio. Ich bin nicht sauer auf dich, und auch auf sonst niemanden. Ich versuche nur, etwas herauszufinden.« Stelio nickte, offensichtlich erleichtert, und bedeutete Santovito dann einzusteigen. »Nein, ich bleibe noch im Dorf. Ich habe hier noch was zu erledigen.«

20

Vor der Abendmesse

Schon ein gutes Stück vor der Werkstatt hörte er die schweren Hammerschläge auf dem Amboß, und als er auf dem Vorplatz ankam, sah er durch die offene Tür Frabbone auf eine rotglühende Eisenstange eindreschen. Drei Schläge mit voller Kraft, dann fiel der Hammer leicht auf den Amboß und ruhte dort einen Moment aus, Zeit genug, um die Stange auf der Suche nach einer weiteren zu formenden Stelle zu drehen, und dann erneut drei schwere Schläge. Eine Musik im Rhythmus der Hammerschläge, und mit jedem Schlag stob ein Feuerwerk glühender Funken auf.

Anscheinend mühelos hob Frabbone den drei Kilo schweren Hammer, und dieses Bild des von einem arbeitsreichen Leben nur wenig gekrümmten Riesen brachte Santovito Erzählungen aus seiner Kindheit in Erinnerung, jene von den Kyklopen, die über die Vulkanfeuer gebeugt Waffen für die Helden schmieden.

Eine weitere Eisenstange wartete darauf, in Form gehämmert zu werden. Sie steckte zur Hälfte in dem glühenden Kohlebecken, dessen Schein den hinteren Teil der Werkstatt erhellte.

Santovito blieb in der Tür stehen. Frabbone hatte ihn nicht kommen hören, jedoch den Geruch seiner Zigarre wahrgenommen, und so drehte er sich jetzt um, während der Hammer schwer auf dem Amboß ruhte.

»He Frabbone, was hämmerst du denn da in der Mittagsruhe?« Der alte Mann hob die Zange hoch und zeigte Santovito das glühende Eisen. »Caios Maria war hier und hat mich gebeten, ihr ein neues Treppengeländer zu machen. Das alte hat der Rost gefressen. Kein Wunder, das stammte noch von meinem Großvater. 1915 hat er es geschmiedet, bevor er in den Krieg zog, und seitdem ist es nie mehr frisch gestrichen worden.«

Er ging zum Schmiedefeuer hinüber und steckte das Eisen zwischen die glühenden Kohlen. Als er die Kurbel des Blasebalgs drehte, erhob sich eine Wolke knisternder Funken, die sogleich von oben angezogen wurden und im Dunkel des Abzugs verschwanden. Mit der Zange packte er das zweite Eisen, vergewisserte sich, daß es heiß genug war, und trug es zum Amboß.

»Und was führt dich her?« rief er, während die Musik des Eisens auf Eisen wieder einsetzte, in deren Rhythmus sich Frabbones weißes, zerzaustes Haar bewegte.

Santovito trat zu ihm, schaute ihm eine Weile bei der Arbeit zu und sagte dann: »Früher hast du noch härter zugeschlagen.«

»Ach, mein Lieber, früher, früher, das war einmal. Die Zeit bleibt für niemanden stehen.« Er hob den Hammer. »Und das Ding hier ist schwer. Mein Gott, ist das schwer. Früher ist mir das gar nicht aufgefallen. Oder vielleicht hab' ich's auch nur vergessen. Schließlich habe ich den Hammer schon lange nicht mehr benutzt. Mein Großvater war noch ein richtiger Künstler. Überall sonst würde es heute ein Vermögen kosten, so ein Geländer schmieden zu lassen. Was denkst du, da wird nichts geschweißt. Ich hoffe nur, daß alles stimmt, wenn ich das fertige Geländer anbringe.«

»Und außerdem habe ich dich auch viel schweigsamer in Erinnerung. Früher war es ein Kunststück, dich zum Reden zu bringen.«

»Ja, Maresciallo, das ist auch so eine Gabe des Alters. Man verspürt das Bedürfnis zu reden und zu reden, wahrscheinlich weil es nicht mehr lange hin ist, bis man in alle Ewigkeit den Mund hält.«

»Hast du Bleblè die Tage mal gesehen?« Frabbone antwortete nicht. »Was ist?«

»Ligera hatte ganz recht, Maresciallo, als er zu Ihnen sagte:

Lassen Sie Bleblè in Ruhe, dem hat das Leben schon übel genug mitgespielt.«

»Das ist nicht meine Schuld, Frabbone. Er bringt sich immer wieder selbst in Schwierigkeiten.« Er warf den Zigarrenstummel in die Glut des Schmiedefeuers, der sogleich aufflammte und mit blauer Flamme verbrannte. »Ich gehe dann wieder, grüß' Bleblè von mir und sag' ihm, er soll noch mal über meinen Rat nachdenken. Er soll gut darüber nachdenken, bevor er sich noch tiefer reinreitet.«

Er hatte den Ausgang noch nicht erreicht, als Frabbone ihn zurückhielt: »Ich werde kaum Gelegenheit haben, ihm das auszurichten. Seit vier Tagen hat er sich nicht mehr blicken lassen, und es wird eine Zeit dauern, bis er wieder im Dorf auftaucht.«

»Woher willst du das wissen?«

»Ich kenne doch Bleblè.«

»Ich dachte, ich kenne ihn auch.« Er trat noch einmal zu dem müden Riesen. »Noch was anderes.« Frabbone hatte den Hammer schon zum Schlag erhoben und blickte Santovito an. »In dem deutschen Amphibienfahrzeug, diesem Schwimmwagen, den du unter der Leona-Brücke gefunden hast, waren nicht nur Waffen, sondern auch vier Kassetten mit Dokumenten. Was ist aus denen geworden?«

Frabbone legte den Hammer auf den Amboß, brachte das Eisen zum Schmiedefeuer zurück und ging zu seiner Werkbank hinüber, die fettbeschmiert war und voller Werkzeuge, die einmal seinem Großvater und vielleicht sogar noch älteren Vorfahren gehört hatten. Er zog eine Schublade auf und kramte, leise fluchend und weitere Werkzeuge auf der Werkbank ablegend, eine Weile darin herum, bis sich seine Gesichtszüge plötzlich erhellten. Er lächelte fast, als er sagte:

»Ich wußte doch, daß es hier sein muß. Vor wer weiß wie vielen Jahren habe ich das Ding in die Schublade gelegt.« Mit einem ölgetränkten Lappen wischte er über den Gegenstand, betrachtete ihn unter dem Schein der Lampe und reichte ihn dann Santovito: »Das habe ich aus dem Motorraum des Schwimmwagens abmontiert.«

Es handelte sich um ein kleines Schild. Die Schrift darauf war noch gut zu entziffern. Auf deutsch stand da:

VOLKSWAGENWERK G.m.b.H.
Baujahr 1944
Baumuster 166
Fahrgestellnummer 12337

Santovito drehte das Schild zwischen den Fingern hin und her. »Das ist das Identifikationsschild des Amphibienfahrzeugs. Es war wohl eins der letzten, das die deutsche Kriegsindustrie produziert hat.«

»Woher weißt du das?«

Santovito deutete auf die Nummer in der letzten Zeile. »Das ist die laufende Produktionsnummer. Es wurden 12500 Fahrzeuge dieses Typs hergestellt, und das ist die Nummer 12337.«

Zufrieden mit der Antwort, wandte sich Frabbone wieder seiner Eisenstange zu. »Das können Sie behalten, als Souvenir«, grummelte er, bevor er wieder zum Hammer griff.

Santovito steckte das Schild ein und sagte: »Vor ein paar Tagen hast du mir auf meine Frage zu den Waffen nicht geantwortet, und nun schweigst du dich über die vier Kassetten aus.«

Ohne das Hämmern zu unterbrechen, antwortete Frabbone: »In dem Auto waren keine Kassetten, und die Waffen … Also, hör zu: Auf der Lafette vor der Windschutzscheibe war ein MG 34«, und ein mächtiger Schlag unterstrich die Feuerkraft dieser Waffe, »schußbereit, mit einem eingelegten und halb verfeuerten Patronengurt. Auf dem Rücksitz lagen eine Schmeisser«, noch ein mächtiger Schlag, »und eine MAB«, und er schloß mit einem letzten Hieb und ließ dann den Hammer auf dem Amboß ruhen. Keuchend sprach er weiter: »Außerdem lagen auf dem Rücksitz noch zwei Handgranaten, deutsches Fabrikat, die mit den Holzstielen, wie sie die SS-Leute in den Stiefeln stecken hatten. Das war alles.« Er blickte Santovito direkt in die Augen, fast so, als fordere er ihn heraus, ihm das Gegenteil zu beweisen. »Reicht Ihnen das?«

Santovito schüttelte den Kopf, bevor er antwortete: »Ich habe dich gefragt, was aus den Waffen geworden ist, und nicht, was das für Waffen waren.«

Frabbone trocknete sich die Stirn mit der Innenfläche seiner rechten Hand und holte Luft: »Als der Krieg aus war, habe ich sie jemandem zur Aufbewahrung gegeben.«

»Warum?«

Frabbone zog die Schultern hoch und antwortete nicht.

»Es gab damals eine Anordnung der Regierung, alle Waffen abzuliefern. Das weißt du doch?«

Frabbone nickte.

»Und warum habt ihr das nicht getan?«

»Weil ... Das waren eben die Jahre 1946/47. Damals war manch einer der Ansicht, daß man die Waffen noch brauchen würde und daß man sie gut geölt in einem sicheren Versteck aufheben sollte. Und ich dachte genauso.«

»Und heute?«

»Heute weiß nur Gott allein, wie ich darüber denke.« Schweigend machte er sich wieder an seine Arbeit.

Ein Stück des Wegs begleitete Santovito noch das rhythmische, gleichmäßige Hämmern, verlor sich dann immer mehr und wurde schließlich vom Zirpen der Zikaden übertönt.

An Piros Waschbrunnen blieb er stehen und atmete tief durch. Er schloß die Augen und tauchte Gesicht und Arme ins erste Becken; mit dem Nacken suchte er den Strahl aus dem Messinghahn, und unter dem eiskalten Wasser zogen sich alle Muskeln, vom Hals bis zu den Fersen, zusammen, doch als er wieder auftauchte und zu atmen begann, fühlte er sich gleich viel besser.

Er warf den Kopf zurück und schüttelte das Wasser ab, hob

die Arme und ließ die Tropfen auf seine Brust hinunterlaufen und sein Hemd benetzen.

»Was zum Teufel habe ich in diesem gottverdammten Nest verloren!?«

Das hatte er sich auch damals, vor fünfzehn oder zwanzig Jahren, häufig gefragt. Und doch war er zurückgekehrt.

Der Wind trug ihm das Läuten zur Abendmese zu, in das sich kurz darauf die Klänge von *Bandiera Rossa* aus einem Lautsprecher mischten. Dann eine Stimme: »Genossen! Einheimische und Feriengäste! Durch den harten Kampf der Arbeiterklasse …«

»Aber das ist doch … Das ist doch Stalìn!« Und schon lief er über das unebene Pflaster bis zum Kirchplatz hinunter.

Stalìns Bus stand vor der Kirche. Auf dem Dach, wo er sonst das Gepäck verstaute, hatte er einen Lautsprecher angebracht, über den er seine politischen Ansichten unter die zur Abendmesse eintreffenden Gläubigen brachte. Von der unerwarteten Kundgebung angelockt, strömten nun aus allen Richtungen auch Leute zum Kirchplatz, die nicht vorhatten, der Messe beizuwohnen: Jugendliche, die den Nachmittag am Flipper oder an der Jukebox verbracht hatten, Kinder, die noch durch die Dorfstraße streunten, während sie aufs Abendessen warteten, Gäste der Ristobar, Frauen, die den Sonntag vor ihren Häusern zusammensitzend ausklingen ließen. Und Stalìn saß mit dem Mikrophon vor dem Mund am Steuer seines Busses und erteilte politischen Anschauungsunterricht.

»… und durch den Widerstand des Volkes ist es gelungen, die faschistische Regierung Tambronis aus dem Amt zu jagen. Und ebenso wird es dem reaktionären Fanfani ergehen, den Staatspräsident Gronchi gegen den Willen des Volkes mit der Regierungsbildung beauftragt hat. Genossen, all die Opfer des heldenhaften, siegreichen Kampfes fordern Gerechtigkeit: die dreiundachtzig Verletzten von Genua, der von der Polizei in Licata erschossene Vincenzo Napoli und seine vierundzwanzig verletzten Genossen, die Niedergeknüppelten von Rom und anderen Städten Italiens, vor allem aber die fünf gefallenen Genossen von Reggio Emilia – sie alle fordern Gerechtigkeit!«

»Was machst du denn da, Collina?«

Stalìn legte die linke Hand aufs Mikrophon und lehnte sich zu Santovito hinaus: »Politische Arbeit. Ich verbreite die Nachrichten, die Zeitungen und Fernsehen, diese Büttel der herrschenden Klasse und der reaktionären Regierung, unterdrücken!« Er konzentrierte sich wieder auf seinen Vortrag. »Nun, Genossen, werdet ihr ein einzigartiges Dokument hören. Es handelt sich um eine Aufnahme, die ein Genosse während der Auseinandersetzungen in Reggio Emilia machen konnte.«

Er hielt das Mikrophon vor ein Tonbandgerät, und vom Band erreichte seine Zuhörer das undifferenzierte Stimmengewirr einer Großkundgebung, das Gekrächze aus verschiedenen Megaphonen, das Geknatter eines Umzugs von Mopeds und Motorrollern. Den Kirchplatz erreichte nun auch der Gefreite Chiaffalà in Begleitung zweier bewaffneter Carabinieri.

»Weitergehen! Gehen Sie weiter! Dies ist eine nicht genehmigte Veranstaltung. Bitte weitergehen!«

Stalìn grüßte Chiaffalà mit einer Handbewegung, wartete, bis der Gefreite die Bustür erreicht hatte, und schlug sie ihm dann vor der Nase zu.

»Ich befehle dir, unverzüglich aufzuhören!«

Stalìn drehte den Verstärker noch weiter auf, und aus dem Lautsprecher ertönten Polizeisirenen und das Buhen und Schreien der Menge.

Mit dem Gewehrkolben hämmerte Chiaffalà gegen die Scheibe der Bustür. »Mach auf! Ich befehle dir, die Tür zu öffnen!«

Stalìn ignorierte ihn völlig.

Aus dem Lautsprecher drangen vereinzelte Pistolenschüsse auf den Kirchplatz sowie Explosionsgeräusche, die Santovito als die von Tränengaskerzen erkannte.

»Brecht die Tür auf!« befahl Chiaffalà seinen Männern.

Die beiden Carabinieri umfaßten ihre Karabiner wie Hebeeisen und machten sich daran, die Tür gewaltsam zu öffnen.

»Seid vorsichtig, Genossen, wenn ihr mir den Bus beschädigt, mache ich euch persönlich haftbar!«

»Ich sorge dafür, daß du deine Lizenz verlierst! Dann hast du deinen Schaden!« schrie Chiaffalà.

»Bitte, mach doch! Dann mußt eben du die Arbeiter zur Fabrik bringen. Ich sehe schon die Schlagzeilen in den Zeitungen: ›Kleiner Carabinierigefreiter sorgt für Fabrikschließung durch Entzug einer Beförderungslizenz‹.«

Nach den vereinzelten Pistolenschüssen war jetzt aus dem Lautsprecher das Rattern mehrerer Maschinenpistolen zu hören und die klar vernehmlichen Rufe: »Feiglinge! Mörder! Faschisten!«

Dem Gefreiten Chiaffalà wuchs die Situation immer mehr über den Kopf. In seiner Not wandte er sich an Santovito. »Signor Maresciallo Maggiore, was soll ich denn tun?«

»Das darfst du mich nicht fragen!«

»Können Sie denn nicht eingreifen?«

»Nein, das kann ich nicht, ich bin hier außerhalb meines Zuständigkeitsbereichs. Und Maresciallo Amadori wäre mit Sicherheit alles andere als begeistert, wenn ich mich hier einmischen würde. Tut mir wirklich leid, Chiaffalà, aber du mußt sehen, wie du alleine zurechtkommst.«

Das war nicht mehr nötig. Die Kundgebung vor der Kirche war beendet, und Stalìn, der das Tonbandgerät abgestellt hatte, ließ den Motor an, grüßte freundlich, fuhr langsam los und nahm dabei wieder das Mikrophon zur Hand:

»Genossen! Durch den in allen Städten Italiens geführten Kampf der Arbeiterklasse konnte die faschistische Regierung Tambroni gestürzt werden …« Nicht lange, und Stalìns Stimme verlor sich in den engen Kurven auf der Straße ins Tal hinunter.

Erst jetzt nahm Chiaffalà seine Mütze ab und trocknete sich die Stirn: »Und das ausgerechnet heute, wo sich Maresciallo Amadori bei Oberstleutnant Friggerio aufhält. Aber mehr konnte ich nicht tun, oder, Signor Maresciallo Maggiore? Was hätte ich denn noch tun sollen?«

»Na ja, du hättest ihn wegen einer nichtgenehmigten Versammlung drankriegen können, und dann, tja, wegen Ruhestörung, Angriff auf die öffentliche Ordnung, Verkehrsbehinderung, Behinderung der freien Religionsausübung«, und damit entfernte er sich. »Ach, und noch etwas hättest du tun können, Gefreiter Chiaffalà. Du hättest seinen Verstärker, das Tonbandgerät und den Lautsprecher beschlagnahmen können. Ja, sogar den ganzen Bus hättest du beschlagnahmen können, und zwar als mit der Tat in Zusammenhang stehende Beweismittel!«

Don Vincenzo, der der Kundgebung schon im Meßgewand, mit über der Brust verschränkten Armen am Portal stehend, beigewohnt hatte, betrat endlich die Kirche, um die Abendmesse zu lesen.

»Was schaut ihr mich so an? Ich wußte genau, was zu tun ist. Aber wenn ein Vorgesetzter anwesend ist, ist es doch an ihm, über ein Eingreifen zu entscheiden, oder?« schrie Chiaffalà die beiden seiner Befehle harrenden Carabineri an. Dann murmelte er: »Was glaubt der, mich belehren zu können? Ich weiß sehr gut, daß jedes Beweismittel konfisziert werden darf.« Und mit lauter Stimme: »Ihr beide wartet hier, bis er wieder rauf kommt, dann holt ihr ihn aus dem Bus und beschlagnahmt das Fahrzeug mit allem, was drin, drauf und drunter ist!«

»Aber Signor Appuntato«, versuchte Gargiulo, der Carabiniere aus Süditalien, einen Einwand zu formulieren.

»Was ist los, Gargiulo? Willst du mit deinem Vorgesetzten über Befehle diskutieren?«

»Nein, nein, aber ...«

»Dann halt verdammt noch mal den Mund und tu, was man dir sagt!«

Erst als sich der Gefreite Chiaffalà so weit entfernt hatte, daß er ihn nicht mehr verstehen konnte, raunte Gargiulo seinem Kollegen zu: »Morgen früh ist der Teufel los, wenn die Arbeiter, die zur Fabrik runter müssen, vergeblich auf den Bus warten. Ich sag's dir, dann ist der Teufel los.«

»Gargiu, was kümmert's dich?« antwortete der andere im gleichen Dialekt und gestikulierte dabei mit der rechten Hand, die zusammengelegten Fingerspitzen nach oben gerichtet, die typische Geste der Süditaliener, um ihren Worten mehr Gewicht zu verleihen. »Gargiu, führe einfach nur deine Befehle aus und denk dir nichts dabei. Getreu dem Leitspruch unserer Truppe: Schweigend gehorchen und gehorchend schweigen, Gargiu. Und genau das tun wir auch!«

23

Ein unmöglicher Tag

Als Raffaella und Santovito eintrafen, war das Seeufer noch fast menschenleer, und Michele machte gerade seinen Laden auf.

Doch Stelio war schon da, und Raffaella erblickte ihn auf einem Ast stehend, der etliche Meter auf den See hinausragte, wo das Wasser schon tief war.

»Stelio! Stelio, was machst du denn da?!«

Der Junge winkte ihr zu, brachte den Ast wie ein Trampolin in Schwingung und sprang kopfüber ins Wasser. Er blieb so lange untergetaucht, daß Santovito in Sorge geriet. Er legte die Zigarre auf dem Stein ab, der ihm als Aschenbecher diente, rannte zum Wasser und wollte sich gerade hineinstürzen, als Stelios Kopf prustend auftauchte. Santovito ging zurück und kümmerte sich wieder um seine Zigarre.

»Es reicht, Stelio, du machst uns angst«, rief Raffaella, doch

Stelio tauchte wieder ab und ließ sich erst wieder ein gutes Stück weiter draußen auf dem See blicken. »Und ich dachte, er ginge nicht ins Wasser, weil er nicht schwimmen kann. Der Junge überrascht mich immer wieder aufs neue. Man würde doch annehmen, daß ein Junge in seiner Situation eher schüchtern ist und fortwährend Probleme hat, und statt dessen … sieh ihn dir nur an! Hätte sich jemand intensiver um ihn gekümmert, wäre auf seine Behinderung eingegangen, wer weiß, vielleicht könnte er heute …«

Der Mannschaftswagen der Carabinieri hielt in der Nähe von Micheles Baracke, und Maresciallo Amadori und der Gefreite Chiaffalà stiegen aus.

»Wir bekommen Besuch«, murmelte Santovito.

»Ach, schade, es war gerade so schön ruhig hier.«

Der Maresciallo wechselte einige Worte mit Michele, doch es war seine beleibte Gattin, die auf die Weide zeigte, unter der die beiden lagerten.

»Der steht dir aber wirklich ausgezeichnet«, sagte Ares zur Begrüßung, indem er auf Raffaellas Badeanzug deutete. Aus der Innentasche seiner Uniformjacke holte er Zigarettenetui und Feuerzeug hervor, suchte sich eine Zigarette aus und zündete sie an, während er weiterhin Raffaella und ihren Badeanzug musterte. Er nahm einen Zug: »Ich gehöre ja zu den Männern, die behaupten, daß es bei einer Frau immer noch etwas Neues zu entdecken gibt.«

»Bist du hergekommen, um uns mit deinen tiefgründigen Erkenntnissen zu erfreuen?« fragte Raffaella.

Auch als er sich jetzt an Santovito wandte, starrte Ares Raffaella weiter an: »Ich habe dir etwas mitzuteilen, Maresciallo Maggiore, jedoch unter vier Augen.«

Der Maresciallo Maggiore machte ihm auf der Decke Platz: »Zieh die Schuhe aus und setz dich. Du kannst offen reden. Vor Raffaella habe ich keine Geheimnisse. Und du doch auch nicht, oder?«

Ein Maresciallo der Carabinieri in tadellos sitzender Uniform, aber ohne Schuhe, hätte ein lächerliches Bild abgegeben, und so blieb Ares stehen und schaute sich um. »Ich war lange nicht mehr hier. Ich sollte öfter herkommen. Wirklich schön hier.« Und er starrte wieder Raffaella an. »Und so eine herrliche Aussicht. Ist das eigentlich Stelio da draußen auf dem See?« Er bekam keine Antwort. »Der Bursche schwimmt nicht schlecht. Wer hat ihm das nur beigebracht?«

»Frag ihn doch selbst«, und Raffaella streckte sich auf der Decke aus, schloß die Augen und machte somit klar, daß ihre Teilnahme an dem Gespräch beendet war.

Ares zog ein letztes Mal an der kaum halb heruntergerauchten Zigarette und trat sie unter der Sohle aus. »Ich hatte dich gebeten, dich trotz deines höheren Dienstgrades aus meinen Angelegenheiten herauszuhalten.«

»Eine Bitte, der ich gerne nachgekommen bin.«

»Das scheint mir nicht so. Das scheint mir keineswegs so. Chiaffalà hat mir berichtet, daß du bei Stalìns idiotischer Kundgebung anwesend warst. Und wie ich höre, hast du meinen Gefreiten sogar dazu angehalten, den Bus zu beschlagnahmen.«

»Das ist nicht ganz richtig. Dein Gefreiter hat mich gefragt, was man in seiner Situation hätte tun können, und ich habe ihm lediglich eine Reihe von Straftatbeständen Stalìns aufgezählt, dazu die entsprechenden, ihm als Carabiniere möglichen Maßnahmen. Keinerlei Anweisungen oder Einmischung meinerseits. Egal was der Gefreite Chiaffalà getan hat, er hat auf eigene Initiative gehandelt.«

»Aber du wußtest, daß sich Chiaffalà an deine Ratschläge halten würde.«

»Wie gesagt, ich habe ihm zu nichts geraten. Was hat er denn angestellt?«

Maresciallo Amadori verlor die Fassung, er beugte sich zu Santovito hinab und schrie fast: »Er hat Stalìns Bus beschlagnahmt, und es hat ein Riesentheater gegeben! Als ich am Montag aus der Stadt zurückkam, war die Wache von protestierenden Arbeitern, die nicht zur Fabrik konnten, umlagert. Und ein Reporter war auch schon da. Wieso wußte der von der Sache? Wer hatte ihn benachrichtigt? Santovito, das Ganze ist überhaupt nicht zum Lachen!« Er richtete sich wieder auf. »Darf man endlich mal erfahren, warum du in dieses Dorf zurückgekehrt bist? Willst du mich vor meinen Vorgesetzten unmöglich machen? Gibt es da vielleicht jemanden, der scharf auf meinen Posten ist und mir was anhängen will?«

»Ich glaube nicht, daß es einen einzigen Maresciallo in der ganzen Truppe gibt, der auch nur einen Finger krumm machen würde, um deinen Posten zu übernehmen. Nein, nein, da brauchst du dir keine Sorgen zu machen. Und was mich angeht, ich habe es dir schon ein paarmal gesagt. Ich habe mich nicht in deine Angelegenheit eingemischt und werde es auch in Zukunft nicht tun.«

»Na schön, trotzdem teile ich dir hiermit offiziell mit, daß ich einen Bericht über dein Verhalten anfertigen und Oberstleutnant Friggerio zukommen lassen werde. Der wird ihn an die richtigen Stellen weiterleiten, damit die notwendigen Maßnahmen gegen dich ergriffen werden können!«

Grußlos und sehr viel eiliger, als er gekommen war, zog er jetzt wieder ab. Er setzte sich ans Steuer des Mannschaftswagens und preschte mit quietschenden Reifen davon. Zurück blieb eine mächtige Staubwolke, die es verdient hatte, von Michele mit saftigen toskanischen Flüchen auf die engere Verwandtschaft des Maresciallo kommentiert zu werden.

»Und was ist, wenn er diesen Bericht tatsächlich schreibt?«

»Ich glaube, es ist Zeit für unser zweites Frühstück.«

»Wir waren doch noch gar nicht im Wasser.«

»Ich habe trotzdem schon Hunger.«

Sie saßen schon am Tisch, als sich Stelio zu ihnen gesellte.

»Willst du dich gar nicht abtrocknen?« fragte Raffaella. Stelio schüttelte den Kopf. »Dann setz dich wenigstens mit deinem Brot in die Sonne, sonst erkältest du dich noch.«

»Da kann man nichts machen, Stelio, so sind die Frauen«, tröstete Santovito ihn.

Stelio nahm sein Schinkenbrot und sein Glas Bier und setzte sich in der Nähe des Tisches ins Gras etwas außerhalb des Vordachs.

Sie waren noch beim Essen, als plötzlich Stalìn vorfuhr. Bevor er von der Maschine stieg, nahm er die breite Schutzbrille ab, bockte die Moto Guzzi auf, vergewisserte sich, daß sie fest stand, und rief dann:

»He, Michele, bring mir das, was meine Freunde auch haben. Und setz alles zusammen auf meine Rechnung!«

»Da bist du zu spät dran. Wir haben schon bezahlt.« Das stimmte zwar nicht, aber Santovito hatte keine Lust, sich von Stalìn aushalten zu lassen.

»Dann ist heute wohl mein Glückstag.«

»Unserer nicht«, bemerkte Raffaella. »Zuerst Ares, und jetzt auch noch Stalìn.«

»Das hätte ich nicht von Ihnen erwartet, Frau Lehrerin. Mich im gleichen Atemzug wie dieses Arschloch zu nennen. Was habe ich Ihnen getan?«

»Entschuldigung, es war nicht böse gemeint. Vielleicht hat mir nur Ares' Besuch die Laune verdorben.«

»Was wollte der denn hier?«

»Keine Ahnung. Frag ihn doch selbst«, antwortete Santovito.

Die beleibte Wirtin brachte einen Teller mit Brot und Schinken und ein Glas Bier und erklärte: »Das geht aufs Haus, Stalìn. Wir haben uns nämlich prächtig amüsiert bei deiner Kundgebung am Sonntag abend vor der Kirche. Ich habe Don Vincenzo noch nie so wütend gesehen.«

»Vielen Dank, Genossin. Wie gesagt, heute ist mein Glückstag.« Er biß in sein Brot, schaute sich um und sagte dann mit vollem Mund: »Es gibt sogar noch glückliche Menschen in dieser kapitalistischen Welt.« Er spülte den Bissen mit einem Schluck Bier hinunter. »Nun, Signor Ex-Maresciallo, also hatte ich doch recht, oder?«

»Womit?«

»Mit dem Deutschen?«

»Das weiß ich nicht und will es auch gar nicht wissen.« Und um sein Desinteresse zu unterstreichen, griff er zu seinen Zigarren, legte eine vor Stalìn auf den Tisch und sagte: »Die ist für später, wenn du fertig gegessen hast. Dann hast du noch was im Mund und kannst nicht so viel dummes Zeug reden.« Er zündete sich selbst eine an und blies den Rauch in die Höhe.

»Ein toller Kerl, unser Ex-Maresciallo Benedetto Santovito, wirklich ein toller Kerl. Ich hab's den Leuten hier immer gesagt: Ihr wißt gar nicht, was ihr an ihm verloren habt. Nach ihm haben wir noch drei weitere Marescialli kommen und gehen sehen, alles Arschlöcher, und das größte von ihnen ist als letzter gekommen, der König der Arschlöcher, Ares Amadori aus Ferrara.«

»Und was ist, wenn ihm jemand erzählt, wie Sie über ihn reden?« fragte Raffaella.

»Was soll sein? Gar nichts. Er weiß ja, was ich von ihm halte. Schließlich wimmelt es im Dorf von OVRA-Spitzeln. Aber was soll er mir schon anhaben können?«

»Zum Beispiel könnte er dir ein Verfahren wegen Verunglimpfung eines Maresciallo der Carabinieri anhängen«, murmelte Santovito mit der Zigarre zwischen den Lippen.

»Würdest du das an seiner Stelle tun?«

»Was habe ich damit zu tun?«

»Einiges. Aber wegen dieser Lappalien bin ich eigentlich nicht hier. Habt ihr schon die Zeitung gelesen?« Und ohne eine Antwort abzuwarten, legte er den Rest seines Schinkenbrotes auf den Teller zurück und zog ein Exemplar seiner Parteizeitung aus einer Tasche seiner schwarzen Lederjacke. Sie war bei der Lokalseite gefaltet, die er jetzt vor Raffaella ausbreitete. »Nein, nein, das habt ihr sicher noch nicht gelesen. Ihr seht mir nicht wie Käufer der Zeitung der Wahrheit aus.«

»›Schändlicher Anschlag auf das von der Verfassung verbürgte Recht der freien Arbeitsausübung. Maresciallo der Carabinieri läßt einen Linienbus beschlagnahmen und hindert auf diese Weise Fabrikarbeiter daran, zu ihrer Arbeitsstelle zu gelangen. Wer kommt für die ausgefallenen Arbeitsstunden auf? Die Arbeiter organisieren eine spontane Protestdemonstration vor der Carabinieri-Wache.‹« Raffaella gab die Zeitung zurück.

»Und rein zufällig war auch ein Reporter bei der Demonstration zugegen!« erklärte Stalìn laut auflachend.

»Sieh mal einer an! Wer hat den wohl benachrichtigt?«

»Wo denkst du hin, Santovito? Ich doch nicht. Ich war die ganze Zeit über vor der Wache, bei meiner Carolina. Die konnte ich doch nicht ganz allein in Händen des Gefreiten Chiaffalà lassen.« Er schaute zu Stelio hinüber, der neben dem Tisch in der Sonne saß und amüsiert dem Gespräch lauschte. »Zum Glück gibt es in diesem Dorf nicht nur OVRA-Spitzel, was, Stelio?«

Der Junge stand auf und gab mit einer Geste zu verstehen, daß er noch mal schwimmen gehen wolle.

»Du hast doch gerade gegessen!« rief Raffaella ihm nach, »du kannst jetzt nicht ins Wasser!«

Doch Stelio ließ sich nicht aufhalten.

»Ein prächtiger Junge«, murmelte Stalìn und fuhr dann lauter fort: »Und so kommt unser guter Ares auch noch in die Zeitung. Vielleicht etwas anders als gewünscht. Er hätte wohl lieber die Schlagzeile gelesen: Mörder von Rino Battaglia und Romitto endlich gefaßt!«

»Wer weiß, vielleicht schafft er es ja noch.«

»Nein, nie im Leben. Das würde ich noch nicht mal glauben, wenn es hier schwarz auf weiß in dieser Zeitung stände. Und das ist immerhin die Zeitung der Wahrheit. Dieser Trottel hatte den Täter schon vor der Nase und hat ihn entwischen lassen.« Er legte die Zeitung zusammen, trank sein Bier aus und stand auf. »Es hat mich sehr gefreut, mich ein wenig mit euch zu unterhalten. Und das Schinkenbrot war auch gut. Aber jetzt muß ich los. Carolina wartet auf mich. Wir beide arbeiten für das Gemeinwohl!«

»Du redest und redest, machst Andeutungen, als wenn du den Mörder kennen würdest.«

»Du denn nicht?«

»Nein, woher denn. Und du kennst ihn auch nicht.«

Stalìn setzte eine ernste Miene auf: »In dieser traurigen Sache habe ich dir nie Märchen erzählt.«

»Wenn es sich so verhält, wie du sagst, Collina, ist es deine Pflicht …«

»Ooh, ooh, Maresciallo, erzähl mir nichts von Pflichten in dieser kapitalistischen Gesellschaft. Tun denn die Sicherheitskräfte ihre Pflicht, wenn sie ehrliche Arbeiter auf offener Straße umbringen? Oder die Fabrikbesitzer, wenn sie die Arbeitslosen aushungern?«

Jetzt wurde auch Santovito lauter: »Nenn mich nicht Maresciallo!«

»Und du, du mich nicht Collina!«

»Und laß endlich die Politik aus dem Spiel. Hier handelt es sich um dreifachen Mord, und wenn du etwas darüber weißt, bist du verpflichtet …«

»Fang nicht wieder damit an, Santovito. Ich habe meine Pflicht getan und habe ein reines Gewissen!«

Um sich zu beruhigen und nicht weiter provozieren zu lassen, schwieg Santovito eine Weile, konzentrierte sich ganz auf seine Zigarre, rollte sie zwischen den Fingern und sagte dann endlich an Raffaella gewandt: »Ich glaube, Collina erzählt uns nur Unsinn. Aber ich weiß nicht, warum.«

Auch Stalìn hatte Zeit, sich zu beruhigen. Er hatte sich hingesetzt und erwiderte nun: »So, Unsinn?! War das vielleicht Unsinn, daß ich wußte, wo sich der Deutsche versteckt hatte? Oder daß er schon mal im Krieg hier in der Gegend war?«

Santovito lehnte sich über den Tisch zu Stalìn vor, blickte ihm tief in die Augen und blies ihm dabei etwas Rauch ins Gesicht. »Du kannst dir ja denken, daß ich Maresciallo Amadori von unserem Gespräch in Kenntnis setzen werde.«

»Bitte, warum nicht. Dann bestellt mich dieses Arschloch wieder mal auf die Wache, und ich werde ihm wieder mal nichts zu sagen haben.«

»Aber mir läufst du nach. Mir hast du ständig irgendwas zu sagen. Warum tust du das?«

Stalìn stand auf, stützte sich mit den Händen auf der Tischplatte ab und lehnte sich ebenfalls weit zu Santovito vor: »Ich schulde dir noch etwas. Und ich bin ein Mensch, der nicht vergißt, wenn ihm jemand einen Gefallen getan hat. Und wenn ich kann, revanchiere ich mich.« Er richtete sich wieder auf, groß und kräftig, strich sich mit beiden Händen über den Schnurrbart und lächelte. »Und außerdem würde es mich freuen, wenn dieses Arschloch Amadori vor allen als der Trottel dasteht, der er tatsächlich ist.« Auch Raffaella lächelte. »Jetzt muß ich aber wirklich los. Auf mich und meine Carolina kann man sich an jeder Haltestelle verlassen.« Er entfernte sich zu seiner Moto Guzzi, drehte sich vor dem Aufsteigen jedoch noch einmal um und fragte: »Hast du wirklich keine Ahnung, wer der Täter ist? Das kann ich kaum glauben. Du willst mir doch was vormachen. Sogar Stelio weiß, wer die armen Kinder ermordet hat!«

Dann schwang er sich auf seine Maschine und trat den Kickstarter durch. Ohne das Motorrad vom Ständer zu schieben, gab er Gas, und die Guzzi machte einen mächtigen Satz und stob dann in einer dicken Staubwolke davon, die rasch zu Micheles Baracke zog und den Wirt erneut zu Flüchen und Beschimpfungen veranlaßte. Seine beleibte Gattin hingegen lächelte und schüttelte verständnisvoll den Kopf in Richtung jenes großen, kräftigen Mannes, der sich immer noch wie ein Kind gebärdete.

»Kannst du das glauben? Hältst du es für möglich, daß Stelio es weiß?«

»Ach, Stalìn redet und redet, und es kommt nichts dabei raus.« Doch so sicher war sich Santovito seiner Sache nicht. »Immerhin bekommt er als Busfahrer sehr viel mit. Vielleicht sollte Ares doch …« Er brach ab und blickte auf den See hinaus, wo Stelio weit draußen schwamm und munter auf- und abtauchte.

»Was schuldet er dir denn?«

Santovito ließ sich Zeit mit der Antwort, suchte seine Streichhölzer und zündete sich in Ruhe noch mal die Zigarre an: »Wer schuldet mir was?«

Raffaella wandte sich gekränkt von ihm ab. »Da haben wir's wieder. Du machst mich krank, wenn du so … so … Ach, du weißt ganz genau, von wem ich rede. Du willst mich nur ärgern oder einfach im unklaren lassen. Jetzt sag schon, was schuldet er dir, und warum fühlt er sich verpflichtet, sich für eine Gefälligkeit zu revanchieren?«

»Ach, du meinst Collina!«

»Collina, Stalìn, nenne ihn doch, wie du willst, Herrgott noch mal!«

»Das ist alles so lange her, daß es schon fast nicht mehr wahr ist.«

»Stalìn scheint sich aber gut daran zu erinnern. Und du auch, da gehe ich jede Wette ein.«

»Möglich, wenn es mir wieder einfällt, erzähle ich es dir.«

»O, du verfluchter Kerl. Du machst mich rasend!« schrie Raffaella, sprang auf und rannte los, um sich im See abzukühlen.

»Sei vorsichtig, du hast doch gerade erst gegessen!«

Es gefiel ihm, wenn sie so ganz Lehrerin war. Es gefiel ihm, wenn sie wütend wurde. Es gefiel ihm, wenn sie sich an ihn kuschelte. Sie gefiel ihm einfach, und so etwas hätte er nie erwartet.

»Und was wird, wenn ich zurück muß?« Er verscheuchte die Sorge und den Gedanken an den Moment der Entscheidung und sah ihr zu, wie sie in der Nähe des Ufers schwamm: Sie schwamm nie hinaus, wenn er nicht bei ihr war.

Raffaella traf als erste ein. Stelio öffnete ihr und bedeutete ihr, einzutreten. In dem großen Wohnzimer im Erdgeschoß, das auch als Küche diente, war noch der alte Kamin, der fast eine ganze Wandseite einnahm. Stelio hatte ein Feuer darin angezündet, und die Flammen loderten mächtig auf. Eine steile Holztreppe mit abgetretenen Stufen führte zu den beiden Räumen im oberen Stockwerk und zum Bad im Zwischengeschoß.

»Warum hast du Feuer gemacht? So kalt ist es doch nicht.« Stelio bedeutete ihr, ein wenig Geduld zu haben. »Du hast es gemütlich hier. Man sieht, daß du dich um alles kümmerst.«

Stelio gab ihr mit ausgebreiteten Armen zu verstehen, daß er sein Bestes tue. Er wies auf einen Stuhl und forderte sie auf, es sich bequem zu machen und ihm alles zu überlassen.

»Soll ich dir nicht ein wenig helfen?«

Stelio legte eine Hand auf die Brust: nein, nein, das wolle er nicht.

Aus einer Schublade in der Anrichte mit den Glastüren nahm er eine Tischdecke, breitete sie auf dem Tisch aus und verteilte dann Geschirr, Besteck und Servietten. Hin und wieder warf er Raffaella einen Blick zu und lächelte zufrieden, während er leise ein Lied vor sich hinpfiff. Als er fertig war, verschwand er wieder in der Küche.

Raffaella stand auf und sah sich ein wenig um in dem großen Raum, in dem früher sicher einmal eine fünfzehn- oder gar zwanzigköpfige Großfamilie mit Alten und Kleinkindern um den Tisch gesessen hatte.

Santovito fand die Haustür angelehnt vor, trat hinein und

sah Raffaella vor einer kleinen gerahmten Photographie an der Wand stehen. Er trat hinter sie und hauchte ihr einen Kuß auf den Hals.

»Sieh mal hier, ist das nicht ein schönes Mädchen auf dem Foto?«

Die junge Frau in den typischen Festtagskleidern der vierziger Jahre stand auf dem Platz vor der Dorfkirche und lächelte strahlend ins Objektiv des Fotografen.

»Das ist Stelia, die lange Zeit drüben im Haus mit der Gräfin gewohnt hat. Ob du's glaubst oder nicht, in Wirklichkeit war sie sogar noch schöner. Eine Zeitlang war sie mit meinem Gefreiten verlobt. Na ja, so richtig verlobt war sie eigentlich mit keinem.« Mit einer Kopfbewegung wies er in Richtung Küche, wo er Stelio herumhantieren hörte. »Seine Mutter.«

Neben dem Bild hingen weitere Fotografien: Mezzacosta, wie das Gebäude zu Santovitos Zeiten ausgesehen hatte; eine Aufnahme von der alten Gräfin und daneben eine ihrer Töchter, der Gräfin, wie Santovito sie gekannt hatte: schön, vornehm, elegant gekleidet, aber mit kalten, erloschen wirkenden Augen; dann eine alte Aufnahme vom Dorf und darunter ein auf dem Dorfplatz aufgenommener offener Sportwagen. Am Steuer erkannte Santovito, trotz der Rennfahrerbrille und der Ledermütze auf dem Kopf, den Anwalt, den Gatten der Gräfin.

Um den Wagen herum, der zu jener Zeit eine Rarität gewesen sein mußte, standen einige Bewohner des Dorfes in steifer Pose, und auf der langen Kühlerhaube prangte das faschistische Rutenbündel und darunter das Kennzeichen BO 11831. Auf dem Beifahrersitz neben dem Anwalt saß eine schöne Frau mit Hütchen und Kostüm im Stil der dreißiger Jahre.

»Ist das die Gräfin?«

»Nein, wahrscheinlich eine Geliebte ihres Mannes.«

»Eine Geliebte? Und mit der fährt er seelenruhig durchs Dorf? Was hat denn die Gräfin dazu gesagt?« Santovito breitete nur vielsagend die Arme aus. »Aha, ich verstehe. Das waren ja schöne Verhältnisse. Und du? Was hast du getan? War es nicht deine Aufgabe, Sitte und Anstand im Dorf zu schützen?«

»He, wo denkst du hin? Meinst du, ich bin so alt, daß ich hier schon 1930 Maresciallo war? Und außerdem hatten sich die Leute, als ich herkam, schon lange an die Situation gewöhnt und fanden nichts Skandalöses mehr daran.«

Direkt neben dem Bild von Stelia hing ein Rahmen von exakt gleicher Größe und Machart, der aber leer war.

Stelio betrat den Raum und zeigte ihnen eine Flasche Wein.

»Eine gute Idee. Trinken wir schon mal einen Schluck.«

»Was kommt hier in den Rahmen?« fragte Raffaella, indem sie auf die Wand zeigte. Der Junge tippte sich einige Male gegen die Brust. »Ein Foto von dir?«

Stelio schüttelte den Kopf und zeigte jetzt mit beiden Händen auf seinen ganzen Körper.

»Ein Bild von deinem Vater?« riet Santovito, und Stelio lächelte und nickte.

»Und wo hast du das Bild?« fragte Raffaella.

Zunächst füllte Stelio ihnen die Gläser und kritzelte dann etwas auf einen Zettel: »Wenn ich weiß, wer er ist, kommt sein Foto in den Rahmen.«

Intermezzo

Die Karten der Alliierten waren äußerst detailliert und jeder Fleck der Gegend darauf verzeichnet. Seltsam klingende Namen wie »Abhang des gefallenen Engels«, »Die Nackte«, »Blitzabhang«, »Paß der Teufelsfußstapfe«, »Unterschlupf der Straßenräuber«, »Toter Mann«, Namen, deren Herkunft sich in den Jahrhunderten verlor und die für die Bewohner nur noch für Orte standen, die man gewohnheitsmäßig so nannte, ohne noch zu wissen, welche Geheimnisse oder Ereignisse die Vorfahren zur Benennung veranlaßt hatten.

Die Patrouillen der Alliierten benutzten diese Karten, um Wege, Saumpfade und Unterschlüpfe zu finden, und wenn sie vorrückten, markierten sie ihre Wege mit weißen Stoffstreifen, die dem Nachschub als Orientierungspunkte dienten.

Es kam allerdings auch vor, daß Partisanen diese Markierungen vertauschten, um auf diese Weise die Soldaten mit den Waffen- und Lebensmittellieferungen ins eigene Lager umzuleiten.

Schon im Herbst war das kleine, am Zusammenfluß zweier Wasserläufe gelegene Dorf unten im Tal von den Deutschen aufgegeben worden. Doch einer den Bewohnern völlig unverständlichen Taktik folgend, verzichteten die Alliierten darauf, von den Bergen herunterzukommen und sie wirklich zu befreien. Man beließ es bei ein wenig Artilleriefeuer dann und wann, oben vom Paß in Richtung Monte Belvedere, nur um den Feind wissen zu lassen, daß man noch da war und die Augen offenhielt.

Von Zeit zu Zeit rückte eine alliierte Patrouille bis runter zur Stadt vor, zog durch die Straßen, inspizierte die Türme von Kirche und Rathaus – zwei ideale Standorte, um die Umgebung und die Staatstraße zu kontrollieren –, hielt sich gerade lange genug im Ort auf, um bei den Kindern durch das Verteilen von Schokolade und Kaugummi einen guten Eindruck zu hinterlassen, und schlug dann wieder den Weg nach Hause ein.

Von der anderen Hangseite, oder auch aus dem Reno-Tal, kamen auch die Deutschen hin und wieder ins Dorf, ebenfalls um dem Feind klarzumachen, daß man noch da war und die Augen offenhielt. Nur verteilten die Deutschen nichts an die Kinder, weil sich kein Bewohner – weder Kinder, Frauen noch die im Dorf verbliebenen Alten – beim Besuch der Deutschen auf der Straße blicken ließ.

Einer glücklichen Fügung, möglicherweise auch einer ausgeklügelten Strategie, war es zu verdanken, daß die alliierten und deutschen Patrouillen nie im Dorf aufeinanderstießen.

Und so wurde es Winter, ein Winter, an den man sich lange erinnern würde.

Berge, Bäume und Häuser lagen unter einer hohen Schneedecke, und wer es einrichten konnte, setzte keinen Fuß vor die Tür. Nur die Staatsstraße und einige Nebenstrecken waren frei durch den regen Verkehr der Militärfahrzeuge, die den Schnee immer wieder plattdrückten oder zum Schmelzen brachten.

Die Straße, die nach Mezzacosta hinaufführte, war ein langes weißes, völlig unberührtes Band. Erst zu Ende des kommenden Sommers würde das Wehrmachtskommando dorthin umziehen, und hätte der deutsche Oberst in jener entsetzlichen Winternacht schon dort, auf Mezzacosta, Quartier bezogen, wären die Dinge sicher nicht so gelaufen, wie sie dann fatalerweise liefen. Er hätte sie unterbunden. Denn er verstand und schätzte die Gräfin. Und das, obwohl sie ihn und seine Männer als Feinde betrachtete. Aber konnte man ihr das verdenken?

Das Gebirge lag also unter einer geschlossenen Schneedecke. Es war eine ideale Nacht, um die Gräfin zu besuchen, und Trestellette machte sich auf den Weg. In den langen Monaten, die er schon in den Wäldern lebte, hatte er diese schützende Bergwelt lieben und so gut kennengelernt, daß ihm mittlerweile jeder Pfad vertraut war.

Die Partisanen nannten ihn Trestellette, also »Dreisternchen«, weil er eine seltsame Uniform getragen hatte, als er zu ihnen stieß, zusammengewürfelt aus hier und dort gefundenen Stücken deutscher, italienischer oder alliierter Verbände, die zu jener Zeit mit- und gegeneinander kämpften. Und aus irgendeinem Grund waren auf den Schulterklappen seines Wintermantels drei Sternchen hängengeblieben, zwei links und eins rechts. Niemand fragte ihn nach seinem Namen oder seinem Dienstgrad, und ihm war es gerade recht so, denn er hatte lange genug Befehle gegeben und war es überdrüssig, über das Leben anderer Menschen zu bestimmen. Doch seine Vergangenheit und sein hoher Rang hatten ihn so offensichtlich geprägt, daß er bald schon das Vertrauen seiner Kameraden besaß und vor jeder wichtigen Entscheidung um Rat gefragt wurde.

Irgendwann erfuhr er, daß die Gräfin in der Gegend lebte. Er kannte sie und wollte sie gerne wiedertreffen, weil er sie schon Jahre nicht gesehen hatte. Genauer, seit dem Tag, als sie urplötzlich aus ihm unbekannten Gründen Bologna verlassen und sich auf Mezzacosta zurückgezogen hatte.

Ihrem ersten Wiedersehen folgten weitere Treffen, und bald war ihr Verhältnis wieder so wie damals in Bologna, als sie ein Liebespaar waren. Heimlich hatten sie sich damals auf dem großen gräflichen Anwesen im Heuschober hinter den Ställen getroffen, nachdem er die hohe Umfassungsmauer überklettert und sie sich aus dem Bett ihres Gatten davongeschlichen hatte.

Und nun lebte Trestellette, mit bürgerlichem Namen Giacomo Stefanelli, Ex-Hauptmann der früheren Königlichen Kavallerie, im Stich gelassen vom König und seinen Vorgesetzten, in den Wäldern und war verantwortlich für den Kontakt zu den Alliierten. Die Repubblichini wußten davon und suchten ihn. Die SS wußte davon und jagte ihn.

Als der Abend sich neigte, machte er sich auf den Weg nach Mezzacosta. Seine Kameraden benachrichtigte er nicht, denn er wollte frühmorgens zurück sein, so daß seine Abwesenheit gar nicht auffallen würde.

Vor dem Hauptgebäude angekommen, schlug er sich den Schnee an der ersten Stufe von den Stiefeln ab und hatte noch gar nicht angeklopft, als Stelia schon die Haustür öffnete.

»Nein, Signor Capitano! Bei diesem Hundewetter kommen Sie zu uns rauf?«

»Stelia, wie oft muß ich dir noch sagen: Nenn mich nicht mehr Capitano!«

»Sie müssen entschuldigen, aber es ist einfach stärker als ich. Aber treten Sie doch bitte ein, legen Sie den Mantel ab und auch die Stiefel. Ich bringe Ihnen sofort trockene Hausschuhe. Die sind noch vom Gatten der Gräfin, dem Signor Avvocato, der seit Anfang des Krieges nicht mehr gesehen wurde.«

»Schon gut, Stelia, schon gut. Wo ist die Gräfin?«

»Drüben im Salon, vor dem Feuer. Nein, diese Kälte! Ich mache Ihnen erst mal einen heißen Glühwein mit Nelken. Der wird Ihnen guttun, Signor Ca … Ja, wie soll ich Sie denn nennen?«

»Gar nicht!«

»Wie Sie wünschen, wie Sie wünschen. Nehmen Sie doch Platz, während ich den Glühwein zubereite«, sie lächelte maliziös, »und auch noch Holz im Schlafzimmer der Gräfin nachlege, damit es dort schön warm wird. Ach, wenn es uns an irgend etwas nicht fehlt, dann ist das Brennholz. Der Schuppen des alten Bartolomeo ist ja noch bis oben hin voll. Ja, der Ärmste, erst hat er sich so abgemüht, um ihn voll zu bekommen, und dann bleibt ihm keine Zeit mehr, das Holz zu verheizen. Na ja, jetzt brauchen wir es eben auf. So ist es wenigstens noch zu etwas nütze.«

Stelia war ein typisches Bologneser Mädchen aus dem einfachen Volk, jung, ein wenig geschwätzig und lebenslustig trotz des verfluchten Krieges, der um sie herum entfesselt worden war. Auf Mezzacosta lebte sie mit der Gräfin, in deren Dienste sie schon als ganz junges Mädchen getreten war, um Hunger und Armut ihrer Familie zu Hause zu entkommen. So hatte sie sich auch nicht beklagt, als sich die Gräfin vor Jahren dazu entschloß, sich in der abgelegenen Bergwelt, fern von allen Freunden und dem gewohnten Leben in der Stadt, fest einzurichten. Anfangs hatte sie zwar noch gehofft, ihr Exil werde nicht lange dauern und die Gräfin würde es eines Tages in der Einsamkeit nicht mehr aushalten. Doch die Jahre gingen ins Land, und über eine Rückkehr nach Bologna wurde nie gesprochen. Und so hatte sich Stelia damit abgefunden und nutzte nun die wenigen Ablenkungen, die das Leben in den Bergen ihr bieten konnte.

Eine Zeitlang hatte sie sogar gehofft, Signor Maresciallo Santovito könnte Gefallen an ihr finden. Doch statt dessen fand er Gefallen an der Gräfin, und so hatte sie etwas mit dem Gefreiten Cotigno angefangen, der, wie sich herausstellte, gar kein schlechter Ersatz war.

Als der Krieg ausbrach, hoffte Stelia wieder stärker, daß sie nach Bologna zurückkehren würden. Und vielleicht wäre es auch dazu gekommen – wenn man ihnen die Zeit dazu gelassen hätte.

Trestellette nahm endlich ein Bad, aß endlich eine warme Mahlzeit, rauchte endlich ein paar gute Zigaretten – die mit dem süßlichen, hellen, aber dennoch würzigen Tabak, die die Gräfin immer wieder besorgen ließ –, streckte sich endlich auf einem Bett mit sauberen Laken aus, neben einer Frau ... Doch mehr war ihm nicht vergönnt in jener Nacht.

Sie waren sich gerade in die Arme gesunken, da ließen Schläge mit einem MP-Kolben an die Tür sie auffahren.

»Aufmachen! Sofort aufmachen, sonst schlagen wir die Tür ein! Capitano Stefanelli, wir wissen, daß du da drin bist! Komm raus! Widerstand ist zwecklos, das Haus ist umstellt!«

Ein auf deutsch gebrüllter Befehl folgte der italienischen Aufforderung.

Zum Anziehen blieb keine Zeit, und Trestellette riß das Fenster im oberen Stockwerk auf.

»Das hat doch keinen Sinn. Du hast doch gehört, sie haben Mezzacosta umstellt.«

»Das wollen wir erst mal sehen.« Und fast im selben Moment, als die Deutschen die Schlafzimmertür aufbrachen, sprang Trestellette in den Schnee hinunter.

Mit gezogenen Maschinenpistolen stürmten die vier Männer in den Raum. Zwei rannten ans offene Fenster und zielten auf

Trestellette, der im Zickzack nackt und im Schnee gut sichtbar auf den nahen Wald zulief. Da warf sich die Gräfin von hinten auf die Männer, und so durchlöcherte die erste Garbe den Himmel und gab dem Fliehenden Gelegenheit, im Wald zu verschwinden.

Mit nackten Füßen lief er über die dünne Eisschicht, die sich über dem Schnee gebildet hatte und mit jedem Schritt knirrschend einbrach und ihm in die Fußsohlen schnitt. Er war nackt, und dennoch spürte er weder Schmerz noch Kälte.

Der deutsche Offizier packte die Kleider, die Trestellette auf dem Stuhl am Kopfende des Bettes zurückgelassen hatte, und warf sie der Gräfin ins Gesicht. Brüllend gab er einige Befehle und verließ den Raum. Die Gräfin hinter sich her zerrend, folgten ihm seine Männer.

Stelia hatte sich in die Speisekammer verkrochen, und die Männer fanden sie im Nachthemd zitternd hinter einer Truhe hocken. Mit ihr fingen sie an.

Stelia schlug um sich, flehte und weinte. Dann irgendwann rührte sie sich nicht mehr und wartete nur noch, bis es vorbei war. Ihre Tränen hielt sie jetzt zurück, in Augen so starr wie aus Glas.

Die Gräfin hatte der Vergewaltigung zusehen müssen und wurde jetzt selbst von den Männern gepackt. Sie flehte nicht, und sie weinte nicht. Nur dem letzten spuckte sie ins Gesicht, einem dürren Repubblichino, dem die zu große Uniform um den Körper schlackerte. Er war so überrascht, daß er erst nach einer Weile die MP hob. Doch ein Kamerad stieß ihn aus dem Raum:

»Laß sie, wir müssen weg. Die können gleich dasein. Die haben garantiert die Schüsse gehört und sind schon unterwegs!«

Im Hinausgehen zischte der dürre Repubblichino: »Du hast Schwein gehabt, du Hure. Bedank dich bei deinen Heiligen!« Er wischte sich den Speichel aus dem Gesicht und trocknete die Hand an seiner Hose ab.

Trestellette sagte: »Ich muß zurück und nachsehen, was passiert ist. Ich gehe allein!« Doch Tosca und Quirino bestanden darauf, mitzukommen.

Hinter den Kastanienbäumen vor Mezzacosta gingen sie erst mal in Deckung, obwohl ihnen die Fußspuren im Schnee verrieten, daß die Deutschen und Repubblichini schon abgezogen waren. Lieber kein Risiko eingehen; vielleicht warteten sie in der Nähe, weil sie wußten, daß die Partisanen kommen würden.

Durch das Fenster im Erdgeschoß drang das Licht einer Petroleumlampe: Nach der vom Duce proklamierten Autarkie, mit der zunächst den »frevelhaften Sanktionen« fremder Mächte und dann dem mit dem Krieg in die italienischen Haushalte eingezogenen allgemeinen Mangel begegnet werden sollte, war kein Karbid mehr zu bekommen gewesen, wie es für das Beleuchtungssystem auf Acetylen-Basis auf Mezzacosta gebraucht wurde. Doch Stelia hatte mit Petroleumlampen Abhilfe geschaffen, die sie abends in jedem Zimmer anzündete, weil die Gräfin die Dunkelheit nicht ertrug.

»Ich gehe«, sagte Tosca leise, »und gebe euch dann ein Zeichen.«

»Kommt nicht in Frage. Das ist meine Sache. Ihr habt schon genug für mich getan, indem ihr mitgekommen seid. Behaltet die Haustür und die Fenster im Auge und gebt mir Deckung.« Im Schutz von Bartolomeos Haus schlich sich Trestellette von hinten mit der MP im Anschlag an das Hauptgebäude heran.

Er fand die beiden Frauen sich in den Armen haltend vor.

»Was ist geschehen?« Ohne ihr Dienstmädchen loszulassen, deutete die Gräfin in den auf den Kopf gestellten Raum. »Und was ist mit euch? Was haben sie euch getan?«

»Nichts, gar nichts«, versicherte ihm Stelia rasch. »Das stimmt doch, Signora Contessa? Sie haben uns nichts getan.«

»Ja, Stelia, ja. Wir haben Glück gehabt.«

Mehr erzählten sie nicht, die beiden Frauen von Mezzacosta,

denen man in jener Winternacht sehr wohl etwas Schreckliches angetan hatte.

Stelio wird niemals ein Foto haben, das er in den leeren Rahmen hängen kann, wird niemals etwas über seinen Vater erfahren, noch nicht einmal seine Nationalität, ob Deutscher oder Italiener.

24

Stelios Überraschung

Santovito nahm einen Schluck. »Mit dem Wein verwöhnst du uns schon mal, Stelio. Und was kochst du uns Schönes?«

»Streng dich an, Stelio, ich bin eine gute Köchin und ziemlich kritisch«, erklärte Raffaella schmunzelnd, und Stelio nickte und schrieb dann: »Ich mache euch *cine.*«

»*Cine,* was ist das denn?«

»Ich weiß, das sind *foccacine*«, sagte Santovito, »*cine* nennt man sie hier. Hm, lecker! Ach, wie lange habe ich die schon nicht mehr gegessen. Ein typisches Gericht dieser Gegend, sehr einfach, eine Art Brotersatz, so war es zumindest früher einmal. Man macht einen Teig aus Mehl, Wasser, etwas Milch, Olivenöl und einer Prise Salz. Und Hefe, nicht zu vergessen. Den Teig läßt man einige Stunden gehen, und ich denke, unser Stelio wird das schon erledigt haben.« Der Junge hob den Saum der Tischdecke an, um anzudeuten, daß der Teig noch unter einem Tuch ruhe. »Und dieser Teig wird dann in runde Förmchen aus feuerfestem Ton gegeben, die man vor dem Kaminfeuer aufstapelt. So werden die *cine* mit Hitze und Druck gebacken. Dazu ißt man Schinken, Salsicce oder Schafskäse. Hab ich recht, Stelio?«

Stelio stimmte ihm zu, deutete auf den Kamin und fragte

Raffaella mit einem Blick, ob sie jetzt den Grund für das Feuer verstanden habe. Dann ging er in den Keller hinunter, von wo er mit einem schon angeschnittenen Schinken, einem Glas mit in Olivenöl eingelegten Würstchen und einem halben Laib Käse wieder auftauchte. Er legte die Sachen auf den Tisch, und Santovito fragte mit einer Geste, wer den Schinken schneiden solle.

»Ich? Traust du mir das zu? Ich weiß gar nicht, ob ich das noch kann.«

»Dann laß es mich lieber machen.«

»Nein, nein, dazu braucht man einen Fachmann. Früher war ich wirklich sehr gut darin. Ein Messer, Stelio, aber scharf muß es sein, und dann wollen wir doch mal sehen, ob wir den Schinken nicht geschnitten bekommen, wie der Herrgott es befiehlt.«

Er machte sich an die Arbeit und begann, den Schinken von der Schwarte zu befreien. Währenddessen baute Stelio die Förmchen vor dem Feuer auf. Raffaella sah ihnen zu.

»Ich fühle mich richtig unwohl. Kann ich denn gar nichts helfen?«

Stelio schüttelte den Kopf, und Santovito lachte: »Nichts zu machen, Raffaella, heute läßt du dich mal von den Männern bedienen. Entspann dich und hab ein wenig Geduld.«

Er schenkte sich Wein nach. »Hast du eigentlich schon mal in Öl eingelegte Salsicce gegessen?«

»In Öl eingelegte Würstchen? Hört sich nicht sehr verlockend an. Weichen die denn nicht vollkommen durch?«

»Machst du Witze?« Santovito blickte zu Stelio hinüber, der verwundert den Kopf schüttelte. »Hast du das mitbekommen? Ach, Raffaella, ein Bissen, und du bist bekehrt. Die Salsicce sind hier vielleicht nicht ganz so gut wie in meiner Heimat, aber du wirst sehen, es lohnt sich, es lohnt sich wirklich.« Stelio sah ihn mit empörter Miene an. »Schon gut, schon gut, eure Salsicce sind genauso gut. Die Würstchen müssen luftgetrocknet werden, und zwar im Januar, wenn es kalt ist, und hier wird es ja richtig kalt – ich kann ein Lied davon singen. Später werden sie dann in Gläser mit Olivenöl eingelegt, und glaub mir, Raffaella, die Würstchen nehmen nicht einen Tropfen Öl auf und schmecken auch nach einem Jahr noch so frisch wie nach dem Trocknen. Hab ich recht, Stelio?«

Stelio, der am Kamin mit den Förmchen herumhantierte, nickte, ohne sich umzudrehen, legte den Zeigfinger an die Wange und drehte ihn hin und her, wie um zu sagen: »Ihr werdet sehen, das wird ein Genuß.«

Nach dem Schinken schnitt Santovito auch noch Scheiben von dem Käselaib ab und reichte Raffaella ein Stück. »Probier mal, das ist sardischer Schafskäse.«

»Sardisch? Wie kommt Schafskäse aus Sardinien hier in die Gegend?«

»Das ist ein Andenken an jene Zeiten, als die Bergbewohner von hier nach Sardinien zogen, um Holzkohle herzustellen. Monatelang ernährten sie sich damals in den Wäldern nur von Polenta und Schafskäse. Und das scheint ihnen so gut geschmeckt zu haben, daß dieser spezielle Käse hier noch immer begehrt ist.« Er aß selbst ein Stück, kaute lange und genüßlich. »Da gibt es nichts. Der ist einfach gut.«

Nach dem Essen lehnte sich Raffaella auf dem Stuhl zurück, legte die Hände auf den Bauch und meinte seufzend: »Ihr habt wirklich nicht zuviel versprochen. Aber ein leichtes Mahl war das nicht. Um ehrlich zu sein, ich fühle mich schwer wie ein Stein. Vielleicht habe ich ja auch zuviel getrunken, aber diese zwei Fladen …«

»Bloß zwei?«, und Santovito stieß Stelio mit dem Ellbogen an. »Ich hab' vier verdrückt, und du?« Stelio zeigte vier Finger. »Da haben wir's. Deshalb brauchen wir auch noch eine Flasche Wein, um alles hinunterzuspülen. Trinkst du auch noch was, Raffaella?«

»Um Himmels willen, nein! Ich mache lieber einen Verdauungsspaziergang in die Küche und setze den Espresso auf. Bleibt ihr beide ruhig sitzen. Stelio, wo hast du die Kanne und das Kaffeepulver?«

Nach dem Espresso, den sie schweigend tranken, zündete sich Santovito eine Zigarre an und hielt, eher zum Spaß, Stelio die Schachtel hin, der lächelnd den Kopf schüttelte. Dann bedeutete er ihnen zu warten, lief die Treppe hinauf und kam mit einer Mappe in der Hand wieder runter. Er räumte eine Ecke auf dem Tisch frei, indem er das Geschirr zusammenstellte, und öffnete dort die Mappe. Zum Vorschein kam ein Blatt rauhes Papier, auf das eine Spange gezeichnet war.

Raffaella betrachtete sie verblüfft und blickte dann zu Santovito: »Aber das ist sie doch! Ich meine, das ist doch die Fibula aus der Truhe. Wo hast du die denn abgezeichnet, Stelio? Wo hast du die Spange gesehen?«

Der Junge antwortete mit einer vagen Handbewegung, legte das Blatt zur Seite und ließ ein weiteres zum Vorschein kommen. Darauf waren Ohrringe zu sehen – gelb ausgemalt, um Gold anzudeuten –, die von der Seite betrachtet an die Form eines Fragezeichens erinnerten; der untere Teil, voll, rund und gekringelt wie eine Schnecke, verjüngte sich nach oben zu einem Dreieck mit abgerundeten Ecken, dessen freie Spitze nach unten gerichtet war. Die Schmuckstücke waren über und über mit Reihen winziger Rosetten besetzt und an den Seiten von Spiralen und anderen Motiven in Filigranarbeit umgrenzt.

Aufgeregt ging Raffaella zum nächsten Blatt über, das eine Reihe ebenfalls goldener, mit Edelsteinen besetzter Ringe zeigte. Dann das nächste Blatt mit der Zeichnung einer Halskette aus dicken goldenen Kugeln.

Amüsiert beobachtete Stelio seine beiden verstummten Gäste. Irgendwann legte Santovito ihm eine Hand auf die Schulter.

»Wo hast du die Sachen gesehen?«

»Romitto hat mir davon erzählt«, schrieb er auf.

»Das kann nicht sein!« brauste Raffaella auf. »Das kann nicht sein! Das ist alles viel zu genau gezeichnet. Diese Halskette mit den Goldkugeln, gut, mag sein, davon kann man dir erzählt haben. Aber die anderen Schmuckstücke sind so gekonnt in allen noch so winzigen Details nachgezeichnet ...« Und erregt blätterte sie weiter in den Zeichnungen. »Oder auch diese Ohrringe hier, diese speziellen Verästelungen! Nein, nein, Stelio, den Schmuck mußt du vor dir gehabt haben!«

Der Junge lehnte sich mit dem Stuhl zurück, schaukelte auf den hinteren Stuhlbeinen und ließ den Blick kopfschüttelnd von einem zum anderen wandern.

Santovito blickte ihn ernst an: »Stelio, du weißt doch, daß wir deine Freunde sind und daß Romitto möglicherweise wegen dieser Dinge hier sterben mußte. Du mußt uns die Wahrheit sagen. Unbedingt, sonst hilfst du nur dem, der die Tat begangen hat.«

Stelio dachte lange nach und schrieb dann auf: »Romitto hat mich gebeten, den Schmuck zu zeichnen. Bei jedem Mal hat er mir nur ein Stück vorgelegt.«

»Und wo hat er die Schmuckstücke hergeholt? Wo hat er sie aufbewahrt?« fragte Raffaella immer aufgeregter.

»Ich weiß es nicht. Einmal bin ich ihm gefolgt, um zu sehen, wo er die beiden Ohrringe verstecken würde, die ich gerade gezeichnet hatte. Doch er ist nur kreuz und quer durch den Wald gelaufen und irgendwann zur Abtei zurückgekehrt.«

»Dann hatte er dich also bemerkt.«

Fasziniert blätterte Raffaella noch einmal die Zeichnungen durch. »Das sind mit Sicherheit Werke etruskischer Goldschmiedekunst. Auf dem Gebiet bin ich keine Expertin, aber sie sehen aus wie ... Erinnerst du dich noch an die Ausgrabungen von Gozzadini in der Etruskerstadt unten im Tal, so um das Jahr 1860 herum?«

»Ich fürchte, nein. Leider bin ich erst etwas später hier in diese Gegend versetzt worden.«

»Sei nicht blöd! Aber ich weiß, daß seine kostbarsten Fundstücke im letzten Krieg geraubt wurden. Und das könnten diese hier sein. Stell dir das doch mal vor!« Santovito war nicht sehr überzeugt, nickte aber. »Weißt du, was wir jetzt machen? Wir überprüfen die Sache.«

»Ja, aber wo?«

»Das wirst du schon sehen.«

Es war noch früh am Morgen, als an der Tür geläutet wurde. Gargiulo hatte Wache geschoben und war völlig übermüdet nach einer Nacht, in der er sich mühsam wach gehalten hatte: der Maresciallo konnte in Rage geraten, wenn er einen seiner Männer beim Nickerchen überraschte.

Der Carabiniere öffnete jetzt die Klappe in der Tür, blickte mit schlaftrunkenen Augen hinaus und öffnete rasch. Er ließ sie eintreten, schloß die Tür wieder hinter ihnen ab und steckte den Schlüssel ein – nur für den Fall, daß sein Besuch es sich doch noch anders überlegte und wieder verschwinden wollte, während er den Gefreiten Chiaffalà wecken ging.

Auch Chiaffalà wechselte kein Wort mit den beiden Männern, die befangen im Vorraum der Wache herumstanden. Er bedeutete ihnen nur zu warten, kehrte ins Zimmer zurück, zog Hemd und Uniformjacke über und ging dann Maresciallo Amadori wecken.

»Signor Maresciallo, sie sind hier. Sie wollen sich stellen.«

Es dauerte eine Weile, bis Ares begriff, wovon sein Gefreiter da überhaupt redete. Er hatte Kopfschmerzen und einen klebrigen Geschmack im Mund, weil er am Vorabend zuviel gegessen und getrunken hatte. Aber wenn er schon mal in Zivil in seiner Heimatstadt war, wollte er sich auch amüsieren. Und auf der Rückfahrt hatte er zuviel geraucht, um am Steuer seines Abarth nicht einzuschlafen.

»Sperr sie in die Zelle und mach mir einen Kaffee!«

»Was? Gleich in die Zelle?«

»Chiaffalà, sitzt du heute morgen auf den Ohren? In die Zelle mit ihnen, habe ich gesagt. Da können die Scheißkerle warten. Wir haben schließlich auch lange genug auf sie gewartet.«

»Jawohl, Signor Maresciallo!« Und er ging wieder runter ins Erdgeschoß, um den Befehl weiterzugeben: »Gargiulo, sperr sie in die Zelle und schmeiß den Schlüssel weg. Das ist der passende Platz für diese Verbrecher!«

Flak blickte Bleblè an und murmelte: »Siehst du? Ich hab's doch gewußt.«

»Was soll das, Chiaffalà? Du kannst uns doch nicht einsperren. Wir sind freiwillig gekommen, um etwas zu erklären. Du kennst mich doch, Chiaffalà, laß mich mit dem Maresciallo reden.«

»Ach, jetzt willst du plötzlich mit dem Maresciallo reden. Du kommst hier reingeschneit und glaubst, wir würden alle für dich springen. Alles zu seiner Zeit, Bleblè. Der Maresciallo wird mit dir reden, wenn es ihm genehm ist. Verstanden? Und jetzt rein mit ihnen, Gargiulo, rein mit ihnen!« Und damit ging er, um seinem Vorgesetzten den Kaffee zu machen.

Mit einer Geste forderte Gargiulo die beiden Männer zum Mitkommen auf. Bleblè folgte ihm als erster durch den Flur, doch am Fuß der Treppe angekommen, warf er sich plötzlich von hinten gegen den Carabiniere. Der stolperte, stieß mit dem Kopf gegen die Treppenstufen und blieb benommen am Boden liegen.

Bleblè sprang über ihn hinweg und rannte die Treppe hinauf. Oben fand er ein offenes Fenster, kletterte hinaus und sprang in den Gemüsegarten hinter der Wache hinunter. So behende, wie er es sich in seinem Alter selbst nicht mehr zugetraut hätte.

Flak hatte die Situation zu spät erfaßt, versuchte Bleblè zwar zu folgen, doch der am Boden liegende Gargiulo bekam seinen Fuß zu fassen und brachte ihn zu Fall, wobei er sich den Kopf an derselben, schon blutbefleckten Treppenstufe aufschlug.

Bleblè erwischten sie nicht mehr, vor allem weil Chiaffalà

eine Zeitlang brauchte, um den Haustürschlüssel zu finden, den sich Gargiulo vorsichtshalber in die Tasche gesteckt hatte. Und als sie endlich den Garten erreichten, war Bleblè schon über alle Berge.

In Erwartung, daß Ares seinen Zorn an ihm ausließ, ließ Ciaffalà seinen Zorn an dem Deutschen aus, packte ihn, zerrte ihn in die Zelle und stieß ihn auf die Pritsche. Da saß Flak nun und hielt sich die blutende Stirn.

Nachdem er seine eigene Wunde versorgt hatte, kümmerte sich Gargiulo aber um ihn. Allerdings weniger aus christlicher Barmherzigkeit: Er wollte verhindern, daß Flak den Fußboden vollblutete, auch wenn es sich nur um einen Zellenboden handelte. Schließlich hatte er diese Woche Putzdienst!

»So, jetzt sag mir mal, wo wir ihn suchen sollen, Chiaffalà. Bleblè kennt die Wälder wie seine Westentasche und verkriecht sich in irgendeinem Fuchsbau, und dann gute Nacht! Ihr seid eine Horde von Idioten!«

»Signor Maresciallo, ich konnte doch nicht damit rechnen ...«

»Nicht damit rechnen? Ein Gefreiter hat mit allem zu rechnen! Und wo zum Teufel bleibt eigentlich mein Kaffee?!«

Über den Außenspiegel sah Stalìn, wie sich die beiden seiner Carolina näherten, und stieg aus.

»So, der Signor Maresciallo und die Signorina wollen schon abreisen? Schon genug vom Urlaub hier? Reicht den Herrschaften unsere schöne Bergwelt nicht mehr? Muß es jetzt das Meer sein?«

«Hör auf zu schwafeln, Stalìn. Am Meer bin ich das ganze Jahr. Außerdem sind wir nur einen Tag fort. Du siehst doch, daß wir kein Gepäck dabeihaben.«

»Ja, ja, das sehe ich.« Er setzte sich wieder ans Steuer und schwieg bis zum Bahnhof, doch im Rückspiegel beobachtete er sie die ganz Fahrt über.

Vor dem Bahnhof angekommen, stellte er rasch den Motor

ab, zog die Handbremse an und lief zur hinteren Tür, während seine beiden Fahrgäste ausstiegen. Eine Verbeugung für Raffaella, die als erste den Bus verließ, dann sagte er an Santovito gewandt:

»Dann wäre der Fall ja gelöst. Ich hab's ja immer gesagt: Sie sind der Größte. Wie der Verbrecher kehrt auch sein Henker immer wieder an den Tatort zurück.«

»Hör doch auf, Stalìn. Was habe ich schon gelöst? Ist ja schließlich auch nicht meine Sache, wie ich dir schon tausendmal gesagt habe.«

Stalìn streichelte liebevoll seinen Schnurrbart und zwinkerte Santovito zu: »Sicher, sicher, nur die Tarnung nicht aufgeben.« Er legte den Zeigefinger vor Nase und Mund. »Keine Sorge, Stalìn weiß Bescheid.«

»Ja, schon gut. Wir müssen los, sonst verpassen wir noch den Zug. Wenn du mit uns plaudern willst, ist nach unserer Rückkehr noch genügend Zeit dazu.«

»Ein komischer Kauz«, sagte Raffaella, während sie sich entfernten. Sie drehte sich noch einmal um. Stalìn stand immer noch, mit seinem Schnurrbart spielend, vor dem Bus und winkte jetzt Raffaella noch einmal zu.

»Mag sein, aber er ist mit allen Wassern gewaschen. Im Krieg hat er es ziemlich bunt getrieben, Schmuggel, Schwarzmarktgeschäfte und solche Sachen.«

»Er hat eben gesehen, wie er am besten durchkam in der schlimmen Zeit.«

»Das ist klar, damals haben alle gesehen, wie sie irgendwie über die Runden kamen. Wenn ich daran denke, was ich … Beeilen wir uns, sonst müssen wir noch zu Fuß gehen!«

Sie hatten kaum Platz genommen, als sich der Zug schon in Bewegung setzte. Es waren nicht viele Leute unterwegs, und sie hatten ein Abteil für sich allein.

»Jedesmal, wenn ich diese Strecke fahre …« Santovito brach ab und blickte hinaus.

»Du bist schon komisch: Manchmal fängst du einen Satz an, daß man glaubt, du wolltest eine ganze Geschichte erzählen, und dann kriegt man plötzlich keine Silbe mehr aus dir heraus.«

Santovito deutete hinaus: »Ich weiß nicht, wie ich es sagen soll, aber diese Landschaft hat etwas, das mir gefällt, das mich nicht losläßt. Dieses Panorama habe ich bestimmt schon hundertmal gesehen, und doch ist es jedesmal wieder neu. Der Fluß, der immer wieder auftaucht und verschwindet, die Berge und Wälder, die steil zum Tal hin abfallen, die Häuser in der Ferne, die kurz ins Blickfeld rücken. Ich habe mich immer gefragt, wer da draußen wohl leben mag, was das für Leute sind.«

»Ja, du hast recht, diese Landschaft hat etwas Magisches. So wie der Zug, der sie durchquert. Hier sind wir uns zum ersten Mal begegnet, und wer war unser Kuppler? Wieder mal das Buch, in unserem Fall Hemingway.«

»Tja.« Und aus dem Zugfenster blickend, schwieg Santovito eine Weile. Dann: »Nach dem Krieg, als er wieder in Dienst gestellt wurde … der Zug, ich rede von diesem Zug, fuhr er wieder mit Dampf wie zu seinen Anfängen. Die ich nicht erlebt habe«, fügte er rasch hinzu. »Es war vielleicht romantischer, jedenfalls aber langsamer und unsauberer. Du hättest mal sehen sollen, in welchem Zustand die Strecke war. Gesprengte Brücken, die Bahnhöfe in Trümmern, aber dann …« Er brach ab, und eine Weile überließ ihn Raffaella seinen Erinnerungen. Dann aber sagte sie leise:

»Du hast wieder eine Geschichte nur angefangen.«

»Ja, was für eine?«

»Die Geschichte deiner Vergangenheit, im Krieg.«

»Ach, das«, und er machte wieder seine typische wegwerfende Handbewegung, wie um zu sagen, daß das alles schon viel zu lange her sei.

»Und dann hast du noch angefangen, von Stalin zu erzählen.«

Sie näherten sich der Stadt im Tal, und die Luft, die durch das heruntergelassene Fenster hereinkam, war noch wärmer geworden.

»Das wird ein brütendheißer Tag in Bologna.«

»Siehst du? Schon wieder weichst du mir aus. Erzähl mir von Stalìn.«

Während er nachdachte, suchte er sich eine weiche Zigarre aus der Schachtel aus und hielt sie Raffaella hin. Die nickte, und er zündete sie an. In der Fahrtluft löste sich der Rauch der ersten Züge auf.

»Ja, Stalìn, oder besser Giacomo Collina. Seine Eltern hatten es zu etwas gebracht, obwohl sie auch nicht gerade reich waren. Fromme Leute. Sie schickten ihn in ein Priesterseminar nach Bologna, und als der Tag gekommen war, da er seine erste Messe sprechen sollte«, er lächelte und erzählte leise weiter, so als erinnere er sich nur für sich selbst. »Hier in der Gegend wird eine heilige Messe nicht gelesen, eine Messe wird gesprochen. Na ja, jedenfalls sollte Collina seine erste Messe in seinem Heimatdorf sprechen, und es war schon alles für den großen Festtag vorbereitet. Doch als ihn seine Mutter morgens wecken kam, war Don Giacomo verschwunden und sein Bett unberührt.« Er nahm einen tiefen Zug und stieß, um Raffaella nicht zu belästigen, den Rauch zum Fenter hinaus. »Die arme Frau erschien in Tränen aufgelöst bei mir auf der Wache, und als ich Collina endlich fand, machte ihm sein Vater eine entsetzliche Szene, prügelte ihm die Seele aus dem Leib und hätte ihn wohl umgebracht, wenn ich nicht eingeschritten wäre.«

»Und deswegen ist er dir etwas schuldig?«

Santovito antwortete nicht und erzählte leise weiter: »Lange Zeit wurde Collina im Dorf von allen geschnitten. Er hatte keine Freunde, keine Freundinnen. Das muß eine schlimme Zeit für ihn gewesen sein. Ein aus dem Priesterstand ausgetretener Geistlicher ist hier in der Gegend eben … Na ja, kurzum, eines Tages hielt er es nicht mehr aus und verließ das Dorf.«

Ein weiterer Zug an der Zigarre, und sein Blick wanderte zur Landschaft hinaus, während Raffaella ihn jetzt ganz seinen Gedanken und Erinnerungen überließ.

Am Bahnhof in Bologna war es drückend heiß. Durch das Bahnhofsgebäude erreichten sie den ruhigen Piazzale Ovest, wo die schwarzen Taxis mit den grünen Streifen warteten.

»Was machen wir? Nehmen wir ein Taxi oder die Straßenbahn?«

Raffaella blickte zur Bahnhofsuhr hoch: Es war Viertel nach zehn. »Ach nein, wir haben doch Zeit. Laß uns ein wenig durch Bologna bummeln und die Stadt genießen.«

»Bummeln? Bei dieser Hitze? Schon gut, einverstanden«, beeilte er sich zuzustimmen, als er Raffaellas sich verfinsternde Miene sah. »Wir machen einen Spaziergang, aber danach gehen wir noch in eine Bar. Ich weiß jetzt schon, daß ich mächtig Durst bekommen werde.«

In einer Hitze, die von einem bleiernen Himmel herabsank und von den Häuserwänden und dem weichen Asphalt abstrahlte, überquerten sie den fast menschenleeren Platz und bogen in die Via Indipendenza ein, wo Raffaella Santovitos Hand ergriff und ihn mit sich zog.

»Komm, wir nehmen den Weg durch den Montagnola-Park. Ich bin da früher oft gewesen, habe im Schatten auf einer Bank gesessen und gelesen, und ...« Jetzt war es Raffaella, die ihre Erzählung nicht zu Ende brachte.

»Aha, ich verstehe. Du hast dich da mit deinen Verlobten getroffen.«

»Verlobte wäre etwas zuviel gesagt. Verehrer.«

»Und jetzt erinnerst du dich wehmütig daran zurück.«

Raffaella blickte ihn an und schüttelte lächelnd den Kopf. »Wehmut ist wirklich das letzte, was ich im Moment empfinde.«

Kein Windhauch, auch nicht unter den hohen Bäumen des Montagnola-Parks, und während sie die Piazza Otto Agosto überquerten, brannte ihnen die heiße Luft in der Lunge.

Hinter der Piazza Maggiore gelangten sie endlich in die Kühle der Gassen hinter dem Pavaglione mit ihren zahlreichen Lebensmittel- und Obstgeschäften, deren süßlichr Geruch schwer in der stehenden Luft hing.

Bei einer Bar setzten sie sich ins Freie.

»Aah, jetzt ein kaltes Bier! Was nimmst du?« Doch Raffaella fand nicht mehr die Zeit zu antworten, denn Mandarino fragte schon:

»Was darf ich den Herrschaften bringen?«

»Das ist aber eine Überraschung! Mandarino! Was machst du denn in Bologna? Weißt du eigentlich, daß du deinen früheren Chef in eine schwere Krise gestürzt hast? Cleto weiß ohne dich nicht mehr ein noch aus.«

»Also, ich ... ich«, stammelte Mandarino. »Ich schicke Ihnen einen Kollegen«, und damit verschwand er in der Bar.

»Was ist denn mit dem los? Warum hat er unsere Bestellung nicht aufgenommen?«

»Vielleicht hat er keine Lust, uns Dinge zu erklären, die ihm peinlich sind«, nahm Raffaella ihn in Schutz.

»Die Herrschaften wünschen?«

»Hören Sie mal, dieser Kellner von vorhin ...«

»Ach, der!« Er machte eine unbestimmte Handbewegung und fragte dann noch einmal kurz angebunden: »Sie wünschen?«

»Für mich ein Bier. Ach entschuldige, was nimmst du?«

»Haben sie Cof? Ja! Dann ein Cof mit Tamarindengeschmack.«

»Cof? Was ist das denn«, fragte Santovito, als der Kellner gegangen war.

»Eigentlich ein normals Eis am Stiel. Hier in Bologna heißt es nur Cof, weil man ein Eis umsonst kriegt, wenn man nach dem Verzehr auf dem Stiel den Schriftzug Cof entdeckt. Bis jetzt habe ich aber noch nie Glück gehabt!« schloß Raffaella mit betrübter Miene.

Santovito trank sein Bier fast auf einen Zug und beobachtete dann Raffaella, die an ihrem Eis nagte.

»Und hast du gewonnen?«

Enttäuscht zeigte sie ihm das Hölzchen: »Nein, wieder nichts.«

»Vielleicht ein gutes Zeichen. Dann haben wir bei unserer Suche mehr Glück. Gehen wir?«

Erfrischende Kühle umfing sie, als sie die Bibliothek des Archiginnasio betraten, die Stille der Säle genossen und den Duft der Bücher.

Santovito hätte nicht gewußt, wo er die Suche beginnen sollte, und so überließ er bereitwillig alles Raffaella, die sich weit besser auskannte. Sie nahm die Bibliotheksausweise entgegen und bedeutete ihm zu folgen. Zielbewußt steuerte sie auf die Karteikästen zu, zog einen heraus und blätterte in den Karten, die mit einer eleganten, etwas antiquierten Handschrift beschrieben waren. Sie füllte den Bestellschein mit dem Titel, dem Autor und weiteren bibliographischen Angaben aus, händigte ihn dem Bibliothekar aus und ging dann zu den antiken Holzbänken hinüber, um dort zu warten. Santovito war ihr die ganze Zeit schweigend, fast eingeschüchtert gefolgt und setzte sich jetzt zu ihr. Hin und wieder ließ eine Straßenbahn in der Via Pavaglione die enormen Fensterscheiben vibrieren. Sonst war es still.

»Gozzadini«, begann Raffaella leise zu erzählen, »war einer der ersten, der archäologische Ausgrabungen nach streng wissenschaftlichen Kriterien unternahm. Von jedem Grab registrierte er die exakten Abmessungen und ließ Zeichnungen von allen Fundstücken anfertigen, wenn er sie nicht gar selbst zeichnete. Du wirst sie gleich sehen. Auf einem Landgut bei Villanova in der Nähe von Bologna entdeckte er die erste Nekropole der Eisenzeit. Von daher stammt auch der Begriff ›Villanova-Zivilisation‹.«

Sie brach ab und ging zum Ausleihschalter hinüber, wo der

Bibliothekar gerade mit einem dicken Band in Händen aus einem anderen Raum aufgetaucht war. Raffaella nahm das Buch in Empfang, trug es zum Tisch und blätterte es rasch durch bis zu einigen Seiten mit wunderschönen Zeichnungen von antiken Schmuckstücken.

»Das ist wirklich verblüffend, die sind identisch, das ist haargenau der Schmuck, den Stelio gezeichnet hat!« murmelte sie.

»Kein Zweifel«, pflichtete ihr Santovito bei und las noch einmal den Titel des Bandes auf der ersten Seite: *Aus einer antiken Nekropole bei Bologna;* Erscheinungsjahr: 1865.

»Wie zum Teufel ist nur Romitto an den Schmuck herangekommen?« flüsterte Raffaella kopfschüttelnd.

Santovito schlug das Buch wieder bei den Seiten mit den Zeichnungen auf und fuhr mit den Händen darüber, als wolle er sie streicheln: »Ich glaube, ich weiß es«, und er lächelte Raffaella an, die ihn erstaunt anstarrte. »Das heißt, ich kann's mir denken«, fügte er dann hinzu, immer noch leise, um die Ruhe im Saal nicht zu stören. Er stand auf. »Komm mit, jetzt gehen wir der Sache auf den Grund.«

25

Flaks Lügen …

Frabbone und Catullo waren gekommen, ebenso Caios Maria, Cesira und Ligera. Ja, fast das gesamte Dorf hatte sich versammelt und diskutierte leise, aber auch entschlossen, in der typischen Art der Bergbewohner. Von den Sommerurlaubern keine Spur, die wollten sich nur erholen und interessierten sich nicht für die Angelegenheiten des Dorfes und hielten sich, wenn sie konnten, aus allem raus. Die Menge versperrte fast die ganze Straße, und Stalìn war gezwungen, seinen Bus anzuhalten. Er stieg aus, und Raffaella und Santovito, seine letzten Fahrgäste, taten es ihm nach.

»Was ist los, Ligera? Warum habt ihr euch hier versammelt?« fragte Santovito.

Ligera streckte den Zeigefinger seiner linken Hand gegen ihn aus. »Ausgerechnet Sie fragen das! Ich wußte doch, daß es soweit kommen würde. Immer auf Bleblè! Hat der Mann nicht schon genug durchgemacht?«

Santovito wollte etwas erwidern, doch in diesem Moment verließ Don Vincenzo die Carabinieri-Wache, und es kam Bewegung in die Versammlung. Der Pfarrer breitete die Arme aus und hob sie dann zum Himmel, wie um sich Gottes Barmherzigkeit anzuvertrauen:

»Ich fürchte, wir können gar nichts tun. Das sei eine unerlaubte Versammlung, meint der Maresciallo, und wenn wir uns nicht augenblicklich zerstreuen, werde er uns alle belangen.«

Niemand kam der Aufforderung nach. Frabbone setzte sich sogar auf die Stufen vor der Wache, lehnte sich mit dem Rücken gegen den Türrahmen und sagte:

»Wollen wir doch mal sehen, wer mich von hier vertreibt. Das wollen wir doch mal sehen.«

»Was ist denn nun geschehen?« fragte Santovito noch einmal.

»Ich habe Ihren Rat befolgt und Bleblè dazu gebracht, sich mit Flak zusammen dem Maresciallo zu stellen. Doch die Dinge haben sich anders entwickelt, als Sie dachten. Er hat sie festgenommen.«

»Und mit welcher Begründung?«

»Das müssen Sie dieses Arschloch da drin fragen.«

»Laß mich durch. Ich frage ihn.«

Frabbone stand auf, ließ ihn vorbei und setzte sich dann sofort wieder hin. Niemandem fiel es ein, dem Befehl, sich zu zerstreuen, nachzukommen, und alle gesellten sich zu Ligera.

»Mit welcher Begründung hast du sie festgenommen?« fragte Santovito den Maresciallo.

An der Art, wie er sich die Zigarette anzündete, wie er ohne Genuß rauchte und wie er sie nach kurzer Zeit schon wieder ausdrückte, war klar zu erkennen, daß sich Ares unwohl fühlte.

»Ich bin dir zwar keine Rechenschaft schuldig, aber bitte … dreifacher Mord, an dem achtjährigen Claudio Fraticelle, dem zwölfjährigen Rino Battaglia und dem dreiundsiebzigjährigen Francesco Colioli, genannt Romitto der Einsiedler. Die Beweise, die ich zusammentragen konnte, lassen keinen Zweifel zu.«

»Was sind das für Beweise?«

Ares setzte sich hinter seinen Schreibtisch und zündete sich eine weitere Zigarette an, die letzte in seinem Etui: »Bleblè von Ca' Rossa hat die beiden Jungen am Abend ihres Todes getroffen. Sie hatten ihn aufgesucht, um sich eine Schaufel auszuleihen, wahrscheinlich, weil sie sie zu einem Spiel brauchten.«

»Wer hat dir das erzählt?«

»Das tut nichts zur Sache: Ich weiß es eben!«

Nervös zog er an seiner letzten Zigarette, und Santovito fragte ihn: »Das ist die letzte, was willst du danach rauchen?«

Ares klappte sein Zigarettenetui auf: »Laß das meine Sorge sein. Die beiden Jungen werden ermordet, und ich finde die Schaufel im Zelt des Deutschen. Und was macht der Deutsche, als meine Männer ihn festnehmen wollen? Er flüchtet und versteckt sich bei Bleblè.«

»Und woher weißt du das?«

»Der Deutsche hat die Hosen voll und ist sehr gesprächig. Die beiden stecken unter einer Decke.«

Santovito dachte an den während des Krieges verschwundenen Schwimmwagen, an die Waffen, die Frabbone in dem Amphibienfahrzeug gefunden hatte, und an die vier Kassetten, die sich ebenfalls in dem Fahrzeug hätten befinden müssen, aber nicht befanden. Und an den Schatz der Königin Selvaggia, oder genauer die auf mysteriöse Weise während des Krieges verschwundenen etruskischen Schmuckstücke. Alles Rätsel, die hier in den Bergen miteinander verflochten waren, die die Zeit ein paar Tage verschüttet hatte und die jetzt plötzlich wieder ans Tageslicht kamen. Er sagte:

»Es sind noch weitere Umstände zu bewerten.« Aus der Jackettasche kramte er das Metallschild, das Frabbone ihm geschenkt hatte, drehte es zwischen den Fingern hin und her und betrachtete es nachdenklich. Dann steckte er es wieder ein. Ares registrierte es gar nicht. Er war kein Mensch, der die Zweifel seiner Mitmenschen wahrnahm. Er nahm nichts wahr und hörte nicht zu.

»Ich glaube nicht, daß die Dinge so gelaufen sind, wie du denkst«, sagte Santovito.

»Das tut nichts zur Sache. Es reicht, daß ich es glaube.«

»Und was sagt Bleblè dazu?«

Ares drückte die letzte Zigarette im Aschenbecher aus und kramte in der Schreibtischschublade: »Der hat sich ordentlich in die Scheiße geritten: Beamtenbeleidigung und Widerstand gegen die Staatsgewalt, neben dem mehrfachen Mord.«

»Und was sagt er dazu?«

Ares schlug mit der Faust auf die Schreibtischplatte: »Das kannst du ihn fragen, wenn du ihn siehst!«

»Ich denke, du solltest auch seine Version hören.«

»Die ist mir scheißegal!« Er streckte die Finger seiner rechten Hand aus und fuchtelte damit vor Santovitos Augen herum. »Fünf Stiche! Mit fünf Stichen mußte Gargiulo an der Stirn genäht werden, und fünfzehn Tage ist er krank geschrieben. Aber gut, wenn es dir Freude macht, frage ich Bleblè, wenn ich ihn geschnappt habe. Und das kann nicht mehr lange dauern. Früher oder später muß er sich irgendwo zeigen, wenn er überleben will!«

»Also gut, Beamtenbeleidigung und Widerstand gegen die Staatsgewalt. Aber hast du dich eigentlich schon mal gefragt, was Bleblè für ein Motiv für einen Mord haben könnte?«

»Das werde ich schon noch herausbekommen. Da kannst du sicher sein. Aber erst mal nehme ich ihn fest. Der darf mir nicht entwischen.« Doch Bleblè war ihm schon entwischt.

»Ich verstehe«, antwortete Santovito nur und verließ das Büro.

»Misch dich da ja nicht ein«, rief ihm Ares nach. »Misch dich da ja nicht ein, auch wenn Bleblè ein Jugendfreund von dir ist.«

»Er ist kein Jugendfreund«, murmelte Santovito. »Aber ein Freund ist er, einer von denen, die man nie mehr verliert.«

Frabbone stand auf, um ihn wieder vorbeizulassen, und wartete dann wie die anderen, daß Santovito etwas sagte. Doch Santovito entfernte sich ohne ein Wort.

Vor der Kirche warteten sie auf Stelio. Er kam mit dem Millecento runter, ließ sie einsteigen und fuhr sie nach Mezzacosta hinauf. Auf der Fahrt sprach niemand. Erst als sie oben angekommen waren, sagte Raffaella:

»Ich habe gehört, daß Bleblè geflohen ist.«

»Wer hat dir das gesagt?«

»Frabbone. Weißt du, was ich dazu denke?« Sie wartete nicht auf die Antwort. »Es ist besser so. Es ist besser so, wenn die Gerechtigkeit in Händen eines Maresciallo wie Ares liegt. Ich glaube auch nicht, daß Bleblè und Flak …«

»Niemand, der über ein wenig gesunden Menschenverstand verfügt, glaubt das.« Dann wandte sich Santovito an Stelio: »Collina … Stalìn sagt, daß du weißt, wer der Mörder ist.« Stelio legte die Stirn in Falten und legte die linke Hand auf die Brust. »Du hast recht: Collina weiß nicht, was er redet. Der quatscht einfach drauflos, und manchmal stimmt es, was er sagt, und manchmal auch nicht.«

»Was hast du jetzt vor?«

»Ich werde mich mit Bleblè unterhalten.«

»Weißt du, wo du ihn finden kannst?«

»Ich glaube schon, aber ich bin mir nicht ganz sicher. Einmal hat er mir erzählt … Aber jetzt können wir beide wohl erst mal eine Dusche vertragen: Bologna ist die heißeste Stadt, die ich kenne.«

»Wenn du ihn suchen gehst, komme ich aber mit und …« Doch Santovito unterbrach sie, indem er die rechte Hand hob und den Kopf schüttelte. »Nein? Warum nicht?«

»Weil die Sache immer komplizierter wird und …«

»… und ich zu dumm bin, um noch durchzublicken. Schon verstanden!« Sie sah ihm in die Augen. »Oder bist du vielleicht der Meinung, eine Frau hat zu Hause zu sitzen und Strümpfe zu stricken?«

»Schon gut, schon gut. Du kannst mitkommen, wenn ich Bleblè suchen gehe. Aber vorher habe ich noch einen Besuch zu machen.« Er stoppte sie, bevor sie etwas sagen konnte. »Nein, bitte mich nicht, dich mitzunehmen. Ich wüßte nicht, wie ich deine Anwesenheit rechtfertigen sollte.« Sein entschlossener Ton ließ es Raffaella ratsam erscheinen, ihn nicht weiter zu bedrängen.

»Schön, dich doch noch wiederzusehen. Zwei Wochen später, und du hättest mich nicht mehr angetroffen. Ich scheide aus dem Dienst und kehre in meine Heimat zurück.«

»Das wird auch allmählich Zeit. Du bist ja schon eine Ewigkeit hier. Ich erinnere mich noch, wie du mich bei meiner ersten Dienststelle eingeführt hast.«

»Ja, die Zeit vergeht. Weißt du eigentlich, daß ich mit deinem Besuch gerechnet habe? Als mir Maresciallo Amadori sagte, er brauche einen Haftbefehl für Bleblè von Ca' Rossa, habe ich gleich zu mir gesagt: ›Friggerio, hier nehmen die Dinge einen unguten Verlauf, bald wird Santovito dir einen Besuch abstatten.‹«

»Du hattest recht. Hier bin ich.«

Oberstleutnant Friggerio ließ zwei Tassen Kaffee kommen und sagte erst dann zu Santovito: »War doch richtig? Du trinkst doch immer noch gern Kaffee?« Und auf Santovitos zustimmendes Nicken hin fuhr er fort: »Also, schieß los.«

»Um gleich zur Sache zu kommen: Ares Amadori ist mit seinen Ermittlungen vollkommen auf dem Holzweg.«

»Was soll ich dagegen tun? Ginge es nach mir, wäre Amadori gar nicht Maresciallo, sondern höchstens Gefreiter in einem Nest im Süden. Dort könnte er meinetwegen versauern!«

Schweigend genossen sie den Kaffee, und erst nach einer Weile hob Oberstleutnant Friggerio wieder an: »Aber er hat einfach zu gute Beziehungen. Das heißt, sein Vater ist mit einflußreichen Leuten befreundet.« Er breitete die Arme aus. »Ach, dieser Fall hat mir kurz vor meiner Pensionierung gerade noch gefehlt.« Er sah seinem Gegenüber, einem reifen Mann, der einmal sein junger Untergebener gewesen war, in die Augen: »Und warum ist Amadori auf dem Holzweg?«

Santovito ließ sich mit der Antwort Zeit, kramte seine Zigarrenschachtel aus der Tasche und bot sie dem Oberstleutnant an: »Mit einer guten Zigarre erzählt es sich angenehmer.«

»Nein, danke, für mich nicht. Ich habe aufgehört. Aber du bist offensichtlich auch nicht auf Zigaretten umgestiegen, wie so viele heutzutage.«

»Nein, ich bin eine treue Seele.« Er rollte die Zigarre zwischen den Fingern weicher, zündete sie an und blickte dem Rauch nach, der sich langsam in der Luft auflöste. »Er ist auf dem Holzweg, weil er das Motiv für die Morde im Hier und Heute sucht. Ich habe aber gute Gründe anzunehmen, das der Mörder von weit her kommt und …«

»Der Deutsche kommt von weit her.«

»Ich meine zeitlich, nicht räumlich.« Er nahm einige Züge. »Wäre Amadori ein Mensch, der einen ausreden läßt, der wenigstens hin und wieder einmal zuhört … Nein, der schlägt einfach eine Richtung ein und folgt, ohne nach links oder rechts zu schauen, stur seinem Weg. Das macht die Zusammenarbeit sehr mühsam.«

Oberstleutnant Friggerio nickte zustimmend: »Ich weiß, ich weiß, aber mir sind die Hände gebunden.« Er begann, mit einem Kugelschreiber zu spielen, drückte die Spitze auf ein Blatt, drehte das Schreibgerät zwischen den Fingern hin und her, drehte es um und begann das gleiche Spiel von der anderen Seite. Ein Spiel, das er beim Reden unterbrach und beim Zuhören wiederaufnahm. »Wir könnten es aber so halten, daß du diskret weiter ermittelst und mich über die Ergebnisse auf dem laufenden hältst. Aber ich bitte dich, wirklich diskret. Wie weit bist du denn mit den Ermittlungen?«

»Ich bin auf einem guten Weg, aber …«

»… aber du möchstest jetzt nicht darüber reden. Einverstanden, aber du mußt dir darüber im klaren sein, daß ich die Sache höchstens noch eine Woche hinauszögern kann. Aber kann ich dir irgendwie helfen?«

»Ja, laß mich mit ihm reden.«

Die Zelle in der Carabinieri-Wache war nur für Notfälle gedacht, und alle Häftlinge wurden so rasch wie möglich ins Untersuchungsgefängnis nach Bologna gebracht oder, wenn der Haftbefehl wie in Flaks Fall auf sich warten ließ, in die Zellen des Comando Gruppo Carabinieri.

Die Ellbogen auf die Knie gestützt und den Kopf in den Händen vergraben, saß der Gefangene auf der Pritsche. Auch als er hörte, wie die Zellentür aufgeschlossen wurde, hob er nicht den Blick.

»Wie geht's dir, Flak?« fragte Santovito.

Erst jetzt sah der Deutsche auf: »Wie soll's mir in diesem Loch schon gehen?« Er ging zu dem vergitterten Fenster hinüber und blickte hinaus. »Vielen Dank übrigens noch mal für deinen Rat. Ich habe mich daran gehalten.«

Santovito ging nicht darauf ein. »Ich habe dir Zigaretten mitgebracht«, sagte er statt dessen. Doch Flak drehte sich nicht einmal um.

»Ich lege sie dir hier auf den Tisch.« Es entstand ein langes Schweigen, dann fragte Santovito: »Hast du Lust, mir zu erklären, warum du ins Dorf zurückgekehrt bist?«

»Das habe ich dir doch schon mal erklärt: Um mich bei Bleblè zu bedanken.«

»Das stimmt aber nicht. Dann wärest du nämlich gleich zu ihm gegangen und nicht erst, als der Maresciallo hinter dir her war. Also warum?« Flak antwortete nicht. »Kennst du das hier?«

Flak drehte sich um und nahm aus Santovitos Hand das Metallschild entgegen. Eine Zeitlang betrachtete er es schweigend und nickte dann: »Das ist aus dem Motorraum meines Schwimmwagens.«

»Bist du sicher?«

»Ja, die Produktionsnummer habe ich zu oft gelesen, um mich zu irren: 12337. Das war mein Schwimmwagen.« Und endlich überwand er sich dazu, Santovito in die Augen zu blicken. »Wo hast du das Schild her?«

»Das bedeutet, daß die Sache mit dem Partisanenüberfall, von dem du mir erzählt hast, nicht stimmen kann.« Der Deutsche reagierte nicht, und so nahm Santovito das Schild zurück und steckte es in die Tasche. »Die Geschichte kann nicht stimmen, weil die Partisanen erstens die Waffen niemals im Auto zurückgelassen hätten; zweitens hätten sie sich nicht damit aufgehalten, den Schwimmwagen unter der Leona-Brücke zu verstecken – allerhöchstens hätten sie ihn in Brand gesetzt. Und drittens hättest du dich, wenn du wirklich hättest desertieren wollen, ihnen nur ergeben müssen, und die Sache wäre erledigt gewesen. Statt dessen bist du durch die Wälder geirrt und wärest fast erfroren, wenn Bleblè dich nicht gefunden hätte.«

Der Deutsche setzte sich wieder auf den Rand seiner Pritsche.

»Also gut! Es hat nie einen Partisanenüberfall gegeben. Andrea Ruffini und ich haben das Auto versteckt und sind abgehauen, in der Hoffnung, auf Partisanen zu stoßen, denen wir uns anschließen konnten. Wir wußten ja, daß sie sich in der Gegend aufhielten.«

Santovito setzte sich zu ihm auf die Pritsche. »Sei doch vernünftig, Flak. So kommst du nicht aus der Sache raus. Ich weiß, daß du weder die Jungen noch Romitto umgebracht hast. Aber wie soll ich dir helfen, wenn du mir nicht endlich sagst, was in jener Nacht passiert ist?«

»Verflucht noch mal, es war alles so, wie ich es dir gesagt habe! Warum willst du mir nur nicht glauben?«

»Aus einer ganzen Reihe von Gründen. Soll ich sie dir alle aufzählen?« Flak blickte ihn an, antwortete aber nicht. »Gut, ich sage sie dir: Hättet ihr beide, Andrea Ruffini und du, wirklich desertieren und euch den Partisanen anschließen wollen, hättet ihr die Waffen mitgenommen, anstatt sie im Auto zurückzulassen. Ihr hättet keine Zeit damit verloren, den Wagen zu verstecken und die Reifenspuren im Schnee zu verwischen, sondern wäret einfach so schnell wie möglich abgehauen. Reicht dir das, oder soll ich dir auch erzählen, warum ihr die Waffen zurückgelassen habt?« Er zog an seiner Zigarre, während er auf eine Antwort wartete. Doch Flak schwieg, und so fuhr er fort: »Ihr habt die Waffen im Schwimmwagen gelassen, weil ihr etwas anderes zu tragen hattet. Vier Kassetten nämlich. Was ist aus denen geworden, Flak?«

Flak antwortete nicht. Er blickte diesen Mann an, von dem er praktisch nichts wußte und der in seiner Zelle aufgetaucht war, um ihm Dinge zu erzählen, die nur er selbst und Andrea Ruffini wissen konnten, diesen Mann, der ihn in die Enge trieb mit seinen konsequenten Schlußfolgerungen, die keine Einwände zuließen. Daher lag die Frage nahe:

»Hast du Andrea Ruffini gefunden?« Santovito schüttelte den Kopf. »Und woher weißt du dann das alles?«

»Ich habe nur zwei und zwei zusammengezählt. Und wenn du das auch tust, wird dir klarwerden, daß dir lebenslänglich blüht, weil dir hier keiner helfen kann.« Und nach einer Pause: »Außer mir.« Eine weitere Pause. »Aber ich würde es nicht dir zuliebe tun, schließlich kenne ich dich überhaupt nicht. Und auch nicht aus Liebe zur Gerechtigkeit«, und er lächelte angesichts dessen, was er jetzt sagen würde, »denn ich bin hier außerhalb meines Zuständigkeitsbereichs, und für die Gerechtigkeit hat hier Maresciallo Amadori zu sorgen. Aber ich würde dir helfen, und zwar einzig und allein aus Freundschaft zu Bleblè.«

»Aber Bleblè kann mir auch helfen.«

»Bleblè muß sich um sich selbst kümmern. Nein, mach dir lieber klar, daß du nur mich hast. Du hast keine Wahl, früher oder später wirst du dich mir anvertrauen müssen.« Er stand auf. »Wenn du es dir überlegt hast … Oberstleutnant Friggerio weiß, wo ich zu finden bin.«

Wie vereinbart, hatte sie den Wecker auf fünf Uhr gestellt, und bevor sie in die Küche hinunterging, stellte sie sich noch einen Moment ans Fenster und blickte hinaus: Der Morgen war kühl und der Himmel schon erhellt von dem Licht, das dem Sonnenaufgang vorausgeht. An Santovitos Fenster gegenüber standen die Läden schon offen.

Sie frühstückte im Nachthemd und stellte dann ein Mittagessen für unterwegs zusammen: Brot, Schinken, Käse und einige Pfirsiche, nicht zu weich, damit sie im Rucksack nicht zu Marmelade wurden. Dazu zwei Riegel schon weiche Schokolade, die hoffentlich in der Hitze nicht ganz dahinschmelzen würden. Um die Getränke würde sich, wie besprochen, Santovito kümmern.

Sie blickte auf die Uhr. Es war noch Zeit. Sie zog das Nachthemd aus und ging nackt, die Morgenfrische genießend, zunächst ins Bad, dann zurück ins Schlafzimmer und zog sich an, Jeans, Baumwollhemd und hochgeschlossene Schuhe. Und auch einen dünnen Pullover packte sie ein, denn, wie Santovito gesagt hatte, »hier in den Bergen sieht man, wie der Tag beginnt, und weiß nie, wie er endet«. Dann setzte sie sich auf die Stufe vor der Haustür, um dort auf ihn zu warten, so daß sie Gelegenheit hatte, die ersten Sonnenstrahlen hinter den Bergen jenseits des Flusses hervorbrechen zu sehen, schwach, fast zart. Sie wandte den Blick nicht ab, bis sich die rote Scheibe ganz gerundet hatte, grell und warm.

»Morgenrot, schlecht Wetter droht«, sagte Santovito.

Sie hatte ihn nicht kommen hören und konnte ihn jetzt auch nicht ansehen, weil die Sonne sie geblendet hatte. Sie schloß die Augen und fragte:

»Glaubst du wirklich?«

»Gut möglich.«

Raffaella öffnete die Augen und stand auf. »Dann nichts wie los. Du hast doch sicher schon gefrühstückt.«

Santovito nickte. Raffaella schloß rasch noch die Haustür ab und versteckte den Schlüssel in einer Mauerritze. Dann machten sie sich auf den Weg.

Sie waren erst ein paar Meter gegangen, als Raffaella sagte: »Ich weiß überhaupt nicht, wo du hin willst. Gestern abend hast du so geheimnisvoll getan. Weißt du wirklich, wo Bleblè steckt?«

»Nicht genau. Es ist nur eine Vermutung. Aber ich sag's dir gleich, mach dich auf einen langen, anstrengenden Marsch gefaßt.«

»Proviant habe ich jedenfalls genug eingepackt. Hast du zu trinken dabei?«

Stolz schwenkte Santovito den Rucksack vor ihr hin und her. »Ich habe Rotwein dabei, einen richtig guten, der geht ins Blut und gibt Kraft.«

»Und was ist mit Wasser?«

»Das brauchen wir nicht mitzuschleppen. Auf dem Weg liegen so viele Quellen, daß du immer trinken kannst, wenn du Durst bekommst.«

»Die erste Etappe?«

»Wir wandern so lange, bis du mich anflehst, stehenzubleiben, weil du nicht mehr kannst.«

»Nie im Leben. Du kommst schneller aus der Puste als ich. Du weißt doch, ich bin gut zu Fuß.«

»Ja, genauso gut wie im Schwimmen!«

»He, nimm mich nicht auf den Arm«, und liebevoll knuffte sie ihn in die Seite.

»Insgesamt sind es zwei oder drei Höhlen längs des Abhangs, aber nur diese hier hat einen Namen: Teufelsloch«, erklärte Santovito, während jetzt gerade, schwach wegen der Entfernung und der Windstille, das Ein-Uhr-Läuten der Kirchenglocken im Dorf zu ihnen drang.

Raffaellas Gesicht war gerötet und verschwitzt, doch ihre Augen strahlten. Sie schnupperte in der Luft um sie her. »Es stinkt nach Schwefel.«

Das Teufelsloch lag jenseits des Flusses auf halber Höhe am Berg, etwas oberhalb der Kapelle von Don Santino, und natürlich kamen auch diese Namen, sowohl der der Höhle als auch der der Kapelle, nicht von ungefähr.

Vor vielen, vielen Jahren, niemand weiß mehr, wann genau, hatte die Kirche einen Pfarrer, der so fromm war, daß er alle Leute dazu bekehrte, sonntags zur Messe und im Mai zur Marienandacht zu gehen. Auch seinen richtigen Namen wußte keiner mehr; man nannte ihn ganz einfach Don Santino, Heiliger Pfarrer.

Alle hatte er sie bekehrt, auch die rüdesten Gesellen, von denen es im Dorf nicht wenige gab. Nur einer widersetzte sich hartnäckig, ein alter Mann, dessen Seele sich schon der Teufel gesichert hatte. Was hätte der Pfarrer nicht alles getan, um ihn wieder zum rechten Glauben zu führen!

Eines schönen Tages tauchte nun der Teufel bei Don Santino auf und sprach zu ihm: »Ich weiß, daß du alles tun würdest, um auch den Alten zu bekehren, und ich will dir Gelegenheit dazu geben: Machen wir doch ein Wettspringen. Wenn du weiter springst als ich, gebe ich dir die Seele des gottlosen Alten zurück, die eigentlich schon mir gehört. Doch wenn ich weiter springe, sollen auch die Seelen aller anderen Mitglieder deiner Gemeinde mein sein.«

Don Santino überlegte nicht lange und machte sich auf zum Teufelsabsturz, einem mehrere hundert Meter steil zum Fluß abfallenden Felsen, betete zur Madonna und sprang.

Und die Madonna stand ihm bei. Don Santino landete am anderen Ufer, fast auf halber Höhe des gegenüberliegenden Berges.

Nun war der Teufel an der Reihe: Man weiß nicht, zu wem er betete, jedenfalls nahm er Anlauf und sprang, flog über Don Santino hinweg und setzte etwas oberhalb von ihm auf. Doch die Erde war ihm nicht wohlgesonnen, wollte ihn nicht aufnehmen und gab nach, immer mehr, immer mehr, so daß der Teufel in ihr versank und auf Nimmerwiedersehen verschwand.

Genau an der Stelle, wo Don Santino landete, stand nun seine Kapelle, und am Jahrestag des Wettstreits mit dem Teufel pilgerten alle Einwohner hinauf, wohnten einer Messe für ihn bei, öffneten dann ihre mitgebrachten Körbe und aßen auf dem Platz vor der Kapelle. Doch noch nicht einmal am Festtag wagten sich die Leute bis zu dem Loch ein wenig oberhalb der Kapelle vor, in dem der Teufel versunken war. Vielleicht hätte auch er sich über Besuch einmal im Jahr gefreut. Doch das Teufelsloch war solch ein gruseliger Ort, daß die Leute schon allein bei dem Gedanken daran eine Gänsehaut bekamen: Die Wände waren mit niedrigem, sogar im Frühling vertrocknetem Gestrüpp überwuchert, und den finsteren, feuchten Höhlen längs des Abhangs entströmte ein strenger Schwefelgeruch, als handele es sich tatsächlich um die Pforten der Hölle.

Raffaella näherte sich dem Höhleneingang, und die kalte Luft, die ihr entgegenschlug und ihren Schweiß abkühlte, ließ sie erschaudern. »Es ist wirklich wahr, daß solche Geschichten einen realen Hintergrund haben. Hier wimmelt es von Schwefelquellen.« Sie zog ihren Pullover über. »Früher glaubten die Menschen, das Schwefelwasser komme vom Mittelpunkt der Erde, also aus der Hölle, und in der Hölle ist der Teufel. Das reicht schon, um solch eine Legende entstehen zu lassen. Aber wieso glaubst du, daß sich Bleblè hier versteckt hält?«

»Du hast doch auch gehört, wie er einmal zu Flak gesagt hat: ›Es gibt hier ein paar Verstecke, wo dich noch nicht mal der Teufel aufspüren würde.‹«

»Dann sehen wir einfach mal nach«, und Raffaella trat auf den Höhleneingang zu.

»Warte!« Santovito nahm zwei Taschenlampen aus dem Rucksack. »Hier, sieh mal, ich habe an alles gedacht. Wir müssen aufpassen, da drin soll es wie in einem Labyrinth aussehen.«

»Und wie sollen wir ihn dann finden?«

Santovito legte den Rucksack auf einen Felsblock und setzte sich davor auf den Boden: »Das wird sich zeigen. Zunächst mal haben wir uns ein gutes Mittagessen verdient.«

»Das ist wieder mal typisch. Wenn du keine Lust zu antworten hast, wechselst du einfach das Thema. Ich habe dich gefragt, wie wir ihn finden wollen?«

»Keine Sorge, er wird es sein, der uns findet. Bleblè weiß, daß ich sein Freund bin«, und er begann, den Rucksack auszupacken, zunächst zwei Plastikringe, die durch einen Klaps mit der flachen Hand zu Trinkbechern wurden, dann die Flasche Rotwein, eine Thermoskanne, ein Taschenmesser mit vielerlei Funktionen, vom Korkenzieher über Büchsenöffner und Nagelfeile bis zur Nähahle. Er schlug mit der rechten Hand aufs Gras neben sich. »Komm, setz dich, jetzt wird gegessen. Wollen wir mal sehen, was du Gutes eingepackt hast.«

26

… und Flaks Wahrheiten

Er ließ die letzten Tropfen Wein aus den Plastikbechern auf den Boden rinnen, schraubte die Thermoskanne auf und sagte: »Ich habe Cleto gebeten, uns vier heiße Espresso zu machen.«

»Vier? Dann ist ja auch einer für mich übrig«, und Bleblè trat aus dem Unterholz.

Er trug ein kariertes Flanellhemd, eine breitrippige Cordhose, frisch eingefettete Bergschuhe und, wie stets, den Hut weit in die Stirn gezogen. Über der Jägerweste mit den weiten Taschen und dem quer über die Brust geschnürten Patronengürtel hing eine polierte, blitzende, doppelläufige Flinte.

»Gegen wen willst du Krieg führen, Bleblè?«

Bleblè machte eine unbestimmte Handbewegung mit der Rechten. »Hier in der Gegend muß man immer auf der Hut sein.« Santovito deutete auf den Felsblock, der ihnen als Tisch gedient hatte. »Es ist noch etwas zu essen da.«

Bleblè nahm die Flinte ab, öffnete sie und zog die beiden Patronen aus dem Lauf. Die steckte er in den Gürtel zurück, lehnte die Waffe gegen den Felsblock und löste die Riemen der Jägerweste. Dann brach er sich ein Stück Brot ab, säbelte sich eine Scheibe Käse runter und aß langsam und schweigend.

»Was gibt's Neues?« fragte er, nachdem er den letzten Bissen mit einem Schluck Rotwein hinuntergespült hatte.

»Ich habe Flak im Gefängnis aufgesucht, aber wenig oder gar nichts aus ihm herausbekommen. Scheint noch nicht reif zu sein. Geben wir ihm ruhig noch ein paar Tage.«

Bleblè griff unter sein Hemd und zog einen blaßblauen Schal hervor: »Zeig ihm den hier und frag ihn, ob er ihn kennt. Wenn es sich so verhält, wie ich denke, wird er dir alles erzählen, was du wissen willst.« Er stand auf, lud seine Flinte wieder und hängte sie sich über die Schulter. »Wenn du mit ihm gesprochen hast, komm zu den Schmugglerkammern. Ich habe dir etwas zu zeigen, was dich weiterbringen kann.«

»Bring doch das, was du mir zeigen willst, einfach zur Ca' Rossa, und wir kommen dich dort besuchen.«

»Komm nicht bei Tage, es könnte dir jemand folgen.«

Thema erledigt und Vorschlag abgeschmettert.

»Was ist mit deinem Kaffee?«

»Du weißt doch, daß ich keinen Kaffee trinke.« Und damit verschwand Bleblè wieder im Unterholz, und eine Weile hörten sie noch das Knacken der trockenen Zweige unter seinen Schuhen.

Raffaella breitete die Arme aus: »Das ist doch nicht zu fassen: ›Was ist mit deinem Kaffee?‹ ›Du weißt doch, daß ich keinen Kaffee trinke.‹ Drei Menschen sind gestorben, und einer sitzt wahrscheinlich unschuldig im Gefängnis. Und ihr ... Ja, habt ihr denn nichts Wichtigeres zu bereden, verflucht noch mal?«

»Ich denke, wir haben uns alles gesagt.« Er goß den Kaffee in die Plastikbecher und reichte ihr einen. »Paß auf, der ist noch heiß – wie frisch aus der Maschine. Dazu noch eine Zigarre, und dann gehen wir heim. Zucker ist schon drin.«

Nervös nippte Raffaella an ihrem Espresso. »Dann sind wir also um fünf Uhr morgens aufgestanden, um unseren Kaffee am Teufelsloch einzunehmen.«

»Nicht nur. Vergiß die schöne gesunde Wanderung nicht, und eine weitere Sage aus der Gegend hier hast du auch erfahren. Und außerdem haben wir einen blauen Wollschal bekommen. Ist das nichts?«

Raffaella war nicht nach Scherzen zumute und trank schweigend ihren Kaffee. Santovito setzte sich zu ihr und legte ihr den Arm um die Schultern:

»Du mußt einfach Geduld haben mit den Menschen hier. Die sind verschlossen, mißtrauisch.«

»Ich dachte, Bleblè sei dein Freund.«

»Das ist er auch. Aber er hat auch die typischen Charakterzüge der Leute dieser Gegend. Es braucht eben seine Zeit, bis jahrhundertealte Gewohnheiten durchbrochen werden. Aber hast du nicht bemerkt, daß die Jugendlichen hier schon ganz anders sind als ihre Väter?«

»Und was ist mit dir? Bist du nicht auch verschlossen und mißtrauisch? Ich glaube, die vielen Jahre, die du hier verbracht hast, haben dich den Leuten ähnlich gemacht.«

»Nein, wieso?«

»Und ob! Du redest nicht offen mit mir, erklärst mir nicht, was los ist, als hättest du kein Vertrauen zu mir.«

»Gerade vor dir will ich mich eben nicht blamieren, indem ich dir von meinen Theorien erzähle, die später vielleicht von den Fakten widerlegt werden.«

»Was Bleblè und den Mordfall angeht, könnte ich dich ja vielleicht noch verstehen. Aber du versteckst dich vor mir, sagst mir nichts, sprichst nicht.«

»Worüber?«

»Worüber? Herrgott noch mal, ich weiß doch überhaupt nichts von dir. Sobald wir uns dem Thema irgendwie nähern, igelst du dich sofort ein. Wer bist du, was suchst du hier nach so vielen Jahren? Und vor allem, warum bist du damals überhaupt weggegangen? Ich meine, Benedetto, wir haben doch miteinander geschlafen – also wenn dir das so wenig bedeutet ...«

Santovito stand auf, trat an das Teufelsloch heran und blickte eine Weile schweigend in die dunkle Öffnung. Dann zündete er sich eine Zigarre an und setzte sich wieder zu ihr, mit dem Rücken an den Felsblock gelehnt, der ihnen als Tisch gedient hatte. Er begann:

»Ich hatte mich geweigert, ein Ermittlungsverfahren im Sande verlaufen zu lassen, in das der Sohn eines hohen Faschisten verwickelt war. Und daraufhin wurde ich in diese Gegend hier strafversetzt. Bis zu diesem Zeitpunkt hatte ich rasch Karriere gemacht. Stell dir vor, als ich die Leitung der Carabinieri-Wache im Dorf übernahm, war ich jünger als Ares Amadori.« Bei dem Gedanken mußte er lächeln, und er hielt für ein paar Züge inne, nahm die Zigarre aus dem Mund und betrachtete versonnen die Glut. »Das waren noch Zeiten. Ich war jünger als Ares, aber nicht so vernagelt. 1940, am 10. Juni 1940, begann auch für Italien der Zweite Weltkrieg, und im Juli erhielt ich den Befehl, das Kommando der Carabinieri-Wache abzugeben. Damals war eine große Säuberung im Gange, und für die Faschistische Partei galt ich als wenig vertrauenswürdig wegen meiner angeblichen subversiven Neigungen. Das muß man sich mal vorstellen: ›subversiv‹ – nur weil ich meine Pflicht getan hatte!« Mit einer wegwerfenden Handbewegung tat er das Thema als nicht sehr interessant ab. »Jedenfalls wurde ich dann nach Rußland geschickt, um mir dort persönlich ein Bild vom Aufbau der kommunistischen Gesellschaft zu machen.«

Hin und wieder ein Zug an der Zigarre, um sie nicht ausgehen zu lassen, aber auch um die Gedanken zu sammeln und die Erinnerungen deutlicher werden zu lassen.

»Ich gehöre zu den wenigen Glücklichen, die auf den Schlachtfeldern Rußlands außer Schweiß und Tränen nichts verloren haben. Nach meiner Heimkehr hat man sich dann irgendwann an mich erinnert und mir ein Kommando und meinen Rang wiedergegeben.« Er war fertig und blickte jetzt Raffaella lächelnd an. »Na ja, so wurde ich eben Maresciallo Maggiore Aiutante di Battaglia, der höchste mir mögliche Dienstgrad. Und wenn du mich fragst, warum ich jetzt hierher zurückgekehrt bin, muß ich passen. Vielleicht wollte ich etwas finden, was ich hier zurückgelassen hatte, vielleicht meine Jugend. Doch meine Jugend habe ich nicht gefunden, dafür aber Schwierigkeiten zuhauf. Und dich natürlich, und damit stehe ich wohl alles in allem im Plus. Zufrieden?« Er beugte sich zu Raffaella vor und flüsterte ihr ins Ohr: »Und soll ich dir mal was sagen, was ich bisher noch niemandem gesagt habe? Ich hatte es schon ganz aufgegeben, so eine Frau wie dich zu finden.«

Als sie vor der Kirche eintrafen, läutete es gerade zur Abendandacht.

»Komm, hören wir mal, ob wir etwas von Don Vincenzo erfahren können.«

»Was willst du denn von ihm wissen?« fragte Raffaella, doch Santovito bedeutete ihr, sich zu gedulden, und trat auf den Eingang zu. »Ich kann nicht mit reinkommen, ich habe nichts dabei, um meinen Kopf zu bedecken, und Don Vincenzo nimmt es sehr genau mit diesen Dingen. Und außerdem trage ich Jeans!«

Santovito holte ein Taschentuch hervor, entfaltete es und legte es ihr auf die Haare. Zufrieden betrachtete er sie:

»Das steht dir ja blendend. Mit einem Rock kann ich dir aber leider nicht aushelfen.«

Er nahm sie bei der Hand, und als sie die Kirche betraten, verließ Don Vincenzo gerade die Sakristei, gefolgt von seinem alten Küster, der sich nur noch mühsam auf den Beinen halten konnte und jetzt auch zu Füßen des Altares stehenblieb, weil er nicht mehr die Kraft hatte, die zwei Stufen zu erklimmen.

Beim dritten Psalm flüsterte Santovito Raffaella ins Ohr: »Sag mir Bescheid, wenn sie zum Ende kommen.«

Beim fünften Psalm stellte sich Raffaella auf Zehenspitzen und flüsterte Santovito ins Ohr: »Es ist gleich aus.«

Santovito bedeutete ihr mitzukommen und ging zur Sakristei voraus.

»O, welch überraschender Besuch«, sagte Don Vincenzo, als er hereinkam und sofort begann, die Paramente abzulegen, so gut es ging unterstützt von den zitternden Händen des greisen Küsters. »Laß nur, laß nur, Giacinto, das mache ich alleine«, und damit entließ er den Mann. »Was verschafft mir die besondere Ehre, Signor Maresciallo? Bis heute habe ich Sie noch nie unter meinen Schäfchen gesehen.«

»Ich bin eben kein Kirchgänger, Don Vincenzo, aber ein böser Teufel bin ich deswegen auch nicht.«

Der Priester nahm die Stola ab und küßte sie. »Das Fräulein Lehrerin sehe ich hingegen jeden Sonntag. Also, was kann ich für Sie tun?«

»Wir hätten da eine Frage, Don Vincenzo.«

»Hat das mit Ihren Ermittlungen zu tun?«

»Das sind nicht meine Ermittlungen. Ich bin hier nicht im Dienst.«

»So? Das hört man aber anders im Dorf. Aber bitte, fragen Sie nur. Wenn ich kann, will ich Ihnen gerne helfen.«

»Waren Sie im Oktober '45 schon in dieser Pfarrei?«

Don Vincenzo dachte nach. »Nein, nein, ich bin im Jahr ... Moment ... das müßte ...«

Der Küster, dessen Erinnerungsvermögen offensichtlich weniger gebrechlich war als sein Körper, sprang ihm bei. »Ihr seid 1948 zu uns gekommen, Don Vincenzo. Zur Kirchweih im August 1948. Ich weiß es noch wie heute. Damals habe ich selbst alles für Euren Empfang vorbereitet.«

»Dann war also im Oktober 1945 Don Merigo noch Pfarrer hier?«

Wieder antwortete der Küster: »Nein, nein, der arme Don Merigo hat das Ende des Krieges nicht mehr erlebt. Nur wenige Tage vor der Befreiung am 25. April wurde er noch getötet«, und die traurige Erinnerung oder das Alter ließ seine Augen feucht werden.

»Fragen Sie doch ruhig weiter, Maresciallo. Vielleicht kann Ihnen mein guter Giacinto hier weiterhelfen. Er ist ja schon seit Ewigkeiten in unserer Pfarrei.«

»Ja, erinnern Sie sich vielleicht, daß im Oktober '45 drei Deutsche im Dorf auftauchten, die sich als Mitglieder des Internationalen Roten Kreuzes vorstellten? Sie suchten die Gräber gefallener deutscher Soldaten. Können Sie sich daran erinnern?«

Der greise Küster mußte nicht lange überlegen. »Und ob ich mich daran erinnere. Die drei Männer kamen auch zu mir, um die Akten der Pfarrei einzusehen. Das ganze Pfarrhaus haben sie mir auf den Kopf gestellt, und danach war ich zwei Tage lang mit Aufräumen beschäftigt.«

»Haben sich die Männer überhaupt ausgewiesen? Und was suchten sie genau, was sagten sie?«

»Nein, sie haben mir keine Papiere gezeigt. Wäre Don Merigo noch dagewesen, ja dann. Aber ich, was sollte ich tun? Ich habe sie die Kirchenbücher einsehen lassen.«

»Waren es Soldaten oder Zivilisten?«

»Sie waren in Zivil, aber einer wurde mit Signor Capitano angesprochen.«

»Sie haben untereinander Italienisch geredet?«

»Nein, nein, sie sprachen Deutsch und nannten ihn Herr Hauptmann. Aber diese Anrede hatte ich während des Krieges so oft gehört, daß ich sofort wußte, was sie bedeutete. Und außerdem hatte ich diesen Hauptmann schon einmal gesehen. Er war während des Krieges beim Wehrmachtskommando auf Mezzacosta. Dort war auch eine Abteilung der FLAK stationiert, die er als Hauptmann befehligte.«

Santovito dankte dem Küster und wünschte ihm zum Abschied, er möge sich seine Gesundheit so erhalten, wie er sich sein Gedächtnis erhalten konnte. Draußen vor der Kirche zündete er sich sogleich eine Zigarre an, nahm einen tiefen Zug und stieß genüßlich den Rauch aus.

»Und?«

»Und was?«

»Anscheinend bist du zufrieden. Das freut mich, aber ich würde auch gerne an deiner Zufriedenheit teilhaben.«

»Noch ein wenig Geduld, Raffaella.«

»Noch ein wenig Geduld? Geht das schon wieder los?!«

Er lag auf der Pritsche, die Arme über dem Gesicht verschränkt, die er nur kurz ein wenig verschob, um zu sehen, wer seine Zelle betreten hatte:

»Bist du gekommen, um mich wieder mit Zigaretten zu versorgen?«

»Unter anderem. Ich lege sie dir hier hin.« Santovito legte die vier Päckchen Nazionali auf das Tischchen unter der Fensterbank, nahm sich den Stuhl und setzte sich neben die Pritsche. »Hauptsächlich bin ich gekommen, um dir das hier zu zeigen.«

Flak nahm wieder den Arm von den Augen, und als er den hellblauen Wollschal sah, richtete er sich sogleich auf, um ihn eingehender zu betrachten.

»Ja, das ist der Schal von Andrea Ruffini«, sagte er nach einer Weile. »Du hast ihn also wirklich gefunden.«

»Bis jetzt habe ich nur seinen Schal. Bist du ganz sicher, daß es seiner ist?«

»Wenn es nicht seiner ist, muß es einen vollkommen identischen geben. Sobald es im Herbst kälter wurde, hat Ruffini ihn sich umgebunden und dann den ganzen Winter nicht mehr abgenommen. Auch nachts nicht.«

Santovito suchte sich sorgfältig eine Zigarre aus und bot Flak dann die Schachtel an. »Nein danke. Die bei Bleblè hat mir gereicht«, und er stand auf und holte sich eins der vier Zigarettenpäckchen, die Santovito ihm mitgebracht hatte.

Santovito strich ein Zündholz über die Reibfläche und zündete zunächst Flaks Zigarette und dann seine Zigarre an. Schweigend rauchten sie. Santovito hatte keine Eile.

»Nun, dann erzähl mal«, sagte er irgendwann. Flak breitete nur die Arme aus und schwieg weiter.

»Du bist ein richtiger deutscher Sturkopf. Bis jetzt haben wir bloß den Schal, aber früher oder später werden wir auch deinen Freund Ruffini ausfindig machen. Und was machst du dann, wenn auch er dich des Mordes beschuldigt?«

»Warum sollte er das tun?«

»Ganz einfach. Wenn du nicht der Mörder bist, muß er es sein, und das wird er gewiß nicht zugeben.«

Flak rauchte und dachte nach, und erst als er die Kippe unter dem Schuh, an dem der Schnürsenkel fehlte, austrat, sagte er: »Die Sache gefällt mir nicht. Aber was soll ich machen?« Und er streckte sich wieder auf seiner Pritsche aus und schloß die Augen.

Santovito ließ ihn eine Weile in Ruhe und rauchte schweigend. Dann sagte er: »Du bist doch bei Bleblè abgehauen, als die drei Männer vom Internationalen Roten Kreuz auftauchten?« Flak nickte. »Und einer der Männer war dein früherer Hauptmann.«

Flak blickte ihn nur aus großen Augen an.

»Das brauchst du mir gar nicht zu bestätigen. Ich weiß es genau. Und was er suchte, waren nicht etwa Soldatengräber oder Deserteure, sondern vier Kassetten mit wertvollen etruskischen Fundstücken, vier Kassetten, die du und Ruffini hattet verschwinden lassen.«

Endlich setzte sich Flak auf und fragte: »Und woher weißt du das alles?«

»Zunächst mal würde ich gerne deine Version hören.«

»Ich wußte, was in den Kassetten war, und ich wußte auch, daß mein Hauptmann sie nach Deutschland schaffen wollte. Als Begleiter für meinen Auftrag habe ich mir Ruffini ausgesucht, einen Freund, dem ich vertrauen konnte. So haben wir den Partisanenüberfall vorgetäuscht, dann das Auto versteckt und die vier Kassetten aufgeteilt, zwei für jeden. Und dann nichts wie weg, auf getrennten Wegen. So hat jeder seine eigenen Kassetten versteckt, ohne daß der andere wußte, wo. Nach dem Krieg wollten wir sie dann holen kommen.«

»Nach dem Krieg bist du bei Bleblè geblieben! Aber warum hast du deine beiden Kassetten nicht aus dem Versteck geholt, bevor du dann nach Deutschland zurückgekehrt bist?«

»Das wollte ich ja. Ich habe es mehrmals versucht, doch immer ist mir jemand gefolgt, hat mich beobachtet. Ich dachte, es sei Ruffini. Und als dann der deutsche Hauptmann mit den beiden anderen vom Roten Kreuz im Dorf eintraf, mußte ich Hals über Kopf fliehen und hatte keine Zeit mehr, mich um die Kassetten zu kümmern. In Deutschland hörte ich dann, daß mein Vorgesetzter immer wieder bei uns zu Hause vorbeigekommen war und sich nach mir erkundigt hatte. Er wollte wissen, wo ich mich aufhielte, was aus mir geworden sei.«

»Und deine beiden Kassetten hattest du im Grab in der alten Abtei versteckt.«

»Ja. Ich war damals in einen Schneesturm geraten. Ich bin umhergeirrt und habe mühsam versucht, mich zu orientieren, aber der Schnee fiel zu dicht, um die Pfade noch zu erkennen, und dann fand ich mich plötzlich bei den Ruinen wieder. Ich suchte Schutz in der Kirche, und im Dunkeln stolperte ich über eine angehobene Grabplatte und wäre fast in das Loch gefallen. Ich habe dann meine beiden Kassetten dort versteckt und die Grabplatte wieder an ihren Platz geschoben.«

Er klopfte sich eine Zigarette aus dem Päckchen und blickte sich suchend nach Feuer um. Santovito reichte ihm seine Streichhölzer. »Ich glaube, daß mir Ruffini in jener Nacht gefolgt ist.«

»Nein, wenn er dir in jener Nacht gefolgt wäre, hätte er dir nach dem Krieg nicht mehr nachspionieren müssen!«

»Aber wer dann? Vielleicht war das nach dem Krieg der Hauptmann.« Nervös zog er an seiner Zigarette. »Ganz egal, Ruffini oder der Hauptmann, jedenfalls war das Grab leer, als ich es jetzt öffnete – das war an dem Tag, als wir uns bei der Abtei über den Weg liefen –, und dazu benutzte ich die Schaufel, die deine Freundin Raffaella bei dem Birnbaum gefunden hat.«

Schweigend rauchte Flak seine Zigarette zu Ende. »Jetzt, da du alles weißt, kann ich dich nur bitten: Finde Ruffini oder finde den Hauptmann. Einer der beiden hat das ganze Unheil angerichtet!«

Santovito stand auf und stellte den Stuhl zurück: »Ich werde mein möglichstes tun. Aber du solltest mir noch deinen Freund von der Guardia Nazionale beschreiben.«

»Frag' Bleblè. Der kann das besser.«

»Bleblè kennt ihn?«

»Frag' Bleblè«, wiederholte Flak, stur wie ein Deutscher.

27

Die Schmugglerkammern

Zur Elf-Uhr-Messe am Sonntag waren viele Gläubige gekommen, Einheimische und Urlauber, und der Geruch von Wachs und Weihrauch durchzog das Kirchenschiff.

Santovito saß draußen auf dem Mäuerchen, das den Kirchplatz begrenzte, im Schatten eines alten Ahornbaumes und wartete auf Raffaella. Auch andere Männer hatten ihre Frauen nur bis zur Kirche begleitet und standen nun rauchend in Grüppchen vor dem Gotteshaus zusammen und unterhielten sich, wie immer, wie schon ein Leben lang, über die gleichen Themen, die auch schon die Themen ihrer Väter waren.

Irgendwann wurde es Santovito zu lang, weil die gesungene Messe sich hinzog. Er stand auf, grüßte hier und dort jemanden, von dem er noch das Gesicht, aber nicht mehr den Namen kannte, und bog in die Straße neben der Kirche ein.

Auf dem Hof vor Frabbones Werkstatt stand Stelios Millecento, dessen rechte Seite mit zwei Baumstümpfen hochgebockt war.

Das Innere der Werkstatt wurde vom Licht eines Schweißbrenners erhellt, und man hörte das charakteristische Zischen des Gases, das dem Rohrstück entwich. Mit einer mächtigen Schutzbrille vor Augen stand Frabbone in gebückter Haltung vor einem Schraubstock, in dem ein Auspuff klemmte, während Stelio ihm, notdürftig seine Augen mit den Händen schützend, beim Schweißen zusah.

Wie stets brannte das Schmiedefeuer in der hintersten Ecke des Raums und jagte immer wieder Funken in die Luft; auch die Ventilatorblätter aus dem Schwimmwagen bewegten sich langsam wie immer und vermischten den Geruch von geschmolzenem Metall mit dem der Zigaretten, die Ligera und Catullo am Tisch beim Kartenspiel rauchten.

»Hier wird der Sonntag nicht geheiligt«, rief Santovito von der Tür aus.

Die beiden Spieler begrüßten ihn mit einer Kopfbewegung, Stelio lächelte ihm zu und Frabbone richtete sich auf, schob die Schutzbrille hoch und drehte die bläuliche Flamme des Schweißbrenners herunter.

»Wenn es was zu tun gibt, kennen wir keinen Sonntag. Wie soll denn der Junge hier«, und er deutete auf Stelio, »mit einem kaputten Auto die Gäste nach Mezzacosta hinaufbringen?« Er reckte und streckte seinen mächtigen Körper und weitete die Brust zu einem tiefen Seufzer. »Ach ja, dieses verfluchte Alter. Bloß zwei Minuten gebückt über dem Schraubstock, und schon beginnt sich mein Kreuz zu melden.«

Stelio schickte sich an, den geschweißten Auspuff auszuspannen. »Nein, warte, ich bin noch nicht fertig. Hier ist noch ein kleines Loch.« Er drehte die Flamme wieder hoch, zog die Brille herunter und brachte die Arbeit mit wenigen Berührungen von Flamme und Metall zu Ende. »So, jetzt kannst du ihn wieder anschrauben. Aber ich weiß nicht, wie lange dieser Auspuff überhaupt noch hält. Hier sieh' mal, der ist vollkommen verrostet. Laß dir lieber von diesem Geizkragen Cleto Geld für einen neuen geben!« Er nahm die Schutzbrille ganz ab, löschte die Flamme und drehte die Gaszufuhr an den beiden Flaschen ab.

Mit einer enormen Zange packte Stelio den Auspuff und

tauchte ihn ins Becken. Das Wasser zischte und sprudelte, und eine Dampfwolke stieg auf.

»Und Sie gehen anscheinend auch nicht zur Messe. Also, was kann ich für Sie tun?« fragte Frabbone, während er sich die Hände wusch.

»Ich brauche eine Auskunft.«

»Immer im Dienst, Signor Maresciallo?«

»Nein, es dreht sich nur um einen Spaziergang, den ich mit Raffaella machen möchte. Wie kommt man zu den Schmugglerkammern? Ich war zwar vor vielen Jahren einmal dort, erinnere mich aber nicht mehr an den Weg.«

Alle Anwesenden hielten bei dem, was sie gerade taten, inne und blickten Santovito an. Doch es war wieder Frabbone, der die Frage stellte:

»Was wollt ihr beiden Städter denn bei den Kammern?«

»Wie gesagt, nur ein Spaziergang.«

»Ein Spaziergang ist gut. Seit Jahren schon war kein Mensch mehr dort. Der Pfad existiert nicht mehr seit den Granateinschlägen im Krieg.«

»Eine fixe Idee Raffaellas: Sie hat von den Höhlen gehört und es sich in den Kopf gesetzt.«

»Da kommt ihr nicht hin«, unterbrach ihn Frabbone in energischem Ton.

»Wir wollen es einfach mal versuchen.«

»Ja, und wir sind es dann, die euch suchen müssen. Und wahrscheinlich noch mitten in der Nacht! Das ist Wahnsinn. Warum geht ihr nicht zum See? Dort könnt ihr schwimmen und im Schatten liegen. Heute ist so ein Tag.«

»Schon verstanden, du willst es mir nicht sagen.«

»Er kann es Ihnen nicht sagen, weil auch er den Weg nicht mehr weiß«, schaltete sich Ligera ein. »Seit Jahren schon hat er keinen Fuß mehr aus seiner Werkstatt gesetzt!« Er spielte eine Karte aus. »Also, ihr nehmt den Weg zum alten Steinbruch ... Kennen Sie den?«

Santovito nickte, und Stelio trat zu ihm und klopfte sich mit der flachen rechten Hand auf die Brust.

»Nein, Stelio, wir gehen allein. Du hast heute genug mit deinen Gästen zu tun.«

Doch Stelio ließ nicht locker und gestikulierte weiter, bis Frabbone ihn etwas unsanft von Santovito wegzog: »He, bist du schwer von Begriff? Er will alleine gehen. Schraub du lieber endlich mal deinen Auspuff an, sonst bist du nicht fertig, wenn die Messe aus ist.« Mit der noch nassen rechten Hand fuhr sich Frabbone übers Gesicht und erklärte dann, vielleicht um es Ligera zu zeigen, den Weg zu den Schmugglerkammern weiter. »Vom alten Steinbruch führt ein Saumpfad zum Spungone-Felsen hinauf. Den kann man nicht verfehlen. Auf halber Höhe beginnt dann der Pfad, der zu den Kammern hinunterführt. Er ist sehr steil und gefährlich und hört irgendwann ganz auf, wegen der Granateinschläge, wie ich schon sagte. Und jetzt mache ich mir etwas zu Mittag.«

Stelio war schon damit beschäftigt, den Auspuff anzubringen, als Santovito im Hof an ihm vorbeiging. Der Junge wischte sich die Hände im Gras ab, bedeutete ihm zu warten und schrieb dann: »Ich komme mit!«

Santovito schüttelte nur den Kopf.

Schweigend aßen sie zu Abend: eine Gemüsesuppe mit vielen Kräutern, die Raffaella nach der Messe gekocht hatte, für jeden eine Scheibe Fleisch, ebenfalls mit Kräutern gewürzt, und etwas grünen Salat mit Essig und toskanischem Olivenöl.

»Wenn du noch Hunger hast …« Santovito schüttelte den Kopf.

»Was ist los mit dir?«

»Ich weiß auch nicht. Vielleicht bin ich nervös.«

»Weswegen?«

»Wegen einer Wanderung zu einer Uhrzeit, zu der wir lieber ans Schlafen denken sollten. Ich habe dir ja gesagt, es ist gefährlich. Ich war einmal dort und habe mir geschworen – nie wieder!«

»Wenn du dir wegen mir Sorgen machst ...«

»Wegen dir, wegen mir, wegen Bleblè. Wir sind am Schluß der Geschichte angelangt, und in meinem Beruf ist das Ende immer gefährlich!«

Wieder schweigend, tranken sie ihren Kaffee. Danach stand Santovito auf und leerte zum dritten Mal nun schon den Rucksack: zwei Taschenlampen, eine kleine Sichel, Taschenmesser, Seil, dicke Pullover, die Wasserflasche.

»Bist du sicher, daß wir das alles brauchen?«

»Hoffentlich nicht. Ich hoffe, daß der Pfad besser zu begehen ist, als ich es in Erinnerung habe.« Er trat zu Raffaella und nahm sie zärtlich in den Arm: »Warum wartest du nicht hier auf mich, hm? Wenn ich zurück bin, erzähle ich dir auch alles haargenau.«

»Kommt nicht in Frage!«

»Ich hab's gewußt. Also, bist du abmarschbereit?«

Die noch über dem höchsten Gipfel stehende Sonne rötete sich bereits, ein blasser Mond hatte sich zu ihr gesellt, und die Luft war kühl.

»Das wird eine schöne Nacht«, murmelte Raffaella.

»Ja, gerade richtig für einen Spaziergang durch die Wälder.«

Sie hatten gerade den Weg zum Fluß eingeschlagen, Raffaella vorne, und Santovito hinter ihr her, als Santovito dem Mädchen auf die Schulter tippte und Raffaella ein Zeichen gab, ruhig zu sein und ihm zu folgen. Sie verkrochen sich im Gebüsch, kauerten sich nieder und mußten nicht lange warten, bis plötzlich Stelio auftauchte.

»O Gott!« murmelte Santovito und trat, kaum daß der Junge an ihnen vorbei war, auf den Pfad. »Stelio!« Der Junge blieb stehen und drehte sich um. »Stelio, schlag dir das aus dem Kopf. Du kannst unmöglich mitkommen. Tu mir den Gefallen und geh brav nach Hause.« Stelio war gekränkt und fragte gestikulierend nach dem Grund. »Muß ich dir das wirklich erklären? Raffaella und ich möchten einfach allein sein!«

Stelio senkte den Kopf, nickte und machte kehrt. Sie sahen, wie er hinter einer Biegung verschwand.

»Du hättest ihn ruhig mitkommen lassen können.«

»Den auch noch«, murmelte Santovito.

Er nahm sich die Zeit, sich eine Zigarre anzuzünden, und bedeutete dann Raffaella, sich wieder in Marsch zu setzen.

Sie durchquerten den Fluß, indem sie über die großen Steine balancierten, die wer weiß wer und wann eben dort deponiert hatte, um bei Niedrigwasser ans andere Ufer zu gelangen. Bei höherem Wasserstand gab es einen wackligen Holzsteg weiter talwärts, der aber einen langen Umweg bedeutete.

Als sie das andere Ufer erreicht hatten, sagte Santovito: »Machen wir eine Rast.«

»Kannst du schon nicht mehr?«

Sie setzten sich an eine Stelle am Ufer, von wo man unbemerkt die Furt überblicken konnte, und warteten. Offensichtlich war Stelio endlich so einsichtig gewesen, auf den nächtlichen Ausflug zu verzichten.

Zum verlassenen Steinbruch führte auch eine alte Schotterstraße, über die früher Ochsen und Pferde schwere Karren zogen. Um nicht zuviel Zeit zu verlieren, entschieden sich Santovito und Raffaella jedoch für die steilen und unbequemen, dafür aber schnelleren Pfade, auf denen einst die Arbeiter zum Steinbruch gelangt waren. Obwohl fast vollkommen mit Gestrüpp überwuchert, war ihr Verlauf noch einigermaßen gut zu erkennen, da die Jahrhunderte sie in den Berghang eingeschrieben hatten. Hin und wieder war Santovito gezwungen, auf die Sichel zurückzugreifen.

Der alte Steinbruch: Jahrhundertelang hatten sich die Arbeiter immer tiefer in den Hang hineingefressen, um die Bruchsteine zu gewinnen, die einmal der ganzen Gegend als Baumaterial dienten. Dann waren Backsteine aufgekommen, und der Naturstein diente nur noch hier und dort zur Restaurierung und konnte einen nicht mehr ernähren. Was geblieben war, war der zerfressene Berghang und eine graue, sandige Fläche, auf der noch nicht einmal mehr die unverwüstliche Quecke wachsen wollte, bloß hier und dort ein mickriger Strauch, an Stellen, wo sich ein Felsspalt mit von Wind oder Regen herangeführter Erde gefüllt hatte. Und geblieben waren auch die jetzt verfallenen Baracken sowie Haufen bereits in Form gehauener oder auch nur wenig bearbeiteter Steine, die keinen Abnehmer gefunden hatten.

Ebenfalls zu sehen war noch die Seilschwebebahn, die wer weiß wie viele Tonnen des Berges zu Tal gebracht hatte und mit ihren Stahlseilen die Wälder und Schluchten überspannte.

Raffaella deutete auf die Sonne, eine rote Scheibe, die zu einem Viertel bereits hinter den Bergen verschwunden war, und fragte: »Schaffen wir es, bevor es dunkel ist?«

»Ja, wenn wir nicht zu lange stehenbleiben und den Sonnenuntergang bewundern!« Santovito war angespannt und im Moment wenig romantisch gestimmt.

Vom alten Steinbruch nahmen sie den Saumpfad zum Spungone-Felsen, und auf halber Höhe bogen sie dann, wie Frabbone ihnen erklärt hatte, auf den Pfad zu den Kammern ein, den sie problemlos fanden, da jemand erst vor kurzem die Weggabelung von Dornbüschen befreit hatte, die nun verdorrt am Wegesrand lagen.

»Das sieht nach Bleblè aus«, sagte Santovito. »Er möchte sichergehen, daß wir den Weg zu den Schmugglerkammern finden.«

»Was hat er dir wohl so Wichtiges zu zeigen?«

»Eine Uniform.« Und auf Raffaellas verdutztes Gesicht hin gelang ihm ein zaghaftes Lächeln.

Santovito ging vor Raffaella her, blickte sich aber ständig zu ihr um. Der Pfad war schmal und steil, links, fast mit der Schulter zu berühren, die Felswand, und rechts, senkrecht unter ihnen, der Fluß. Bei jedem Schritt mußten sie höllisch aufpassen, da der Pfad mit losem Gestein übersät war, das Frost und Hitze aus dem Berg gesprengt hatten.

»Es kann nicht mehr weit sein«, sagte Santovito irgendwann, doch hinter der nächsten Biegung endete der Pfad vor einem Krater. »Die Bombeneinschläge, wie Frabbone gesagt hat.«

»Und jetzt?«

Es war Bleblè, der ihr antwortete: »Ich bin hier unten. Sieh dich um, Maresciallo. Rechts an dem Felsvorsprung ist eine Strickleiter befestigt!«

Es war dunkel, und Santovito leuchtete mit der Taschenlampe die Wand ab. Er entdeckte die Strickleiter, prüfte sie auf ihre Haltbarkeit und kletterte als erster hinunter. Dann leuchtete er Raffaella, bis sie unten war. Bleblè wartete auf einer Art Felsterrasse auf sie.

»Ist euch jemand gefolgt?«

»Ich glaube nicht.«

»Weiß jemand, daß ihr hierher wolltet?«

»Ich habe mit Frabbone darüber gesprochen.«

Bleblè schob seinen Hut zurück. »Das wäre nicht nötig gewesen.«

»Doch. Das war es.«

Etwas mürrisch schob Bleblè die Zweige zur Seite, die einen niedrigen Höhleneingang verdeckten, aus dem der schwache Schein einer Lampe drang. Er bückte sich und zwängte sich hinein.

»Jetzt macht schon, kommt rein, das Licht kann man weit sehen!« Er ließ die beiden vorbei und verdeckte den Eingang wieder mit den Zweigen.

Der Schein der mit einer Autobatterie verbundenen Lampe ließ Teile der Felswand erstrahlen. An der hinteren Wand waren Kisten mit den Aufschriften »USA« sowie »Handstielgranaten« und »Tellerminen« gestapelt; zur Linken drei Maschinengewehre vom Typ Spandau MG 42 auf dreibeinigen Lafetten, mit eingelegten Patronengurten, die Mündungen schußbereit auf den Eingang gerichtet. Gut sichtbar wie Skulpturen zur Verschönerung des Raumes waren Projektile für Panzer- oder Fliegerabwehrgeschütze in einigen Felsnischen aufgebaut. Weitere Munitionskisten hier und dort auf dem Boden, und in der Mitte ein großer, grob gearbeiteter Tisch, auf dem Santovito jetzt seinen Rucksack ablegte.

»Ein beeindruckendes Waffenlager: Das sind die berühmten Spandau MG 42. ›Hitlersägen‹ wurden sie genannt wegen ihrer Feuerkraft von zweitausendzweihundert Schuß pro Minute. Und dort das MG 34 aus dem Schwimmwagen und die Schmeisser und die MAB, die Frabbone unter der Leona-Brücke gefunden hat.« Er nahm die MAB zur Hand und überprüfte sie. »Perfekt geschmiert, mit der kann man sofort ...«

»Hier, schau dir das mal an«, unterbrach ihn Bleblè. Er öffnete eine Kiste und hob ein Metallgehäuse in die Höhe. »Eine deutsche Mine mit Zugzünder. Mit so einer wurde der kleine Claudio getötet. Hier stehen zwei volle Kisten davon herum. Und hier«, er trat zur Felswand auf der rechten Seite, »hier ist eine Uniform der Guardia Nazionale Repubblicana. Dazu gehörte auch der Schal, den du Flak zeigen solltest. Was hat er gesagt?«

»Ich soll dich fragen, wie dieser Andrea Ruffini aussah. Warum eigentlich?«

Bleblè kramte in einer der zahlreichen Taschen seiner Jagdweste und holte ein Foto hervor: ein Brustbild zweier Soldaten, die sich gegenseitig die Arme um die Schultern gelegt hatten und den Fotografen anlächelten. Ein blutjunger Flak in der Uniform der deutschen Fliegerabwehr und ein junger Brigadiere der Guardia Nazionale in Winteruniform.

»Das hat mir Flak gegeben, falls ich auf seinen Kameraden stoßen sollte. Er ist überzeugt, daß der hinter dem ganzen Schlamassel steckt.«

Raffaella hatte sich bis jetzt nur aufmerksam umgesehen.

»Zeig mal«, sagte sie nun und nahm Santovito das Foto aus der Hand. Im Schein der Lampe betrachtete sie die beiden jungen Soldaten und trat dann zu der Wand, wo die Uniform hing, um sie mit dem Foto zu vergleichen. »Flaks Kamerad trägt genau diese Uniform. Hier seht: Die Tresse am Rockkragen ist identisch.«

»Das Rutenbündel mit den zwei silbernen M's«, sagte Santovito. »Aber diese Abzeichen trugen alle Unteroffiziere der Guardia Nazionale Repubblicana.«

»Nur hatten sie bestimmt nicht alle die Initialen RA per Hand auf den Helm gemalt.«

Tatsächlich waren auf dem Helm an der Wand neben dem klassischen Rutenbündel mit den zwei ineinander verschlungenen schwarzen M's, die sowohl an die deutsche SS als auch an zwei Blitze erinnerten, die in schwarzer Farbe gemalten Buchstaben RA für Andrea Ruffini zu erkennen.

Raffaella legte den Zeigefinger auf das Foto: »Hier, die Zeichen sind identisch«, und damit gab sie Bleblè das Bild zurück. »Das ist alles so erschütternd. Wir berühren Dinge, die jemand während des Krieges getragen hat. Und dann die vielen, vielen Waffen.« Mit einer ausladenden Handbewegung deutete sie in den Raum. »Wenn ich mir überlege, daß es noch jemanden gibt, der dieses Teufelszeug benutzen will. Aber ich möchte mal wissen, wer diese Höhlen hier eigentlich in den Fels gehauen hat.«

»Das kann kein Mensch mehr sagen«, antwortete Bleblè. »Die Alten erzählten früher, daß in diesen Kammern hier einmal Feen gelebt hätten, die tagsüber Tuche mit goldenen Fäden webten und nachts zum Fluß hinunterzogen, um dort zu baden und ihre Weisen zu singen. Aber niemand habe sie je sehen dürfen.«

»Feen verweben Silber- und Goldfäden. Die brauchen keine Waffen«, murmelte Raffaella. »Und was machen wir jetzt?«

Santovito holte Zigarrenschachtel und Streichhölzer aus

dem Rucksack hervor. »Das ist keine gute Idee«, sagte Bleble, »das könnte hier alles in die Luft gehen.«

»Ich will ja gar nicht rauchen. Es reicht, wenn ich eine Zigarre im Mund habe. So kann ich besser nachdenken.« Er setzte sich auf eine Waffenkiste an dem großen Tisch und suchte sich eine Zigarre aus. Als er die Schachtel auf den Tisch legte, fiel sein Blick plötzlich auf den Griff einer Pistole, die in der halboffenen Tischschublade lag. Vorsichtig nahm er sie heraus und drehte sie in den Händen hin und her. »Eine entsicherte P 38 mit einer Kugel im Lauf. Wer die hier reingelegt hat, hatte vor, sie rasch benutzen zu können.« Er legte die Waffe zurück und steckte sich die Zigarre zwischen die Zähne. Indem er auf zwei weitere Waffenkisten als Sitzgelegenheiten für Bleblè und Raffaella deutete, sagte er: »Überlegen wir mal zusammen, was wir bisher herausbekommen haben.«

28

Der Mann mit der Maschinenpistole

»Also, Flak und Ruffini bringen die vier Kassetten mit den Funden aus der Etruskerzeit in ihren Besitz, teilen sie gerecht wie Brüder untereinander auf, und dann zieht jeder seines Weges. Flak gelangt durch Zufall zu der alten Abtei und versteckt seine beiden Kassetten in dem Grab. Von dem Brigadiere Ruffini verlieren sich die Spuren. Doch in der Kammer finden wir seine Uniform als Soldat der Guardia Nazionale, wobei ich ausschließen würde, daß er nachts in einem Schneesturm hierher gelangt ist. Dafür kannte er sich in der Gegend nicht gut genug aus, und dafür ist der Weg auch zu schwierig.« Santovito blickte die beiden anderen an. »Habt ihr eine Idee, wie Ruffinis Uniform in die Höhle gekommen sein könnte?«

Der Schein der von der Autobatterie gespeisten Lampe tauchte die Gegenstände in ihrem Umkreis in ein mattes Licht und zeichnete Schatten auf die Gesichter der drei um den Tisch versammelten Menschen.

Raffaella sagte: »Vielleicht ist Ruffini nach dem Krieg zurückgekehrt und hat die beiden Kassetten von Flak gefunden und die Kammern ... Nein, die Kassetten in der Abtei hat ja Romitto gefunden.«

»Ich glaube, ich kann euch sagen, wie das alles gelaufen ist.«

»Ein schlauer Mann, unser Maresciallo Maggiore!«

Die Worte drangen von außerhalb der Höhle zu ihnen, gebrüllt wie eine Verwünschung. Das Gestrüpp, mit dem der Eingang getarnt war, wurde weggeschoben, und in der Öffnung, die wegen des äußeren Lichts von Mond und Sternen im Dunkeln lag, zeichneten sich die Umrisse eines Mannes ab.

»Keine Bewegung! Ich habe hier etwas in der Hand, mit dem ich euch sehr weh tun kann!« Und er schwenkte eine MP durch die Luft. »Erzähl' nur weiter, Signor Maresciallo, erzähl' nur weiter. Ich bin mal gespannt, ob du wirklich so schlau bist und ohne meine Hilfe die Lösung gefunden hast.«

Die erregte Stimme klang verzerrt, hallte von der Höhlendecke wider und ließ ein unerträgliches Echo entstehen.

Santovito schwieg, und die Blitze einer MP-Garbe erhellten die Gesichter der drei Personen am Tisch, explodierten an der Decke und ließen Felssplitter umherspritzen. Raffaella schrie auf und drückte sich an Santovito.

»Zum Teufel, Maresciallo Maggiore, ich will nicht alles zweimal sagen!«

»Schon gut, schon gut«, rief Santovito und hob die rechte Hand, um die Zigarre aus dem Mund zu nehmen.

Sofort riß eine erneute Garbe weitere Splitter aus der Decke. »Keine Bewegung, verflucht noch mal! Versuch nicht, mich reinzulegen.«

Santovito hielt kurz den Atem an und sagte dann mit der Zigarre im Mund: »Nun, es war gar nicht so schwer dahinterzukommen. Ich brauchte nur zwei und zwei zusammenzuzählen. Und die Tatsache, daß du hier bist, beweist, daß ich richtig lag. Nicht umsonst habe ich im Dorf von unserer geplanten Wanderung zu den Schmugglerkammern erzählt.«

»Ja, mit dem Mundwerk bist du flott, aber was ist mit den Fakten?«

»Die Fakten sehen folgendermaßen aus: In einer Winternacht im Jahr 1945 … Mit der Zigarre im Mund kann ich so schlecht reden. Kann ich sie nicht rausnehmen?«

Der Mann am Höhleneingang sprach mit hoher, zu hoher, unnatürlicher Stimme: »Nimm sie langsam raus und leg' sie auf den Tisch, und dazu beide Hände. Du kannst es nicht sehen, aber die Mündung meiner MP ist genau auf deinen Kopf gerichtet. Und den blase ich dir bei einer falschen Bewegung weg!« Santovito nahm die Zigarre aus dem Mund, und dabei fiel sie ihm aus der Hand. »Laß sie liegen, wo sie ist. Die brauchst du nicht mehr!«

»Bitte, wie du willst. Also, in einer Winternacht '45 hörst du die Schreie eines Mannes, der sich in einem Schneesturm, wie man ihn selten erlebt hat, in den Wäldern verirrt hat. Du bist aus dieser Gegend. Was du bei dem Wetter draußen zu suchen hattest, weiß ich nicht. Vielleicht wolltest du hinter die Front. Jedenfalls stößt du auf diesen halb erfrorenen Mann, der zwei Kassetten mit antikem Schmuck mit sich schleppt, und du brauchst nicht lange, um zu begreifen, daß das deine Chance ist.« Santovito versuchte die Miene des Mannes im dunklen Höhleneingang zu erkennen. »Und? Liege ich richtig?« Er bekam keine Antwort. »Für das Folgende habe ich keine eindeutigen Beweise. Aber ich kann mir vorstellen, daß du dem Mann ein Geschäft vorgeschlagen hast: Ich bringe dich in eine warme Höhle und gebe dir zu essen und Zivilkleidung, und du gibst mir dafür dieses Zeug, das dir ohnehin nichts mehr nützt, wenn ich dich hier krepieren lasse. War es so?« Immer noch keine Antwort. Der Mann mit der MP stand reglos im Halbdunkel. »Wer schweigt, bestätigt ... so sagt man doch. Ich würde aber gerne wissen, wie du von den anderen beiden Kassetten erfahren hast, die Flak unterdessen irgendwo in der Umgebung versteckte. Vielleicht hat dir der arme Kerl noch davon erzählt, bevor du ihn umgebracht hast. Ach übrigens, weißt du eigentlich, wie er hieß? Wahrscheinlich schon, du wirst dir seine Papiere angesehen haben. Er hieß Andrea Ruffini.« Es folgte ein langes Schweigen, dann sagte Santovito: »Ich bin fertig. Wenn du noch etwas hinzufügen willst ...«

Schallendes Gelächter unterbrach ihn. Dann: »Und ob! Das habe ich! Dieser Idiot wollte von meinem Vorschlag überhaupt nichts wissen, warf sich über seine Kassetten, richtete seine Pistole auf mich und schrie: ›Hol' dir doch die Kassetten von dem Deutschen. Das hier sind meine. Und die gebe ich nicht her!‹ Er lag im Sterben und schien den Verstand verloren zu haben. Und ich mußte ihn beruhigen, denn schließlich konnte ich ihn ja nicht umbringen, bevor er mir gesagt hatte, wo dieser Deutsche war. Um ihm zu zeigen, daß ich es gut mit ihm meinte, bot ich ihm meine Kleidung an. Und so haben wir uns mitten im Schneesturm ausgezogen; ich habe ihm meine Sachen gegeben und dafür seine Uniform der Guardia Nazionale angezogen. Dabei hielt dieser Mistkerl ständig noch seine Pistole auf mich gerichtet. ›Du kannst mich nicht verarschen‹, schrie er, ›du bist doch ein Partisan. Nein, von einem Partisan lasse ich mich nicht verarschen. Was meinst du, wie viele ich schon von euch umgelegt habe.‹ Und er redete und redete, so als sei sein Gehirn ... Na ja, so ist es eben bei Leuten, die bald sterben und nichts davon mitkriegen, und ich wußte, dieser Idiot würde bald für immer die Klappe halten. Nur noch ein wenig Geduld, und er würde seine Kassetten nicht mehr brauchen.«

»Dann mußtest du ihn also gar nicht umbringen. Immerhin etwas. Und die beiden Kinder? Und Romitto? Warum mußten die dran glauben?«

»Warum die Kinder dran glauben mußten?« schrie der Mann im Höhleneingang. »Herrgott, die kamen doch rufend zur Abtei gerannt. ›Romitto, Romitto! Wir haben den Birnbaum mit dem Schatz gefunden‹, gerade als ich …«

In der Höhle machte sich ein langes Schweigen breit; in der Luft lag noch der Geruch der MP-Schüsse, und im dunklen Höhleneingang stand der Mann mit der Waffe, reglos wie aus Stein.

»Aber warum soll ich euch das eigentlich alles erzählen? Was hast du von deinem Wissen, Signor Maresciallo Maggiore, wenn diese Höhle gleich in die Luft fliegt, mit einer Detonation, die man noch im Dorf hören kann? Morgen früh werden sie nachsehen kommen und sich sagen, daß ihr Sprengstoff gefunden habt und leichtsinnig damit umgegangen seid, vielleicht daß du dir eine Zigarre angesteckt hast und daß ihr so alle in die Luft geflogen seid: ein tragisches Unglück eben. Wie so viele in letzter Zeit in diesem Dorf, in diesem verfluchten Unglücksdorf.«

Ohne es zu merken, drückte Raffaella Santovitos Arm so fest, daß sie ihm weh tat. Santovito legte seine Hand auf die ihre und lockerte den Griff: »Sei unbesorgt, dir wird nichts geschehen. Er hat nicht den Mut.«

Es war wieder das Gelächter von vorhin, das ihn unterbrach. »Ich habe nicht den Mut, meinst du? Paß auf, der Eingang ist vermint, und wenn ihr versucht herauszukommen, warte ich hiermit auf euch.« Und er fuchtelte mit der MP herum. »Mach dir keine falschen Hoffnungen! Du hast noch einmal mit Bleblè zusammen eine Partie gespielt. Doch diesmal habt ihr verloren!«

Bleblè hatte weder auf die MP-Schüsse noch auf die Drohungen reagiert und saß ruhig auf seiner Kiste, die Hände auf dem Tisch, den Blick auf die finstere Gestalt gerichtet. Langsam hob er jetzt seine rechte Hand, um seinen Hut zurückzuschieben: »Sieh dich vor. Du bist noch nicht bei Einundsechzig«, sagte er leise. »Ein paar Augen fehlen dir noch, und Santovito hat noch 38 in der Hinterhand, und wenn er die richtig ausspielt ...«

»38 in der Hinterhand? Was redest du da? Das gibt's beim Briscola überhaupt nicht.«

»Wer sagt denn, daß wir Briscola spielen? Das hier ist kein Kartenspiel. Wir spielen um unser Leben.«

Santovito bewegte sich, um die Zigarre vom Boden aufzuheben. »Was machst du da?« schrie der Mann mit der MP, während er die Waffe auf Santovito richtete.

Der Maresciallo verharrte leicht gebückt in der Bewegung und sagte: »Die Zigarre. Wenn ich schon sterben muß, würde ich gerne dabei rauchen.« Er wartete reglos und fuhr dann fort: »Darf ich?«

Der Mann mit der MP antwortete nicht sogleich, senkte dann aber ganz langsam die Waffe und nickte. Mit der Linken hob Santovito die Zigarre auf und griff mit der Rechten in die offene Schublade. Er bekam die Pistole zu fassen und schoß sofort unter dem Tisch durch. Zwei Schüsse, rasch aufeinander, und der Mann mit der MP stürzte mit zerschmettertem rechten Schienbein zu Boden. Aus dieser Distanz kann eine P 38 den Stamm einer jungen Eiche zerteilen.

Eine letzte Garbe aus der MP schlug erneut in der Höhlendecke ein, dann fiel auch die Waffe in einiger Entfernung von dem Mann zu Boden.

Schreie, Pulvergestank, Rauch und das leise Schluchzen Raffaellas, die die Hände vors Gesicht geschlagen hatte.

Santovito nahm sie in den Arm und raunte ihr ins Ohr: »Es ist vorbei, es ist alles überstanden. Du brauchst keine Angst mehr zu haben.«

Bleblè riß Santovito die Pistole aus der Hand und näherte sich damit langsam dem Verwundeten. Der schrie, wälzte sich am Boden und versuchte vergeblich, sich aufzurichten, um sein zerfetztes Bein zu sehen und die Maschinenpistole zu erreichen. Bleblè beugte sich zu ihm hinunter, hielt ihm die Pistole vor die Nase und murmelte:

»Ich habe dir ja gesagt, daß wir noch 38 auf der Hand haben, und Santovito hat gut ausgespielt, genau im richtigen Moment.« Er tastete den Mann nach weiteren Waffen ab, wobei er versuchte, sich nicht mit dem Blut zu besudeln, das mittlerweile eine Lache unter dem am Boden liegenden Körper gebildet hatte. Dann richtete er sich wieder auf und sagte: »Lassen wir ihn hier krepieren, so wie er die armen Kinder hat krepieren lassen. Diesem Schwein weint niemand eine Träne nach!«

Santovito umfaßte Raffaellas Schultern und führte sie hinaus zu Bleblè, der mittlerweile schon die Höhle verlassen hatte. Vor dem Schwerverwundeten blieb Raffaella stehen und blickte ihm ins Gesicht.

»Mein Gott, das ist ja ... das ist ja ...«

»Ja, aber jetzt laß uns gehen.«

»Und du ... und du wußtest es?« Santovito nickte. »Woher?«

»Durch viele kleine Indizien, die zusammengenommen eine hübsche Anklageschrift ergeben«, erklärte er, und seine Stimme klang traurig. »Aber jetzt komm, laß uns gehen«, und er zog sie hinaus, unter einen klaren, sternenübersäten Himmel. Kühle Luft stieg unten vom Fluß auf.

Plötzlich ein schmerzverzerrter Schrei vom Höhlenausgang: »Nein! Nein! Das könnt ihr nicht tun! Ich will nicht wie ein Tier verrecken!«

Raffaella erschauerte: »Das können wir wirklich nicht. Schließlich ist er immer noch ein Mensch.«

»Du hast recht, warte hier bei Bleblè.«

Als Santovito aus der Höhle zurückkam, schrie der Mann darin immer noch, und er selbst hatte die Hände voller Blut. »Ich habe ihn notdürftig verbunden«, erklärte er. »Schickt so rasch wie möglich ein paar Carabinieri vorbei, mit einer Trage und Stricken, um ihn hochzuziehen. Mit dem Wagen können sie bis zum alten Steinbruch fahren.«

»Was ist mit dir? Du willst doch nicht hierbleiben?« fragte Raffaella mit banger Stimme. Und nach einem kurzen Moment: »Ja, du hast recht, wir können ihn nicht alleine hier liegenlassen.« Sie stellte sich auf die Zehenspitzen und gab ihm einen zärtlichen Kuß. »Paß gut auf dich auf!« Von der Mitte der Strickleiter aus winkte sie ihm noch einmal zu.

Eine Weile leuchtete Santovito ihr noch mit der Taschenlampe den Weg, und als die Schritte der beiden verklungen waren, löschte er die Lampe und setzte sich auf einen Felsblock vor dem Eingang der Kammer. Um ihn her die Stille der Nacht, der Verwundete war verstummt, vielleicht hatte er das Bewußtsein verloren.

Santovito schloß die Augen und atmete tief durch. Ein Windhauch trug ihm wie Feengesang von unten das sanfte Plätschern des Wassers auf den Steinen zu.

»Heute nacht haben die Feen nicht im Fluß gebadet und keine Weisen gesungen«, murmelte er.

29

Das Marienfest im September

»Wo sind denn bloß die Eier?« Santovito hatte sich umgeblickt und zeigte auf eine Stelle auf dem Kirchplatz. »Da waren sie immer, und jetzt sind sie nicht mehr da. Was ist nur mit den Eiern geschehen?«

»Den Eiern? Was redest du denn da? Wie kommst du nur auf Eier?«

Das Marienfest im September hatte eine lange Tradition und war für das Dorf das letzte Fest im Sommer. Schon kurz nach Sonnenaufgang waren die ersten fliegenden Händler mit ihren Kleinlastern eingetroffen und hatten ihre Stände mit Stoffen,

Kleidung oder Töpferwaren aufgebaut, zwischen denen bald auch schon die ersten Neugierigen herumschlenderten. Aber erst nach der Elf-Uhr-Messe hatte sich der Kirchplatz so richtig gefüllt. Die Sommerurlauber waren fast alle abgereist, zurück in ihren Alltag, und man traf vorwiegend Leute aus dem Dorf und Bewohner der vielen kleinen Nachbardörfer, die sich umschauten, die Ware begutachteten und feilschten, während die Kinder lärmend herumrannten oder andächtig vor den Spielzeug- oder Süßwarenständen verharrten und mit neidischen Blicken Gleichaltrige beobachteten, denen ein spendierfreudiger Großvater eine Puppe oder Zuckerwatte kaufte, die ihnen vielleicht schon ein ganzes Jahr versprochen worden war.

In der Eisdiele und der Ristobar in der Nähe schwiegen die Jukeboxen, und die Kugel aus Hartplastik schoß nicht mehr über das kleine Fußballfeld des Kickerautomaten. Erst im nächsten Sommer würden sie mit neuen Fünfzig-Lire-Münzen der Stadtjugend wieder zum Leben erweckt werden.

»Aber ja, die Eier!« Santovito blickte sich weiter um. »Als ich hier noch Maresciallo war, saßen bei jedem Marienfest hier an dieser Stelle die Bauersfrauen mit Körben voller Eier, um sie herum Schuhschachteln mit Hühner- und Entenküken, die im Stroh saßen und piepsten.« Er breitete die Arme aus. »Und jetzt sind sie einfach nicht mehr da!«

»Die Zeiten haben sich eben geändert, und viele Bauersfamilien sind in die Stadt gezogen und arbeiten in der Fabrik. Eine sicherere Arbeit, ohne die ständige Angst vor Unwettern und Mißernten, die Hunger bedeuteten, mit freiem Sonntag und bezahltem Urlaub. Und abends nach der Schicht sind alle zu Hause, anders als früher, als es jeden Tag schuften hieß von Sonnenauf- bis Sonnenuntergang.«

»Vielleicht hängen sie jetzt aber auch abends in irgendeiner Bar in der Vorstadt herum. Ich glaube, in der Stadt fehlt ihnen etwas«, und Santovito hob abwehrend die Hände, da er sah, daß Raffaella etwas erwidern wollte. »Sicher, du hast recht, was die Arbeit betrifft, geht es ihnen besser als früher. Sie können sich ein Auto leisten, die Kinder zur höheren Schule schicken. Dennoch scheint mir Fabrikarbeit nicht die Ideallösung zu sein. Diese Menschen sind doch an die Arbeit draußen gewöhnt, an eine gewisse Freiheit. Aber andererseits stimmt es schon, die Zeiten ändern sich. Ich zum Beispiel habe das Dorf, das ich einst verlassen habe, nicht mehr wiedergefunden. Ich wäre besser nicht zurückgekehrt.« Raffaella blickte ihn schmollend an, und Santovito mußte lächeln. »Nein, so war das nicht gemeint. Sagen wir lieber, in gewisser Hinsicht wäre es besser gewesen.« Er ergriff ihren Arm. »Als Wiedergutmachung lade ich dich auf ein paar Brigidini ein. Immerhin, den Stand gibt es noch, wie ich sehe. Hast du die mal probiert?«

»Nein, was ist das überhaupt?«

»Komm mit, ich zeig's dir.«

Unter einer Plane vor einem Lieferwagen stand ein Mann und war damit beschäftigt, auf einer runden Kochplatte dünne, weizenfarbige Waffeln zu backen, die um ihn herum den intensiven Geruch von Zucker und Anis verbreiteten.

Santovito deutete darauf. »So viel ich weiß, heißen die Brigidini, weil das Rezept von den Nonnen des Klosters Santa Brigida in der Toskana stammt. Im Grunde ist es nur ein einfacher süßer Teig, der mit Anis oder ähnlichem gewürzt wird.« Er mußte lächeln: »Ein Fest ohne diese süßen Waffeln war hier früher unvorstellbar, und offensichtlich hat sich doch noch etwas von der Vergangenheit erhalten.«

Er ließ sich eine Tüte voll geben und bot sie Raffaella an: »Hier, versuch mal.« Santovito wartete auf ihr Urteil, doch Raffaella kaute nur schweigend und mit geschlossenen Augen. »Nicht schlecht, oder? Aber sieh mal, dort drüben werden auch gesalzene Lupinen verkauft. Komm, wir holen uns welche.«

Raffaella schaute ihn verwundert an: »Was ist los mit dir?

Sonst bist du immer so ernst, und heute benimmst du dich wie ein kleiner Junge. Zuerst Süßigkeiten und gleich darauf Gesalzenes? Laß uns wenigstens ein paar Minuten warten.«

»Vielleicht bin ich etwas aufgedreht, weil mich bestimmte Dinge hier in eine Zeit zurückversetzen, die, im Guten oder im Schlechten, eben meine Zeit war. Dinge, die für etwas stehen, das immer mehr verschwindet und nie mehr wiederkommen wird. Siehst du? Die Schießbude gibt es auch nicht mehr.«

»Wieso? Da drüben ist doch eine.« Und diesmal war sie es, die ihn zu einem Stand zog.

Eine Weile sahen sie den Schützen zu, dann schüttelte Santovito den Kopf und beugte sich zu Raffaellas Ohr vor: »Nein, nein, das ist eine moderne Schießbude mit Repetiergewehren und so weiter, und auch die Preise sind nicht mehr wie früher.« Als sie weitergingen, erzählte Santovito: »Früher gab es hier einen kleingewachsenen Mann, Brillone hieß er, glaube ich, wer weiß, was aus ihm geworden ist. Jedenfalls hatte dieses Männchen eigentlich einen anderen Beruf, aber zu den Festen richtete er sich eine Schießbude her, um ein wenig mitzuverdienen. Die bestand aus zwei einfachen Brettern mit einem Vögelchen aus Eisen darauf, das ein Gewicht hielt. Wenn man nun das Vögelchen traf, fiel das Gewicht in eine Vertiefung, die mit Schwefel und Kalium gefüllt war. Zu gewinnen gab es nichts, außer dem Knall, den Schwefel und Kalium verursachten, wenn das Gewicht hineinfiel.«

»Ihr wart aber genügsam.«

»Ja, die Leute waren genügsam. Ich selbst habe aber nie geschossen. Stell dir mal vor, ich als Maresciallo, wenn ich danebengeschossen hätte.«

»Du hättest getroffen. Da bin ich vollkommen sicher. Wenn es darauf ankommt«, und ein Schauder lief ihr über den Rücken.

Santovito legte ihr eine Hand auf die Schultern und drückte sie an sich. »Ich habe gebetet, daß die P 38 noch funktioniert.

Bei Waffen, die jahrelang nicht mehr benutzt wurden, kann man ja nie wissen. Aber es ist gutgegangen, sonst wären du, ich und Bleblè jetzt tot.«

»Wenn man vom Teufel spricht ... Sieh mal, da drüben ist Bleblè!« sagte Raffaella und lief zu ihm.

Zwischen den beiden Zelten, wo Geschirr beziehungsweise Schuhe verkauft wurden, zwischen Stoff- und Ledergeruch, saß Bleblè, den Hut in die Stirn gezogen, auf einem Korbstühlchen. Um sich herum hatte er die Produkte aufgebaut, die er den Sommer über angefertigt hatte, Handarbeiten aus Weidenruten und Holz: Körbe für alle möglichen Gelegenheiten, kleine für Angler, breite, flache als Obstkörbe, Küchenutensilien, Kochlöffel, Holzgabeln.

Raffaella sah sich alles genau an. »Du bist ein richtiger Künstler, Bleblè. Die Sachen sind alle wunderschön.«

Santovito bot ihm eine Zigarre an. »Danke, aber du weißt ja, daß ich am liebsten meinen dunklen Tabak rauche.« Dennoch nahm er sich die Zigarre, die ein wenig aus der Schachtel schaute, und roch daran wie ein alter Zigarrenliebhaber. »Aber zur Feier des Tages ...«, und er zog kräftig, während Santovito ihm mit einem Streichholz Feuer gab.

»Wie läuft das Geschäft?« fragte Santovito, nachdem er auch seine eigene angezündet hatte.

»Ganz gut.« Bleblè stieß den Rauch aus und blickte auf die Zigarrenspitze. »Natürlich verkaufe ich mehr, wenn die Sommerfrischler hier sind, wie zum Beispiel bei der Kirchweih am 15. August. Was die Städter dann mit solch einem Korb oder einem Holzlöffel anfangen, wo die Plastiksachen viel praktischer sind, weiß ich allerdings nicht.«

»Die stellen sie sich zur Zierde in die Wohnung, Bleblè. Ihr gebt hier alles auf, überdrüssig der Dinge, die für euch selbstverständlich sind, und diese Leute aus der Stadt, die gewisse Dinge vielleicht nie erlebt haben, entdecken sie neu und träumen dabei von einer vermeintlich heilen Welt. Sie halten Ausschau nach Weidenkörben, die sie gar nicht gebrauchen können, weil sie Plastiktaschen haben, oder nach freilaufenden Hühnern, die man immer seltener findet. Und wenn sie dann doch so ein Tier in der Pfanne haben, stellen sie fest, daß das Fleisch härter ist und strenger schmeckt als das eines Huhns aus der Legebatterie.«

»Zur Zierde, meinst du? Vielleicht, aber manchmal benutzen sie meine Körbe auch zum Pilzesammeln, und danach ist der Waldboden so aufgewühlt, als sei ein … ein …«, er fand keinen passenden Vergleich, »Bulldozer durchgefahren. Mit dem Resultat, daß immer weniger Pilze wachsen und ich zu immer entlegeneren Stellen gehen muß, um überhaupt noch welche zu finden.«

»Ihr beschwert euch immer, daß es keine Pilze mehr gibt und daß alle herumscharren und alles aufwühlen. Aber wer säubert heute eigentlich noch die Wälder und Kastanienhaine? Und was ist mit den Schäfern? Was ist aus denen geworden?« warf Santovito ein.

Bleblè zog an der Zigarre und sagte dann: »Gerade du mußt das sagen. Warum wohnst du denn nicht mehr hier? Du hattest sicher gute Gründe wegzugehen, aber die hatten all die anderen, die weggezogen sind, auch. Aber nun, da du zurückgekehrt bist, wie sehen deine Pläne aus?«

»Ich fahre morgen wieder.«

»Da haben wir's. Du kommst mir vor wie ein Pfarrer, der predigt und predigt und es am Ende auch nicht anders als alle anderen macht. Du schaust mal kurz bei uns vorbei und verziehst dich dann wieder. Ein wenig als Tourist, ein wenig als Maresciallo der Carabinieri, dann fährst du in die Stadt zurück und läßt bis zum nächsten Sommer nichts mehr von dir hören. Wenn du überhaupt noch mal kommst.« Er blickte auf die Zigarre und trat sie unter der Sohle aus.

»Ach, apropos Maresciallo«, sagte Santovito, »Maresciallo Ares Amadori wird wohl versetzt werden, zu einer anderen

Dienststelle, die seinen Kenntnissen und Fähigkeiten angemessener ist.« Er wandte den Blick Raffaella zu und lächelte. »Und anscheinend soll die Wache hier mit einem Maresciallo Maggiore Aiutante di Battaglia besetzt werden, was zufällig genau meinem jetzigen Rang entsprechen würde.«

Raffaella kniff ihn in den Arm. »Davon hast du mir gar nichts gesagt. Dir macht es wohl Spaß, Frauen leiden zu lassen?«

»Nein, nein, es steht nur noch nicht hundertprozentig fest, und dann weiß ich auch nicht, ob man hier im Dorf …« Er wandte sich Bleblè zu, »ob ihr mich hier im Dorf überhaupt noch wollt.«

Bleblè stand auf: »Ich kann nur für mich selbst sprechen, aber ich würde dich mit offenen Armen empfangen, ganz egal ob als Maresciallo oder Maresciallo Maggiore oder was auch immer.« Und jetzt lächelte er und blickte Raffaella strahlend an. »Kommt, das muß gefeiert werden. Ich gebe euch ein Glas Wein aus, im Moment verkaufe ich hier ohnehin nichts mehr.«

»He, Bleblè, gibst du mir auch einen aus?« fragte Cesira, die plötzlich mit einem Aluminiumtopf in der Hand hinter dem Stand mit den Haushaltswaren aufgetaucht war.

»Geht klar, Cesira, heute habe ich die Spendierhosen an!« und Bleblè umarmte die alte Frau und drückte sie an sich. »Wie in alten Zeiten, als du noch ein junges Mädchen warst.« Doch im nächsten Moment schob er sie von sich weg und blickte sie streng an. »Aber unter einer Bedingung: Du hörst mit den Borda-Geschichten auf. Ich gebe dir einen aus, und du gibst zu, daß es die Borda nicht gibt.«

»Aber Bleblè, das kann ich nicht. Ich weiß doch, daß es die Borda gibt. Und du weißt doch auch genausogut wie ich, daß es die Borda war, die den armen Rino Battaglia und den alten Romitto ins Wasser gezogen hat!«

»Das war eine Borda mit zwei Beinen, Cesira. Eine Borda wie du und ich!«

»Ja sicher, und wer hat ihnen das Gesicht zerfressen? Und

das von dem jungen Soldaten, damals im Krieg? Und wo, glaubst du, ist der Schatz der Königin Selvaggia geblieben?«

»Es könnte ja auch sein, daß irgend jemand weiß, wo der Schatz wirklich steckt, Cesira, und irgendwann beginnt man, wieder davon zu reden.«

»Ich kann dir ganz genau sagen, wo der Schatz steckt: Romitto hat ihn gefunden, und danach hat ihn sich die Borda geschnappt und unten auf dem Grund ihres Schlundes versteckt. Und da hütet sie ihn jetzt, damit niemand mehr dran kommt!«

Plötzlich begann die Jukebox zu spielen. In voller Lautstärke erklang der neueste Sommerhit, und drei Minuten lang übertönten die Stimme Modugnos und die Klänge von *Volare* das Stimmengewirr auf dem Jahrmarkt.

Bleblè faßte Cesira unter: »Ist schon gut, Cesira, ich gebe dir trotzdem einen aus. Du wirst dich eben niemals ändern.«

»Warum auch?« sagte Raffaella. »Für alles gibt es eine bestimmte Zeit, für die Borda ebenso wie für die Jukebox.«

30

Ein Abschied

»Wir haben noch fünf Minuten. Ist noch was zu besprechen?«

Im Wartesaal saßen nur sie beide, und durch die Tür, die zur Bahnhofsbar führte, drangen die Stimmen und das Gelächter der letzten Urlauber, die jetzt in die Stadt zurückfuhren. Auch Raffaella und Santovito hätten gerne einen Kaffee getrunken, wollten aber lieber unter sich sein.

Raffaella zuckte die Achseln: »Ich hätte dir noch schrecklich viel zu sagen, aber ... Warte mal!«

Sie kramte in ihrer Handtasche, ging in die Bar hinüber, erledigte etwas bei der Frau an der Kasse und trat dann zur

Jukebox, um eine Münze einzuwerfen. Lächelnd kehrte sie in den Wartesaal zurück. Ein paar Sekunden, bis der Tonarm die gewählte Platte gefunden hatte, und dann ertönten die ersten Klänge des Liedes:

Wenn in meiner Jukebox
Ein Lied von den Platters läuft,
Stört mich nicht,
Denn ich höre *Only you.*
Der Sommer scheint zurückzukehren,
Die Girls mit den engen Blue Jeans
Die Flirts, der Rock and Roll.
Mit *one, two, three* …
Tanzen wir durch,
Bis der Sommer geht.

»Vor vielen Jahren, als ich hier stationiert war, hätte ich wohl nicht geglaubt, einmal in diesem Wartesaal zu sitzen und ein Lied zu hören, das von den Platters handelt … und das mit dir. Ist doch seltsam, oder?«

»Nein, wieso soll das seltsam sein?« Und schweigend hörten sie zu, bis das Lied zu Ende war.

Die Ankunft des nächsten Zuges wurde angekündigt. Immer noch schweigend griff Santovito zu seinem Koffer, hakte sich bei Raffaella unter, und gemeinsam traten sie auf den Bahnsteig hinaus.

Er hatte eine unbändige Lust, sie an sich zu drücken, doch Raffaella hatte sich versteift, den Blick starr auf den Bahnsteig gerichtet, und redete, redete über alles Mögliche, das Wetter, über seine Zugfahrt, über die Schule, die bald für sie begann, und darüber, wie sie die Tage bis zu ihrem ersten Tag als Lehrerin noch verbringen würde. So als hätten sie nicht schon die letzten Tage ständig darüber gesprochen. Sie verstummte erst, als Santovito ihr Kinn hob und sie anblickte.

Raffaellas Augen waren feucht, und er schaffte es nicht, ihr das zu sagen, was er ihr noch vor dem Einsteigen hatte sagen wollen. So drückte er sie nur fest an sich, und Raffaella schmiegte sich in seine Arme. Dann stellte sie sich auf Zehenspitzen und flüsterte ihm ins Ohr:

»Bitte, komm zurück.«

Er sah, wie sie reglos auf dem Bahnsteig stand, immer weiter zurückblieb und dann hinter der leichten Kurve verschwand, die die Gleise dem Fluß folgend machten. Erst dann setzte er sich, konnte aber keinen klaren Gedanken fassen.

Zurückgelehnt saß er mit offenen Augen da und beobachtete, wie sich der Rauch seiner Zigarre langsam im Abteil auflöste. Er hatte sie schon halb heruntergeraucht, als er sich endlich einen Ruck gab und wieder das Protokoll zur Hand nahm.

Den ersten Teil des Vernehmungsprotokolls hatte er sogleich gelesen, als Oberstleutnant Friggerio es ihm beim Abschied ausgehändigt hatte, mit der Bitte, ihm telefonisch seine Meinung dazu mitzuteilen.

Antwort: *Ja, ich wußte, daß der Deutsche zwei Kassetten mit archäologischen Fundstücken irgendwo versteckt hatte. Brigadiere Ruffini hatte es mir, bevor er starb, noch gesagt.*

Antwort: *Nein, wo, wußte ich nicht, und lange Zeit bin ich ihm immer wieder gefolgt, um es herauszufinden. Doch der Deutsche mußte mich bemerkt haben, denn er ist nie zu dem Versteck gegangen.*

Antwort: *Ich habe die beiden Jungen bemerkt, als sie noch auf dem Pfad waren. Sie riefen: »Romitto, Romitto, wir haben den Birnbaum mit dem Schatz gefunden. Wir haben den Schatz der Königin gefunden!« Dann kamen sie auf die Lichtung gerannt, geradewegs auf mich zu.*

Antwort: *Ja, ich hatte Romitto schon erschlagen, und den Stein, mit dem ich ihm auf den Hinterkopf geschlagen hatte, hatte ich noch in der Hand. Aber die Kinder konnten die Leiche nicht sehen, weil sie von dem Felsblock verdeckt war, der auf dem Platz vor der Abtei liegt.*

Antwort: *Warum ich ihn getötet hatte? Ich wollte ihn gar nicht umbringen. Ich wollte ihm nur zeigen, daß ich es ernst meinte, als ich drohte, ihn umzubringen, wenn er mir nicht sage, wo er die beiden Kassetten des Deutschen versteckt hatte. Nur leider hatte er mich mit seinen lächerlichen Geschichten so aufgebracht, daß ich zu fest zuschlug. Aber ich wollte ihn nicht umbringen, so konnte er mir ja auch nicht mehr sagen, wo die beiden Kassetten waren.*

Antwort: *Ja, er hat viel Blut verloren, aber ich habe das Gras um den Felsblock herum in Brand gesteckt und so alle Spuren verwischt.*

Antwort: *Warum ich die Kinder umgebracht habe? Nun, die Jungen kamen immer näher, und dann haben sie Romittos Leiche natürlich gesehen und sind stehengeblieben und haben mich und den Toten am Boden angestarrt. Ich sagte ihnen, ich hätte ihn schon so gefunden, aber der ältere der beiden …*

Antwort: *Der ältere der beiden hieß Rino Battaglia, aber von dem jüngeren kannte ich nicht den Namen. Ich sagte ihnen also, ich hätte Romitto so gefunden, doch Rino Battaglia begann zu schreien, ich hätte ihn umgebracht und ich hätte den Stein ja noch in der Hand, und so blieb mir nichts andres übrig, als die beiden in meine Gewalt zu bringen.*

Antwort: *Nein, sie versuchten nicht zu fliehen, denn ich bedrohte sie mit einer Pistole.*

Antwort: *Ich habe sie gefesselt und bin dann weggegangen, um die Mine zu legen. Und als ich zurückkam, habe ich den Jüngeren freigelassen. Ich habe ihm den Pfad gewiesen und ihm gesagt, er solle ins Dorf zurückkehren, er sei frei. In einiger Entfernung bin ich ihm noch gefolgt, bis die Mine ihn tötete.*

Antwort: *Nach dem Attentat auf Togliatti hatte ich einige Waffen und Minen aus den Schmugglerkammern in die unterirdischen Gewölbe der Abtei geschafft, weil ich dachte, daß wir sie brauchen würden und dort schneller an sie herankämen.*

Antwort: *Nein, ich hatte niemandem von den Waffen erzählt, und niemand wußte davon. Es war meine eigene Initiative.*

Antwort: *Rino Battaglia habe ich zum Bordaschlund gebracht und genau an der Stelle ertränkt, wo ich auch die Leiche des Soldaten der Guardia Nazionale zurückgelassen hatte.*

Antwort: *Nein, ich habe nichts hinzuzufügen.*

Aussage gemacht, gelesen und bestätigt

Giacomo Collina, genannt Stalìn